Matthias Kohm

EWIG braucht doch KEINER

Roman

Arctis

MIX
Papier aus verantwortungsvollen Quellen
FSC® C083411

Originalausgabe
1. Auflage 2022

Musik u. Text von »ABSCHAFFEN«:
Jan Klaas Mueller, Arne Zank u. Dirk von Lowtzow
Mit freundlicher Genehmigung von
© Hanseatic Musikverlag GmbH + Gold Musikverlag Ltd. & Co. KG
Satz: Pinkuin Satz und Datentechnik, Berlin
Druck und Bindung: CPI books GmbH, Leck
Printed in Germany
ISBN 978-3-03880-057-6

www.arctis-verlag.de
Folgt uns auf Instagram unter @arctis_verlag

Für meine Enkelkinder Karla, Alma,
Jonah, Kolja und Elio

Man sagt
Die Revolution
Werde zuletzt den Tod

Abschaffen
Abschaffen
Abschaffen

Tocotronic

So etwas wie ein Prolog

… … …

Dass der erste Satz einer Geschichte ein besonders gelungener Satz sein soll, ist eine Idee, die ich nach ewigem Rumbasteln an diesem vermaledeiten ersten Satz als überflüssigen Ballast erkannt und dann entschlossen verworfen habe.

Sonst wäre ich nie weitergekommen.

Den ersten Satz liest du im Normalfall auch nicht öfter als den zwölften. Am Ende ist er nicht mehr als ein Satz unter ein paar Tausend anderen.

Dieses Erster-Satz-Problem konnte ich noch mit Willenskraft und per Schlussstrich lösen, andere Fragen, von denen ich mich bald regelrecht umzingelt fand, bedurften anderer Methoden. Beispielsweise die Frage, ob sich knapp volljährige Grünschnäbel beiderlei Geschlechts mit dem Tod beschäftigen dürfen oder ob man das alten Männern mit langen Bärten überlassen muss.

Oder die Frage, wo Überzeugung endet und Größenwahn beginnt.

Oder nehmt die Sachen mit den Namen!

Dass meine Freunde im Roman anders heißen müssen als im echten Leben, ist ja irgendwie selbstverständlich. Denkt nur an Persönlichkeitsrechte und Datenschutz; von mir aus könnt Ihr auch Anstand dazu sagen.

Doch wenn du hundert Mal am Tag an den Namen deiner Liebsten gedacht hast, wenn du diesen Namen geflüstert, geschrien, gestammelt hast, wenn allein seine Nennung dir das Herz aufgehen ließ und du zu strahlen begannst wie ein Smiley mit Heiligenschein, dann kannst du beim Schreiben nicht einfach ihren wahren Namen – sagen wir jetzt mal XYZ dazu – durch einen anderen ersetzen. Du kannst nicht so einfach »Johanna« nennen, wer in Wahrheit XYZ hieß. Mir fiel zu »Johanna« einfach kaum was ein, während bei XYZ die Einfälle nur so sprudelten. Das Wesen meiner Liebsten erwies sich als untrennbar fest verkuppelt mit ihrem echten Namen. Und bei meinen anderen Freunden zyx und YzX ging es mir nur wenig besser.

Ich habe mir dann schließlich zu helfen gewusst und habe allen, den Lebenden und den Toten, beim Schreiben ihre richtigen Namen gelassen. Und erst nach dem allerletzten Punkt der allerletzten Überarbeitung habe ich Word gebeten, zu »suchen« und zu »ersetzen«.

Hat Word dann ruckzuck gemacht. Und plötzlich hieß »XYZ« Johanna und »zyx« hieß Adrian und »YzX« hieß Natascha. Benno und Ioanna kamen auch so zu ihren Namen. Nur an meinem habe ich nichts gedreht, ich war und bleibe der Tischlerlehrling Meyer.

Ein simpler Trick, diese Word-Sache. Hat mich gefühlt ein Jahr gekostet, ihn nicht vorher gekannt zu haben. Ich wusste eben lange nicht, wie viele Lügen in einer wahren Geschichte drin sein dürfen. Und ob man zu jeder Schummelei gleich Lüge sagen soll. Heute weiß ich, dass Geschichten in einer Sphäre spielen, die zwischen Wahrheit und Lüge liegt, einem Zwischenreich, extra geschaffen, um Geschichten drin aufzunehmen.

Adrian, unser Meisterdenker, hatte mir in einer unserer »Schwachen Stunden« was von einem Limbus erzählt, so ein Konstrukt, mit dem die Kirche versucht, einer ihrer vielen krachenden Ungereimtheiten Herr zu werden. Dieser Limbus ist wohl auch so ein Zwischenreich und liegt auf halbem Weg zwischen Himmel und Hölle, mit leichter Tendenz zum Himmel, wenn ich mich recht erinnere.

So was Ähnliches sind wohl auch Geschichten. Sie liegen auf halbem Weg zwischen Wahrheit und Lüge, mit leichter Tendenz zur Wahrheit, wenn es gute Geschichten sind.

Und wo wir gerade bei den Namen waren, kann ich sie jetzt gleich noch einmal vollständig nennen, dann habt Ihr sie schon zweimal gehört, wenn dieser Prolog vorbei ist und die eigentliche Geschichte beginnt. Damit löse ich so ein typisches anderes Anfangsproblem: Ganz viele Namen tauchen auf, die aber noch nichts anderes sind als ein Haufen Buchstaben.

In der Geschichte kommen also vor:

Eine Johanna, mit tiefbraunen Augen und meeresblauer Seele.

Eine Natascha, das Mädchen mit der Maske.

Science-Fiction-Benno, nebenbei ein Lästermaul.

Ioanna, die große Schweigerin.

Unser Meisterdenker Adrian, der Mann mit Grips und ohne Eier.

Und ich, der Tischlerlehrling Meyer mit der Mütze.

Immer noch der Prolog

Bevor ich mich an diesem Roman versuchte, habe ich in meinem Leben keine Geschichten geschrieben. Einzige Ausnahme: die Erlebnisaufsätze in der Schule. Ich vermute mal, bei den meisten von Euch ist es nicht anders.

Es war deshalb eine böse Überraschung, als ich merkte, dass es bei einer größeren Geschichte keinen naturgegebenen Anfang zu geben scheint. Bei einer größeren Geschichte musst du den richtigen Anfang herauspräparieren aus dem ganzen existierenden Geschehenswust und musst ihn dann rausschneiden, so wie Ärzte einen Tumor rausschneiden.

Versteht Ihr: Wenn die Aufgabe lautet »Erzähle von deinen Sommerferien«, dann ergibt sich der Anfang schon aus diesem einen Wort »Sommerferien«. Erster Ferientag, Beginn der Aufzeichnungen. Ausschlafen bis zum Anschlag, Lobpreis des Bettes, Verhöhnung des Weckers. Am zweiten Tag wird der nagelneue Opel Astra bepackt und am dritten geht es frühmorgens ab nach Spanien oder Italien. Dort, im Süden, lauert das Erlebnis. Ein Hund beißt mich oder ein Dieb klaut Mamas Handtasche oder eine Meereswelle packt mich und treibt mich ab vom Strand, wo Mama und Papa dösen und nichts merken vom Todeskampf ihres Sohnes. Ab Ferienmitte setzt die Ferienenddepression ein. Und am ersten Schultag ist Schluss. Saubere Sache.

Bei solchen Erlebnisaufsätzen sind Anfang und Ende gegeben.

Auch bei der etwas geschmacklosen Aufgabe »Erzähle vom schlimmsten Tag deines Lebens« schrieb sich der Anfang fast von selbst. Datum und sogar die genaue Uhrzeit dieses Anfangs sind tief eingebrannt in meinem Hirn: 8. August 2009, 17:02, Sonntagnachmittag, ein Tag nach Papas fünfzigstem Geburtstag, ich war elf Jahre alt.

Papa lädt mich ins Auto ein, ich soll mit ihm zum Tennisplatz; angeblich, weil ich als Schiedsrichter gebraucht werde und es mir doch angeblich Spaß machen würde, auf dem hohen Tennisschiedsrichterstuhl zu sitzen, hoch über den Erwachsenen. Die Wahrheit ist: Papa litt seit seinem Bankrott unter Panikanfällen und konnte nicht alleine sein, nicht mal für fünf Minuten im Auto.

17:09 Ankunft am Gelände, Düren-Ost, zwischen Rur und Mühlenteich.

Die Luft war voller Dreck, was ich nicht sagen durfte, weil der Dreck Bäumeblütenzeugs war und Bäumeblütenzeugs zur Natur gehört und Natur per se was Schönes ist. Wie also auch die Mücken was Schönes waren, die sich in Mannschaftsstärke auf mich stürzten, um sich an mir zu laben. Hundert Stiche in Arme, Backe, Stirn, einige davon schwollen binnen Sekunden zu Tennisballgröße an. Papa ließ seinen blöden Spruch ab, in dem wie immer die Wörter »Festessen« und »süßes Blut« vorkamen. Papa konnte vieles, aber sein Witz war schmerzlich voraussehbar und unterentwickelt.

Dann, 17:11, bekommt Papa Schmerzen in der Brust.

Um 17:16 sind die Schmerzen dabei, das Leben aus ihm herauszupressen, und in seinen Augen steht das kalte Grauen.

Ja, das kalte Grauen.

Dann, 17:21, verwandelt sich mein stolzer Vater in ein wimmerndes Etwas mit Schweiß auf der Stirn und Entsetzen im Blick; ein Etwas, das mich weghaben will, weil es sich vor mir schämt, und ein Etwas, das mich bei sich haben will, weil ich wenigstens einer bin und einer besser als keiner ist. Dann folgen Stunden weiteren traumatischen Geschehens, Tenniskollegen greifen ein, das Wort »Herzinfarkt« fliegt durch die Luft, ein Krankenwagen fährt vor. Völliger Blackout meinerseits.

Um 20:16 das Ende. Papa ist ganz blau im Gesicht und ganz tot und liegt in einem Einzelzimmer im Krankenhaus. Ich erkenne ihn kaum und erkenne nicht die Lage. Statt zu weinen, komme ich nicht von der Frage los, ob Tote immer Einzelzimmer bekommen und nur Lebende zu dritt im Zimmer liegen müssen. Dann kommt Großvater, der sture Trottel, weint die Tränen, die er mal besser einige Jahre früher geweint hätte, und will mich umarmen, aber daraus wird nichts.

Ich war zwar erst elf Jahre alt, aber ein lebenslanger Entschluss stand damals schon fest: Den Kerl werde ich nie mehr umarmen.

Bei solchen Erlebnisaufsätzen kann also der erste Satz eine hohe Hürde sein, falls du den Ehrgeiz haben solltest, die Sache mit einer gewissen Eleganz anzugehen. Aber der Zeitpunkt, an dem die Story beginnt, liegt mehr oder weniger fest.

Doch an welchem Punkt einer langen Geschichte du deine Erzählung am besten anfangen lässt, ist ein Problem, an dem ich mich lange abgearbeitet habe. Auch deshalb ist das Geschehen, von dem ich erzähle, nicht mehr taufrisch. Es ist schon fünf Jahre her, dass wir sechs uns getroffen haben in dieser Anstalt im Niederbayrischen, dem Hort unsrer Leiden, unsrer Träume und meiner ersten großen Liebe.

Ich bin über all den Schwierigkeiten beim Schreiben vom Lehrling zum Gesellen gereift, und jetzt, wo ich erzählt habe, was ich erzählen musste, werde ich mich ranmachen an die Meisterschule. Tischlermeister Meyer, da soll es mal hingehen. Wegen Familie gründen und Kinder ernähren und weil Anneliese es einmal gut haben soll.

Das Leben ist voller Geschehnisse, aber in freier Wildbahn laufen keine Geschichten herum. Klar, die Geschichten stecken im Geschehen drin, aber um an sie ranzukommen, musst du die *Geschichte* aus dem *Geschehen* herausschnitzen. Dabei fallen Opfer an, wie beim Hobeln Späne anfallen. Unter diesen Spänen findet ihr dann beispielsweise die Vorgeschichten der Beteiligten, in unserem speziellen Fall wären das Minimum sechs.

Genau betrachtet musst du ein wüstes Gemetzel an all den Vorgeschichten deiner Geschichte anrichten, bevor du anfangen kannst, die Hauptgeschichte zu erzählen.

Wir sechs hatten alle schon so circa zwei Jahrzehnte lang gelebt, bevor dieser Roman beginnt, aber von diesen ersten Jahren werdet Ihr kaum was erfahren. Sechs mal so knapp zwanzig Jahre musste ich opfern, um von circa fünf Monaten halbwegs vollständig erzählen zu können. Ist ’ne Menge Holz, wie wir Tischler sagen.

Seitdem ich das weiß, ist mein Respekt vor all den Geschichtenerzählern enorm gestiegen. Und wenn ich Respekt sage, dann meine ich beide mir geläufigen Verwendungen dieses Wortes: die vom sturen, blöden Opa, bei dem Respekt ein anderes Wort für eine milde Form von Todesangst ist, und den anerkennenden *respect*, mit dem die Hip-Hopper nur so um sich werfen.

Es ist wohl so, dass jede Geschichte mit einem Gewaltakt gegenüber den nicht erzählten Vorgeschichten beginnt. Und wenn du die Geschichte ganz zu Ende erzählen wolltest, würde sie konsequenterweise erst enden, wenn alle tot sind, die in der Geschichte mitspielten.

Wird hier nicht so sein.

Am Ende sind nicht alle tot, versprochen.

Zum Schluss von dem Prolog ...

... werde ich jetzt zurück zum Anfang scrollen und drei mal drei Auslassungspunkte vor das erste Wort setzen. Dieses Beispiel sollte Schule machen, finde ich. Jede Geschichte sollte mit drei mal drei ... beginnen. Solche drei ... wären eine Verneigung vor all den Opfern, die beim Geschichtenschreiben zwangsläufig anfallen.

Ruhet in Frieden, ihr nicht erzählten Geschichten, würden die drei Punkte sagen.

Ruhet in Frieden.

Und wo ich gerade beim Auslassen bin, kommt jetzt der richtige Zeitpunkt, um mich zu entschuldigen: Ich bitte alle Jungs und Mädchen aus der Anstalt um Entschuldigung, die mit uns dort lebten und die ich mit nicht mehr als siebenundvierzig Wörtern erwähnt habe. Wir waren zehn Mädchen und neun Jungs, aber ich schreibe so, als wären wir sechs die einzigen Insassen unserer Anstalt gewesen. Ihr anderen dreizehn wart mir nicht wichtig genug, um Euch mitspielen zu lassen, und so habe ich Euch eiskalt ausgelöscht. Bitte verzeiht mir das.

Desgleichen bitte ich die Putzkräfte, die Anstaltsleitung, alle

Köchinnen und den Hausmeister Reusel um Entschuldigung. Ohne Euch wäre nichts gelaufen und trotzdem seid ihr mir gerade einmal einen einzigen 2b-Witz auf knapp 400 Seiten wert. Von Ihnen, Herr Reusel, habe ich sogar fast nur Ihren Hund erwähnt, immerhin einen tollen Hund. Benno, ein Lästermaul, meinte, Ihr Hund wäre das Beste an Ihnen. Sag ich nichts zu. Aber wenigstens Bela spielt eine wichtige Rolle in unserer Geschichte.

Sehr geehrter Herr von Berggruen, ich glaube zwar tatsächlich, dass Sie der biedere Spießer sind, als den ich Sie gezeichnet habe. Aber auch biedere Spießer haben Gefühle und auch Ihre Gefühle können schrecklich intensiv sein und Ihre Verzweiflung und Ihre Trauer haben mehr Respekt verdient, als ich Ihnen zukommen ließ. Ich bitte Sie deswegen um Entschuldigung.

Auch bei meiner Mutter muss ich mich entschuldigen. Obwohl sie immer für mich da war, kommt sie kaum vor. Vielleicht, weil alles, was mich zum Schreiben befähigt, im Schatten ihres Daseins gewachsen ist. Nicht, weil sie alles für mich getan hat, was sie für mich tun konnte, habe ich diese Geschichte schreiben können, sondern obwohl sie alles für mich getan hat, was sie tun konnte. In jedem »obwohl« steckt das »weil« mit drin auf irgendeine unterirdische Art; das habe ich auch gelernt in den letzten fünf Jahren. Ich befürchte aber, das wird meine Mutter nicht über ihr Nichtvorkommen hinwegtrösten.

Dann bitte ich noch all diejenigen um Generalabsolution, die ich so gründlich vergessen habe, dass ich nicht einmal weiß, dass ich sie vergessen habe.

So, jetzt fange ich gleich an, Euch von unserm Lieben, Leben und Leiden zu erzählen. Wenn Ihr genau hinguckt, werdet Ihr sehen, dass es mindestens zwei Geschichten sind, eine Liebesgeschichte und die Geschichte von unserer sechsköpfigen Band, die den Tod abschafft und damit die Welt rettet. Doch diese zwei Geschichten sind so eng miteinander verwoben wie beispielsweise die zwei Stränge von einem gut gemachten Hefezopf. Die kannst du nachträglich auch nicht mehr auseinanderdividieren. Musst du beide gleichzeitig zu dir nehmen.

Rollkragen und Call of duty

Stellt Euch eine große, leicht abschüssige Rasenfläche vor, die von einem hier nicht näher zu beschreibenden großen weißen Haus abgeht. Der Rasen wird selten gemäht, das Gras ist hoch, mit etwas gutem Willen könnte man ihn eine Rasenwiese nennen, weil einige bunte Blütentupfer drin zu finden sind. Über diese Rasenwiese lauft Ihr geradeaus drüber, bis Euch eine Mauer im Weg steht. Wendet Euch dann nach links und lauft circa fünfzehn Meter die Mauer entlang, bis sie eine 90-Grad-Wende macht. Dadurch entsteht die Ecke, die ich in Zukunft unsere *Verschwörerecke* nennen werde. Dort steht ein alter, verwitterter Holztisch, nah herangerückt an den Tisch eine Bank, ein Dreisitzer. Der Platz hat etwas von einer Höhle, weil dichtes Gebüsch ihn umzingelt und ihn abgrenzt zur Rasenfläche hin; eine mächtige alte Eiche gibt so was wie ein Dach dazu, denn sie beschattet diese Ecke mit ihrem dichten Laubwerk.

Als ich an meinem dritten Tag in dieser Anstalt dieses Plätzchen entdeckte, lag ein Schäferhund wie hingegossen auf dem Dreisitzer. Eigentlich wollte ich alleine sein, um mein Schicksal zu behadern und ein Stückchen Trübsal zu blasen, von daher war es mir ganz recht, dass der Hund mich nur ganz im Nebenbei beachtete. Er hob kurz den Kopf, schaute mich an, entschied, dass ich keiner großen Beachtung wert sei, und legte seine Schnauze dann wieder zwischen seinen Vorderpfoten ab.

Ich habe es jetzt nicht so wahnsinnig mit Hunden, Katzen, Kaninchen und Ähnlichem. Ich meine, die leben halt auch, was ihr gutes Recht ist, aber ich muss jetzt nicht gleich vor allem, was ein Fell hat, in die Knie gehen, in Verzückung ausbrechen und das Tier in Babysprache anquatschen. Ich sagte also nur, »Hallo, ich bin der Meyer«, und griff dem Hund fest und freundlich in den Nacken, wo bei Schäferhunden ja so ein Wulst ist, den ich irgendwie gerne anfasse. Der Hund zeigte sich weder groß begeistert noch groß gestört, ich sag mal, er ließ das gnädig gewähren. Zur Vervollständigung des Begrüßungsrituals hielt ich ihm meine Hand vor die Schnauze, er nahm Geruch auf und speicherte den Geruch ab; ich kann Euch natürlich nicht genau sagen, unter welchem Dateinamen ich abgelegt wurde in seinem Hundehirn, aber irgend so was wie »männlich-Mütze-blass-eckiges-Gesicht« wird's vermutlich gewesen sein. Auf jeden Fall waren wir zwei jetzt Bekannte und damit war vorerst gut mit dem Hund und ich streunte ein bisschen in der Ecke herum. Oben auf der Mauer entdeckte ich zwei Überwachungskameras und an die Mauer angelehnt ein paar zusammengeklappte Gartenholzstühle. Einer der Kameras widmete ich einen Blick, der meine Verachtung transportieren sollte, den Stuhl nahm ich und trug ihn zur Bank hin. Er sah alles andere als gepflegt aus, der Lack war schon lange ab und das bloße Holz – fragt mich nicht, ob Akazie, Eukalyptus oder Teak – war Siedlungsgebiet für Moose, Algen und Flechten. Störte mich nicht, ich setzte mich trotzdem drauf.

Trotz der Schatten spendenden Eiche war es ganz schön warm und schwül und mir wurde etwas dösig im Kopf. Hatte auch schlecht geschlafen die letzten zwei Nächte und ich fühlte mich ohnehin nicht voll auf der Höhe. Ich schloss die Augen und irgendwie spürte ich die Anwesenheit des Hundes. Hat was angenehm Unaufdringliches, die Anwesenheit von so einem Tier. Vielleicht *spürte* ich sie auch nicht, sondern *wusste* nur um die Anwesenheit des Hundes, was irgendwie einen großen Unterschied ausmacht, aber auf einer anderen Ebene auch wieder gar keinen.

Wenn du anfängst, solche leicht wirren Sachen zu denken, bist du nicht mehr weit weg vom Einschlafen. Kurz vor so einem Mittagsschläfchen läuft dein Hirn auf Hochtouren, und wenn du nicht alles, was du dabei so zusammendenkst, immer wieder gründlich vergessen würdest, dann wärst du schon mit siebzehn Jahren klug und weise. Mir ging also wahnsinnig viel durch den Kopf und das in einer Affengeschwindigkeit, doch das meiste habe ich sofort vergessen. Nicht vergessen habe ich einen Gedanken betreffs des Kennenlerntermins mit einem Psychodoc, den man mir für heute Nachmittag aufgedrückt hatte: nämlich, dass es eine Frechheit ist, diesen Termin »Kennenlerntermin« zu nennen, obwohl ich den Psycho doch gar nicht kennenlernen wollte. Mein letztes Zusammentreffen mit so einem Typen war ein rundweg unerfreuliches Ereignis gewesen.

Es war nicht so, dass ich wahnsinnig viel zu tun gehabt hätte am Nachmittag und der Termin beim Psychodoc mir Pläne für lauter Lustbarkeiten zerschossen hätte. Nein, dass hier drinnen die Langeweile Hauptfeind Numero due sein würde, war das Einzige, was ich nach drei Tagen schon sicher wusste, aber ich schweige nun mal lieber alleine vor mich hin als in Anwesenheit von einem Fragen stellenden Psycho. Dann war ich endgültig eingedöst und mein Hirn musste ohne mich weiterdenken. Also, ich meine: ohne dass ich es mitbekommen hätte.

Ein genaues Zeitgefühl hast du ja nicht beim Dösen, aber dass die Sonne noch nicht viel weitergekommen war in ihrem Lauf, als ich aufschreckte, kann ich sicher sagen. Ich kann auch sagen, weshalb ich überhaupt aufgeschreckt war. Das lag an dem hageren, langen Jungen, ungefähr mein Alter, der in fünf Metern Entfernung vor mir stand. Ich blinzelte ihn an und das Erste, was ich dachte, war: Wie kann man bei der Hitze einen schwarzen Rollkragenpullover anziehen? Das Zweite, was ich dachte, war: Wie kann man überhaupt jemals einen schwarzen Rollkragenpullover anziehen? Und als Drittes dachte ich: Ja, kann ich verstehen, das mag ich auch nicht. Der Junge sah nämlich äußerst angewidert aus, als der Hund – ich glaubte jetzt zu sehen, dass ich besser die Hündin sagen sollte – neugierig an seinem Schritt schnupperte. Das schätzte der lange Kerl offensichtlich nicht und ich sagte: »Da denkst du doch immer, der Hund wolle dir sagen, dass du dich auch untenrum mal waschen solltest.«

Zugegeben, das war jetzt nicht so der Eins-a-Einstieg in eine harmlose Plauderei. Vielleicht ging der hagere Typ deshalb mit keinem Wort auf meine doch durchaus treffende Bemerkung ein, vielleicht aber hatte er mich einfach nicht gehört. Die Lautstärke meiner Stimme war irgendwo im Niemandsland zwischen »laut denken« und »leise sprechen« angesiedelt und da weißt du ja nie, was wirklich ankommt beim Gegenüber.

Die Hündin hatte mittlerweile genug geschnüffelt und hätte nun, nach allen Regeln des Hundedaseins, weiterlaufen und woanders weiterschnüffeln sollen. Machte sie aber nicht, sondern sie setzte sich auf die Hinterbeine und schaute dem Jungen in die Augen. Als ob sie eine Frage stellen wollte. Das nun schien der Junge gar nicht zu vertragen, der wurde richtig fuchsig und vertrieb das Tier mit Bewegungen, mit denen man sonst Schmeißfliegen vertreibt, und da schnürte die Hündin tatsächlich davon. Zuerst hatte ich geschrieben, die Hündin »schnürte beleidigt davon«, aber ehrlicherweise muss ich zugeben, dass ich Hunden und anderen Viechern nicht ansehe, ob sie beleidigt sind oder nicht; deshalb habe ich das »beleidigt« wieder gelöscht. Wo immer möglich, will ich bei meinem Roman ja bei der Wahrheit bleiben und nur dann schummeln, wenn es wirklich nötig ist.

Der Junge grüßte mich jetzt mit einem stummen kurzen Kopfnicken, sagte aber nichts. Also sagte ich auch nichts. Wenn einer sich nicht vorstellt, mach ich das auch nicht. Ist eine klare Sache, finde ich, Auge um Auge, Zug um Zug. Immerhin war ich zuerst hier gewesen, wer dazukommt, muss sich vorstellen. Also schloss ich noch mal die Augen. Ich wusste, dass ich sicherlich nicht mehr ins Dösen geraten würde, weil Dösen und Beobachtetwerden gar nicht zusammenpassen, aber ich wollte mir auch nicht von so einem Neuankömmling vorschreiben lassen, dass ich jetzt wach zu sein hätte. Der Junge trug dann wohl einen weiteren der zusammengeklappten Gartenstühle zum Tisch hin und stellte ihn auf. Das konnte ich nicht sehen, aber hören. Und dann holte er wohl noch einen und stellte ihn direkt neben dem auf, auf dem ich zu dösen versuchte.

Irgendwie war die Situation jetzt nicht mehr zu halten. Ich schaute auf mein Smartphone, als ob ich die Zeit ablesen wollte, tat ganz erschrocken, weil die schon wieder so viel weitergekommen war, und sagte dann: »Ich muss dann mal.«

Stimmte zwar nicht, aber das konnte der Junge ja nicht wissen. Eigentlich hätte er jetzt »Tschüss dann« oder »Bis bald« oder »Mach's gut« sagen müssen, machte er aber nicht. Er sagte nur »Okay«, aber für mich klang dieses »Okay« wie die Abkürzung für den Satz: »Jetzt hat er endlich kapiert, dass er hier nur stört.«

Das wurmte mich natürlich, aber was willst du machen in so einer Situation?

Auf dem Rückweg ins Haus begegnete ich wieder der Hündin, sie lag wie ein schwarzer Hubbel im Gras. Ich hielt an und gab ihr wieder meine Hand zum Schnuppern, sie hob den Kopf und schaute mich an, dachte wohl so was wie: Hallo, Männlicher mit eckigem Gesicht. Ich kniete eine Weile neben ihr, wir hörten Vogelgezwitscher, Bäumerauschen, Landmaschinen irgendwelcher Art bei der Arbeit. »Bei einem Duell klingt zweiter Sieger irgendwie nicht so gut«, sagte ich, was das Tier unkommentiert ließ; ebenso unkommentiert blieb mein nächster Satz: »Jetzt hält der Typ auch noch große Reden.« Denn genau das war zu hören: Der Rollkragen hinten in der Ecke hatte zu sprechen begonnen. Jetzt, wo keiner mehr da war, machte er den Mund auf.

Was er sagte, war nicht zu verstehen, nur der Rhythmus seines

Sprechens drang durch die ländliche Geräuschkulisse durch. Hörte sich für mich an wie eine Rede, so was wie eine Predigt beispielsweise, nicht nach unverfänglicher Plauderei.

Mit einem Knuff in die Flanke verabschiedete ich mich von der Schäferhündin und ging über die Wiese ins Haus und hoch in mein Zimmer, erster Stock, Fenster zum Rasen hin. Auf meiner Etage gibt es vier Zimmer, von außen sehen die Türen alle gleich aus, ob es innen drin auch gleich aussah, wusste ich damals noch nicht. Ich hatte noch zwei Stunden Zeit zum Totschlagen übrig, bevor ich meinen ersten offiziellen Termin hier drinnen hatte. Zuerst mal ging ich zum Fenster und schaute raus, und bevor das langweilig werden konnte, sah ich den Predigertypen über die Wiese laufen. Er steuerte geradlinig einen Baum an, der mitten auf der Wiese stand, irgendeine Art von Ahorn – ob Feld-, Berg- oder Spitzahorn, kann ich Euch nicht sagen. An dem blieb er stehen. Er befestigte einen Zettel an der Rinde des Baumes, und wenn Ihr mich fragt, womit er den Zettel anbrachte, kann ich Euch sagen: mit Reißzwecken oder kleinen Stiftnägeln. Das verblüffte mich. Versteht Ihr, der Hagere hatte eine Hose an, wie sie Anwälte oder Banker anhaben, und in solch feinen Stoffhosen findest du normalerweise keine Reißzwecken oder kleine Stiftnägel. Musste er extra eingepackt haben. Da war also ein Plan dahinter.

Irgendwie versöhnte mich das ein bisschen mit der Wortkargheit von dem langen Kerl. So im Nachhinein wurde mir klar, dass die nicht persönlich gegen mich gerichtet gewesen war, sondern dass der was vorgehabt hatte. Und dass ich ihn dabei – ungewollt – gestört hatte.

Dann war der Junge im Haus verschwunden und ich hatte maximal fünf Minuten Zeit totgeschlagen.

Ich bin nicht so der Typ, der zwei Stunden lang aus dem Fenster schauen kann, und deshalb war ich heilfroh, dass jetzt im Nachbarzimmer ein Fenster aufging und von dort die vertrauten Geräusche von einem Kriegsgemetzel heraustönten. Das musste das Zimmer von André oder Julian sein, zwei Jungs, die mich gestern beim Abendessen zum Zocken eingeladen hatten. Falls mir mal langweilig wäre, könnte ich jederzeit klopfen, hatten sie gesagt, und genau das wollte ich nun tun.

Die Namen André und Julian könnt Ihr gerne wieder vergessen, die werden in Zukunft keine große Rolle spielen.

Als ich ihr Zimmer betrat, nickten sie kurz und mordeten sofort ganz routiniert weiter. Den beiden hast du angesehen, dass sie echte Könner waren, so locker und entspannt, wie die dasaßen und Maus und Controller bedienten. Der dritte Junge im Zimmer war kein Könner, hast du auch schnell gesehen. Zu große Bewegungen, zu großes Mienenspiel, zu viel Fluchen. Großer Aufwand an den falschen Stellen. Bei dem spielte der ganze Körper mit und dann bist du an der Konsole natürlich zu langsam, besonders, wenn dieser Körper der eines eher kleinen und eher dicken Jungen ist.

Der kleine Dicke – darf man das sagen? – hieß Benno und diesen Namen solltet ihr Euch merken, der wird nämlich eine Rolle spielen. Benno war gerade abgeschossen worden. Wegen mir, wie er mir quasi zur Begrüßung mitteilte. Weil er durch mein Eintreten eine Sekunde lang abgelenkt worden war, hatte ihn der Gegner erwischt. Benno musste warten, bis André oder Julian ihn wiederbelebten. Geht ja bei *Call of Duty,* da können deine Kumpels dich wiederbeleben, kostet nicht mehr als ein bisschen Spielgeld. Und André und Julian machten das auch bei Gelegenheit. Mussten sie noch oft machen die nächste Stunde, denn Benno war einfach zu langsam und ein leichtes Opfer für den Gegner. André und Julian verloren kein Wort über ihre guten Taten und machten Benno null die Bohne Vorwürfe oder so was, sondern wiederbelebten und wiederbelebten, wann immer es ging.

In der nächsten Runde stieg ich dann auch ein ins Kriegsgeschehen und stellte mich dabei ganz passabel an. Ich bin ja eher so der Draußen-Typ, Skaten, Frisbee und Fußball, sogar in der Mannschaft mit Training und Meisterschaftsspielen mit allem Drum und Dran. Nur weil es hier drinnen kaum ein Draußen gibt, zockte ich mit. Zocken ist für mich so eine Sorte Zeitvertreib, wo du die Langeweile nicht so aufdringlich spürst, also ganz in Ordnung, aber mehr auch nicht.

André und Julian spielten sich unaufgeregt von einem Kriegsschauplatz zum nächsten, sie waren klar die Spitzenleute in unserem Team; ich war so was in der Mitte zwischen Klotz am Bein und Mitläufer und Benno ... na ja, war halt Benno. Als er dann einmal unrettbar verloren war und der Rest der Runde zum Abwarten gezwungen war, mussten wir uns einen Benno-Monolog über die beste Version von *CoD* anhören, über richtige und falsche Strategien, und welche Grafikkarten du am besten in die Tonne treten solltest. Ich kannte solche Expertentypen vom Fußballplatz. Dort triffst du auch immer wieder auf Leute, denen du den Ball nur dann zuschiebst, wenn weit und breit kein Gegner in Sicht ist, die dir aber die Teams von jedem Zweitligisten inklusive Ersatzbank vorbeten können. Und genau wissen, wer eine Lusche und wer ein übersehenes Genie ist.

Nervig.

Von daher war ich beinahe froh, unser Spiel nach einem Blick auf die Uhr beenden zu müssen. Ich stand auf und sagte: »So, ich muss dann mal zum Psycho.«

André und Julian drückten auf Pause, nur um mich mit gespielt mitleidigen Blicken anzufeixen.

»Schau dir den Meyer noch einmal ganz gut an«, sagte Julian zu André, »wenn er wiederkommt, ist er ein anderer.«

»Ganz tief innen drin wird er verändert sein, wenn wir ihn wiedersehen!«, sagte André.

Die beiden fanden das wohl sehr lustig.

Sie wussten nicht, wie sehr sie recht behalten sollten.

Adrian S. Peterson oder der Steinerne Blick

Ich musste noch mal kurz auf mein Zimmer, Papiere holen, pinkeln, vorm Spiegel überprüfen, ob mein »Steinerner Blick« noch gut sitzen würde. Ich also schwungvoll raus aus der Tür, im Flur scharf nach links geschwenkt und dann wieder mit Schwung durch die nächste Tür rein ins Zimmer. Blieb dann im Türrahmen stehen und ich würde mal tippen, dass ich dabei ungefähr genauso doof aussah wie der Rollkragentyp, der mich geistlos anstarrte.

»Was machst du denn hier?«, fragte ich etwas patzig.

»Schneiden«, sagte der Junge und hielt eine Schere hoch. »Und kleben.« Er zeigte mir einen Tesafilmabroller. »Und schreiben.« Jetzt Filzer und ein Blatt Papier.

»Was schreibst du denn da?«, fragte ich, immer noch patzig.

Er hielt das Blatt Papier hoch. Darauf standen untereinander:

Peterson
Adrian
Adrian S. Peterson

»Du heißt Adrian?«, fragte ich und er nickte.

»Das hier ist dein Zimmer, stimmt's?«, stellte ich fest.

Er nickte wieder und schmunzelte.

»Dann ist das also nicht mein Zimmer«, sagte ich. Wenn Ihr den Ton dieser Aussage richtig treffen wolltet, müsst ihr sie so sprechen, als stünde statt des Punktes ein Fragezeichen zwischen zwei Ausrufezeichen am Ende des Satzes. Also so: !?!

»Richtig«, antwortete Adrian.

»Dann sollte ich mich mal entschuldigen, stimmt's?«

»Entschuldigung angenommen. Was würdest du als Unterschrift nehmen? Adrian, Peterson oder Adrian S. Peterson?«

»Soll es amtlich, kumpelhaft oder seriös klingen?«

»Schau mich an! Seriös natürlich«, sagte Adrian lachend. Und ich: »Dann ist Adrian S. Peterson erste Wahl.«

»Dann mach ich das so.« Er lachte noch mal und beugte sich über seinen Schreibtisch, auf dem einige Zettel lagen, die er nun unterschrieb.

»Ich muss jetzt zum Psycho.«

»Ist ein netter«, sagte Adrian, ohne noch mal groß aufzuschauen.

»Die tun immer nett. Gehört bei denen zur Berufsausbildung.«

Dann war ich draußen aus Adrians Zimmer, machte einen bedächtigen Schwenk nach links und klopfte an der Tür von meinem Zimmer. Als niemand »Herein!« rief, trat ich ein, hämmerte meinen Kopf dreimal gegen eine Wand und ließ mich auf mein Bett fallen. Nach zehn Minuten musste ich schon wieder los.

Klar, dass ich im Flur auf Adrian stieß. Er klebte einen Zettel an seine Zimmertür und grinste mich an. Dann liefen wir gemeinsam die Treppe runter, schweigend natürlich, wir hatten schon genug gesprochen. Unten an der Treppe blieb er stehen und klebte einen weiteren Zettel an, diesmal an den Treppenpfeiler. Ich gab mich cool und las ihn nicht. Adrian bog ab Richtung Kantine und ich folgte dem Hinweisschild »Anstaltsleitung« und »Psychologischer Dienst« ins Souterrain, also noch eine Treppe tiefer.

Vor dem Büro des Psychologischen Dienstes befand sich ein kleiner Wartebereich, in dem ich mich niederließ. Den Ausdruck »Psychologischer Dienst« werdet Ihr in Zukunft nicht mehr lesen, denn wir nannten den Mann, der in diesem Büro residierte, Psychodoc, Doc oder Psycho. Damals, als das Ludwig-Erhard-Gymnasium sich unbedingt von mir trennen wollte, hatte ich schon einmal mit solch einem Psycho zu tun gehabt. Dem Typ hatte ich x-mal erklärt, dass mein wiederholtes »unannehmbares Fehlverhalten« zwangsläufige und unabwendbare Folge des ebenfalls wiederholten unannehmbaren Fehlverhaltens von den Leuten aus der B-Klasse war, aber der kapierte die einfachsten Sachen nicht. Zwei Mal hatte ich mir den Mund fusselig geredet, beim dritten Mal hatte ich es dann aufgegeben. Das Beste, was du tun kannst, wenn dir so einer gegenübersitzt, ist, sein Geschwafel mit eisernem Schweigen zu bekämpfen; musst du einfach totlaufen lassen, so ein Gerede. Ich war also vorbereitet.

Um 16:20 Uhr hatte ich den »Kennenlerntermin«, um 16:10 Uhr erarbeitete ich mir noch meinen »Steinernen Blick«, an dem sich schon einige Erziehungsberechtigte die Zähne ausgebissen haben. Stellt Euch das Gegenteil von einem Kussmund vor und ihr kriegt eine Ahnung von meinem »Steinernen Blick.«

Hier eine Gebrauchsanleitung zu seiner Herstellung: Zuerst spannst du die Mundwinkel an und presst die Lippen zusammen; dabei werden die schmal und bleich wie bei einer Echse, was schon mal eine gewisse Grundgefährlichkeit vermittelt. Zu ihrer Verstärkung lässt du die Augen aneinanderrücken und legst Falten in die Stirn. Steht das Gesicht stabil, lässt du diesen Trotzkern wachsen, das ist ganz wichtig. Erst, wenn auch Brust und Herz gründlich versteinert sind, steht die innere Trutzburg: unangreifbar, mit hochgezogenen Zugbrücken, heißem Teer zum Runterkippen, Wassergraben mit Piranhas und Nilkrokodilen.

So weit war ich also vorbereitet, und als Punkt 16:20 Uhr die Tür aufging, starrte ich störrisch in größtmögliche Ferne. Hätte mir eigentlich denken können, dass nicht der Doc selber rauskommt, sondern mein Vorgängeropfer. Dass das ein Wesen wie dieses Mädchen sein würde, hätte ich mir aber nicht vorstellen können. Was ich dachte, als ich sie sah, kann ich mit drei Wörtern sagen:

Ganz
große
Klasse.

Was sie über mich dachte in diesem Moment, will ich gar nicht wissen. Ich befürchte, mein Gesicht entgleiste schwer auf dem Weg vom »Steinernen Blick« zur absoluten Verblüffung. Das Mädchen war wohl überrascht, hier auf so einen Debilo zu stoßen, und blieb kurz hinter der Tür stehen. Ich steigerte meinen ausgestrahlten IQ von schwachsinnig auf minderbegabt.

Dann kam sie auf mich zu.

Ich stand auf.

Sie streckte die Hand aus und sagte: »Ich heiße Johanna.«

Der Psychodoc, von drinnen: »Kommen Sie doch rein, Herr Meyer.«

Ich drückte die ausgestreckte Hand und sagte: »Der meint mich!«

Wir guckten uns an und ich fügte hinzu: »Ich bin also wohl der Meyer.«

Dann lächelte sie und alles war gut.

Sie fragte: »Gibt's auch einen Vornamen zum Nachnamen?«, und ich antwortete: »Nein, der ging verloren.«

»Schon lange hier?«, fragte sie.

»Ziemlich genau fünf Jahre«, sagte ich und sie: »Na, das ist ja 'ne Nummer.« Sie nickte anerkennend mit dem Kopf und lächelte, dabei runzelte sie die Stirn. Jetzt sah sie oben im Gesicht ganz anders aus als unten im Gesicht und ich wusste nicht, wohin gucken.

»Übermorgen ist Jahrestag, 'ne Feier wird's aber nicht geben«, sagte ich.

»Suchst du denn Ersatz?«

»Nö, Meyer passt ganz gut, finde ich.«

Sie ging ein Schrittchen zurück und fragte: »Kann es sein, dass du was vergessen hast?« Ich hatte keine Ahnung, was ich vergessen haben könnte. Sie drückte meine Hand in ihrer und schüttelte ein wenig unserer beider Handgelenke. Ich kapierte und erklärte: »Bin mehr der Abschlagtyp als der Händeschütteltyp«, und dann ließ ich ihre Hand endlich los.

»Wichtig ist nur, dass man schnell lernt«, sagte sie. Dann: »Meyer mit i oder mit y?«

»Mit y«, antwortete ich.

Sie schaute mir eine Weile ins Gesicht, eher neugierig als musternd, und sagte dann: »Hast recht. Meyer passt ganz gut.«

»Sag ich doch«, sagte ich, und »Ah, da ist er doch, der Mann mit Mütze«, ließ der Psychodoc sich hören. Wie lange er schon lachend in der Tür gestanden hatte, weiß ich nicht. Er lotste mich in seine Folterkammer; ich hätte ihn gleichzeitig kreuzigen und liebkosen können.

Es begann nun eine sehr stille Stunde mit dem Doc. Weil ich in Gedanken nur Johannas weiches Gesicht und ihre dunklen Augen vor mir sah, war mein »Steinerner Blick« gründlich zerbröselt. Der Psychodoc gab sich echt Mühe und zog alle Register. Bei einem seiner verzweifelten Witzchen lächelte ich tatsächlich und machte ihn damit froh.

»Na, geht doch«, sagte er, »Sie können mich also hören! Ist doch ein guter Anfang!«

Ich hatte aber gar nicht wegen seines Witzchens gelacht, sondern weil ich in dem Moment dachte: Alles warm und weich und trotzdem sehr geradeaus. Und nirgendwo was Eckiges, wo ich mich dran stoßen könnte.

Der Psychodoc beendete die Stunde weit vor der Zeit. Er »freue sich auf unsere zukünftige Zusammenarbeit«, rief er mir hinterher, wieder lachend, und ich dachte, hier spinnen doch alle. Ich lief wieder den Flur entlang, am Büro der Anstaltsleitung vorbei, Treppe hoch zum Erdgeschoss. Wollte den Zettel vom Rollkragentyp lesen, doch ich kam zu spät. Vor mir lief Hausmeister Reusel. Der las die Zettel nicht, die er abriss, dem genügte es, dass sie wo hingen, wo nichts zu hängen hatte. Dazu fluchte er grummelnd auf Bayrisch, was eine prima Kombi ist.

Ich war etwas ratlos, was nun zu tun sei. Ich hatte weder Lust auf Benno-Monologe noch auf Massenmord. Ich hatte so ein Verlangen nach etwas Handfestem und schaute nach, was es die nächsten Tage zu essen geben würde. Im Schaukasten, wo der Speiseplan hängt, gibt es eine Abteilung *Sonderaktivitäten*. Eine Frau Dr. Specht kündigte dort einen Nähkurs an, der Psychodoc wollte einen Vortrag halten über den »Rückweg in den Alltag«. Und außerdem hing da einer dieser Zettel vom Rollkragentyp. Ich las ihn und dachte: Okay, ehrgeiziges Vorhaben.

Auf dem Baum draußen auf der Wiese, Feld-, Berg- oder Spitzahorn, hing der nächste Zettel mit einem Pfeil drauf, der Richtung Mauereck wies. Und einer, auf dem stand:

> Die alten Religionen sind alle Mist. Wir gründen eine neue. Wer macht mit?

Im Kleingedruckten stand was von Ort und Zeit des ersten Treffens. Klingt ambitioniert, klingt verrückt, von daher also grundsätzlich sympathisch, dachte ich und folgte dem Pfeil. Ich wusste ja schon, wo ich landen würde.

Adrian hatte noch einige Gartenstühle um den Tisch aufgestellt. Sah aus, als warteten die Möbel schon seit Langem darauf, endlich mal wieder benutzt zu werden. Ich setzte mich zur Probe auf den Dreisitzer, schaute mich um und fühlte mich wohl. Wir passten gut zusammen, dieser Platz und ich. Ich dachte noch an TKKG und Fünf Freunde und schon an Rebellion und Verschwörung. In diesem Höhleneck gäbe es Platz für beides, fürs Noch und fürs Schon. Und zu zweit ließe es sich auch gut sitzen an diesem verheißungsvollen Ort …

Bei dieser Religionsgründung musste ich dabei sein.

Allein, weil die Möglichkeit bestand, dass auch Johanna Lust hätte aufs Religionsgründen.

Für Aberglaube ist hier kein Platz

Das erste Treffen war für Montag, den 7. September um 16 Uhr angekündigt. Ich trudelte so gegen 15:50 ein und tat so, als sei ich ganz zufällig vorbeigekommen. Benno saß schon da, daneben ein schwer geschminktes Mädchen, das ohne aufzuschauen »Natascha« murmelte. Mit viel gutem Willen könntest du das, was ihre Lippen andeuteten, ein Begrüßungslächeln nennen. Dann gab sie sich gleich wieder Mühe, nicht aufzufallen, was ihr prima gelang.

Benno saß breitbeinig auf einem Gartenstuhl. Er starrte auf sein Smartphone, von dem er nur kurz hochschaute, um zu sagen: »Der Meyer hat also auch Langeweile!« Dann daddelte er weiter. Manchmal magst du Leute nicht, weil sie dummes Zeug reden, manchmal, weil ihr loses Geschwätz ins Schwarze trifft.

Die zwei schwiegen sich sehr intensiv an, und weil ich jetzt auch nicht so das große Ass in Sachen Konversation bin, machte ich da mal gleich mit. Ich lief ein bisschen rum. Die mächtige alte Eiche über uns wurde vom aufkommenden Gewitterwind heftig geschüttelt. Ich trat zu dem Baum hin und sagte so Sachen zu ihm wie: »Bist mindestens dreihundert Jahre alt.« »Gibst mal ein Eins-a-Parkett.« »Bist ein prima Baum zum Klettern. Wer erst mal in der Gabelung drinsitzt, kommt problemlos bis in die Krone.« Ich sprach genau in der Lautstärke, die offenlässt, ob du jetzt zur Eiche, zu dir selbst oder zu anderen sprichst. Wer plaudern will, kann einsteigen, wer nicht, lässt es bleiben. Super Strategie, finde ich.

Benno und Natascha wollten nicht plaudern.

Dann hörte ich, dass in meinem Rücken neue Begrüßungen ausgetauscht wurden. Ich erkannte Johannas Stimme und intensivierte meine Konversation mit der alten Eiche. »Hier steht tatsächlich eine Kletterhilfe rum!«, sagte ich etwas lauter als vorher. Johanna wollte im Gegensatz zu den anderen anscheinend plaudern, lief zur Eiche und fragte: »Was ist eine Kletterhilfe?«

»Na, eine Hilfe zum Klettern. Wenn einer alleine nicht hochkommt.«

Johannas Gesicht sagte, dass sie etwas erklärt haben wollte, und ich gehorchte: »Bei so einem Zwiesel sind die ersten zwei Meter das Schwierigste.«

»Zwiesel?«, fragte Johanna.

»Zwiesel = Baumstamm, der sich gabelt«, sagte ich. »In diesem Fall: Gabelung in zwei Meter Höhe.« Ich zeigte nach oben und trug die Kletterhilfe – stellt euch eine Trittbrettleiter vor – zum Stamm hin. »Soll ich's dir mal zeigen?«

Johanna lachte und das hörte ich total gerne.

»Nach der Gabelung beginnen die Äste. Bist du in denen erst mal drin, bewegst du dich in so 'ner Eiche so flüssig und elegant wie ein Eichhörnchen.«

Johanna lachte die Wörter: »Du ein Eichhörnchen?«

Ja, genau dieses Lachen will ich hören, dachte ich und sagte: »Eichhörnchen mit Handicap. Bein gebrochen.« Johanna hatte sichtlich Mitleid mit dem Eichhörnchen, als ich das Knie Richtung Gesäß winkelte und hinzufügte: »Rechter Hinterlauf.«

Noch mal Johanna-Lachen, dann stand Benno neben uns. »Ich glaube, es geht los.« Benno deutete auf die Wiese und beim Rückweg zum Tisch grüßte er die Kameras mit Victory-Zeichen und He-Yo-Rumhampeln.

Und tatsächlich, Punkt 16 Uhr sahen wir den hageren Jungen über die Rasenfläche auf uns zulaufen, und ich sagte zu Johanna: »Das ist er.«

Adrian lief betont langsam und machte den Eindruck, als sei er tief in Gedanken. Trotz der schwülen Sommerhitze wandelte er in seinem schwarzen Rollkragenpullover zu uns herab. Der wollte nicht einfach kommen, der wollte einen Auftritt haben. Einen würdevollen, gewichtigen. Dass es aus der Ferne heftig donnerte, war irgendwie passend und unterstützte sein Bemühen.

Als er dann bei uns unten war, reichte er jedem von uns die Hand und sagte zu uns allen, er freue sich, dass wir ihm helfen wollten, eine neue Religion zu gründen.

Dann stellte er sich vor: Adrian Sioux Peterson.

Ich fragte »Sioux?«, er nickte und sagte, ohne das Gesicht zu verziehen: »Meine Mutter spinnt an manchen Stellen.«

»An vielen?«, fragte ich.

»An wenigen. Dort aber heftig«, sagte Adrian.

»Einfach weglassen, den Blödsinn?«, schlug ich vor und er: »Immer bei der Wahrheit bleiben! Auch wenn sie bitter ist. Und du bist …?«

»Der Meyer«, sagte ich und als er mehr hören wollte: »Was du zu viel hast, hab ich zu wenig.«

Adrian nickte trocken und setzte sich dann an den Kopf des Tisches, wir anderen suchten uns auch einen Platz und dann meinte Adrian: »Am besten, wir fangen mit einer Vorstellungsrunde an.«

In mir zog sich einiges zusammen bei dem Wort *Vorstellungsrunde.* Ich kann mir nicht helfen, aber immer, wenn ich zum Reden gezwungen werde, fühlt sich das für mich an wie ein Verhör.

»Natascha, willst du beginnen?«, fragte Adrian.

Natascha sah mir gar nicht nach einem Beginnertyp aus, aber ein Widersprechertyp war sie erst recht nicht. Was sie uns erzählte, habe ich nicht vollständig verstanden, weil sie

a) sehr leise sprach
b) dabei auf den Boden guckte
c) die Eiche mächtig rauschte im Wind und
d) ihr dickes Bronze-Make-up in mir einen gemeinen, aber heftigen Drang wachrief, der bekämpft werden musste. Mich juckte

es in den Fingern, das ganze Make-up-Zeugs abzukratzen. Um zu sehen, ob eine Niete oder ein Gewinn dahintersteckt. Wie bei einem Rubbellos.

Was ich verstanden habe:
a) sie liest gerne, besonders gern Romane aus dem 19. Jahrhundert
b) sie hat Klassen übersprungen
c) sie studiert schon vor der Volljährigkeit
d) sie studiert Politologie und Soziologie

Bennos Kommentar zu Letzterem war: »Echt jetzt? Im Ernst? Das studieren doch nur Leute, die nicht wissen, was sie eigentlich studieren wollen.«

Was Natascha in dem Moment dachte, weiß ich nicht, es sah so aus, als wäre es nichts Freundliches gewesen. Sie sagte aber nichts weiter und damit war Benno dran mit Sich-Vorstellen, was er ziemlich scheiße fand. Nachdem er das deutlichst kundgetan hatte, erzählte er, dass er aus Neunkirchen käme und zwei Schwestern hätte, eine älter, eine jünger. »Mein Alter ist Klempnermeister, meine Mutter macht die Buchhaltung und beide wünschen sich, dass ich den Laden mal übernehme, was garantiert nicht passieren wird.« Seine Zukunft sah er eher in der Zukunft, die Sache mit den Computern hätte ja erst begonnen und da käme noch einiges auf uns zu. Die *Walking Deads* fand er geil, sonst schaute er am liebsten Science-Fiction-Filme und lesen tat er nur das »PM, das Magazin, das neugierig auf morgen macht«.

Dann war Johanna mit Vorstellen dran und ich mit Johanna-Anschauen. Dieser schöne, warme, runde Dialekt, den sie sprach, war wohl Fränkisch. Musik war ihr Hobby, wobei Hobby vielleicht nicht das richtige Wort ist. Die erste heilige Kommunion hat sie noch mitgemacht, danach verlor sich die Sache mit der Religion.

Und bei ihr fehlte nicht der Papa im Haushalt, sondern die Mama, die vor vier Jahren an Brustkrebs gestorben war. Seit ihrem Tod kümmerte sich ihr Vater allein um sie. Und sie kümmerte sich um ihren Vater.

Zu dieser Stelle müsste ich eine Bemerkung machen, für die ich aber gerade keine Zeit habe, weil einige dicke Regentropfen runterfielen. Merkt Euch aber die Stelle schon mal vor, die Bemerkung kommt noch.

Wegen der Regentropfen blickte ich in den Himmel und sagte feixend: »Den Göttern missfällt unser Vorhaben.«

Adrian erwiderte: »Meyer, eine Sache gleich vorweg: Für Aberglaube ist hier kein Platz.«

»Ich bin kein bisschen abergläubisch«, maulte ich.

»Ist ein typischer Satz von Abergläubischen.«

»Adrian, das war ein Witz! Mehr nicht«, sagte ich und er gab zurück: »Das habe ich schon verstanden. Bin ja nicht blöd, Meyer. Die Frage ist: Warum machst du genau diesen Witz und nicht einen anderen?«

Dann erlösten mich die Götter oder eine andere Witzfigur per heftigem Sommerschauer.

Wir rannten zurück ins Haus. Genauer: Johanna rannte so schnell sie konnte, ich rannte so schnell wie Johanna, sodass wir gleichzeitig unterm Glasdach vor unserer Kantine ankamen. Adrian und Natascha beschleunigten ihre Schritte, bekamen aber die Beine nicht so recht weg vom Boden. Sie deuteten damit an, dass sie früher einmal gerannt waren, dass sie prinzipiell schon wussten, wie Rennen geht, aber dass die Zeit der kindischen Rumrennerei für sie ein für alle Mal vorbei sei. Benno und Rennen passte überhaupt nicht zusammen und er zeigte sich völlig unbeeindruckt vom Regen. Er ging in seinem normalen Tempo, ein bisschen unrund, als ob er eine Zerrung hätte oder so was, und war klatschnass, als er ankam. Tat so, als ob er lange nach einer Erfrischung gelechzt hätte. Wir schauten gemeinsam dem Regen zu, der sich zu einem richtigen Wolkenbruch entwickelte. Er prasselte und schlug Blasen und bot alles auf, was so ein Sommerwolkenbruch zu bieten hat. Johanna fing an, eine Wie-ich-einmal-so-richtig-nass-wurde-Geschichte zu erzählen, uns anderen fiel auch etwas zum Thema ein und die Luft wurde frischer und reiner. Als der Wolkenbruch gegeben hatte, was er geben konnte, hatten wir uns auf eine zwanglose Art vorgestellt, eher so durch Lachen und Witzchen machen. Und als die Sonne wiederkam, befand Adrian: »Ich glaube, wir können jetzt weitermachen.«

Johanna sagte: »Ich geh in unser Zimmer und hol mal was zum Abwischen«, Natascha bot ihr Hilfe an und wir drei Jungs gingen schon mal voraus und beseitigten die Pfützen auf Tisch, Stuhl und Bank.

Als Johanna und Natascha zurückkamen, hatten sie dabei:

a) einen Packen Abwischtücher
b) eine Flasche Mineralwasser
c) Trinkbecher
d) ein blondes Mädchen.

»Das ist Ioanna«, sagte Johanna, »sie macht ab jetzt auch mit beim Religionsgründen.«

Ich dachte:

a) Gut.
b) Hätte ich auch gemacht.
c) Auch noch Becher! Nee, Frauen, komisch, aber toll irgendwie.
d) Warum stellt die sich nicht selber vor? Warum ist die so bleich im Gesicht? Warum sagt die nichts?

Jetzt war ich dran mit Vorstellen, aber Euch habe ich mich ja schon vorgestellt und das kann also wegfallen. Von daher ist das die Gelegenheit für die Bemerkung, für die vorhin kein Platz war. War so eine Szene, die in Wahrheit nur eine Sekunde dauerte, aber wenn du verstehen willst, was da passierte, musst du so viel schreiben, dass das Lesen viel, viel mehr Zeit braucht, als das Geschehen selbst gebraucht hat. Ich nenne so was in Zukunft einen zusammengefalteten Gedanken. Stellt Euch ein Bild vor: Mit einem Blick hast du es gesehen, doch wenn du anfängst, es zu beschreiben, brauchst du tausend Worte. So ähnlich funktionieren zusammengefaltete Gedanken: Zusammengefaltet sind sie nicht größer als ein zusammengefaltetes Taschentuch, doch wenn du es ausbreitest, brauchst du massig Platz.

Den nehm ich mir jetzt: Als Johanna gesagt hatte, »Seitdem kümmert sich mein Vater um mich. Und ich kümmere mich um meinen Vater«, da hatte Benno etwas gefeixt und ihre letzten Worte wiederholt, so, wie er sie gehört hatte: »Du kümmerst dich also um den Herrn Papa.« Den Tonfall brauch ich wohl nicht extra zu beschreiben, ergibt sich von selbst. Er wollte damit vielleicht ein paar Pluspunkte von Johanna einheimsen, dachte vielleicht, die hätte das »Ich kümmere mich um meinen Vater« irgendwie ironisch gesagt und Schmunzeln sei deshalb angebracht. Benno hat sich aber ein ungläubiges Gesicht von Johanna eingefangen. Die hatte das nämlich kein bisschen ironisch gemeint, auch nicht irgendwie leidend, bedauernd, sich aufopfernd, überlegen, belächelnd oder so was. War einfach eine Feststellung ohne ein Adjektiv dazu: Sie kümmerte sich um ihren Vater.

Ich meine, ich habe mich vielleicht auch um meine Mutter gekümmert, aber nie im Leben hätte ich vor halb fremden Gleichaltrigen gesagt: Ich kümmere mich um meine Mutter. Von dieser Seite her konnte ich Bennos danebengehende Bemerkung schon verstehen. Von einer anderen Seite aus allerdings gar nicht. Denn so, wie Johanna das gesagt hatte, konnte ich sehen, wie sie sich kümmerte. Ihre paar Worte gingen in mir auf und ich konnte mir vorstellen, was sie meinte: Ihren Vater nett begrüßen, wenn er nach der Arbeit nach Hause kam. Ihm Medikamente besorgen, wenn er krank war. Ihn an Termine erinnern, damit er sie nicht vergessen würde. Solchen alltäglichen Kleinkram eben, aus dem so was Großes wie ein Leben besteht.

Irgendwas zwischen achtzig und ewig

Dann ging es noch mal los mit Religionsgründen. Jetzt war es deutlich entspannter als vor dem Regen. Zuerst gab uns Adrian einen kleinen Überblick über den aktuellen Stand in Sachen Religion. Wir erfuhren, dass es seit fünfzehnhundert Jahren nichts Neues mehr gegeben hätte auf diesem Gebiet, abgesehen von einigen Abspaltungen und Sektengründungen, die immer nah an dem Stamm landeten, von dem sie heruntergefallen waren. Das sei doch wirklich seltsam, wo sich doch sonst alles so verändert und erneuert hätte. Der Vollständigkeit halber wollte er die Rastafaris oder die Cargo-Religionen aus Papua-Neuguinea nicht unerwähnt lassen, die tatsächlich erst im 19. Jahrhundert entstanden waren. Die Urbevölkerung in Papua glaubt beispielsweise, am Weltende kämen weiße Männer und brächten Kochtöpfe, Messer und Maschinengewehre. Sie glauben, das seien ihre Ahnen und mit denen geht's dann Hand in Hand ab in die Ewigkeit. Dieser Cargo-Kult kam nicht weit, blieb in Papua hängen, was er nicht als großen Verlust empfinden würde.

Mir kam es so vor, als hätte er seine Einführungsrede auswendig gelernt. Er verhaspelte sich kein einziges Mal, sagte nicht ein Mal »äh« oder »öööh«. Einen Satz wie »Bei der enormen Entwicklung der Produktivkräfte auf allen Gebieten mutet die Tatsache der fehlenden Religionsneugründungen doch sehr seltsam an«, den denkt sich doch keiner mal gerade so aus, auch nicht, wenn er fast Abitur gemacht hätte mit Deutsch und Geschichte als Leistungsfächern.

»Habt ihr dem Gesagten etwas hinzuzufügen oder habt ihr Fragen dazu?«

Ich schüttelte den Kopf, was hätte ich auch fragen können? Das war alles Neuland für mich. Den Mädchen ging es wohl nicht anders. Benno hatte auch nichts zu sagen, aber sagte trotzdem: »Mach zuerst mal du.«

Dann veränderte sich Adrians Art zu sprechen. Jetzt klang es nicht mehr auswendig gelernt, sondern so, als hätte er das alles schon tausendmal zu sich selbst gesagt und würde es nun, beim tausendundersten Mal, auch zu uns sagen. Er klang, als ob er die Sache gründlich durchdacht hätte und sie so gut kannte, dass Auswendiglernen nicht nötig war. Und als ob sie ihm wahnsinnig wichtig wäre.

»Wenn man die Sache mit der Religion ganz nüchtern und pragmatisch sieht«, sagte Adrian, »wird klar: Die Leute halten den Tod nicht aus. Dass nach dem Tod gar nichts mehr kommen soll, das können die allermeisten nicht ertragen. Das Nichts ist zu viel für die Leute. Da überfällt sie das kalte Grauen und das kalte Grauen ist das Allerschlimmste, was dich überfallen kann. Stimmt doch, oder?«

Keiner von uns fünfen sagte was. Aber es war klar und deutlich so eine Art zustimmendes Schweigen.

»Und weil das keiner aushält«, sprach Adrian weiter, »basteln sich die Leute was zurecht, beispielsweise, dass sie ewig leben würden nach dem Tod. Und zack, dann ist's passiert: Mit dem Wort *ewig* hast du dieses ganze Götterding mit drin, denn ewig kann nur einer sein, der außerhalb der Zeit lebt, und so einen nennt man halt Gott. Hast du erst mal einen Gott dabei, dann kommt auch gleich ein zweiter und ein dritter. Dann gibt es Götterkonkurrenz und den ganzen Scheiß mit Kreuzzug, Inquisition und Dschihad. Und wenn diese Ewigkeit erst mal im Spiel ist, dann passiert es ganz zwangsläufig, dass das ewige Leben gegen das irdische ausgespielt wird. Wie da die Kräfteverhältnisse aussehen, das muss ich ja wohl niemandem erklären. Achtzig Jahre Erdenleben gegen ewig in der Ewigkeit – das ist ein Kümmerverhältnis. Null Chance für die achtzig. Mit dem Hebel kann jeder, der die Macht hat, das Leben auf der Erde drücken und kleinmachen.«

Von Adrians Sprechen ging eine Ernsthaftigkeit aus, die ich vorher nirgendwo kennengelernt hatte. Er sprach mittlerweile so leise, dass du schon genau hinhören musstest; als ob er uns gar nicht ansprechen würde, sondern als ob wir ihm beim Denken zuhören dürften. Doch plötzlich erhob er Blick und Stimme, als er sagte: »Aber mal ehrlich: Wer braucht denn schon *ewig*? Ewig braucht doch keiner! Ich glaube, schon tausend Jahre wären genug. Nach tausend Jahren Leben wär man vermutlich satt und würde sagen, okay, das langt, und das kalte Grauen bliebe ausgesperrt. Von mir aus kann man auch hunderttausend Jahre nehmen oder lass es auch zweihunderttausend Jahre sein. Darauf kommt's dann gar nicht mehr an. Nur achtzig, das ist zu wenig. Das ist nicht auszuhalten. Wir brauchen was zwischen achtzig und ewig.«

Wir nickten alle. Keiner von uns musste sich dazu verbiegen, darauf schwör ich.

Ewig braucht doch wirklich keiner.

»Der Dreh ist: Wir müssen uns gar nicht festlegen auf eine Zahl. Wir sagen – und das ist der Kernpunkt unserer neuen Religion –, jeder wird so lange wiedergeboren, solange es Menschen gibt. Gibt's keine Menschen mehr, dann ist Schluss. Egal ob morgen oder in einer Million Jahre. Nichts mit ewig. Nichts mit Kosmos, Mutter Erde, Nirwana oder mit Paradies und Hölle. Wir koppeln unser Weiterleben einfach an die Existenz der Menschheit!«

Wir reagierten nicht. Das muss Adrian irgendwie enttäuscht haben, denn er legte nach und sagte, viel lauter als vorher: »Versteht ihr den Dreh? Wir koppeln das Weiterleben nach dem Tod nicht an irgendeinen Gott, sondern an das Weiterleben der Menschheit an sich. So schlagen wir gleich zwei Fliegen mit einer Klappe!«

Also für mich ging das zu schnell, ich bin nicht so der Zwei-Fliegen-Typ. Ich sitz da, ganz ruhig, schau sie an, die Fliege, schau ihr nach, dann schnapp ich zu und danach kommt die nächste dran. Aber für Johanna war's nicht zu schnell. Die kapierte die Zwei-Fliegen-Sache und sagte: »Dann hätte jeder ein eigenes Interesse daran, dass es weitergeht mit den Menschen, auch wenn man mal tot ist. Dass es möglichst lange weitergeht. Die Lebenden hätten endlich ein eigenes Interesse an der Zukunft, die ihnen bisher offensichtlich völlig egal ist. Sonst wäre es doch nicht so weit gekommen, mit dem Klimawandel und so.«

»Das ist's! Du hast es kapiert!«, sagte Adrian.

»Den heute Lebenden scheint die Zukunft tatsächlich reichlich egal zu sein, sonst würden sie nicht alles vergiften und ausbeuten«, meinte Natascha bitter. Johanna sagte was von »Verantwortung für Umwelt, Klima und Atomkrieg« und da dämmerte allmählich auch mir die Sache mit den zwei Fliegen.

»Wir koppeln Eigennutz und Gemeinnutz aneinander auch für die Zeit nach dem Tod!«, fasste Adrian zusammen.

Natascha verzog das Gesicht und meinte, das klänge ihr wie die ewige Marktwirtschaft und Kapitalismus forever.

»Volltreffer!«, sagte Adrian. »Da hast du völlig recht. Unsere Religion wäre die erste bürgerliche Religion. Die Religionen hängen doch irgendwie hinterher, sind noch aus dem Feudalismus, mit ihren Königen und Herrschern und goldenen Thronen. Auf dem Gebiet der Religion hat die bürgerliche Revolution bis dato noch nicht stattgefunden, kann folglich noch nicht mal überwunden werden. Unsere kann meinetwegen gerne überwunden werden, irgendwann mal später. Die will ja nicht ewig sein. Ewig gibt's doch sowieso nicht mehr! Bis dahin hilft unsere Religion gegen das kalte Grauen und richtet auch noch Nutzen in der Welt an.«

Mir kam das alles echt logisch vor. »Klaro, so machen wir's. Wir werden wiedergeboren, solange es die Menschheit gibt.«

Adrian lächelte mich an, aber gerade, wenn er lächelte, konnte sein Gesicht etwas so Verzweifeltes gewinnen, wie ich es an anderen Menschen noch nie gesehen habe.

»Wir werden als Menschen wiedergeboren, solange es die Menschheit gibt!«, ergänzte Benno. »Find ich besser. Als Wurm oder Marderhund muss ich nicht leben.«

»Und wenn es keine Menschen mehr gibt, dann brauch ich auch nicht weiterleben. Würde mir keinen Spaß machen, so ganz alleine durch die Welt zu stolpern«, sagte Johanna.

Das Kopfnicken war allgemein und ich sagte: »Klar, ist doch logisch!«

»Aber logisch allein hilft noch nicht«, sagte Natascha. »An einen Glauben musst du ja glauben und ihn nicht nur logisch finden. Wie das gehen soll, weiß ich nicht. Gut finden ist eine Sache, dran glauben aber eine ganz andere.«

Adrian brachte das nicht aus der Ruhe: »Das wird schon werden, irgendwann. Wir sind ja eine ungeheuer junge Art, verglichen mit Wurm oder Marderhund! Da können schon noch ein paar Millionen Jahre dazukommen …«

»… falls wir uns nicht zu blöde anstellen!«, ergänzte Johanna.

»… wofür die Chancen steigen, wenn jeder glaubt, solange die Ururenkel leben, lebe ich auch noch!«, sagte Benno.

Natascha meinte: »Würmer gibt's schon seit vielen Hundert Millionen Jahren.«

»Und uns?«, fragte ich.

»Seit drei Millionen. Wenn du sehr, sehr großzügig bist und alle Vorläufermodelle mitrechnest, können es auch sieben sein«, antwortete sie.

»Und streng gerechnet?«

»Noch nicht mal hunderttausend Jahre.«

Ich schaute die anderen an und fragte: »Habt ihr das gewusst?«

Die anderen nickten und ich schüttelte verblüfft den Kopf. »Das macht mich jetzt echt fertig! Da hab ich irgendwo nicht aufgepasst. Dann sind wir ja noch in den Kinderschuhen!«

Ich war echt verblüfft. Sonst hörst du immer nur was von Endzeit und Apokalypse und dann kommt so eine Figur wie Natascha, ein junges Mädchen, deren ganzes Gehabe darauf hinausläuft, eine vornehme ältliche Dame zu sein, und stellt alles auf Anfang.

Ich guckte in die Runde: »Leute, ich fühl mich plötzlich doppelt jung, als Mensch und als Meyer!«, und machte komische Faxen, die keiner komisch fand.

»Ob wir das Ganze wirklich Religion nennen oder lieber einen neuen Namen erfinden sollten, das müssen wir noch ausdiskutieren«, sagte Adrian.

Marketingtechnisch betrachtet sehe er die Vor- und Nachteile bei dieser Frage ungefähr bei fifty-fifty, meinte Benno. »Immerhin ist Religion als Wort ja irgendwie eingeführt, eine Art Markenzeichen, auf das man vielleicht nicht verzichten sollte. Andererseits verbinden sich mit diesem Wort halt auch allerlei unschöne Sachen …«

»Einen Gott haben wir allerdings nicht. Das ist nicht verhandelbar mit mir!«, stellte Adrian klar, woraufhin Natascha einwarf, dass die Buddhisten auch keinen Gott hätten und trotzdem als Weltreligion gelten würden.

So ging das noch ein Weilchen hin und her und die Frage, ob wir unseren neuen Glauben »Religion« nennen sollten oder nicht, blieb vorerst unbeantwortet.

Blieb, ehrlich gesagt, bis zum Ende unbeantwortet …

»Nur – was erzählen wir den Leuten darüber, wie vergangene, jetzige und zukünftige Leben zusammenhängen?«, fragte Adrian. »Irgendwas Persönliches muss das sein, etwas, das genau *mein* Leben an das nächste Leben koppelt. Nicht nur, dass das Leben überhaupt weitergeht, so ganz generell, sondern genau *mein* Leben. Wenn man sein Leben lang immer ›ich, ich‹ gesagt hat und das ›Ich‹ so wichtig ist, dann kann man dieses ›Ich‹ doch nicht vergessen, wenn's ums Weiterleben nach dem Sterben geht. Hat einer von euch eine Idee, wie man das ›Ich‹ ins nächste Leben mit hinüberretten könnte? Aber ohne den ganzen Scheiß mit Belohnung und Strafe?«

Das war das erste Mal, dass Adrian uns eine ernsthafte Frage stellte. Ich hätte ihm auch echt gerne eine Antwort gegeben, schon allein deshalb, weil er plötzlich so aussah, als würde ihm gleich ein Alien aus dem Bauch rausspringen, wie bei dieser Hammerszene im ersten *Alien*-Film. Er wirkte, als würde gerade ein großer Schmerz in ihm wühlen. Doch ich konnte ihm nicht helfen. Großes Schweigen auch bei den anderen. Ich schaute auf den Boden. Johanna schüttete Wasser in die Pappbecher, obwohl die noch gar nicht leer waren.

»Für mich ist auch klar«, sagte Adrian nach einer Weile, »alle müssen wiedergeboren werden, ausnahmslos alle. Sonst schleicht sich ein Punktesystem ein, das für Versetzung ins nächste Leben sorgt oder eben für das Nichtversetzen. Und schon wieder wäre das ewige Leben Spielball der irdischen Mächte.«

»Ich dachte, ewig gibt's nicht mehr?«, hakte Johanna nach und Adrian antwortete: »Da hast du recht, das ist mir nur so rausgerutscht. Wir brauchen ein neues Wort dafür, eines, das griffig den Satz zusammenfasst: Leben, solange es die Menschheit gibt.«

»Ist das jetzt eine Hausaufgabe?«, fragte ich. »Wörter finden?«

Adrian lachte mich an: »Ja, Meyer, das ist die erste Hausaufgabe: Findet ein Wort für ›Leben, solange es die Menschheit gibt‹.«

»Ist doch komisch, dass es so ein Wort noch nicht gibt«, sagte ich, während Benno an einer anderen Stelle nachhakte: »Meinst du das eigentlich ernst, dass ausnahmslos alle wiedergeboren werden?«

»Das ist Regel Nummer eins b! Unumstößlich für mich!«, sagte Adrian.

»Auch Hitler?«, fragte Benno mit Triumph in seiner Stimme.

»Auch Hitler!«

Adrians Antwort kam wie aus der Pistole geschossen, er musste keine Sekunde darüber nachdenken. Hatte er offensichtlich schon vorher gemacht. Das war eine ganz schön fette Kröte, die Adrian uns da zum Schluss noch vorsetzte, und nicht nur ich musste schwer daran schlucken. Adrian machte ungerührt weiter.

»Also, wir müssen einen roten Faden finden, der früheres und gegenwärtiges Leben miteinander verbindet. Dieser rote Faden darf nichts mit Belohnung und Strafe zu tun haben. Und ein Wort für ›Leben, solange es die Menschheit gibt‹ müssen wir auch finden. Wie sieht's aus? Wollt ihr mir und der Sache helfen?«

Wir fünf nickten alle und waren damit schon aufgenommen. Weitere Formalitäten entfielen.

»Ich hoffe, wir sehen uns wieder. Donnerstag, selbe Zeit, selber Ort? Dann können wir die Grundzüge unserer neuen Religion vielleicht schon festschreiben und in Stein meißeln!«

»In Stein meißeln klingt gut!«, sagte ich.

»Donnerstag und Montag ist Nähkurs bei Frau Dr. Specht, da kann ich nicht«, sagte Johanna und Natascha nickte zustimmend.

»Dann nehmen wir Freitag«, schlug Adrian vor und ich: »Lieber Mittwoch.«

Glücklicherweise fragte mich niemand, was ich gegen den Freitag hätte. Ich hätte lügen müssen, vielleicht was von »Schwacher Stunde« oder Psychodoc erzählen müssen, weil die Wahrheit »Will Johanna schnell wiedersehen« irgendwie unsagbar schien.

Bevor wir auseinandergingen, sagte Natascha schnell: »Wir sollten nicht einfach so auseinanderlaufen. Wie wär's mit etwas Teambuilding? Im Kreis aufstellen und so?«

Ich sagte: »Teambuilding ist noch schlimmer als Vorstellungsrunden«, und Benno konkretisierte: »Teambuilding ist für den Arsch.«

Wir bildeten dann trotzdem. Und als wir so im Kreis standen, hatte ich eine Idee, auf die bin ich heute noch stolz.

»Lasst uns uns gegenseitig in die Augen schauen, nicht in den Himmel, nicht auf den Boden. In die Augen. Weil es doch um die Menschen geht bei uns und nicht um den Himmel oder Mutter Erde oder so was. Weil das doch der Kern ist von unserer Sache, dass man stolz ist, ein Mensch zu sein!«

Und so haben wir es dann gemacht. Wir stellten uns im Kreis auf und Adrian fasste die Ergebnisse unserer Sitzung zusammen. Er sprach in einem etwas salbungsvollen Predigerton, und ob er das ernst meinte oder sich lustig machte, wusste ich damals noch nicht. Natascha schaute überwiegend auf den Boden – ob sie uns nicht mochte oder ob sie sich selbst nicht mochte, wusste ich damals auch nicht. Benno schnitt Grimassen. Warum er überhaupt geblieben war? Ich hatte keine Ahnung. Ioanna lächelte etwas verlegen, Johanna schaute freundlich von einem zum anderen und dann blieb ihr Blick in meinem hängen. Und wie ich sie so ansah, da dachte ich: Meyer, das ist jetzt mal was Neues. Ein tolles Mädchen, vor dem du keine Angst hast. Und dann kapierte ich, was an Johanna ich schon kannte: Sie hatte dieselbe Art Kleidung wie ich: preiswert, aber qualitätsbewusst. So was wie ihre braune Cordhose, eine Hose, wo ein Loch drin keine Mode ist, sondern ein Malheur. Eine Frisur, die du dreimal selber nachschneidest, bevor wieder ein Profi dranmuss. Schuhe, die halten, bis sie zu klein werden. Wäre sie aus Düren gekommen, hätte ihr Papa in denselben Geschäften eingekauft wie meine Mama. Danach hätten die beiden sich zu Kaffee und Kuchen treffen können, immer am ersten Samstag im Monat und immer in derselben Lokalität mit Deckchen auf der Tischdecke.

Ich weiß nicht, ob ihr den Ausdruck kennt, weil es eher so ein Mama-Spruch ist, aber ich sag's mal trotzdem: Die hatte irgendwie meinen Stallgeruch. Für die wäre ein Euro genauso viel wert wie für mich. Da bleibt immer noch viel Platz für Missverständnisse, klar, aber immerhin *eine Art* Missverständnis würde es nicht geben.

Ist doch komisch, oder?

Am nächsten Tag stand ich vor der Kantine und schaute auf die Rasenwiese mit ihren Linden. Es war so ein Spätsommerseptembertag, der sich schon wie Herbst anfühlte, mit Grau am Himmel, Nieselregen und kurzen Windböen. Jedes Mal, wenn der Wind durch die Linden fuhr, warfen die einen ganzen Schwung gelber Blätter ab. Die Blätter trudelten ganz sanft durch die Luft und schwebten in einigem Abstand voneinander zu Boden, so als ob sie sich auf keinen Fall in die Quere kommen wollten. Irgendwie respektvoll, jedes für sich und trotzdem alle zusammen. Es sah aus, als würde es schneien. Schneien wie im Bilderbuch, mit diesen bilderbuchtypischen Riesenflocken, die ganz locker fallen und nie aneinanderklatschen.

Ganz selbst- und zeitvergessen schaute ich dem Blätterschnee zu. Bei mir hatte ja um Ostern 2015 rum der ganze Schlamassel begonnen. Während ich damals auf mein Urteil wartete und alles schwarz war in mir, herrschte draußen Frühlingsstimmung mit sachten Sonnenstrahlen und Vogelgezwitscher ohne Ende. Die Bäume waren gerade beim Austreiben und ihre Blätter zeigten ein ganz zartes Grün, so eines, das sich noch gar nicht richtig traut, da zu sein. Ich war Lehrling bei der Tischlerei Dieter Wehmut, duales Ausbildungssystem, vier Wochen Berufsschule, vier Wochen Betrieb, und mein zweites Lehrjahr war schon fast rum. In diesem April war mir in den Mittagspausen nicht nach Witzereißen oder Bild-Zeitung lesen. Stattdessen guckte ich stumm auf den Hof mit seinen zwei Lindenbäumen. Die Kollegen witzelten etwa drei Tage lang über den träumenden Lehrling, dann hatten sie mich in Ruhe gelassen und ich konnte ungestört das scheue Grün der jungen Blätter betrachten.

Jetzt gaben die ersten schon ihre Abschiedsvorstellung …

Dann hörte ich von drinnen ein leises Surren und Zischen und wusste, jetzt holt sich einer einen Kaffee. Ich drehte mich um und schaute in die Kantine. Johanna stand am Getränkeautomaten und holte sich keinen Kaffee. Sie trank immer Kakao, da konnte der Benno noch so viel über »lauwarme Kinderkacke« lästern, das war ihr so was von egal.

Johanna trug ihren frisch gebrühten Kakao zu einem dieser pflegeleichten Plastiktische, setzte sich hin und hielt den Becher mit beiden Händen umfangen. Sie beugte sich darüber und schaute ganz lange hinein, als ob darin etwas zu entdecken wäre. Dann fing sie an, den Kakao auszulöffeln, Löffel für Löffel, Schluck für Schluck. Mit einer Gründlichkeit, als ginge es um etwas total Ernstes.

Durst war das nicht, was sie da stillte.

Ich habe mich dann wieder von Johanna ab- und dem Blätterschnee zugewandt, weil dieses Versunken-in-den-Kakao-Schauen etwas so Intimes hatte, dass ich mir beim Zuschauen wie ein Spanner vorkam. Als ob ich Johanna heimlich beim Duschen zuschauen würde. Nein, genauer: als ob ich zugucken würde, wie sie sich wäscht. Auf so eine altmodische, sorgfältige Art und Weise, mit zwei Waschlappen, einem für oben und einem für unten und mit Seife und fließend Kalt- und Warmwasser. Diese Art, bei der du dich überall zweimal berührst, einmal beim Ein- und dann noch mal beim Abseifen, und wo nichts so ruckzuck in einem Abwasch geht wie beim Duschen. Natürlich *würde* ich Johanna gern dabei zuschauen, aber ich würde es *nicht wirklich* tun. Nicht ohne ihr Einverständnis, meine ich, und das war ja weit weg, undenkbar weit, paradiesweit. Deshalb habe ich auch nicht weiter zugeschaut, wie Johanna ihren Kakao löffelte, sondern schaute wieder in den Park, wo immer noch die Blätter rieselten.

Irgendwann kam Johanna raus, stellte sich neben mich und

schaute mit mir in den Blätterschnee. Selbst wenn ich gewollt hätte, hätte ich gar nicht sagen können, was ich dachte, weil ich die richtigen Worte meist nur dann finde, wenn mir niemand zuhört.

Nach einer Weile brach Johanna das Schweigen: »Schön, diese Blätter, was?«, und ich antwortete: »Sind Lindenblätter.« Nach einer kleinen Pause ergänzte ich: »Sommerlinden übrigens, keine Winterlinden.« Dabei war ich mir absolut nicht sicher, weil ich die zwei Arten immer verwechselte, und ich musste an die Neuß denken, die bei uns Materialkunde unterrichtete und die mir immer vorgeworfen hatte, nicht ernst genug bei der Sache zu sein.

»Das Lindenholz wird auch ›Heiliges Holz‹ genannt, weil man früher daraus die Heiligenfiguren geschnitzt hat«, sagte ich dann. Damit war ich auf sicherem Terrain, denn das mit dem »lignum sacrum« hatte ich mir gemerkt, obwohl ich so viel anderes sofort vergessen habe, was die Neuß so erzählte. Was man sich merkt und was man vergisst, das folgt Regeln, die kein Lehrer kennt.

»Heiliges Holz – klingt schön«, sagte Johanna.

»Ob Sommerlinde oder Winterlinde, macht beim Holz übrigens keinen Unterschied. Verarbeiten sich beide gleich.«

»Aha.«

Auch wenn sie sich nicht schwer interessiert anhörte, ergänzte ich: »Kannst du also ruhig miteinander verwechseln, macht nichts, da entsteht kein Schaden draus!«

»Finde ich beruhigend«, sagte Johanna und ich fuhr fort: »Die Neuß …«

»Wer ist die Neuß?«

»… die Neuß, Materialkunde und Arbeitsrecht, Berufsschule Leo-Sympher-Kolleg, oben am Poolplatz. Also, die Neuß wurde immer ganz fuchsig bei solchen Verwechslungen. Die verlangte, dass du jeden Baum an ›Blatt, Frucht und Habitus‹ erkennst. Der konntest du hundertmal erklären, dass du als Tischler ein Leben lang hobelst und sägst, ohne auch nur ein einziges Blatt in deiner

Werkstatt zu sehen. Wollte die nichts von wissen. Sommerlinde, Winterlinde, Bergahorn, Feldahorn, Stieleiche, Traubeneiche – alle sollst du unterscheiden können, wenn es nach der Neuß ging.«

»Na ja, schaden kann's ja nicht«, sagte Johanna.

»Wie, schaden kann es ja nicht?«

»Na, was wissen und was unterscheiden können, kann doch nie schaden, oder?«

Ich dachte, Meyer, du bist dabei, dich um Kopf und Kragen zu reden, und ich gebot mir Schweigen. Also schaute ich wieder in den Park und Johanna in ihren leeren Kakaobecher, den sie immer noch in der Hand hielt. Vielleicht, weil so ein Steingutbecher ein guter Wärmespeicher ist, vielleicht auch, weil selbst so eine umwerfende Frau wie Johanna manchmal was zum Festhalten braucht.

»Komisch«, sagte sie irgendwann und machte dann eine Pause, in der ich dachte, jetzt kommt gleich was, was sicher nicht komisch ist. Weil das ist doch immer so: Wenn einer einen Satz mit »komisch« beginnt, kommt immer was Unkomisches hinterher. Ich war also irgendwie alarmiert.

»Ist doch echt komisch mit der Wahrheit«, fuhr sie fort, »die hat irgendwie keine Zeit.«

»Wie meinst du das?«, fragte ich.

»Nimm mal den Satz: Wir werden wiedergeboren, solange es die Menschheit gibt. Hat doch das Zeug dazu, mal als große Wahrheit zu gelten. Und die Welt wäre sicher eine bessere Welt, wenn viele an ihn glauben würden. Aber wenn man so was sagt, sogar wenn man dabei diesen salbungsvollen Predigerton anschlägt wie Adrian gestern, dann ist trotzdem nach weniger als einer Minute alles vorbei. Ist doch komisch, oder? Zähne putzen geht fünf Minuten, dagegen ist die Wahrheit in null Komma nix gesagt.«

»Oder mit dem Bus fahren«, sagte ich.

»Bus fahren?«

»Zähne putzen, Bus fahren, sich waschen … Solche Sachen eben. Brauchen viel Zeit.«

»Verstehe.«

»So im Vergleich zu: Die-Wahrheit-Sagen.«

»Ist mir schon klar.«

»Allein von Düren-Zentrum nach Merzenich-Poolplatz brauchst du eine halbe Stunde!«

»Scheint ja echt was los zu sein bei euch in Düren!«, sagte Johanna und lachte.

»Na ja, so wild ist es auch wieder nicht. Kann auch schneller gehen, die Fahrt. Kommt drauf an, wie lange du warten musst auf den 207er.«

»Okay«, sagte Johanna und ich fügte hinzu: »Manchmal fährt der 207er nur bis zum Alten Bahnhof und du musst noch mal umsteigen, wenn du weiterwillst. Dann kommt schnell mal eine halbe Stunde zusammen!«

»Das ist echt bitter.«

War wohl ein Satz zu viel gewesen.

Deshalb war dann wieder Ruhe.

Ich beneidete Johanna um ihren Kakaobecher, denn sie hatte etwas in der Hand und konnte ihre Hände aufräumen, während ich nichts in der Hand hatte und nicht wusste, wohin mit meinen Händen. Ich hätte zwar meine Mütze abziehen können, um meine zehn Finger zu beschäftigen, aber das tat ich natürlich nicht, denn ohne meine rote Mütze fühlte ich mich damals nicht als Meyer. Das hätte in dieser Situation logischerweise auch gar nichts geholfen, da konnten meine flattrigen Hände nach Beschäftigung schreien, so laut sie wollten.

Mütze abziehen war ein No-Go.

Johanna schaute wieder in ihren Becher rein. Dann sagte sie: »Mir ist der Adrian irgendwie ein bisschen unheimlich. Läuft, als ob er einen Stock verschluckt hätte, und hat Kleider an, die sind noch altmodischer als die von Natascha. Irgendwie komisch, der Typ.«

Und während ich noch überlegte, ob ich überhaupt was antworten sollte, hörte ich mich plötzlich sprechen: »Komisch, wir sagen immer ›komisch‹, wenn uns das richtige Wort fehlt. Das macht auch der Adrian.« Ich wunderte mich, dass man plötzlich hören konnte, was ich so zusammendenke, da fragte Johanna: »Mach ich das auch? ›Komisch‹ sagen, wenn mir das richtige Wort fehlt?«

»Ja, glaube schon«, sagte ich.

Dann war mein Hirn glücklicherweise wieder auf leise gestellt, denn als Johanna darüber nachdachte, ob es stimmt, dass sie auch immer »komisch« sagt, wenn ihr das richtige Wort fehlt, sah sie so schön aus, dass es mir vollständig die Sprache verschlug. Hätte man mein Hirn hören können, dann hätte man mich singen gehört, aber gar nicht mich als Meyer, sondern mich als einer, der singt wie zwanzig Cellos auf einmal, die alle so eine dunkelbraune Musik spielen.

»Ich glaube, du hast recht. Das nächste Mal probiere ich mal aus, was passiert, wenn ich ›traurig‹ sage an der Stelle, wo ich sonst ›komisch‹ sagen würde. Machst du mit?«

»Klar mach ich mit«, sagte ich und fing gleich damit an: »Traurig, dass Natascha ihr Gesicht so zukleistern muss mit ihrer Schminke!«

»Traurig, dass uns so oft das richtige Wort fehlt!«, machte Johanna weiter.

»Traurig, dass Ioanna nie was sagt.«

»Traurig, dass Adrian so ein Einzelgänger ist.«

»Traurig, dass wir hier drinnen landen mussten, um uns kennenzulernen«, sagte ich.

Damit war das Komisch-traurig-Verwechselspiel eindeutig beendet, was natürlich auch Johanna nicht verborgen blieb. Sie machte ein Gesicht, das auf viele Arten zu lesen war, irgendwie komisch und traurig in einem, aber im Ganzen freundlich und zustimmend. Dann hörte ich wieder die dunkelbraune Musik, in der jetzt ein paar Streifen rumschwammen, so schlängelnde Fäden, schillernd zwischen Dunkelblau und Silbern. Hätte ich Johanna angeguckt, dann wären diese Töne garantiert aus mir rausgequollen, was ich jedoch unbedingt vermeiden wollte. Ich schaute also dorthin, wo Johanna hinschaute, zu einem Baum im Park, keine Linde, sondern ein Feld-, Berg- oder Spitzahorn. In seinem Schatten lag ein Hund und an seinem Stamm hing noch einer von Adrians Zetteln. Das Papier war vom Wolkenbruch ganz schön mitgenommen. Trotzdem fand ich es schön, dass es noch dort hing. Ich mag es, wenn man Sachen so langsam kaputtgehen lässt und sie nicht gleich wegschmeißt, sobald sie ihre Schuldigkeit getan haben. Ohne diesen Zettel hätte ich vermutlich Johanna nicht näher kennengelernt. Von daher ist das der beste Zettel der Welt und er soll hängen bis ans Ende aller Tage.

Der Regen heute war so ein Sprühregen, näher dran an Nebel als an Wolkenbruch, und Wind gab's so gut wie keinen und die Blätter rieselten sanft. Warm war es, draußen in der Natur und drinnen in mir. Da gab es so eine Übereinstimmung und ich fühlte mich irgendwie wohlig geborgen.

All das habe ich Johanna gesagt, aber nicht mit lauten Worten, sondern nur so in Gedanken. Damals, vor der Kantine, hatte ich nicht gespürt, dass meine Gedanken bei ihr angekommen wären. Wäre ja auch eindeutig abstrus: Gedankenleserei gibt es bei Cyborgs, Jedis und Zauberern und in Bennos Science-Fiction-Filmen, aber doch nicht in unserer Anstalt in Niederbayern.

Doch wenn ich Johanna später in die Augen schaute, dann dachte ich manchmal: In dieser Tiefe ist alles möglich. Sogar, dass sie mich ganz jedimäßig versteht, selbst wenn ich mal die richtigen Worte nicht finde.

Wer sich nicht bedanken kann, wird hässlich

Warum die anderen dreizehn Insassen nicht auf Adrians Aushang reagierten, kann ich Euch nicht sagen, weil ich es nicht weiß. Was Johanna, Ioanna, Natascha und Benno getrieben hat, zum Religionsgründungstreffen zu kommen, könnte ich Euch teilweise sagen, mach ich aber nicht. Das gehört in die Kategorie »zu mordende Vorgeschichten«. Ohne diese Opfer würde dieses Buch einfach zu dick werden. Ich mag keine Bücher, die mehr als 400 Seiten haben, und deshalb schreibe ich logischerweise auch keines, das mehr als 400 Seiten hat.

Warum ich zu dem Treffen gekommen war, das wisst ihr ja. Ich hatte gehofft, Johanna dort zu sehen, mit Religion hatte ich noch weniger als nichts am Hut. Heute bin ich sogar deutlich im Minusbereich, was Religion betrifft.

Als Papa noch lebte, sind wir manchmal gemeinsam zur Kirche gegangen, in Düren, also katholisch. Mit Bibel, Papst und Jesus hatten wir zwar auch damals nichts zu tun, aber Papa meinte, einen Gott zu haben sei eine praktische Sache und hilfreich in vielen Lebenslagen – so was wie ein Allzweckwerkzeug. Wenn man sich beispielsweise bedanken will, sei ein Gott sehr von Nutzen. Papa fand das gut. Weil ohne Dank zu leben hässlich macht. Das war einer seiner Lieblingssätze: Wer sich nicht bedanken kann, wird hässlich.

Ist manchmal aber gar nicht so leicht, sich zu bedanken. Weil du nicht weißt, bei wem du dich bedanken sollst. Nehmt als Beispiel folgenden Fall: Vor dir liegt ein Schnitzel, lecker gebraten, saftig und zart, von den Pommes nebenan auf dem Teller sehen wir jetzt mal völlig ab, sonst wird's zu kompliziert. Jetzt könntest du dich natürlich bei dem Schwein bedanken, dass das Schnitzel so gut schmeckt, müsstest aber damit rechnen, dass das Schwein deinen Dank gar nicht haben will. Dem Bauer kannst du ungefährdet »Danke« sagen, von dem kommen vermutlich keine Widerworte. Doch wenn du halbwegs gerecht sein willst, musst du dich auch beim Metzger bedanken, der das Schwein geschlachtet hat. Und je gerechter du sein willst, desto mehr Leute werden es dann, bei denen du dich bedanken müsstest. Schließlich hat der Metzger seine Messer von woher und der Bauer hat seine Ställe auch nicht alleine gebaut. Und wieder jemand anderes hat das Schnitzel gebraten, in Butterschmalz hoffentlich. Ihr merkt schon, jetzt wird's reichlich kompliziert, ohne dass wir die Pommes überhaupt beachtet hätten. Auf jeden Fall wäre das Schnitzel längst kalt geworden, bevor du fertig bist mit dem Bedanken, und das will man ja auch nicht. Hast du dagegen einen Gott, bei dem du dich bedanken kannst, bleibt das Essen warm. Das ist wie bei einem All-inclusive-Angebot in den Sommerferien: Du zahlst einmal und alles ist abgedeckt. Könntest dich natürlich auch bei der Menschheit bedanken, da wäre auch vieles eingeschlossen, aber so weit sind wir noch nicht. Beim Schnitzeldank, so Papa, sei Gott also eine Art Abkürzung, ohne die es prinzipiell zwar auch ginge, ohne die das Danken aber eine zeitraubende Sache wäre.

Mama hatte nie so eine glückliche Natur wie Papa. Hat ihren Anteil am Weltgeschehen immer auch – ich sag's mal vorsichtig – leicht überschätzt. Ihr fiel zum Schnitzel vorrangig ein, dass *sie* es schließlich war, die es eins a gebraten hat. Mama beanspruchte neunundneunzig Prozent des zur Verfügung stehenden Dankes für sich. Nach Papas Bankrott und seinem Tod konnte sie das Wort »Danke« nur noch voller Hohn aussprechen, so verbittert war sie. Auf den Gott, der ihr den Mann weggenommen hatte, war sie schlecht zu sprechen.

Dann gab es noch den blöden strenggläubigen Opa. Bei dem

war die Sache mit der christlichen Nächstenliebe in den völlig falschen Hals gerutscht.

In meiner Familie wetteiferten also unterschiedliche Götter miteinander. Ich hatte mich da bisher rausgehalten und diese ganze Gottessache konnte mir gestohlen bleiben.

Rolf Zuckowski und das kalte Grauen

… So, jetzt springe ich mitten rein in die dritte Sitzung des Arbeitskreises Religionsgründung. Die zweite Sitzung musste ich opfern, wegen des 400-Seiten-Problems, siehe oben. Ebenso den Anfang dieser dritten Sitzung. Ist auch ohne Anfang ganz schön lang. Die dritte Sitzung als solche ist ein Muss, denn dabei war Public-Relations-Arbeit der einzige Tagesordnungspunkt. Und PR ist natürlich immens wichtig, wenn du willst, dass eine Idee in vielen Köpfen ihr Leben entfalten kann. Wenn es sich bei der Idee, wie in unserem Falle, um eine neue Religion handelt, sind Public-Relations vermutlich noch wichtiger als bei einem neuen Snack für die Mittagspause.

Also: wieder Verschwörerecke, wieder wir sechs, schönes Wetter diesmal und einige Auslassungspunkte.

…

»… Wir sollten Kontakt aufnehmen mit der Bill und Melinda Gates Stiftung«, sagte Johanna.

Benno schüttelte den Kopf. »Ich glaube, das ist nicht die richtige Adresse für uns. Die zwei Gates machen doch in Gesundheit und Ernährung und haben mit Bildung und Religion und so Sachen nichts zu tun.«

Johanna widersprach: »Die werden schon kapieren, dass es bei unserem Vorschlag um was Großes geht. Und für was Großes schreiben große Leute ihre Regeln einfach neu.«

»Ich finde, das ist eine gute Idee«, sagte Adrian, »der Gates hat Geld in Massen, sein Name ist verknüpft mit neuer Zeit und großer Zukunft und er hat ein bekanntes Gesicht.«

…

»… der Gates sieht langweiliger aus als Herr Biedermann!«, warf Benno ein.

…

»Geld und Prominenz in einem, eine Koppelung von materieller Kraft und symbolischer Prägnanz – das wäre schon ein idealer Vertreter unserer Sache.«

Johanna sagte: »Stellt euch vor, Jahrespressekonferenz der Bill und Melinda Gates Stiftung, erster Teil, Erfolge im Kampf gegen Malaria, Impfkampagnen und so. Und dann, kurz vor Ende, teilt er der Weltpresse mit, dass er den Tod zukünftig auch auf andere Art zu bekämpfen gedenke …«

»… und aus der Kulisse tritt hervor: Johanna G., das schöne Gesicht der neuen Weltreligion!«, witzelte Benno.

Johanna sagte: »Falls du mir sagen willst, dass ich ein schönes Gesicht habe: Das weiß ich schon lange. Wenn du was anderes sagen willst, dann sag es bitte anders.« Ich vermute mal, Benno war froh, dass Natascha fragte: »Ist das nicht eine Nummer zu groß, Bill Gates Stiftung?«

»Ach, Natascha, immer hast du Angst, irgendwo anzuecken oder zu laut zu sein oder zu unbescheiden! Wer Großes vorhat, darf nicht auf halbem Weg stehen bleiben!«

»Außer der Gates Stiftung gibt es doch noch viele andere Stiftungen. Da findet sich sicher eine, die besser zu unserer Sache passt«, beharrte Natascha.

»Da magst du recht haben. Aber das eine schließt das andere doch nicht aus. Wer groß denkt, der beantwortet Entweder-oder-Fragen mit einem kräftigen Sowohl-als-auch!«, sagte Adrian und wandte sich nochmals Johanna zu: »Könntest du etwas recherchieren? Eine Liste anfertigen mit anderen Stiftungen, die für uns infrage kämen? Stiftungszwecke, Stiftungskapital, Kontaktdaten und so weiter?«

Johanna nickte, und Ioanna, die sich bisher mit einer Art Gehilfinnenrolle begnügte, nahm ihren Hausaufgabenblock und schrieb die neue Hausaufgabe rein.

Dann fragte Adrian: »Was haben wir sonst noch?«

»Ich kümmere mich gerade um den Friedensnobelpreis«, sagte Benno, »ich schreibe eine Bewerbung. Für Oslo. Ans Komitee.« Er guckte so nach Beifall heischend, dass ich das Bedürfnis hatte, ihn zu deckeln, und deshalb sagte ich: »Mach doch gleich für beide!«

Benno schaute schafsdoof, und deshalb schob ich nach, um ihm auf die Sprünge zu helfen: »Na, für den normalen und den alternativen?!«

Dass es zwei Friedensnobelpreise gibt, habe ich selbst erst gestern zufällig gelesen. Normalerweise warte ich ja immer ein, zwei Wochen ab, bevor ich so ein neues Wissen irgendwo einfließen lasse, weil es mir sonst wie Nachplappern vorkommt. Das ist so eine Art Schamfrist, weil die Grenze zwischen Lernen und Nachplappern doch so dünn ist. Aber Bennos großes Maul zu stopfen war mir ein inneres Bedürfnis.

Adrian wandte sich Benno zu und sagte: »Vergiss den Nobelpreis. Falsche Adresse.«

»Ich dachte, wer Großes vorhat, darf nicht auf halbem Weg stehen blei–«

»Das ist doch Quatsch. Den Preis kriegen vielleicht unsere Nachfolger, so fünf oder sechs Generationen später. Aber nicht wir. Den Nobelpreis gibt es für Dinge, die bereits geschehen sind. Die Preise sind eine Würdigung für vollbrachtes Tun, nicht für geplante Taten. Allein deshalb: falsche Adresse.«

Eines musste ich Benno lassen: Wenn er eins aufs Dach kriegte, dann war er kein bisschen beleidigt, sondern ging einfach schnurstracks zum nächsten Punkt über. Dem Benno konntest du frontal eine Torte ins Gesicht klatschen, der machte ungerührt weiter mit seinem komischen Benno-Sein. War irgendwie Dick und Doof in

Personalunion. Das machte ein beeindruckendes Gesamtergebnis, musste ich zugeben.

Benno: »Entscheidend natürlich für unseren Erfolg: soziale Medien. Facebook, Twitter, Instagram, YouTube. Müssen wir natürlich rauf- und runterbespielen. Mit Facebook fangen wir an.«

Adrian verzog das Gesicht, als hätte man ihm einen Ehrenplatz beim »Großen Abend der Volksmusik« geschenkt. Mit Helene Fischer und Florian Silbereisen als Moderatorenduo.

»Ist mir schon klar, dass du dir dafür zu fein bist«, sagte Benno, »aber wenn einer in die Welt hineinwirken will, muss er auch bereit sein, sie anzufassen und sich die Hände schmutzig zu machen. Sonst wird das nix, wie mein Alter immer sagt.«

Adrian lächelte gequält und Benno präsentierte seine Ideen. Entwarf mal so im Nebenbei auch Vorschläge für unseren Internetauftritt.

Ich musste zugeben: Das klang alles so, als wüsste er, wovon er sprach.

Schließlich fragte Benno: »Wie steht's mit der YouTube-Sache? Dem Video, von dem wir gestern beim Abendbrot gesprochen haben? Einen Kanal für uns habe ich schon eingerichtet und er wartet auf Content. Das Drehbuch schreibt sich von selbst, aber wer kümmert sich um die Technik?«

Und dann überkam mich etwas, weiß auch nicht genau, was. Ich streckte die Hand hoch, lümmelte dabei ein bisschen auf dem Stuhl rum, um etwas Nebensächlichkeit anzutäuschen, so als ob ich gleich etwas ganz Banales sagen würde, etwas wie »Morgen kann ich nicht« oder »Wir müssen an Ronaldo und Messi ran«. Stattdessen sagte ich ganz cool: »Wisst ihr, ich habe Bowie an der Angel. Der hat sicher Leute an der Hand für so einen Dreh.«

Die Reaktionen waren weniger umwerfend als erwartet. Johanna kannte Bowie wohl nur dem Namen nach, Natascha gar nicht, doch immerhin bei Adrian hatte ich einen Nerv getroffen. Konntest du sehen an seinem offen stehenden Mund. Konntest du hören an seiner Stimme, wie er sagte: »Ist nicht wahr, Meyer, oder?«

Ich machte mein Ich-weiß-das-klingt-unglaublich-aber-so-ist-er-halt-der-Meyer-Gesicht und Benno verdrehte die Augen: »Bowie ist doch ein uralter Mann. Völlig out of time.«

Logisch, der gönnte mir Adrians Bewunderung nicht und streute deshalb Salz auf meine Sahne.

»Bowie ist kein bisschen zu alt«, sagte Adrian, »der kann gar nicht alt werden. Wo Bowie ist, ist vornedran.«

Dann schaute er mich erwartungsvoll an und wollte mehr wissen von der Beziehung zwischen mir und David Bowie. Das war ein toller Moment, den ich ein wenig ausdehnen wollte. Spannung steigern, auf den rechten Moment lauern und kurz bevor einer sagt: »Jetzt erzähl doch mal!«, mit Erzählen anfangen. Ich passte diesen Moment genau ab. Dann legte ich los: »Ich habe Aktivitätspunkte auf Bowies Website gesammelt, und wegen meiner vielen Aktivitätspunkte habe ich Sonderrechte. Der Manager von Bowies Manager hat mir gemailt, dass sich unsere Sache sehr interessant anhöre und er sich darum kümmern wolle. Kurz, es kann nicht mehr lange dauern, bis Mister Jones aka David Bowie persönlich sich unserer Sache annimmt.«

»Ist der Manager vom Manager ein Ober- oder ein Untermanager?«, fragte Benno.

»Oben natürlich«, sagte ich, als sei das selbstverständlich, auch wenn ich dachte, das ist mal 'ne gute Frage.

»Ich fände Rolf Zuckowski besser als David Bowie«, meinte Johanna, »wir müssen in die Kinderzimmer reinkommen. Im Kinderzimmer wird über den Glauben entschieden, nicht in der Disco!«

»Bowie hat mit Disco nur am Rande zu tun«, sagte ich und Adrian fragte genervt: »Wer bitte ist denn Rolf Zuckowski?«

»Na, der von *Stups der kleine Osterhase*«, antwortete ich und Adrian guckte wie ein Auto. Johanna steuerte ein *»In der Weihnachtsbäckerei!«* bei, doch Adrian begriff immer noch nicht.

»Januar, Februar, März, April, die Jahresuhr steht niemals still«, sang ich ihm vor und Johanna trällerte *»Nackidei, nackidei«*. Ich warf dann ein *»Papi, wach auf!«* zu Johanna rüber. Die lachte mich an und ich lachte zurück, das ging so hin und her und machte mich glücklich. Von mir aus hätte das stundenlang so weitergehen können, aber dann sagte Benno: »Wenn wir den Zuckowski kontaktieren, können wir ja auch gleich die Pippi-Langstrumpf-Tante anschreiben.«

»Die Pippi-Langstrumpf-Tante wäre genau die, die wir brauchen, und die würde garantiert auch mitmachen. Weil die nämlich die Menschen liebt«, sagte Johanna.

»Na, dann schreiben wir halt auch an die Pippi-Langstrumpf-Tante!«

»Die ist tot!«

Dann sagte Natascha was, doch was auch immer es gewesen war, ging völlig unter, weil wir alle auf einmal Adrian anstarrten, der plötzlich ganz komisch aussah. Adrian konnte sich von jetzt auf gleich so verändern, dass du ihn kaum wiedererkannt hast. Das hatten wir bei unserem zweiten Treffen schon erlebt. Benno tippte auf eine Art von Epilepsie. Wo eben noch der Adrian war, saß plötzlich nichts als ein riesengroßer Schmerz. Einer, der drückt und presst und zwängt. Irgendwas staute sich in ihm und diese Stauung versuchte Adrian dann irgendwie rauszurülpsen, anders kriegte er sie wohl nicht weg. Mein famoser Dreifachrülpser auf »Gut'n Abend« hat was Komisches an sich, Adrians gewürgtes Aufstoßen aber nicht, denn seine Augen schauten dabei so schreckensstarr wie die von meinem Papa, damals am Tennisgelände.

Voll mit kaltem Grauen.

Als sein großer Rülpser endlich draußen war, sah Adrian ganz erschöpft aus. Wir fünf schwiegen und schauten ihn betroffen an.

Adrian tat so, als ob nichts gewesen wäre, und da, wo eben noch ein fetter Haufen Verzweiflung und ein riesengroßer Schmerz gesessen hatte, saß jetzt wieder Adrian selbst. »Manchmal krieg ich Angst, dass wir uns übernommen haben. Manchmal habe ich Angst, dass uns die Zeit davonrennt. Manchmal glaube ich, ihr habt noch nicht verstanden, wie groß unsere Aufgabe ist.«

Mir tat Adrian dann irgendwie leid und ich hatte das Bedürfnis, ihn zu trösten: »Klar haben wir das verstanden. Ich für meinen Teil kann schwören drauf. Kannst dir wünschen, auf was ich schwören soll, freie Auswahl! Mach ich sofort!«

…

Jetzt lasse ich Adrian etwas sagen, was er tatsächlich erst viel später gesagt hat, irgendwann zwischen unserer Orgie im Schwimmbad und den Benno-Katastrophen. Aber weil seine Augen und der Schmerz um seinen Mund das hier schon gesagt haben, gestatte ich mir die Freiheit, seine Worte vorwegzunehmen. Unterm Ehrlichkeitsgesichtspunkt ergibt sich so ein für Geschichten typischer Fall, von dem ich anfangs gesprochen habe: irgendwo im Zwischenreich von wahr und gelogen.

»Verstehen ist ja was anderes als lernen«, sagte also Adrian, »lernen tut man etwas, speichert es ab und damit ist schon alles getan. Man erinnert sich drei Tage oder drei Jahre lang, und wenn man es vergessen hat, dann lernt man dasselbe bei Bedarf einfach noch mal, und das kommt dann an denselben Platz im Gehirn, wo es schon beim ersten Mal gesessen hat. Beim Verstehen ist das anders. Man versteht was, und schon wenn man nur ganz äußerlich angeritzt ist von dem Verstandenen, glaubt man bereits, ganz verstanden zu haben. Und dann versteht man dasselbe ein halbes Jahr später noch mal und merkt: Jetzt ist es etwas tiefer gerutscht. Und wieder denkt man: Jetzt habe ich's ganz verstanden. Aber tatsächlich kann das immer so weitergehen. Verstehen kann man sein ganzes Leben lang dieselbe Sache und sie rutscht immer tiefer in einen hinein und scheint doch immer wieder wie neu. Verstehen ist etwas, was in uns eindringt, bis wir im Idealfall des Verstehens ganz durchdrungen sind von dem Verstandenen. Das ist dann vielleicht das, was die Leute ›Glaube‹ nennen.«

Bevor wir auseinandergingen, hatte Natascha Fotos von uns gemacht, die wir unserer Korrespondenz beilegen wollten, damit Bill und Melinda, Bowie und Rolf und alle anderen sehen konnten, mit wem sie es zu tun haben. Es waren stinknormale Bilder, so welche, wie sie alle machen und von denen dann alle immer denken, sie seien ganz außergewöhnlich und einmalig. Wie diese mordsmäßig originellen Bilder aus den Fotoautomaten, von denen ich schon Hunderte gesehen habe. Oder dieses Victory-Gepose, bei dem man das Maul ganz weit aufreißt und ungeheuer wild auszusehen versucht. Natascha legte sich zum Fotografieren auf den Boden, wir beugten uns über sie und schauten auf sie runter. Unsere Köpfe bildeten einen Kranz aus lauter Gesichtern über ihr und über uns strahlte der blaue Himmel.

Es waren also stinknormale Fotos, denen niemand ansehen würde, dass sie die Gründer einer neuen Religion zeigten.

Denen keiner ansehen würde, dass diese Typen gerade eine neue Zeit eingeläutet hatten, eine bessere Zeit.

Denen keiner auf den ersten Blick ansehen würde, dass sie alle todkrank waren und es fraglich war, ob sie hier noch mal lebend rauskämen.

Die Marie und Alexander Beloff Stiftung

Ich schreibe jetzt mal auf, was ich mir alles behalten habe über die Geschichte unserer Anstalt, die auf den Tafeln im Foyer in Kurzfassung dargestellt war: Das Gebäude, in dem wir für die Zeit unseres Aufenthaltes lebten, war eine neoklassizistische Villa mit einem Portikus, der von vier Säulen getragen wird. Die Villa war schon damals über hundertzwanzig Jahre alt. Sie wurde von einem Architekten gebaut, dessen Namen ich mir nicht gemerkt habe, im Auftrag eines adeligen Generals, dessen Namen ich mir auch nicht gemerkt habe. Später ging es mit dem alten Adel bergab und das Haus wurde verschiedenen Nutzungen übergeben. Seit 1970 stand es dann leer, verkam und sah mit der Zeit aus wie ein Geisterhaus. Davon gibt es drei Fotos im Schaukasten, in Schwarz-Weiß, mit Gewitterstimmung und mit Scheiben voller Risse. Nur ein Foto gibt es von den ehemaligen Gesindehäusern nördlich der Villa, wo heutzutage die Mädchen untergebracht sind. Wir Jungs wohnten im Haupthaus. Die medizinische Abteilung befindet sich in einem Neubau, vier Fotos, gut dokumentiert. Alles, was mit Medikamenten und einfachen Untersuchungen zu tun hat, wird hier gemacht, wer in eine Röhre irgendeiner Art soll, muss nach München in die Uniklinik.

Irgendwann in den Achtzigerjahren wurde die Villa gekauft von einem Fabrikanten, der – das ist jetzt etwas grob zusammengefasst – Blockrollen mit Lenkrollen kombinierte, damit das Rolltransportwesen revolutionierte, Weltmarktführer geworden war und ein Schweinegeld gemacht hatte. Wer genauer wissen will, welche Patente diesem Fabrikanten die Weltmarktführerschaft eingebracht hatten, könnte in der Bibliothek nachschauen. Dort gibt es mindestens ein Buch zur Firmengeschichte, das ich aber nie gelesen habe. Der Fabrikant hatte die Villa wieder hergerichtet, fein und vornehm und mit allen Schikanen, zu denen auch die Kameras auf der Mauer gehörten. Er hatte mit Frau, Sohn und Tochter glückliche Zeiten in der Villa verbracht, die er im Sommer als Landsitz nutzte, bis beide, Sohn und Tochter, Alexander und Marie, nacheinander vom Krebs befallen wurden und starben. »In der Blüte ihrer Jugend«, wie man so schön sagt.

Nach einem Jahr voller Trauer, Schmerz, Wüten und Sinnlosigkeit gründete der Fabrikant eine Stiftung, die er nach seiner Tochter und seinem Sohn benannte, und stellte seine Villa und viel, viel Geld zur Verfügung, um krebskranken Jugendlichen eine Eins-a-Umgebung zur Gesundung zu geben, wie er sie sich für seine Kinder gewünscht hätte und trotz allen Geldes nicht hatte erhalten können.

Ob das Marie und Alexander etwas genützt hätte im Kampf gegen den Krebs, dazu kann ich nichts sagen. Gegen das kalte Grauen hätte es ihnen jedenfalls nicht geholfen, das kann ich sagen. Die waren wohl fünfzehn und siebzehn Jahre alt, als sie starben. Da ist man schon fürs kalte Grauen empfänglich.

Das weiß ich sicher.

Der Fabrikant jedenfalls wollte Jugendlichen, die vielleicht nur eine Zwei-b-Versorgung bekommen hätten, weil sie Kinder von nicht so reichen Eltern sind, eine Eins-a-Versorgung geben im Gedenken an Marie und Alexander.

Eins a sind hier nicht etwa nur die Ärzte, die sind angeblich überall Eins a, sondern alles andere. Das Essen zum Beispiel, sehr gesund und trotzdem lecker. Und die Zimmer, in denen wir eben nicht nur liegen, sondern auch leben. Und die ganzen Kurse, die uns angeboten werden, die sind auch Eins a, vom Nähkurs bei der Specht übers Sporttraining bis hin zu Yoga und Meditation. Wer will, kann auch Mathe lernen, und die ganzen anderen Fächer werden auch unterrichtet, je nach Bedarf kommen dann Privatlehrer vorbei. Wie Ihr schon wisst, haben wir auch einen Psychodoc und eben den Park. Außerdem gibt es in unserer Villa eine Bibliothek, einen schönen, altertümlich wirkenden Raum mit Holztäfelung an Wand und Decke, fachmännisch gesehen eine prima Arbeit. Die Bibliothek ist denkmalgeschützt, deshalb darf man den Raum nur als Bücherlagerplatz nutzen, was in meinen Augen eine echte Verschwendung ist. Meist ist nämlich keiner drin, trotz der Holztäfelung aus gebeizter Eiche. Nur die Reinigungskräfte stellen immer mal wieder ihre Sachen dort ab. Eimer, Meister Proper, Sagrotan und Sauger, weil sie sich so den Weg in das kleine Kabuff sparen, wo die Sachen ordnungsgemäß stehen sollten – und wo sie auch hingebracht werden, nachdem Hausmeister Reusel die Reinigungskräfte angeschissen hat. Das hält aber immer nur vier Wochen, dann reißt der alte Schlendrian wieder ein.

Sogar ein Schwimmbad hatte sich der Fabrikant einbauen lassen, im Keller seiner Villa. War eher eine Spielzeugversion von einem Schwimmbad, aber immerhin. Benno stand der Mund offen, als er es das erste Mal gesehen hat, bei der Einführungsführung für die Neuankömmlinge. Ich musste eher lachen – ein großes Planschbecken für zig Tausend Bares! – und dachte ans Stadtbad Düren mit seiner Fünfundzwanzig-Meter-Bahn und Dreimeterturm und mit Katharina mittendrin. Diese reichen Leute sind manchmal ganz schön arm dran. Dass wir in das Planschbecken-Schwimmbad gar nicht reindurften, außer für physiotherapeutische Zwecke, habe ich ohne Schrammen verkraftet.

Dass wir dort drinnen später eine Orgie feiern würden, wusste ich damals natürlich noch nicht.

Fragt mich bitte nicht, warum die anderen und ich in der »Marie und Alexander Beloff Stiftung« aufgenommen wurden. Wie die Kundschaft ausgewählt wurde, darüber gibt es nur Gerüchte. Die einen sagen, nur ganz hoffnungslose Fälle schafften es hierher; die anderen sagen, genau die hoffnungslosen Fälle würde man nicht nehmen, weil das ja irgendwie vergeudete Liebesmüh wäre. Wenn man eine Schwester oder unseren Psychodoc dazu befragt, dann heißt es, *das wissen wir selber nicht, das wissen nicht einmal die Ärzte. Das entscheidet der Stiftungsrat hinter verschlossenen Türen.*

Adrian vermutete, dass wir »nach psychosozialen Vorgaben ausgewählt« wurden, die »die Gruppendynamik beherrschbar« halten sollten. Johanna glaubte, dass wir ausgelost wurden.

Benno war sich sicher, dass *da Schmiergelder fließen wie in einer rumänischen Stadtverwaltung*, auch wenn er nicht wusste, mit welchem Geld seine Eltern jemanden hätten schmieren können. Und *rumänisch* sagt er nur, um Ioanna zu frotzeln, die aus Rumänien kommt; es muss nämlich laut Stiftungssatzung immer eine osteuropäische Quotenkranke in der Anstalt leben. Immerhin das war kein Gerücht, sondern gesichertes Wissen. Aber wie ausgerechnet Ioanna den Platz der Quotenkranken ergattert hatte und nicht irgendeine Svetlana oder ein Igor, das wussten wir nicht. Allein, dass es bei ihr der Kehlkopf war, den es erwischt hatte, konnte nicht der Grund gewesen sein. Das war der Grund dafür, dass sie nie was sagte: weil sie ihre Kehlkopfersatzstimme, die sie seit der Operation benutzen musste, abscheulich fand.

Neben Kehlkopf hatten wir hier so ziemlich alles. In alphabetischer Reihenfolge: Brust, Gebärmutter, Hoden, Knochen, Thymusdrüse, die ganze Palette.

Das Wort »Quotenkranke« stammte übrigens von Benno und nicht aus der Satzung. Ich persönlich machte mir keinen Kopf über die Frage, wie wir ausgewählt wurden. Ich fand, wir alle hatten uns den Aufenthalt hier redlich verdient.

Mit Benno teilte ich mir nach einer Woche ein Zimmer, Johanna und Ioanna wohnten auch zusammen, Adrian hatte weiterhin ein Einzelzimmer im ersten Stock. Außer uns und Natascha lebten noch dreizehn andere Jugendliche im Zentrum, Abgänge wurden schnell ersetzt.

Wäre das hier kein Roman, sondern ein Film, würden die anderen Insassen manchmal rumlaufen, würden im Nähkurs und beim Sport mitmischen oder man würde André, Julian, Benno und mich beim Zocken sehen. Und natürlich sähe man alle in der Kantine, wo wir anfangs an Vierertischen zusammensaßen. In einem Roman kriegst du aber die anderen Bewohner nicht so im Nebenbei unter wie in einem Film, wo du die im Hintergrund rumlaufen lassen kannst, ohne dich groß um sie kümmern zu müssen. Deshalb lasse ich im Roman unsere anderen Leidensgenossen einfach weg. Weil sie nicht mitgegründet haben und weil mich das schriftstellerisch überfordern würde.

Die Villa liegt außerhalb des Ortes Ganacker im Niederbayrischen. Von der Staatsstraße 2074 geht 'ne Abzweigung ab, die führt direkt zur Stiftung. »Staatsstraße« klingt ein bisschen pompös, ist aber einfach nur bayrisch. Bei uns hieße das Landstraße, also macht euch keine falschen Vorstellungen von dem Sträßchen. Das, was heute die Kantine ist, war früher wohl mal der Salon, die sehr gute Stube in so einem Herrenhaus. Aber der Raum hat sich so sehr verändert, dass du das nicht mehr erkennen kannst. Damals war alles voll mit Plüsch und Teppichen und Sofas und Möbeln aus dunklem Holz; kann man auf den Fotos sehen, die sinnigerweise direkt neben der fauchenden Kaffee- und Kakaomaschine hängen. Wenn du dir deinen Kaffee holst, kannst du gar nicht anders, als in der Wartezeit diese Fotos anzusehen. Die heutige Kantine versucht gar nicht, schön oder gemütlich zu sein, die will nur praktisch sein. Hauptsächlich muss man alles gut putzen können, das ist wohl Regel Nummer eins bei Kantinen. Bis zum Aschenbecherskandal, bei dem die Heimleitung ihre absolute Humorlosigkeit beweisen konnte, saßen wir sechs Religionsgründer verteilt mit den Nichtgründern an Tischen zusammen. Ich beispielsweise aß mein Schnitzel anfangs gemeinsam mit meinen Zockerfreunden André und Julian. Erst nach dem Aschenbecherskandal hatten wir sechs Gründer einen gemeinsamen Tisch.

Das kam so: Wir Gründer hatten uns nachmittags in unserer Verschwörerecke getroffen, ich schätze mal, es war die zweite oder dritte Sitzung. Ich ging dann direkt zum Abendbrot und war recht früh dran. Trotzdem saßen André und Julian schon da und ich freute mich, jemanden zu haben, dem ich vom Nachmittag erzählen konnte. Normalerweise saßen die zwei sich gegenüber, sodass sie sich Aug in Aug anschauen konnten, aber heute hatten sie sich nebeneinandergesetzt, mit dem Gesicht dem Eingang zugewandt. Da wunderte ich mich das erste Mal. Sie freuten sich unbändig, als sie mich kommen sahen, winkten mir zu und lachten, kaum hatte ich die Kantine betreten. So eine Begeisterung löst mein Anblick selten aus, also wundern zum Zweiten. Wundern geht ja blitzschnell, viel Zeit hätte ich auch nicht gehabt, denn nach einer Sekunde stehst du ja schon mitten im Raum; so groß, dass du sie minutenlang durchwandern könntest, ist unsere Kantine auch wieder nicht. Ich stand also mitten im Raum, André und Julian freuten sich immer noch und mitten im Raum war neuerdings ein Vierertisch.

Und auf dem drauf stand ein Aschenbecher.

So ein richtig großer, schmiedeeiserner Stammtischaschenbecher, und damit auch jeder verstand, um was es sich dabei handelte, stand genau das auch drauf: »Stammtisch«. Das Wort war auf einem metallenen Schild aufgeprägt; dieses Schild baumelte in der Luft und wurde gehalten von einer zweigliedrigen Messingkette. Ja, und an das »Stammtisch«-Schild angeklebt war ein Stück festes Papier, beidseitig beschrieben mit dem Wort »Philosophen-«.

André und Julian feixten und kicherten und ich dachte, verarschen kann ich mich allein. Ich machte also eine rituelle Verbeugung in asiatischer Manier, so eine, mit der sich Kung-Fu-Kämpfer begrüßen, bevor sie aufeinander eindreschen, die aber auch zur Begrüßung von Göttern, weisen Männern und anderen Respektspersonen taugt. Dann holte ich mir eine Portion Wurstsalat und setzte mich an den »Philosophen-Stammtisch«, von dem aus ich meinen vorwitzigen Kumpels mit einem Gläschen Pfefferminztee zuprostete.

Eine Minute später kamen Johanna und Ioanna, lasen das Schildchen und setzten sich mit größter Selbstverständlichkeit zu mir. Jetzt hatte ich was zu feixen. Benno, Adrian und Natascha folgten kurze Zeit später, und dass es etwas eng war, zu sechst an einem Vierertisch, das störte gar nicht, denn ich saß direkt neben Johanna.

Der Aschenbecher blieb nicht lange stehen, könnt ihr euch denken. Schon am nächsten Tag war er entsorgt und die Aushänge, die auf das absolute Rauchverbot auf dem Gelände hinwiesen, waren erneuert und mit noch fetterer Schrift geschrieben als bislang. Aber unser Philosophen-Stammtisch, der blieb unser Tisch, auch ohne Aschenbecher. André und Julian bekamen eine ernste Rüge von der Anstaltsleitung wegen des Aschenbechers. Was sie aber nicht davon abhielt, sich immer wieder mal was Neues einfallen zu lassen für die Tischdeko von unserem Philosophen-Stammtisch.

56 Bilder

Adrian stand oft am Fenster und schaute raus ins Grüne, auch bei schlechtem Wetter. Es war immer ganz still um ihn rum, wenn er in die Ferne schaute. Aus seinem Zimmer kam nie Musik oder das Fiepen von Computerspielen, mit denen Benno meinen Kopf löcherte, wenn er nicht gerade *The Walking Dead* oder einen Science-Fiction-Film schaute.

Es gibt viele Fotos vom am Fenster stehenden Adrian, die alle Natascha aufgenommen hat. Adrian war offensichtlich ihr Lieblingsmotiv. Wir fanden sechsundfünfzig Bilder von ihm, zwölf von Johanna und elf von Ioanna, je drei davon mit Bela, der Schäferhündin, in inniger Umarmung. Von Benno fand sich nur ein sauber in acht Teile zerschnittenes Bild. Natascha war sehr ordentlich und nahm auch zum Zerreißen eine Schere.

Von mir gibt es drei Bilder; davon sind zwei von hinten geschossen und man erkennt mich nur an meiner Mütze. Von vorne sieht man mich nur ein Mal, im Gespräch mit Adrian. Kann mich sogar erinnern, worüber wir da sprachen. Es ging um unseren Videodreh und über den Stand der Dinge mit David Bowie, um die Sache mit den Ober- und Untermanagern und die Aktivitätspunkte, die ich gesammelt hatte, Ihr erinnert Euch vielleicht. Ich hatte das Gespräch schnell umgeleitet in eine Fachsimpelei über Bowies beste Alben und über die paar schlechten, die es ja auch gibt. Muss man nicht verschweigen, dass auch große Männer schwache Stunden haben.

Von Natascha selbst kenne ich nur eine Fotografie.

Das genügt auch, denn sie sah immer gleich aus. Ihrem Gesicht konnte ich nie irgendeine Regung entnehmen, es war starr wie ein Fels. Das lag auch an den vielen Schichten Make-up, mit denen sie sich zukleisterte. Vielleicht wollte sie nur ihre Pickel überdecken oder irgendeine andere Sauerei, die die Medikamente mit unserer Haut anrichten können; vielleicht fand sie ihr Bronzegesicht elegant und empfand es als ein Zeichen von ganz großer Klasse. Ihr Kleidungsstil deutete ein wenig in die zweite Richtung. Sie trug auch an Werktagen dunkle Kleider mit Spitzenbesatz und Rüschen, aber nicht so mädchenhafte Rüschen, die was Spielerisches haben und im Wind flattern, wenn du neben so einem biegsamen Wunder auf dem Damm zum Baggersee hinradelst, sondern so strenge, die danach verlangen, gebügelt und gestärkt zu werden mit Hoffmanns Naturstärke, wie meine Mama sie benutzt, wenn sie eine Tischdecke in ein Brett verwandeln will. Sie wollte eine Dame sein und kein Mädchen. Die Haare trug sie immer gleich: geflochten zu Zöpfen, die sie um den Kopf wickelte. So eine Frisur hatte ich vorher nur im Fernsehen gesehen, bei einer Domina-Politikerin irgendwo aus dem Russischen. Draußen hätte ich sie lächerlich gefunden und in der Schule wäre sie sicherlich geknechtet worden von meinesgleichen. Hier drinnen hänselte ich sie wegen ihrer Marotten nicht – weil ich erstens ein Verschwörer und zweitens krebskrank war. Ich hätte sie aber gehänselt, wenn ich draußen gewesen wäre, und das schimmerte wohl durch mein Nichthänseln durch. Natascha war misstrauisch mir gegenüber, die kannte meine Sorte. Warm geworden bin ich nie mit ihr, muss ich sagen.

Wie die Menschheit angefangen hat …

… erfuhr ich von Frau Specht. Nicht die ganze Geschichte natürlich, wär wohl ein bisschen zu lang. Nur den kleinen Teil, der mit Garn und Faden, mit Spinnen und Weben zu tun hat.

Frau Specht unterrichtete Mathematik und Geschichte und bot zusätzlich am Donnerstagnachmittag einen Nähkurs an. Sie war eine dieser Frauen, die vom Alter her bisher nur als Lehrerin, Ärztin oder so was vorkamen in meinem Leben. Irgendwo zwischen Johanna und Mama, in den Mittdreißigern oder Frühvierzigern, schätze ich. Seitdem ich Frau Specht kennengelernt hatte, wünschte ich mir, dass irgendwann solche Frauen zu Frauen werden, die auch sonst vorkommen in meinem Leben. Denn die Specht war eine tolle Frau und ihr Nähkurs eine prima Sache.

Der Kurs fand immer donnerstags um 16 Uhr statt, in einem Mehrzweckraum oben im zweiten Stock. Ihr könnt Euch vorstellen, dass es mich einige Überwindung kostete, da mitzumachen, denn der Nähkurs war bis dahin eine reine Frauenangelegenheit gewesen. Doch die Chance, neben Johanna sitzen zu können, konnte ich mir nicht entgehen lassen.

Um 15:55 drückte ich mich immer noch auf der Treppe rum, ging hoch, lief wieder runter und fand einfach nicht den Mumm, den ich gebraucht hätte. Hatte stattdessen Bauchgrimmen und dachte komisches Zeugs. Die Sache wurde von Minute zu Minute schlimmer, denn mir war klar, dass ich in diesem Bewegungsmodus – zwei Schritte vor, einen zurück – auf jeden Fall zu spät kommen würde.

Als ich dann Punkt 16:12 an der Tür klopfte und nach einem warmen »Herein« endlich eintrat, haben natürlich alle Mädels gekichert; dadurch wirst du zwangsläufig zur Witzfigur. Glücklicherweise zeigte ich mich gewappnet: Hatte mich umgedreht und Ausschau gehalten nach jenem lustigen Typen, dem das Kichern gelten könnte und der hinter meinem Rücken mit mir eingetreten sein musste. Ein Jemand, über den man rechtmäßig hätte lachen können, irgendeine komische Figur, so ein Typ aus der *Big Bang Theory* oder ein Pokémon. Das war ganz schön souverän und stoppte das Gegacker, stattdessen erntete ich zwei, drei richtige Lacher. Konnte also das Aus- in ein Überlachen drehen. Guter Start.

»Ich will nähen lernen«, sagte ich zu Frau Specht, »Anfängerniveau bitte.«

»Endlich mal ein Mann in unserer Runde«, antwortete Frau Specht, »der hat uns bisher gefehlt. Du bist der Meyer, stimmt's? Hast du auch einen Vornamen?«

»Brauch ich nicht«, sagte ich, »Meyer langt. Hier gibt's keinen Zweiten.«

»Okay«, meinte Frau Specht und verzichtete dankenswerterweise auf jede Bemerkung bezüglich des Zuspätkommens. Sehr geradeaus auch sonst.

»Wie wär's mit Einfädeln zum Einstieg?«

Ich sagte: »Einfädeln klingt gut«, obwohl ich keine klare Vorstellung davon hatte, was damit gemeint sein könnte.

»Such dir eine aus.« Frau Specht deutete auf einige Rollen Garn, die vor ihr auf dem Tisch lagen. Ich nahm eine knallrote und eine in dunklem Blau und Frau Specht gab mir ein Heftchen, in dem fünf verschieden große Nadeln steckten. Die größte Nadel hatte auch die größte Öse, die kleinste die kleinste. In dem Moment begriff ich, nahm das Werkzeug und Frau Specht hätte gar nicht sagen müssen, »Such dir einen schönen Platz«, denn ich hatte ihn schon gefunden und lief schnurstracks zu Johanna und setzte mich neben sie.

»Was machst du denn hier?«, fragte Johanna.

»Na, neben dir sitzen, was denn sonst!«

Johanna schaute mich an und da war wieder so was Neugieriges in ihrem Blick. Sie schmunzelte und wendete sich wieder ihrer Nähmaschine zu. Und dann lachte es in ihr drinnen. So mit einer oder drei Sekunden Verzögerung kam es aus ihr raus, dieses Lachen, das ich mein Leben lang um mich rum haben will. Ich schloss die Augen, um besser genießen zu können, und da kam mir ein Gedanke zu Johannas Lachen.

War mal wieder so ein zusammengefalteter Gedanke, der etwas Zeit braucht, um ihn zu entfalten: Ich glaube, ihr Inneres war so locker gefügt, dass was Witziges dieses Innere einfach in Bewegung setzen konnte; und die Geräusche, die ihr Inneres dabei machte, die nennt man gemeinhin Lachen. Versteht Ihr, es gibt Leute, deren Inneres ist so fest gefügt wie Beton und bei denen musst du mit dem Presslufthammer rangehen, um da etwas Mobilität reinzubringen, bei Johanna liegen innen drin so was wie Murmeln rum, die sind immer bewegungsbereit und klackern bei geringstem Anlass gegeneinander, und wenn sie sich so anstoßen, kommt dann dieses Lachen heraus, das ich so gerne höre.

Will sagen: Johanna lachte nicht. Es lachte aus ihr raus.

Andere Leute müssen ganz oft was zeigen, wenn sie lachen. Sie wollen zeigen, dass sie was witzig finden oder doof, schön oder rührend, oder müssen zeigen, dass sie Humor haben und gut gelaunt sind oder dazugehören oder so was. Statt zu lachen, könnten die auch sagen, »Das finde ich witzig« oder »Bin ich nicht eine lustige Type?«.

Johannas Lachen war nicht ersetzbar durch was anderes. Und das liebe ich.

Ich machte mich dann an die Einfädelarbeit. Das Problem mit den Ösen war, dass sie so klein waren; das Problem mit dem Garn, dass es so labbrig war und sich umbog, wenn man nicht das Loch, sondern den Rand der Öse traf. Nach drei Minuten hilflosem Gestochere meinerseits nahm Johanna mir den Faden aus der Hand, steckte ihn in den Mund und zog ihn wieder raus. Das Garn hatte dadurch enorm an Stabilität gewonnen, was das Einfädeln sehr erleichterte. Mir war sofort klar, dass das mit jeder und nicht nur mit Johannas Spucke klappen würde, und ich probierte den Trick gleich mit einem blauen Faden aus. Die größte und die zweitgrößte Nadel hatte ich dann im Nu eingefädelt. Ich legte die zwei eingefädelten Nadeln neben Johannas Nähmaschine, was sich dann aber anfühlte, als wäre ich ein Hündchen, das gerade was apportiert hat und es seinem Frauchen zu Füßen legt, um gelobt und wieder auf den Weg geschickt zu werden. Also nahm ich sie gleich wieder weg, weil ich nämlich der Meyer bin: zwar verknallt, aber noch lange kein Hündchen.

Zwei Sekunden später klackerten wieder die Murmeln in Johanna zusammen und die nächsten Minuten schaute ich sie an. Sie arbeitete an einem Kleinen Schwarzen und ich stellte sie mir schon mal darin vor. Sie würde umwerfend darin aussehen, keine Frage, aber was mich noch mehr beeindruckte als diese Vorstellung, war, dass sie einfach weiterarbeitete, als ob ich sie nicht anschauen würde. Das musst du erst mal hinkriegen; versteht Ihr, ich saß ja direkt neben ihr und sie spürte natürlich »meine Blicke auf sich ruhen«, wie man so schön sagt, aber das brachte sie kein bisschen aus dem Konzept. Weder steigerte sie ihren Eifer, noch wurde sie laxer darin, sie säumte einfach weiter konzentriert ihr erstes Kleines Schwarzes.

Ich übte meine neuen Fertigkeiten noch drei-, viermal an den zwei größten Ösen und machte mich dann an die kleineren ran und murmelte vor mich hin: »Die schaff ich sogar einäugig.«

Drei Sekunden später Klackern links von mir.

War also alles gut.

Wenn alle so vor sich hin nähten, dann herrschte hier eine konzentrierte Stimmung, die mich an die besten Stunden bei Holz- und

Möbel-Wehmut erinnerte. Du hörtest nichts als die Geräusche der Arbeit. Was dort das Hobeln, Sägen und Hämmern war, war hier das Rattern der Nähmaschine und das feine Ritschen, das entsteht, wenn eine Schere durch ein Stück Stoff gleitet. Diese Geräusche waren kein Lärm, weil Lärm etwas ist, was von außen kommt. Etwas, das von innen aus der Sache kommt, ist kein Lärm. Die Leute halten ihren Mund, weil sie gerade was Besseres zu tun haben, als zu schwätzen. Wenn einer mal was von sich gibt, dann sind es Schreckensrufe, wenn was schiefzugehen droht, ein »Autsch« oder ein »Ich Idiot«; solche Ausrufe, bei denen sich keiner angesprochen fühlt, weil man die nicht für andere sagt, sondern zu sich selbst.

Und in diese Stille hinein mischte sich die Stimme von Frau Specht, die uns was erzählte vom Beginn der Menschheit. Von einem der vielen, vielen Anfänge unseres blutjungen Geschlechts. Und davon, dass die Menschheit wohl immer wieder neu beginnt.

Das Schöne dabei war, du durftest ihr zuhören, musstest aber nicht. Das war kein Stoff zum Auswendiglernen, der mal abgefragt werden würde. Frau Specht liebte einfach das, was sie unterrichtete, und deshalb erzählte sie uns vom Spinnen und Weben.

Erzählte uns also von unseren Urururururahnen, den Halbaffen-Halbmenschen, die noch in die Felle von Tieren hineinschlüpfen mussten, wenn es ihnen kalt war, weil sie andere Kleidung noch nicht hatten. Immerhin Feuer hatten sie da schon eine ganz schön lange Weile; das wärmte und war zum Kochen gut. War wohl auch mal so ein Menschheitsbeginn gewesen, das zu beherrschen.

Die folgende Szene aus der Specht'schen Erzählung könnt ihr Euch gar nicht groß und wild genug denken, deshalb denkt an ein Mammut als Nahrungsspender. Einer unserer Ahnen riss aus dem Kadaver des gejagten Tieres ein Stück Fleisch raus, um es zu braten. Und während das so vor sich hin brutzelte, bemerkte der Typ am Feuer ein Büschel Mammutwolle in seiner Hand. Aus lauter Langeweile oder auch aus einem Spieltrieb heraus fing er dann an, das Büschel Wolle zwischen seinen Händen hin und her zu reiben, wodurch die einzelnen Fasern ineinander verdrillt wurden. Das war vermutlich schon einige Tausende Male an anderen Lagerfeuern dieser Welt geschehen. Der große Moment, als einer der Halbaffen-Halbmenschen-Menschen sein Spielzeug nicht irgendwann achtlos auf den Boden schmiss, sondern es lange betrachtete, wobei ihm allmählich was dämmerte und ihm ganz langsam ein Licht aufging – dieser Moment ist nicht überliefert, weil Überlieferung selbst noch in den Kinderschuhen steckte. Die Hirne waren noch schwergängig und kein bisschen flink damals und deshalb dauerte es, bis der Typ mit der Wolle begriffen hatte, dass das verdrillte Büschel in seiner Hand was Neues in der Welt war. Etwas, das es vorher noch nicht gegeben hatte und das später »Faden« heißen sollte. Er staunte und er wunderte sich, was sich in heftigem Schnattern und Grunzen äußerte, richtig sprechen war damals vermutlich noch nicht. Irgendwie konnte der Typ sich seinen Leuten jedoch verständlich machen. Woraufhin die alle anfingen, Wolle ineinander zu verdrillen und das Verdrillte weiter miteinander zu verdrillen, bis etwas ganz Langes herauskam. Aus was Kurzem wie Fasern was Langes wie einen Faden zu machen, das ist einer der vielen Menschheitsanfänge.

Dieses Verdrillen von Fasern nennt man wohl Spinnen, es dauerte noch ein paar Jahrtausende, bis das Spinnen professionalisiert wurde. Dann konnten das die Leute überall dort, wo sie nicht wie die Affen lebten – also überall.

Ich kann das nicht und lebe trotzdem nicht wie ein Affe, weil andere das können. Das nennt man dann Arbeitsteilung. Auch so ein Beginn.

All das hat uns die Frau Specht erzählt. Sie war dabei durch die Reihen gelaufen und unterbrach ihre Erzählung immer mal wieder, um da zu loben und dort einen Tipp zu geben. Natascha half sie, eine Spitze auf das graue Altfrauenkleid draufzunähen, an dem sie arbeitete. Da habe ich was gesehen, was ich vorher noch nie gesehen hatte: nämlich, wie freundlich, dankbar und offen Natascha Leute anlächeln konnte, von denen sie keine Gefahr für sich ausgehen sah.

Ich hatte mittlerweile auch die kleinste Öse durchstochen und war dazu übergegangen, Johanna nur noch zu riechen, statt sie anzuschauen. Sie roch so frisch und blumig, am liebsten hätte ich meine Nase ganz tief in sie vergraben. Als ich in meiner letzten »Schwachen Stunde« Benno davon erzählte, meinte er, das wäre Johannas Seife, die so gut riechen würde. Hab ich gar nichts mehr drauf geantwortet; dachte nur, ach, Benno, wer nicht das Mädchen hinter der Seife riechen kann, ist ein armer Tropf.

Neben mir duftete also Johanna, um mich rum ratterten die Nähmaschinen und nebenher wurde ich philosophisch gebildet. Das hatte schon was. Nah dran am besten Moment meines Lebens, in Sichtweite, würde ich mal sagen. Ich hatte die Augen zu und war dennoch hellwach.

Dann wurde ich angestupst und neben mir lachte es mal wieder, aber diesmal war es nicht das Murmelklackern von Johanna, sondern das tiefe Lachen von Frau Specht. Ihr Lachen hat so was Wissendes an sich und kommt trotzdem kein bisschen arrogant rüber und das musst du auch erst mal hinkriegen.

Sie fragte flüsternd, ob ich schon mal anfangen wollte, die Stecknadeln zu sortieren, den Farben nach, blaue Köpfe zu blauen, rote zu roten.

»Hat das noch Zeit oder ist es dringend?«, fragte ich im Flüsterton zurück. Sie schüttelte den Kopf und sagte: »Nein, wirklich dringend ist es nicht.«

»Okay, dann lieber nicht heute. Vielleicht beim nächsten Mal?«

Frau Specht nickte, mit kleinsten Bewegungen, wie man eben nickt, wenn man etwas ganz Selbstverständliches gutheißen mag, worüber man nicht viel Aufhebens machen muss. »Jetzt haben wir ja schon einen kleinen Lehrplan!«

»Geht die Fadengeschichte noch weiter?«

»Klar«, sagte die Specht, »was denkst denn du? Ist doch nicht zu Ende! Jagt heute etwa noch einer Mammuts?«

»Ja«, sagte ich, »in Sibirien. Tiefgekühlt. Wegen Elfenbein. Mammuts für Mammon.«

Da prustete Johanna, die bisher so getan hatte, als ginge sie außer ihrem Kleinen Schwarzen nix was an, plötzlich los wie ein, na, wie ein kicherndes Mädchen halt.

Einen Moment lang, einen klitzekleinen Moment lang – so kurz, wie eine Seifenblase zum Platzen braucht –, war das schade, denn als bloßer Duft hatte sie was schier Göttliches gewonnen. Aber so als kicherndes Mädchen war noch besser.

Ein Grashügelalpenberg

In der Nacht vor unserem nächsten Treffen träumte ich einen großen Traum. Muss ich Euch von erzählen.

Ich war mit dem Fahrrad unterwegs, hatte auch ein festes Ziel im Kopf, aber ich kann nicht sicher sagen, was das Ziel war. Ich sag jetzt mal, ich wollte zu meinem Vater fahren, ins Krankenhaus, wo er mit seinem Herzinfarkt lag. Ich erinnere mich nicht direkt daran, dass mein Vater wirklich das Ziel war in meinem Traum, aber als ich mir überlegte, wo ich hinfahren wollte, fiel mir als Erstes ein: Papa. Krankenhaus. Herzinfarkt.

Ein Einfall, keine Erinnerung. Aber immerhin der erste Einfall – und der kommt einer Erinnerung doch recht nahe, wenigstens beim Traumaufschreiben. Das weiß ich von unserem Psychodoc, der gar nicht so schief ist, wie wir immer tun.

Im Traum hatte ich einen mir unbekannten Weg zum Krankenhaus ausgegoogelt, es war große Stadtentdeckungszeit. Ich war kein Kind mehr, das immer denselben Weg nehmen muss, weil es sonst verloren geht. Ich fuhr durch die Straßen, alles war neu und auch die Sonne tat so, als schiene sie das erste Mal. Dann hielt ich plötzlich vor dem Tor eines Hauses, ein breites Tor, zwei Flügel aus Holz, und ich dachte, fahr da doch mal rein.

Im Hof standen zwei Frauen. Sie begrüßten mich, als ob sie auf mich gewartet hätten, dabei kannte ich sie gar nicht. Eigentlich hätte Johanna da stehen müssen, weil ich beim Einschlafen ganz viel an Johanna gedacht hatte. Ich hatte mir vorgestellt, ihre Brüste in der Hand zu halten, als ob ich ihr helfen wollte, sie zu tragen. Ich rätselte, was da wohl innen drin ist, das sie so voll macht und die Haut außen rum so glatt. So war ich auch eingeschlafen, eine Hand rechts von mir, die andere links, Handflächen nach oben.

Ich wollte meine Hände beschäftigen, die sich sonst garantiert mit meinem Schwanz beschäftigt hätten. Was ich nicht wollte, weil Johanna das sicherlich blöd gefunden hätte, wenn ich mit ihr im Kopf gewichst hätte.

Als ich in Katharina verliebt war, hatte ich es mir auch verboten, mit ihr im Kopf zu wichsen, bei ihr hatte ich aber immer ein bisschen getrickst. Ich gab ihr zwar einen anderen Namen, aber tatsächlich sah doch alles sehr nach Katharina aus, was ich da Jaqueline nannte, Kopf, Hintern und Haare. Bei Johanna verbot sich sogar das Tricksen. Mit ihr war das eine zu ernste Sache.

Die zwei fremden Traumfrauen lächelten mich an und eine sagte: »Komm mit, wir zeigen dir unsere Werkstatt.«

Ihre Werkstatt war wunderschön. An das, was ich da sah, erinnerte ich mich deutlicher als an alles andere in diesem Traum. Wenn ich malen könnte, könnte ich dieses Bild abmalen, so deutlich sah ich es vor mir, mit allen tausend Kleinigkeiten. Es war ein Mordsdurcheinander in einem eher schmalen Raum mit einer gewölbten Decke. Sah aus wie in einem Basar im Orient. Dunkle Backsteine, irgendwie feucht und fettig. Da drinnen herrschte die Nacht, dabei war sonst überall helllichter Tag. Es war eine schöne Nacht – nicht so eine, die einem Angst macht und in der man zu Mama sagte: Lass ein Licht brennen draußen. Es war eine Nacht mit Mondschein und Vogelstimmen und lauer Luft. In der Werkstatt flackerten einige Lichter. Es hatte was von Weihnachten und es hatte was von Wackelkontakt; die Lichter waren Petroleumlampen. Und alles war irgendwie vollständig in diesem Traum, zu jedem Teil wurde das passende Gegenstück mitgeliefert: zum Tag draußen die Nacht drinnen, zur geordneten Arbeit ein großes Durcheinander und die Fremden waren mir bekannt.

Was genau die Frauen in ihrer Werkstatt werkelten, wurde mir nicht klar. Überall lag Werkzeug rum, ein riesiger Schraubenschlüssel, eine Säge, Nägel auf dem Boden und Spinnweben und

Dreck und eine Schubkarre – man hätte alles damit machen können. Am eindeutigsten waren noch große Ballen von solch einem rauen Material, mit dem Polsterer arbeiten, und ich sah auch einige nackte Sprungfedern aus einem Sofa rausspringen.

Später liefen wir zu dritt raus aus der Werkstatt und ruckzuck lag ein Park vor uns und uns überfiel ein Lichterflirren. Junges Grün, Lindengrün, scheu, verlegen, zart. Alles war plötzlich ganz weit und offen. Statt des Gewölbes über der Werkstatt wölbte sich jetzt ein Sommerhimmel. Der Park war belebt mit vielen wuselnden Menschen: Alten, Jungen, Kindern, und Bela, die alte Hündin von unserem Hausmeister, streunte auch umher. Die zwei Frauen liefen hinter mir her, sie waren da und doch nicht da.

Ich ging allein einen Hügel rauf. Ich hätte den Hügel auch umgehen können, weiter links laufen, dann hätte ich mein Rad nicht hochschieben müssen, aber ich dachte, über den Berg rüber sei eine Abkürzung, die nehme ich. Jetzt sag ich schon »Berg« statt »Hügel«, doch das hat schon seine Richtigkeit, weil der Hügel immer höher wurde. Der fing als Hügel an und wurde dann unter meinen Füßen zum Berg. Es war so ein Grashügelberg, keine Bäume, keine Sträucher. Er wurde immer steiler und ich musste in Serpentinen laufen. Was hinter dem Grat lag, auf den ich zulief, darüber machte ich mir erst am Schluss des Traums Gedanken; ganz am Schluss, wo in mir die Angst wuchs, der Weg nach unten könnte gefährlicher werden als der nach oben, denn mittlerweile sah der Berg sehr nach Matterhorn aus. Ich traute diesem Alpenhügelberg inzwischen alles zu, auch, dass er hinter dem Grat einfach abbrach und man senkrecht runterstürzen könnte. Obwohl der Grashügelalpenberg immer steiler wurde, ließ sich mein Fahrrad immer leichter schieben. Ich wunderte mich und drehte mich um und sah, dass die eine Frau mein Rad am Gepäckträger angefasst hatte und mir beim Schieben half. Ich lächelte sie an, Worte fielen keine und ich empfand es als Selbstverständlichkeit, dass sie mir half, denn sie war ja mein Schutzengel, auch wenn sie jetzt ganz klar aussah wie Frau Specht aus dem Nähkurs.

Einen Schutzengel hatte ich seit Jahren nicht mehr gehabt. Seitdem ich in die Schule gekommen war, ungefähr nicht mehr, aber jetzt erkannte ich ihn sofort. Mein Schutzengel nahm mir die Mütze vom Kopf. Ich erschrak furchtbar, doch als ich über meinen Schädel fuhr, waren sie wieder da, die Original-Meyer-Haare, struppig und strubbelig, und dass sie rot waren, konnte ich sogar spüren.

Ich lachte aus ganzem Herzen und dann war der Traum zu Ende.

So ein Traum ist ungeheuer toll, solange man ihn träumt. Er ist auch noch toll, solange man ihn aufschreibt, aber er ist gar nicht spannend, wenn man ihn liest. Deshalb steht hier nur eine Kurzversion, ursprünglich war er viel, viel länger. Noch nie in meinem Leben hatte ich so viele Wörter in so kurzer Zeit geschrieben wie bei diesem Traumaufschreiben. War wie ein Diktat. Dass ein Diktat auch was anderes sein kann, als wenn ein Lehrer dir Geschichten vorliest, die so gedeichselt sind, dass du möglichst viele Fehler machst, wusste ich bis dahin nicht. Das hier war eher so ein Fall wie bei Moses und Mohammed. Diesen Religionsgründerkollegen wurde ja auch mächtig viel diktiert, sagte wenigstens Adrian. Ohne dieses Traumaufschreiben hätte ich mich vielleicht nie darangemacht, unsere Geschichte zu erzählen. Und garantiert hätte Ioanna – ja, genau die! – bei unserem nächsten Treffen nicht sagen können, dass ich genial bin.

Ist aber noch 'ne Weile hin bis dahin.

Kleine unvollständige Liste des Grauens

1) Tödliche Langeweile
   Beispiel: Sommerferien an der Ostsee, kleine Pension, nur alte Leute außer mir, Dauerregen. Kein Fernseher im Zimmer. Der im Gemeinschaftsraum kann nur Polnisch.
   Rettung: Schulbeginn
2) Tödliche Langeweile mit Folterfaktor
   Beispiel: Mittag vom Heiligen Abend, diese Ewigkeit vor der Bescherung, als ich sieben Jahre alt war. Die letzten Stunden vor den Sommerferien, als ich zwölf war. Mit siebzehn die Tage um Ostern rum, als ich auf mein Urteil warten musste.
   Rettung: Bescherung, Zeugnisausgabe, endgültige Diagnose. Na ja.
3) Tödliche Langeweile mit abgrundtiefer Demütigung
   Beispiel: Warten auf das nächste Gründertreffen, bei dem ich Johanna wiedersehen würde. Dazu ein Sonntag ohne Anwendung, ohne Unterricht, ohne Psychodoc. Dazu Dauerregen, obendrauf Besuchszeit, was heißt: überall Elterngesichter, zum Platzen voll mit Zuversicht.
   Der Demütigungsfaktor: Du weißt, dass du eventuell nicht mehr lange zu leben hast, und wünschst dir an so einem Tag trotzdem nichts sehnlicher, als dass diese verdammte Zeit, also deine verdammte Lebenszeit, endlich schneller macht mit ihrem Verstreichen.
   Große Scheiße.
   Rettung: WhatsApp von Adrian: Komm in mein Zimmer, ich brauche deine Hilfe!

Draußen bist du kleiner als drinnen

Ich also los zu Adrian. Circa 21 Uhr.

Er empfing mich im Schlafanzug. Eine Kanüle steckte in seinem linken Arm, der dazugehörige Tropf stand auf Rollen, wodurch er im Zimmer rumlaufen konnte. Was da in ihn reingepumpt wurde, fragte ich nicht; machten wir nie.

Ich sagte: »Hallo«, er: »Einen Moment bitte«, und rannte ins Bad.

Wenn einer würgt und kotzt, dann versuchst du ja wegzuhören, und deshalb schaute ich mich ganz konzentriert im Zimmer um. Bücher überall. Auf dem Boden, auf dem Bett, auf dem Schreibtisch. Zeitungsausschnitte mit Adrian als Anführer einer Demo, Plakate von den Grünen an der Wand, nichts Persönliches von Freunden oder Familie.

Aus dem Bad kamen Geräusche, die schwer zu überhören waren. Wenn's einem anderen schlechter geht als dir, geht's dir selbst gleich besser. Ist fies, aber da kannst du nichts gegen machen.

Anderes Durcheinander als Bücherdurcheinander erlaubte Adrian sich nicht. Sehr aufgeräumt, das Zimmer.

Ich schaute mir die Titel der Bücher an, eines hieß *Vom Gehirn zum Bewusstsein* und war angenehm klein, dünn und rot, die anderen hatte ich sofort vergessen. Endlich kam Adrian raus. Die Rollen, auf denen sein Infusionshalter stand, quietschten.

Ich sagte: »Dein Infusionshalter quietscht beim Rollen. Hatte ich auch schon mal. Öl hilft. Wenn du willst, mach ich dir das morgen.«

Adrian sagte gar nichts und war bleich wie eine Leinwand.

»Kann auch gleich direkt rübergehen und das Ölfläschchen holen«, bot ich an, »steht griffbereit im Regal. Eins-a-Maschinenöl.«

»Deshalb habe ich dich nicht gebeten zu kommen«, sagte Adrian dann und setzte sich an seinen Schreibtisch. Ich dachte, er würde wieder nach der Bowie-Sache fragen, und kam ihm zuvor: »Noch nichts Neues vom Meister und seinen Ober- und Untermanagern«, aber Adrian schüttelte nur den Kopf und griff nach einem Päckchen Karteikarten, die auf dem Tisch lagen. Dabei fiel ein Blatt Papier auf den Boden. Ich bückte mich, hob es auf und gab es ihm.

»Das ist ja ein Brief!«, bemerkte ich verwundert. »Handgeschrieben! Hab ich noch nie gesehen, so in echt, mein ich.«

»Wie, in echt?«

»Na ja, im echten Leben, mein ich. Nicht in Filmen oder Serien oder so.«

Adrian lächelte und sagte: »Der ist von meiner Mutter.«

»Was es alles gibt. Bei uns zu Hause wird nichts geschrieben. Außer Rechnungen natürlich.«

»Und zu irgendwelchen Anlässen? Beerdigungen, Geburtstage, Weihnachten?«, fragte er.

»Dafür nehmen wir so Karten, auf denen alles Wichtige schon draufsteht: *Herzliches Beileid* oder *In stiller Trauer.* Damit ist doch alles gesagt, was es zu sagen gibt, und gratis dazu bekommst du Bilder oder Fotos von Mondlicht oder stillem Wasser oder gleich von beidem zusammen. Musst du nur noch unterschreiben.«

»Klingt praktisch«, sagte Adrian.

»Ist auch praktisch«, erwiderte ich und damit war der förmliche Teil unserer Unterhaltung zu Ende, das war deutlich zu spüren.

Adrian hob den Stapel Karteikarten in seiner Hand hoch. »Ich habe eine Bitte an dich, mein Freund. Kannst du diese Memos verteilen? An Ioanna und Johanna? Natascha hat sie schon. Für Benno habe ich natürlich auch welche.«

Ich schaute die Karteikarten, die er offenbar »Memos« nannte, etwas ratlos an und fragte dann: »Willst du nicht selber machen, nein?«

Adrian schüttelte den Kopf.

Nachfragen wollte ich nicht, vielleicht ging es hier um intime Dinge. Oder Adrian, eierlos, wie er war, hatte schlichtweg nicht den Mumm, den es brauchte, um ins Mädchenhaus rüberzugehen. Das Mädchenhaus war laut Hausordnung streng verboten für Jungs. Angeblich wurde ein gewisser Hannes sogar rausgeschmissen, weil er die Hausordnung missachtet hatte.

»Gib her, das mach ich gleich heute Nacht«, sagte ich und er erwiderte: »Wäre toll, aber so eilig ist es nicht. Morgen früh würde auch langen.«

»Nein, nein. Bringe ich gleich rüber«, beharrte ich in einem Ton, als würde ich ein und aus gehen im Mädchenhaus, »dann können die Mädels das alles schon mal diskutieren heute Nacht.«

»Du weißt, angeblich ist mal einer rausgeflogen, weil er die Hausordnung gebrochen hat und ins Mädchenhaus rüber ist in der Nacht.«

»Ja, ein gewisser Hannes. Halte ich für ein Gerücht. Uns wird doch viel verziehen hier, was?«

»Wollte dich nur gewarnt haben …«

Dann gab es eine Art Pause in der Unterhaltung, die nach Schluss klang, also stand ich auf und sagte: »Dann mach ich mal rüber.«

»Vielen Dank, vielleicht kann ich mich mal revanchieren.«

»Nicht nötig, Freundschaftsdienste sind schließlich Ehrendienste.« Ich schlug mit flacher Hand in die Luft, um ihn abzuklatschen.

Auch wenn in deinem linken Arm eine Kanüle drinsteckt und Zeugs in dich reinfließt, kannst du mit dem rechten Arm abklatschen. Das meiste Abklatschen ist ein einarmiges und was anderes hätte ich in dieser Situation ja sowieso nicht angeboten. Doch Adrian tat so, als wüsste er nicht, wie Abklatschen geht, was nicht sein kann, weil jeder weiß, wie Abklatschen geht. Ich schlug also eine Luftnummer und damit kommst du dir immer bescheuert vor. In dem Moment dachte ich, der Herr Adrian hat schon eine starke arrogante Ader.

Der Herr Adrian reichte mir dann seine »Memos« in dreifacher Ausfertigung, DIN-A6-Kärtchen aus ziemlich dickem weißem Papier. Das oberste hielt er mir vor die Augen und sagte: »Lies!«

Diesen Befehlston fand ich zwar unverschämt, aber ich las trotzdem.

> **MEMO 1:** Wir können den Individualisierungsprozess des bürgerlichen Zeitalters nicht einfach negieren! Aus dem Versprechen eines unpersönlichen Weiterlebens namenloser Seelen wie im christlichen Paradies zieht keiner Trost, der sein Leben lang stolz auf das ihm eigene Besondere gewesen ist. Uns ist doch auch die Seele zum Privatbesitz geworden, die lassen sich die Leute nicht sozialisieren im nächsten Leben!

»Okay«, sagte ich, »da ist was dran.«

Ich schaute Adrian ins Gesicht und sah, dass er gern mehr darüber hören würde, was genau da dran sei in meinen Augen.

Aber ich tat ihm den Gefallen nicht und sagte nur noch mal: »Da ist echt was dran!«, neigte wissend meinen Kopf und dachte: Wie du mir, so ich dir.

Ich mag es zwar nicht, dass einer von Mamas blöden Sprüchen in mir wirkt, aber die Abklatschdemütigung musste heimgezahlt werden. Und zudem wollte ich mich schnellstmöglich auf den Weg zu den Mädchen machen. Der Individualisierungsprozess des bürgerlichen Zeitalters war mir reichlich schnurz.

Es war schon ziemlich spät in der Nacht, und weil es draußen schon recht kühl war, ging ich noch in mein Zimmer, um mir eine Jacke zu holen. Benno guckte *The Walking Dead* und war genervt von mir, weil ich auf der Suche nach der blöden Jacke, die nicht dort war, wo sie hätte sein sollen, im Zimmer rumwirbelte.

»Was brauchst du mitten in der Nacht 'ne Jacke?«, fragte er.

»Bin unterwegs in geheimer Mission. Muss das bei den Mädels abgeben.« Bei »das« hielt ich ihm den Stapel Memos unter die Nase.

»Du weißt, dass schon mal einer rausgeflogen ist, der sich nachts im Mädchenhaus rumgetrieben hat? Verstößt gegen die Hausordnung.«

»Habe ich gehört. Halte ich für ein Gerücht.«

»Hannes hieß er wohl.«

»Diesen Hannes müsste man mal fragen, wie das wirklich war.«

»Den Hannes kannst du nicht fragen«, sagte Benno wissend.

»Wenn ich wollte, könnte ich den schon fragen. Kann nicht so schwer sein, rauszukriegen, wo der heute wohnt.«

Benno blätterte in dem, was er seine Ahnengalerie nannte, und wiederholte: »Kannst du nicht mehr fragen. Seit dem 6. Juni. Und gewohnt hat er in Eschweiler.«

»Siehste«, sagte ich, »genau bei mir um die Ecke.« Und nach einer kleinen Pause: »Hätte ihn sowieso nicht gefragt. Ich gehe jetzt auf jeden Fall rüber.«

Benno klickte auf Pause beenden und schaute weiter sein *The Walking Dead*. Ein junges Pärchen kauerte in einem dunklen Winkel, Keller oder Abrisshaus. Die Augen schreckensstarr, wie die von Papa, damals, am Tennisgelände.

Ich suchte weiter meine Jacke, sie war nicht im Schrank, nicht im Bad, lag nicht auf dem Boden und mir gingen die Ideen aus, wo sie sein könnte.

Auf dem Monitor dasselbe Bild, anderer Soundtrack: Sie kommen näher.

»Mach mal Pause«, sagte ich zu Benno, als mir einfiel, dass ich für ihn auch Memos hatte. Ich gab ihm die Karteikarten, die Adrian mir für ihn mitgegeben hatte, und Benno las laut vor:

MEMO 2: Wenn wir unsere Sache nicht Religion nennen, wie nennen wir sie dann?

Er schien einen Moment nachzudenken und sagte dann: »Ist doch klar, wir nennen das DER GLAUBE, mit lauter Großbuchstaben natürlich.«

»Großbuchstaben kannst du aber nicht sprechen. Und ohne Großbuchstaben ist die Verwechslungsgefahr ziemlich groß.«

»Ist tatsächlich ein Problem«, gab Benno zu. »Wirst du klopfen bei den Mädels, oder was?«

»Hab mich noch nicht entschieden«, sagte ich. »Entweder klopfen und die Karten abgeben oder die Karten unter der Tür durchschieben.«

»Ich würde sie durchschieben. Hat mehr von Abenteuer und Geheimnis. Habe da mal so einen alten Hollywoodstreifen gesehen. Eine vornehme Dame ist beim Duschen, kommt aus dem Bad, trägt nur ein großes, aber dennoch knapp sitzendes Handtuch um den Körper und hat die Haare in einen schicken Handtuchturban gewickelt. Dann entdeckt sie, dass da was auf dem Boden liegt, direkt hinter der Tür, etwas, das vor dem Duschen noch nicht auf dem Boden gelegen hat. Und kriegt natürlich einen Mordsschreck, weil sie Angst hat, jemand wäre in ihrem Zimmer gewesen. Fängt an zu beben und zu zittern, sodass das Handtuch nicht mehr lange halten würde. Checkt jeder, der das sieht. Am Ende setzt sich die Dame aufs Bett, natürlich aufs Bett, und liest den Zettel und dann huscht so ein Lächeln über ihr Gesicht, das …«

»Da ist sie ja«, unterbrach ich Benno, weil ich einen Zipfel vom Jackenärmel unter der Bettdecke hervorlugen sah. Ich zog die Jacke raus und verabschiedete mich knapp. »Du, ich muss dann mal.«

Benno war mal wieder kein bisschen beleidigt wegen der Unterbrechung und machte einfach weiter mit seinem *The Walking Dead*. Kurz bevor ich aus der Tür war, rief er: »Jetzt hab ich's! Ich weiß jetzt, wie man Großbuchstaben spricht!« Noch lauter und mit Zombiestimme schrie er: »DER GLAUBE.«

Und noch mal. Als Männerzombie, als Frauenzombie, als Kinderzombie.

Ich lief schnell die Treppe runter. Ein Altweiberzombie hallte durch die ganze Villa und ich war froh, als ich Benno hinter mir gelassen hatte. Ganz abschütteln konnte ich ihn aber nicht, denn seine Filmerzählung spukte in meinem Kopf rum; sein Durchschiebe-Szenario ließ mich nicht los. Irgendwie hatte er einen schwachen Punkt getroffen. Handtuchbekleidet, Handtuchturban und besonders das Lächeln, das übers Gesicht huscht …

Wegen diesem Lächeln schrieb ich dann unter jedes Memo »Meyer was here«, was sich höchstwahrscheinlich als eine gute Entscheidung herausstellen würde. Denn nachdem Johanna ihr Zimmer gründlich inspiziert hätte, inklusive Unters-Bett-Gucken und Im-Schrank-Nachschauen, würde sie sich, beruhigt und erregt in einem, aufs Bett setzen, natürlich aufs Bett, und zu lesen beginnen. Selbstverständlich würden ihre ersten Blicke der Unterschrift gelten und schon wäre ich im Spiel. Sie würde auf dem Bett sitzen, barfuß, handtuchbekleidet, und würde nachsinnen; dem Meyer hätte sie das gar nicht zugetraut …

Um zum alten Gesindehaus zu kommen, wo die Mädchen untergebracht waren, musste ich den ummauerten Teil unseres Anwesens verlassen und ein Stück durch die Felder gehen. Pappelbäume, genauer gesagt Espen, standen am Feldrand und machten, was sie immer machen: zittern zum Gotterbarmen. Deshalb war da also ein beständiges Flirren in der Luft, obwohl der Wind nur sachte wehte. Vor Adrian und Benno war es mir leichtgefallen, den großen Zampano zu markieren, der keine Angst kennt und nichts weiß von Gefahr – doch als ich durch die Natur lief, spürte ich, wie der Mumm aus mir rauspuffte, als hätte ich irgendwo ein Leck. Es puffte und puffte und ich konnte die Verpuffung nicht stoppen. Am Ende war ich wieder auf Normalgröße geschrumpft.

Drinnen bist du einfach immer größer als draußen – das kannte ich schon irgendwie. Wenn du rausgehst, schrumpfst du unweigerlich, du wirst kleiner und die Welt wird größer.

Fühlt sich oft gut an, aber in diesem Moment fühlte sich das nicht gut an, weil das Flaue in meinem Magen allmählich Oberhand gewann. Trat immer deutlicher zutage, je mehr Mut und Zuversicht abschmolzen in der Natur …

Dann sang aus irgendwelchen Hecken raus eine Nachtigall, die ich sofort erkannte, denn wenn es in der Nacht aus einer Hecke heraustrillert, muss es eine Nachtigall sein. Ich trillerte ein wenig mit, im Pfeifen bin ich ein As, aber die Nachtigall machte das besser, daran war auch kein Zweifel möglich. Also ließ ich das Pfeifen wieder sein, wodurch die Stille noch größer wurde.

Ist auch so eine Art Naturgesetz: Nach dem Pfeifen ist es stiller als vorher.

Ich guckte hoch, weil ich sehen wollte, wo diese Stille herkam. Oben am Himmel herrschte aufgeregter Wolkenverkehr. Große Wolkenberge wurden in einem Mordstempo verschoben. Auffahrunfälle, Überholmanöver, stockender Verkehr. Manchmal ließen die Wolkenberge den Vollmond durch, eine Sekunde später war die Wolkendecke wieder blickdicht. Die feuchte Luft roch ganz schwer. Anfang Oktober blüht nichts mehr, was riechen kann, also musste es die Erde sein, die so roch, die Erde der umgepflügten Felder rund um unsere Anstalt. Ich sagte mir: »Die Erde blüht!«, und dachte im nächsten Moment, so ein Quatsch, die Erde blüht doch nicht, aber irgendwie gefiel mir das Sätzchen. Es war Quatsch, aber schöner Quatsch, vermutlich also Poesie, was durchaus passte. War eben eine Situation, in der auch ein Tischlerlehrling poetisch werden kann.

Dann sah ich Lichter im ehemaligen Gesindehaus, Eckzimmer, zweiter Stock, oben rechts.

Johanna und Ioanna waren also noch wach.

Mein Magen krampfte, das Flaue loderte regelrecht auf und auch das Komisches-Zeug-Denken bekam neuen Schwung, ich konnte gar nichts dagegen tun. Die Liebe ist stärker als der Tod, dachte es jetzt in mir, weil ich gerade bemerkt hatte, dass ich meinen Krebs in den letzten Tagen so gut vergessen hatte wie noch nie seit meiner Diagnose. Dann war das Wort Krebs doch wieder da. In meinem Kopf. Wörter sind auch in der Verneinung da, sag ich Euch, gegen Wörter im Kopf hilft kein »Nicht« oder kein »Kein«. Die kannst du nicht durchstreichen und nicht ausradieren, gibt's kein Mittel für. Das gilt blöderweise wohl auch für das Wort Gott und ich fing an, Adrians **Memo 3** zu verstehen:

> Vergesst Gott so gut es geht, auch wenn es nicht gut gehen wird auf lange Zeit.

Übrigens: Dass die Liebe stärker ist als der Tod, das gilt nur, solange du lebst. Wenn du tot bist, verschieben sich die Kräfteverhältnisse eindeutig, da kann auch kein Zweifel dran sein.

Ich tippelte vor dem Mädchenhaus rum, noch nicht bereit, reinzugehen. Schaute zum Fenster und dann wieder zum Himmel. Dort öffnete sich zwischen den Wolken ein Durchblick und so konnte ich das Dahinter sehen. Im Dahinter schwammen ein paar Sterne rum, der Mond sowieso. Ich dachte an Major Tom, den Helden von Bowies Song *Space Oddity*, der seit knapp fünf Jahrzehnten zwischen Mond und Sternen umhertrudelt. Muss ganz schön einsam sein da oben im All, so auf Dauer. Wenn ich an Major Tom und seinen Song denke, muss ich auch an Papa denken; das ist so ein Satz, der andersrum auch gilt, ich könnte auch sagen, immer wenn ich an Papa denke, muss ich auch an Major Tom denken. Die zwei sind seit Papas Beerdigung eng verkoppelt miteinander, denn auf der Playlist, die bei Papas Beerdigung lief, waren ganz viele Bowie-Songs drauf. Gab einen kleinen Skandal damals, weil Opa wutentbrannt abrauschte, als die *Heroes* die Aussegnungshalle erbeben ließen. *Major Tom* hat Opa dann schon gar nicht mehr gehört. Die Playlist hatte übrigens Papas Freund erstellt, denn Mama verstand nichts von Papas Lieblingsmusik. Der hat sie mir dann auch geschickt, als Andenken an Papa. Hab ich seit über fünf Jahren rauf und runter gehört, mit Pausen natürlich, wegen Abnutzungs- und Langeweilegefahr.

Sehen konnte ich den Major nicht, aber hören konnte ich ihn. Mal verstand ich, dass die Erde traurig ist, mal, dass sie blau ist, und immer wieder verstand ich, dass du nichts dagegen machen kannst. Ich sang das dann mit, wie ich so vor dem Mädchenhaus rumtippelte. Leise natürlich, kann sich ja jeder denken, in so einer Situation singst du leise. Und im Leise-Singen traf ich sehr gut das mehlig Brüchige in Bowies Stimme. Mit jeder Wiederholung verstand ich diesen Text besser und ich verstand Adrians Sätze übers Verstehen, obwohl er sie doch erst später, zwischen unserer Orgie und den Benno-Katastrophen, sagen würde.

Dass die Erde traurig ist und du nichts dagegen machen kannst, ist so ein typischer Satz, den du ein Leben lang immer wieder neu verstehen kannst.

Kannst du falsch finden, sicher. Aber auch das Falsche dran kannst du ein Leben lang verstehen.

Als ich das Mädchenhaus betrat, hörte ich natürlich auf mit Singen.

Jetzt fragt mich bitte nicht, wie ich da überhaupt reingekommen bin, ins Mädchenhaus der »Marie und Alexander Beloff Stiftung«, nachts um 22:30 Uhr. In einem 500-Seiten-Roman würde ich das erzählen, aber auf 400 Seiten ist für solche Nebensächlichkeiten kein Platz. Ich sag jetzt also, dass ich einfach reingestiefelt bin, als hätte eine offene Tür nur auf mich gewartet. Auch danach lasse ich hier in der 400er-Version alles reibungslos verlaufen. Nichts stellte sich mir in den Weg auf meinem Gang zu dem Zimmer von Johanna und Ioanna im zweiten Stock. Als ich dann vor der Tür stand und zu hören glaubte, dass da drinnen kein Betrieb mehr herrschte, war ich irgendwie, wie soll ich sagen, freudig enttäuscht vielleicht. Ich kniete mich auf den Boden und schob die Karten durch den Türschlitz. Vorher hatte ich mir vorgestellt, dass ich das so peu à peu machen würde, ein Memo nach dem anderen, aber mit dem Mumm war es vorbei und ich wollte den ganzen Packen nur schnell loswerden und versuchte daher, ihn auf einmal durchzuschieben. Was aber nicht ging, weil der Schlitz doch nicht so groß war wie gedacht, sodass die Memos stecken blieben und die oberste Karte reichlich zerknittert aussah, nachdem ich sie wieder zurückziehen musste. Auf jeden Fall war ich noch kniend mit Schadensbehebung beschäftigt, als die Tür aufging und ich zehn knubblige Zehen vor mir stehen sah, die auf jeden Fall zu meiner Johanna gehörten und nicht zu Ioanna. Hab ich sofort erkannt, war kein Zweifel dran, zu wem solch süße Zehen gehören mussten.

Zwischen den kostbaren Knubbelzehen lagen die Memos, die durchgekommen waren.

»Der Schlitz ist weniger durchlässig, als man glauben könnte«, sagte ich, ohne hochzuschauen. »Das eine Memo sieht ein bisschen angeknabbert aus, ich bring das lieber mal noch schnell in Ordnung.« In aller Emsigkeit, die mir zur Verfügung stand, strich ich die zerknitterte Karte glatt, als ob es auf der Welt gerade nichts Wichtigeres geben könnte. Oberhalb der Zehen würde die handtuchgewickelte Johanna in aller Pracht stehen. Für diesen Anblick war ich noch nicht bereit und deshalb strich und glättete ich wie der Teufel weiter.

»Drei sind durchgekommen«, sagte Johanna, hob eine der Karten auf und las laut vor:

MEMO 4: Ich kann derzeit drei Quellen des Elends sehen: soziales Elend (kein Essen, kein Trinken, kein Geld); psychisches Elend, das von innen kommt und mit mangelhafter Kindheit zu tun hat; existenzielles Elend, weil wir schlimm krank werden können und wissen, dass wir sterben müssen. Gegen Elend aus dritter Quelle soll unsere Religion helfen, ohne den Kampf gegen Elend aus Quelle 1 und 2 zu behindern.

»Kannst du nichts gegen sagen, oder?«, kommentierte ich und stand langsam auf.

Ich schaute sie an – und wäre fast gleich wieder in die Knie gegangen. Nicht, weil Johanna in ein Handtuch gewickelt gewesen wäre und einen Handtuchturban um die Haare gebunden hätte. Nee, ihre braunen Haare hingen ganz locker auf ihrer Schulter und waren kein bisschen versteckt in einem Handtuchturban. Und statt in ein Handtuch gewickelt zu sein, trug Johanna einen hellblauen Frotteeschlafanzug, der ziemlich verwaschen aussah. Schon das haute mich schier um, aber dann waren da noch lauter kleine Bären aufgedruckt: freundlich winkende, auf einem Bein stehende Bärchen. Johanna sah aus wie ein Kind und war so bedürftig wie ein Kind und roch wie ein Kind, wieder ganz blumig und frisch. Da habe ich etwas verstanden, was ich aber nicht in Worte fassen konnte, damals, weil das wieder so ein zusammengefalteter Gedanke war.

Entfaltet geht er ungefähr so:

Bis zu dem Moment, wo Johanna im Bärchenfrotteeschlafanzug vor mir stand, dachte ich irgendwie, das mit Mann und Frau fängt mit Sex an und hört mit Sex auf. Das haben mir natürlich die Hormone eingeflüstert, die bei einem Siebzehnjährigen alle klaren Gedanken wegspülen können. Dasselbe sagten mir auch die vielen Pornos, die ich mir in einsamen Stunden zu Gemüte führte, besonders heftig hier in der Anstalt. In den Pornos fängt das zwischen Mann und Frau halt mit Sex an und hört sofort auf, wenn der Sex aufhört. Und meine Handtuchfantasien gingen natürlich auch klar in diese Richtung. So ein Handtuch fällt im Nu, keiner kann es aufhalten und schon bist du mittendrin.

Aber die barfüßige Johanna im hellblauen Kinderschlafanzug, die wollte ich gar nicht ficken, die wollte ich in den Arm nehmen und ihr übern Kopf streicheln. Ich wollte sie wärmen, trösten, beruhigen, wollte ihr Kraft geben und von ihr Kraft nehmen. Und dabei wäre dann vielleicht wie im Nebenbei mein Schwanz in sie reingerutscht. Oder so ähnlich.

Extrakapitel mit Vorgeschichte

Was dann passierte, gehört eigentlich auch in das vorhergehende Kapitel, weil es sich direkt anschließt an die Kinderschlafanzug-Memos-Szene und quasi in Tateinheit spielt. Aber weil sich das Folgende innerlich so anders anfühlt, gebe ich ihm ein Extrakapitel. Und weil dieses Folgende sich als ungeheuer wichtig herausstellen sollte, gebe ich dem Extrakapitel sogar eine Was-bisher-geschah-Vorgeschichte:

Jungmann Meyer schleicht sich nachts ins streng verbotene Mädchenhaus. Wird auf dem Weg von der Natur schwer überrascht. Schiebt die Memos von seinem Freund Adrian durch den Türschlitz und wird noch mal überrascht, diesmal von seiner Johanna, die im Kinderschlafanzug in der Tür steht. Vom Kinderschlafanzug winken hundert fröhliche Teddybären. Jungmann Meyer fängt an zu verstehen, dass Liebe und Sex nicht deckungsgleich sind, und dieser erste Akt des Verstehens trifft ihn sehr heftig, kurz vorm Knock-out. Jungmann Meyer berappelt sich und eine Ahnung überkommt ihn, dass zwischen Liebe und Sex ein Verhältnis besteht, das man ein Leben lang immer weiter verstehen kann.

Dieser Meyer stand dann der Johanna gegenüber, die, weil barfuß, drei Zentimeter kleiner war als sonst, und er merkte, dass diese Johanna barfüßig exakt die richtige Größe hatte für den Meyer. Sie traf die Idealgröße seiner zukünftigen Freundin auf den Millimeter und Meyer staunte, dass da so viel zusammenpasste.

Meyers Staunen wurde unterbrochen, weil Johanna etwas sagte.

Und was sie sagte, haute ihn um.

Diesmal ganz im Ernst.

Hat ihn vielleicht sogar verändert.

Johanna sagte nämlich: »Warum hast du uns alle angelogen?«

Meyer guckte blöde.

Johanna wiederholte: »Warum hast du auch mich so angelogen?«

In Meyer herrschte Tohuwabohu und alle möglichen Groß- und Kleinlügen tauchten auf und wieder ab. Derweil er abglich, welche der Lügen vielleicht entdeckt worden wären, blickte Jungmann Meyer seiner Johanna noch in die Augen.

»Ich habe mir heute David Bowies Website gründlich angeschaut. Nirgendwo kann man Aktivitätspunkte sammeln.«

Meyer kapierte langsam und sein Blick senkte sich.

Johanna machte unerbittlich weiter: »Und wenn es keine Aktivitätspunkte gibt, dann hast du keine Sonderrechte erworben …«

Meyers Augen machten den Hundeblick.

»… und deswegen wird kein Ober- und kein Untermanager und erst recht nicht Mister Jones aka David Bowie persönlich …«

Meyers Augen baten flehentlich um Gnade.

»Und wenn das alles so ist, dann ist es auch so, dass du nichts bist als ein großmäuliger Ange– «

Meyer legte den Zeigefinger auf seine Lippen.

Johanna stockte mitten im Wort.

Sie schaute ihn an, schwieg und sah, wie sich in Meyer das komplette Sich-schämen-Programm abspielte.

Rot werden.

Stottern selbst beim Schweigen.

Weiche Beine.

Die Hitze, die alles wegschmelzen kann, was man ist, konnte Johanna natürlich nicht sehen.

Diese Schamhitze, die, wenn du sie aushältst, dich tatsächlich verändern kann, die sieht man nicht von außen.

Aber meine Johanna, die sah und sieht auch Sachen, die man nicht sehen kann.

Ein schnurrender Hund, eine hängende Arschbacke und eine Himmelfahrt

Vor unserer nächsten Sitzung hatte ich Muffensausen wie noch nie. Wusste nicht, wovor ich mehr Angst hatte, davor, Johanna gegenüberzutreten oder den anderen meine Lüge gestehen zu müssen. Gleichzeitig wollte ich Johanna unbedingt wiedersehen. Also war mir den ganzen Tag übel, und als es Zeit war, zum Treffen zu gehen, bekam ich Durchfall und schaffte es gar nicht mehr runter vom Klo. Benno klopfte heftig an die Badezimmertür und rief: »Komm jetzt, wir müssen los, sonst gibt's wieder Ärger vom Meister!«

In mir krampfte alles und ich schrie zurück: »Ich komm hier nicht runter. Sag, ich bin verhindert.«

»Verhindert?«

»Verhindert!«

Benno zog ab. Irgendwann war ich leer geschissen und bin dann nach einigem Zögern doch die Wiese runtergelaufen zu unserer Verschwörerecke, reichlich verspätet natürlich. Dreißig Meter vor mir lief Johanna und ich dachte: Die also auch, und hatte das erste Mal an diesem Tag einen Anflug von Lächeln im Herzen. Dann erhob sich Bela aus dem Gras und trottete zu Johanna hin. Altersschwach und weise, wie die Hündin war, machte sie kein großes Getue mit Anspringen und Jaulen, sondern lief einfach neben ihr her, als wäre sie mit dem netten Mädchen verabredet, das so frisch und lecker roch. Bela hob den Kopf, schaute in die Sonne und bot Johanna ihre Kehle dar. Johanna beugte sich zum Hund und kraulte ihm den Hals. Dieses Mädchen weiß genau, an welcher Stelle der Kehle ein Hund gekrault werden will. Und dieses Mädchen trifft die richtige Stelle auf den Millimeter genau, nicht wie die anderen Trampel, die immer knapp daneben kraulen, dachte Bela und ihr Schwanz wackelte gemessen freudig.

Dann lief das Pärchen runter zur Verschwörerecke. Sah aus, als gingen sie Hand in Hand, die beiden. Ich dachte, das Letzte, was ich jetzt brauchen kann, ist, wenn das Komisches-Zeug-Denken wieder losgeht. Und plötzlich hatte ich wieder ganz viel Eingeweide, mein Darm mobilisierte die letzten Reserven und ich musste umkehren. In einem Mordstempo rannte ich zurück ins Haus, in der Hoffnung, dass ich's noch schaffe und dass mich keiner sieht.

Zehn Minuten später stand ich dann etwas unbeholfen bei den anderen in der Verschwörerecke. Adrian begrüßte mich freundlich: »Schön, dass du auch noch kommst! Such dir einen Platz.«

Auf der linken Seite der Bank saß Johanna, neben ihr lag Bela, lückenlos angeschmiegt ans halb verwitterte Holz, als wäre sie eben noch flüssig gewesen und irgendjemand hätte sie gerade ausgegossen. Am rechten Rand war ein wenig Platz für mich, da zwängte ich mich hin. Eine Arschbacke schwebte zur Hälfte in der Luft, aber na ja.

»Bevor ich's vergesse: Habe ich ausgeteilt, als du noch nicht hier warst. Die hier ist für dich«, sagte Adrian und reichte mir ein Memo-Kärtchen rüber. Ich sah das Memo an und sah gleich, das ist 'ne Mastercard, und steckte sie in die Hosentasche hinten links.

»Wir waren gerade dabei, die Videodreh-Sache zu besprechen«, sagte Adrian, »wir haben schon gehört, dass das mit Bowie nichts wird.«

Bevor mein Darm wieder anfangen konnte mit seinen Scheißspielereien, erklärte Johanna: »Weil du nicht da warst, habe ich den anderen schon gesagt, dass Bowie gerade keine Zeit hat. Genaues konnte ich ihnen natürlich nicht sagen. Weißt du Näheres?«

»Nee, Genaues weiß wohl keiner, es gibt nur Gerüchte: Er plane ein Musical, neues Album, vielleicht sogar eine Tour …«

»Macht der Meister jetzt auch Musicals?«, fragte Adrian und ich antwortete: »Ist halt so ein Gerücht auf den einschlägigen Seiten.«

»Schon bemerkenswert, dass so ein viel beschäftigter Mann überhaupt antwortet und absagt«, sagte Johanna.

»Der Mann hat halt Klasse.«

»Sieht ganz so aus.«

»Große Klasse, ganz, ganz große Klasse, sag ich dir!«, beteuerte ich und alles in mir war Dankbarkeit und Lebensfreude.

Adrian unterbrach unser Geplänkel: »Dann müssen wir den Dreh selbst in die Hand nehmen. Ist vielleicht auch besser so, technische Mätzchen würden vielleicht nur ablenken vom eigentlichen Gehalt.«

Johanna war ganz seiner Meinung, ich ebenso. Selbst die Sonne ließ sich nicht lumpen und ihre Strahlen durchbrachen die Wolkendecke. Auch der Wind flüsterte uns was und ich hatte alle, alle lieb. Ich schaute Johanna so was von dankbar an wie … wie … wie … Ach, mir fällt kein »wie« ein, weil das unvergleichlich war, und ich hätte am liebsten meinen Kopf ganz tief in sie vergraben.

An meiner statt legte Bela ihre Schnauze auf Johannas Schenkel und Johanna machte es gar nichts aus, dass Bela etwas sabberte.

»Wir wollten heute nach Lösungen für die Rote-Faden-Problematik suchen, um das Koppelungsproblem zu lösen. Was wir brauchen, ist eine nachvollziehbare, erlebbare Koppelung von dem vergangenen mit dem aktuellen Leben, sodass es den Leuten leichtfällt zu glauben, früher hätten sie auch schon ein paar Hundert Mal gelebt«, sagte Adrian.

Die Bowie-Sache war damit endgültig ad acta gelegt und mir war jetzt so leicht ums Herz, ich war ganz beschwingt und die Wörter sprudelten einfach aus mir raus: »Also, ich finde, die Sache ist die: Mit dem vorherigen Leben ist es wie mit einem Traum.

Ein Traum, an den ich mich nicht erinnere, den gibt es gar nicht. Da kann unser Psychodoc sagen, was er will, und beteuern, dass jeder jede Nacht träumen würde, was man an solchen Geräten sehen könnte, die anfangen zu zittern, wenn man träumt. Doch bei solchen Dingen glaubt man sich selbst einfach mehr als irgendwelchen Geräten. Und genauso ist es mit dem vorherigen Leben. Wenn ich mich nicht daran erinnern kann, dann gibt es das auch nicht. Also müssen wir den Leuten was geben, wo sie sagen können: Aha, das ist jetzt eine Erinnerung an mein vorheriges Leben. Nur dann können sie auch an ein zukünftiges glauben. Sonst wird das nichts mit unserer neuen Religion. Oder wir bleiben so eine Winzsekte wie die, bei der du so viele Frauen haben darfst, wie du ernähren kannst. Oder die, bei der alle naselang die Welt untergeht.«

»Das ist genau das, was Adrian mit dem roten Faden meint, den wir suchen müssen, dem roten Faden, der dein ehemaliges mit deinem gegenwärtigen Leben verbindet«, sagte Johanna. Sie schaute mich ganz direkt an und strich Bela über die leicht offen stehende Schnauze. Die Hündin leckte Johannas Hand und legte gleichzeitig ihren Schwanz auf meine Schenkel. So entstand neuer Raum. Ich rückte ein wenig rüber, schon hatte auch die zweite Arschbacke festes Land gewonnen. Dann massierte ich Belas Flanke, das schien ihr zu gefallen. Sie hob den Kopf, drehte sich rum, schaute mich sehr einverstanden an und legte ihre Schnauze wieder auf den Schenkel von Johanna ab. Johanna strich der Hündin über die harte Stelle zwischen Augen und Nase, diese Stelle, die so was Samtenes hat. So waren wir aneinandergekoppelt, untenrum über den Hund, obenrum über die Blicke, und das Dazwischen füllten wir mit Worten. Und hatten bald vergessen, dass die anderen auch hier saßen.

»Wie wäre es, wenn wir sagen: Immer, wenn man sich frisch verliebt, ist das eine Erinnerung ans vorherige Leben. Weil so plötzlich kann so was Großes doch gar nicht kommen!«, schlug ich vor. War mir schon klar, dass das was Persönliches hatte in dieser Situation. Das war nicht zu vermeiden und musste in Kauf genommen werden. Es ging ja gerade darum, etwas Persönliches zu finden, damit die Leute glauben können, genau *ihr* Leben ginge irgendwie weiter.

Johanna nickte: »Kenn ich auch. Du verliebst dich ganz frisch und alles ist neu und trotzdem kommt es dir vor, als ob du deinen neuen Liebling schon immer kennen würdest.«

»Das nennt man wohl Seelenverwandtschaft«, sagte ich. Da fing Bela an zu schnurren.

Geht nicht, weiß ich, schnurrte trotzdem.

»Wäre doch ein prima roter Faden, der altes und gegenwärtiges Leben miteinander verbindet, der Faden der Liebe«, fand Johanna. Und ich: »Kannst du nicht beweisen, klar, kannst du aber auch nicht widerlegen. Und klingt wesentlich weniger abstrus, als dass man im Paradies ständig Jungfrauen vögeln kann. Wo soll denn der ganze Nachschub herkommen bei dem Verbrauch? Oder dass man eine Ewigkeit in der Hölle schmoren soll, nur weil man mal einen schwachen Moment hatte und kein Pfaffe da war, der ihn dir vergeben konnte. Nee, wenn die Leute so was glauben können, dann können sie doch auch glauben, dass man sich, wenn man sich verliebt, an eine gute Bekannte aus dem vorigen Leben erinnert. Und dass es das also gibt, das vorherige Leben; womit das Koppelungsproblem von gegenwärtigen und ehemaligen Leben gelöst wäre.«

»Ich finde, das klingt gut. Menschlich. Warm. Tröstend. Und so soll sie doch sein, unsere neue Religion!«, sagte Johanna. »Wär wirklich schön, wenn alle Mamas und Papas dieser Welt ihren Kindern genau das erzählen würden, wenn sie die Kleinen abends ins Bett bringen. Dass man immer wieder geboren wird, solange es Menschen gibt. Und dass man das vorherige Leben spüren kann, wenn man sich verliebt. Die Mamas und Papas sollen erzählen, dass jedes Sich-Verlieben eine Erinnerung an ein vorheriges Leben und eine Art Beweis dafür ist, dass es das gab, das vorherige Leben.«

»Ist halt so ein Beweis, den du nicht ganz beweisen kannst«, sagte ich.

»Klar, aber das können sie ruhig auch erzählen. Dass das so eine Sorte Beweis ist, die man nicht ganz beweisen kann. Muss man ja nicht verschweigen. Die Wahrheit ist was Wichtiges, aber mehr so für den Alltag. Im Hinblick auf den Tod ist der Trost sowieso wichtiger als die Wahrheit!«

Da musste ich ihr so was von zustimmen. »Also, wenn ich mal Kinder habe, dann werde ich denen genau das erzählen. Wenn du dich verliebst, egal in wen, dann ist das gar nicht Knall auf Fall, wie man denken könnte, sondern ein Wiedererkennen von früher, von ganz früher, vielleicht sogar von vor tausend Jahren! Das werde ich denen schon sagen, auch wenn sie noch ganz kleine Bengel oder Gören sind und von Liebe nichts anderes kennen als die Mama- und Papaliebe.«

»Da mach ich auch mit«, sagte Johanna und ich: »Ist doch komisch, dass man das nicht schon längst allen Kindern erzählt!«

»Du meinst sicherlich komisch wie traurig, oder?«, fragte Johanna.

»Klar. Ist mal wieder so ein Fall, wo traurig das bessere Wort wäre als komisch«, antwortete ich. Johanna nickte und ich fühlte etwas, das ich gar nicht kannte. Es war nicht direkt Liebe, es war eher so was wie eine Vertrautheit mit diesem Mädchen auf der anderen Seite vom Hund, diesem Mädchen, das ich so recht besehen doch gar nicht kannte.

Johanna schaute mich jetzt ganz unverwandt und staunend an, so wie kleine Kinder dich angucken können, so ganz kleine, die noch zu nichts eine Meinung haben. Ich spürte, wie auch aus meinem Gesicht alles Lächeln, Grinsen, Freuen abfiel und ich zu ihr genauso rüberguckte wie sie zu mir. Über den Hund rüber schaute ich sie an, wie der erste Mensch die erste Menschin angeschaut haben musste, verwundert, dass da noch jemand ist. Wir saßen in einer Blase voller Stille da. War so ein Moment, von dem du nicht sagen kannst, wie lange er ging. Mit Sekunden und Minuten wird so ein Moment nicht gemessen. Und so leise war's, dass wir sogar Natascha beim ersten Versuch verstehen konnten, als sie fragte: »Und was sagen wir denen, die sterben, bevor sie sich einmal verliebt haben?«

Ich brauchte einen Moment, bis ich realisierte, wer da was gesagt hatte. Dann sagte ich: »Das ist ein Problem.«

»Ist in jeder Hinsicht ein großes Problem«, bestätigte Johanna und wir schauten beide Natascha an. Sahen sie in ihrer ganzen gottverdammten Einsamkeit dasitzen. Das war so himmelschreiend ungerecht, dass ich so ein Glück hatte und sie so ein Unglück – aber irgendwie zählt Gerechtigkeit gar nichts, dort, wo es um Liebe geht. Ich spürte die große Mitleidslosigkeit der Liebenden mit den Nichtliebenden und war ganz kalt Natascha gegenüber. Natascha hielt unsere Blicke keine zwei Sekunden aus, dann schaute sie auf den Boden und bohrte nicht weiter nach.

Dann hob Bela den Kopf von Johannas Schenkel und gähnte dieses wahnsinnig gekonnte Schäferhundgähnen, wo du nur blass vor Bewunderung davorstehen kannst, weil es so was Vollkommenes hat und ihm kein bisschen was fehlt. Die alte Hündin drehte sich noch einmal nach mir um, sprang geschmeidig runter von der Bank, trabte zur Wiese und wurde wieder zum schwarzen Hubbel im Gras. Zwischen Johanna und mir klaffte jetzt eine Lücke. Die kam mir vor wie eine riesige Aufgabe und ich spuckte in die Hände, aber natürlich nur so innerlich.

Johanna ignorierte die hundegroße Lücke und immer noch an Natascha gewandt sagte sie: »Vielleicht habe ich eine Idee. Wenn einer einen Einfall hat, der aus dem Nichts zu kommen scheint, weil er vorher noch nie was Ähnliches gedacht hat, dann sagen wir, der kommt vom Leben vorher. Der Einfall hat 'ne Geschichte, die du selbst gar nicht kennst und die viel älter ist als du. Es ist doch so, dass alles, was wir denken und reden, so eine Uraltgeschichte hat, von der wir meist gar nichts wissen. Die Geschichte verbindet alles miteinander. Wenn sich einer verliebt, dann nennen wir das ein Wiedererkennen aus dem Leben vorher, was eine viel schönere Geschichte ist als diese Liebe-auf-den-ersten-Blick-Sache. Und wenn einer einen Einfall hat, der aus dem Nichts zu kommen scheint, dann sagen wir, der kommt nicht aus dem Nichts, sondern der kommt aus einer Geschichte, nämlich der Menschheitsgeschichte.«

»Da kommt schon einiges zusammen an Material aus dieser Menschheitsgeschichte«, ergänzte ich, »selbst wenn wir so ein ungeheuer junges Geschlecht sind.«

»Genau, und so ein Einfall, den einer hat, der war irgendwie schon immer da, nur halt noch nicht entdeckt«, fuhr Johanna fort und ich, in vollstem Einverständnis: »Ist irgendwie wie bei einem Eisberg: Das meiste vom Eisberg siehst du ja auch nicht, obwohl es da ist. Kann man doch so sagen, oder?«

Und dann sagte Ioanna was. Weil es das erste Mal war, dass sie bei unseren Treffen überhaupt etwas sagte, ist das einen Extraabschnitt wert. Ihre Stimme klang reichlich komisch, das kann ich Euch versichern. Nach einigen Sekunden verblüfften Schweigens fing Benno an zu lachen. Das Lachen pflanzte sich in Windeseile fort, bis es uns alle erfasst hatte, denn Ioannas Sprechapparat erwies sich als nicht wirklich auf der Höhe der Zeit stehend. Er krächzte und schepperte zum Gotterbarmen und hätte dringend mal geölt werden müssen, wenn so was geht.

Das ist er jetzt – der beste Moment in meinem Leben, dachte ich: Johanna liebt mich, alle lachen und genial bin ich auch noch. Denn das war es, was Ioanna gesagt hatte: »Also ihr zwei, das ist genial!«

Jetzt war es nicht mehr auszuhalten da unten auf der Bank und ich bin aufgefahren. Mit einem Mal schwebte ich in einer Glückswolke, kennt ihr ja sicherlich, so eine, wo du ein bisschen blöde aussiehst und ein Problem nicht mal erkennen könntest, wenn es dir mitten auf die Nase gebunden wäre, weil das Konzept »Problem« einfach nicht vorkommt in deinem Denken. So eine Glückswolke, wo du gar nicht Mund und Lippenmuskeln zum Lachen aktivieren musst, weil sie direkt vom Herzen aus angesteuert und breit gezogen werden. Von da oben schaute ich auf uns runter und dann passierte was Seltsames: Ich war irgendwie doppelt da, ich schwebte hoch oben und sah mich gleichzeitig unten auf dem Stuhl sitzen; als wäre ich so eins von Bennos Quantenteilchen, die angeblich auch an zwei Stellen gleichzeitig sein können.

Also, ich saß als Meyer auf der Wolke, blickte nach unten und sah da noch einen Meyer sitzen und konnte erkennen, dass der Kerl auf einer Glückswolke schwebte. Aber um mich soll es jetzt gar nicht gehen. Auch nicht um Johanna, die habe ich nämlich extra gar nicht angeguckt von da oben. Hätte ich es getan, hätte ich sofort runterfliegen und sie küssen müssen.

Aber die anderen vier habe ich angeschaut und habe gesehen, wie Natascha und Ioanna verschmitzt, wissend und freundlich lächelten, weil sie gespürt haben, dass sie bei der Geburt einer großen Liebe dabei sein durften. Benno hat offensichtlich etwas Ähnliches gespürt, auch wenn er das gar nicht hat spüren wollen, weil er selbst auch von Johannas Zauber berührt war und sich bis dahin noch Hoffnungen gemacht hatte. Nur Adrian hat das nicht gespürt. Schon als wir von Mamas und Papas gesprochen hatten, hatte er das Gesicht verzogen. Adrian war das zu klein gedacht. Mit Mamas und Papas wollte er gar nicht erst anfangen bei seiner neuen Religion, der wollte gleich in die Vollen gehen. Der würde seine neue Religion lieber per Gesetz einführen lassen anstatt von den Mamas und Papas dieser Welt. Von da oben habe ich gesehen, dass Adrian keine Liebe kennt. Der hatte so viel, aber Liebe hatte er nicht.

Der liebte vielleicht die Menschheit, aber Menschen liebte er nicht.

Das hat mich ganz traurig gemacht, so eine Traurigkeit, die mit sehr viel Schwere und Gewicht einhergeht. Deshalb war natürlich schnell Schluss mit Wolke sieben und ich wurde runtergezogen. Saß dann wieder einfach da, auf der Bank in unserer Verschwörerecke. Zwischen Johanna und mir klaffte immer noch diese Lücke. Saß unten, sah Adrian an und auch von unten sah ich in seinem hageren, strengen Gesicht, dass er keine Liebe hatte.

Zweierlei Visionen

Von unserer denkmalgeschützten Bibliothek habe ich ja schon kurz erzählt. Jetzt muss ich noch mal von ihr erzählen, als dem Ort, an dem ich eine Vision hatte. Wenigstens glaubte ich eine Zeit lang, dass es eine Vision war, was ich dort hatte. Erwies sich als Irrtum, aber aus der richtigen Perspektive, so einer, die das große Ganze sieht, ist Vision doch das richtige Wort für das Geschehen.

Es war ein Montag gewesen, ich hatte Physio gehabt und zwei Stunden Pause bis zum Nähkurs bei der Specht lagen vor mir. Ich spürte die Langeweile nahen und dachte: Geh doch mal in die Bibliothek und probiere es mit Lesen. Ich öffnete die Tür, schwer, sehr schwer, fugenlos schließend, Eiche vermutlich, dazu gemacht, den Lärm der Welt draußen zu halten. Mir schlug eine Stille entgegen, die uralt schmeckte, und ich musste sofort niesen, dreimal hintereinander. Mein Niesen hallte durch einen Saal, größer als Mamas Wohnzimmer, kleiner als die Tischlerwerkstatt bei Dieter Wehmut. Hinterließ eine ganz schöne Wirkung.

Meyer is here.

Die Holztäfelung an der Decke war eine Spitzenarbeit. Eine aufwendige Rahmen-Füllungskonstruktion, gebeiztes Holz, dessen Maserung ich von unten nicht erkennen konnte, weshalb mir eine genaue Holzsortenbestimmung leider nicht möglich war. Dazu profilierte, leicht gefälzte Stäbe als Schmuck. Zweifellos eine Meisterarbeit. Ich bewunderte sie und lief wie Hans Guck-in-die-Luft durch den Raum und stieß dabei einen leeren Eimer um. Blaues Plastik, dreißig Liter Fassungsvermögen, Metallring, mit Presse und auf Rollen, die vermutlich verantwortlich dafür waren, dass der Eimer nicht dort stehen geblieben war, wo die Putze ihn hingestellt hatte, sondern meinen Weg kreuzte. Es gab etwas Krach, als wir uns trafen.

Meyer is here zum Zweiten.

Das war dann also geklärt und der Raum war mein.

Zeit, sich ein Plätzchen zu suchen.

Genau das dachte ich: Such dir ein Plätzchen. Ein Plätzchen ist ein Platz, wo du mittendrin bist und dich gleichzeitig etwas verstecken kannst. Ich schaute mich um und tatsächlich, ich fand, was ich suchte. Der Herr Fabrikant Beloff musste auch ein Plätzchen-Bedürfnis gehabt haben. In einer Ecke nahe am Fenster fand ich drei Ledersessel, die durch zwei Regale vom großen Raum abgetrennt waren. Das Ganze machte einen heimeligen Eindruck. Die Sessel wirkten altertümlich, das Leder war abgewetzt und sie sahen aus, als wären sie nie was anderes als Erbstücke gewesen. Ich ließ mich in einen hineinfallen, mit einem richtigen Plumps. Der Sessel gab ein Stöhnen von sich, so eines, das in der Mitte schwebt zwischen »Fühlt sich gut an« und »Tut weh, brauch ich nicht«. Prompt dachte ich an die Dehnübungen beim Training, B-Jugend, bei Holzmann dem Schleifer mit seiner ewigen Trillerpfeife. Ich dachte an die Jungs, die ich schon so lange nicht mehr gesehen hatte.

Also eine Minute traurig sein und der Jungs gedenken.

Ich ging die erste Elf durch, rief sie alle auf, mit Namen, Spitznamen und Rückennummer. Euch erspare ich die Namen der ersten Elf. Nur eines wollt ihr Euch vielleicht merken: Der Meyer hatte die 11, früher die Nummer des klassischen Linksaußen. Heute muss ja jeder überall spielen können, aber ich fühle mich immer noch als Linksaußen. Auch wenn Tempo nicht meine größte Stärke ist und alle sagen, dass ich ein Top-Vorstopper sei, einer von der knochigen Art, der gar nicht foulen muss, um dem Gegner wehzutun, fühle ich mich als Linksaußen. Schnell, frech, wendig. Wär ich auf jeden Fall gerne. Dann dachte ich an die Reserve. Danach an die Loser, die nur eingesetzt werden, wenn es um nichts mehr geht. Da gehörte auch Malte dazu, mein bester Freund.

Eine Gedenkminute für Malte.

Dann guckte ich mich um und sah nur Bücher um mich herum: alte Bücher, neue Bücher, dicke Bücher. Dünne Bücher gab es auch, aber weniger als dicke. Ich fühlte mich regelrecht eingekreist von diesen Hunderten Büchern mit Tausenden Seiten mit Millionen Worten und einer glatten Billiarde Buchstaben. Erschlagend. Dazu diese eigenartige Stille, die in den Stunden zwischen den Anwendungen durch die ganze Villa zog und in dieser Bibliothek noch bedrängender wirkte. Die Stille und die Menge an Büchern wurden mir irgendwie zu viel, ich fühlte mich klein wie eine Kirchenmaus. Vor dieser Masse an Ungelesenem hätten auch andere Kaliber als ich kapituliert. Ich fing gar nicht erst an, ein Buch in die Hand zu nehmen, weil mein Rückstand einfach zu groß war. Wenn es 11:0 für die anderen steht, gibt keiner mehr sein Letztes, da kann der Holzmann draußen rumhampeln, als wäre Champions League und nicht B-Kreisleistungsstaffel Mittelrhein. Die auf dem Platz spüren die Schwere der Aussichtslosigkeit, nicht nur in den Beinen, sondern auch ganz tief innen drin. Die Schwere der Aussichtslosigkeit ist unbesiegbar und wird von keinem Trainergeschrei vertrieben. In solchen Situationen schickte Holzmann gerne Malte auf den Platz. Mit einem aufmunternden Klaps auf die Schultern und den Worten: »Damit du mal zeigen kannst, was in dir steckt.«

Manchmal war der Holzmann ein Arsch.

Also, lesen war nicht.

Ich ließ die anderen zwei Sessel auch noch kurz aufstöhnen, dachte dann an die Specht und den Nähkurs heute Mittag, bei dem ich wieder neben Johanna sitzen würde.

Schließlich zog ich Adrians Memos aus der Hintertasche meiner Jeans, in die ich sie immer reinsteckte. Den Lernstoff ständig bei mir zu tragen, gab mir das gute Gefühl, mit dem Lernen schon angefangen zu haben. Die Karten zerknitterten zwar heftig durchs Draufsitzen, aber solche Gebrauchsspuren sind bei Lernstoff ja eher was Gutes. Ich nahm also die circa zehn Memos in die Hand, mischte sie wie ein Kartenspiel und wollte mir dann eigentlich blind eine ziehen, als mir eine Karte besonders ins Auge stach. Sie war deutlich weniger zerknittert als die anderen, musste relativ neu gewesen sein. Vage erinnerte ich mich, dass Adrian mir eine Karte zugesteckt hatte, als ich mit einer Arschbacke auf einer Bank gesessen hatte, während die andere in der Luft herumhing. Die hatte ich total vergessen. Ich drehte die Karte rum und dann fiel es mir ein:

Das ist 'ne Mastercard.

Die Karte aller Karten.

Nicht nur, weil Adrian so groß geschrieben hatte, dass man sie leicht lesen konnte, statt sie mühsam entziffern zu müssen, sondern weil drüberstand:

MEMO 0 bis ∞
Vergesst die Wahrheit!
Unsere neue Religion muss glaubhaft sein, tröstend, nicht missbrauchbar und der Menschheitsentwicklung förderlich, sonst nichts.
Auf keinen Fall muss sie wahr sein.
Also: Vergesst die Wahrheit.
Und: Vergesst Gott, so gut es geht.

Und jetzt zur Vision: Denn genau während ich **Vergesst Gott, so gut es geht** las, kam ein Ton aus dem Nichts angeschlichen, eher tief, dunkelbraun, Eiche gebeizt, würde ich mal sagen, und schlich sich an. Niemand kann sagen, wann aus dem unhörbar Leisen etwas hörbar Leises wird. Ich starrte auf die Karte, meine Augen klebten an »Vergesst Gott, so gut es geht«. Der Ton wurde lauter und stand mitten im Raum, dann verschwand er wieder, wurde schwächer, unhörbar und ich glaubte, auch im Unhörbaren wird er immer noch leiser werden, bis nicht mal mehr eine Fledermaus ihn hören könnte.

Also, da hat mich was durchschauert.

Mein Herz erstarrte. Meine Hand drehte die Karte ganz schnell um. Mein Hirn dachte:

Mein Gott, sprichst du jetzt zu mir?

Und wenn ja, was willst du mir sagen?

Geht's auch ein bisschen deutlicher?

Soll das eine Warnung vor Adrians Karten sein? Oder 'ne Bestätigung?

Ich also allen Mut zusammengenommen, Karte noch mal umgedreht.

MEMO 0 bis ∞
Vergesst die Wahrheit!
Unsere neue Religion muss glaubhaft sein, tröstend, nicht missbrauchbar und der Menschheitsentwicklung förderlich, sonst nichts.
Auf keinen Fall muss sie wahr sein.
Also: Vergesst die Wahrheit.
Und: Vergesst Gott, so gut es geht.
Die Wahrheit ist wichtig fürs Leben vor dem Tod, aber nicht fürs Leben nach dem Tod. Das prinzipiell Unbeweisbare darf man nicht mit hehren Worten belegen.

Während ich noch rätselte, was »hehre Worte« sind, kam wieder ein Ton aus dem Nichts angeschlichen, nur wesentlich heller als der erste, eher Esche natur als Eiche gebeizt diesmal. Er kam, blieb eine Weile, auch als ich die Karte längst umgedreht hatte, blieb er immer noch, stand im Raum wie eine Statue, sekundenlang, bis er sich wieder auf den Weg ins Nichts aufmachte, um dort leiser zu werden.

Andere wären jetzt vielleicht schon niedergekniet und hätten die Hände gefaltet. Ich nicht. Ich hatte zwar noch stärkeren Gottesverdacht als beim ersten Mal, konnte aber immer noch nicht verstehen, was er mir sagen wollte. Dieser Ton war pur und rein und klang, wie Wodka schmeckt, aber er hatte null Haltung zu irgendwas.

Sagte mir nichts.

Jetzt hatte ich ein Mal eine Vision und war trotzdem ratlos.

Was zweimal klappt, klappt auch beim dritten Mal, das brauchte ich gar nicht erst ausprobieren. Ich nahm also die Karte und tat so, als ob ich sie umdrehen wolle. Machte ich aber nicht, sondern täuschte es nur an. Versuchte, den Gott zu überlisten.

Aber der merkte es, daher: nix.

Ich beugte meinen Kopf ganz runter zur Tischplatte, hob die Mastercard an der linken unteren Ecke ein wenig an und linste drunter.

Nix.

Drehte sie um mit einem Ruck.

Viel.

Sehr viel.

Ein ganzer Schwall von Tönen, rauf und runter, rasend schnell.

Ich stand auf und lief zu den Tönen hin. Da sie nicht gleich wieder verschwanden, war ihre Herkunft leicht zu orten. Ganz hinten, hinter einem großen Regal, stand die leibhaftige Johanna mit einer Klarinette im Mund.

Noch 'ne Vision.

Johanna war nicht überrascht, mich zu sehen.

Meyer is here, weiß sie schon lange.

»Traurig«, sagte ich zu ihr, »mit der Musik ist es ja was Trauriges. Ein Ton hat was von einer Vision, aber ganz viele Töne haben nichts von vielen Visionen.«

Sie guckte mich an wie ein Auto, als ob ich ihre Töne angegiftet hätte. Ich fügte hinzu:

»So viele Töne haben auch was, will ich gar nicht abstreiten, aber viele Visionen? Ganz eindeutig nein.«

Dann erzählte ich ihr von Adrians Karte und meiner Vision und sagte, dass es schöner sei, sie gefunden zu haben als irgendeinen Gott, den man sowieso besser vergessen sollte. War wohl zu viel Kompliment auf einmal für Johanna, denn sie sagte: »Du, ich muss eigentlich noch üben. Habe gerade erst angefangen, übermorgen habe ich Stunde, dann kommt auch ein Korrepetitor und das Weber Grand Duo ist ein dicker Brocken. Kennst du das? Carl Maria von Weber, Grand Duo?«

Es war nicht so, dass ich gar nichts verstand, es war schlimmer: Ich verstand ganz viel, nur völlig falsch. Bei Grand Duo musste ich an Johanna und mich denken und Carl und Maria waren bestimmt auch ein tolles Paar, aber dem Korrepetitor würde ich auf die Finger klopfen, falls er vorhaben sollte, mit Johanna anzubandeln und …

Ach, Scheiße.

»Großes Duo finde ich eine schöne Bezeichnung für uns zwei«, antwortete ich nur.

Johanna verzog das Gesicht. Ihr Lächeln hatte etwas Spitzbübisches. Das war eine neue Facette an ihr, in die ich mich stante pede verknallte. Gleichzeitig legte sie die Stirn in Falten, war oben im Gesicht besorgt und unten im Gesicht spitzbübisch, was eine tolle Mischung ergab. Dann nahm sie ein Notenheft von dem Ständer, der vor ihr stand, und hielt es mir vor die Nase. »Lies mal.«

»Carl Maria von Weber, Grand Duo concertant«, las ich vor. »Nur gut, dass ich Französisch kann. Darf ich dir beim Üben zuhören?«

»Von mir aus«, sagte sie, »aber ich befürchte, das wird ein bisschen langweilig.«

»Für mich oder für dich?«

»Hauptsächlich für dich.«

»Und nebensächlich?«

»Nebensachen zählen nicht, wenn du beim Jugend-musiziert-

Bundeswettbewerb was reißen willst. Und das werde ich auch in diesem Jahr.«

»Bundeswettbewerb, das ist Musiker-Bundesliga, oder?«

»Eher Champions League.«

»K.-o.-Spiele also.«

»Kann man so nicht sagen. Bei uns kann es passieren, dass auch der Sieger nur den zweiten Preis bekommt. Oder dass es drei erste Preise gibt.«

»Versteh ich nicht«, sagte ich.

»Ist halt Kunst. Da geht es ein bisschen anders zu als beim Sport. Und jetzt muss ich weiterüben.«

Ich setzte mich wieder an mein Plätzchen in meinen Sessel und hörte zu. Ich muss gestehen, Johanna hatte recht. War zumindest ein bisschen langweilig. Da gab es schon schöne Stellen in diesem Großen Duo, so Melodien zum Nachsingen, wenn man hätte singen wollen, doch das Schöne übte sie fast gar nicht. Das Schöne gelang Johanna natürlich auf Anhieb und musste nicht geübt werden. Deshalb spielte sie die schönen Mitsingmelodien immer nur einmal, wenn sie dran waren, und dann ging sie weiter zum Rauf- und Runtergedudel, das sie dafür immer wieder spielte. Es war ein rauschendes Hin und Her, mit vielen Ab- und Nebenwegen, Trillern und Pfeifen, und manchmal kiekste es ganz ulkig und ich verkniff mir aus guter Intuition das Lachen. Wenn eine dieser Endlosschleifen irgendwo angekommen war, wo sie Luft holen konnte, dann fing sie einfach wieder von vorne an. Dieses Hin und Her der Töne machte mich etwas wirr im Kopf. Nach wenigen Minuten stand ich auf und stellte mich vor sie hin.

Blieb stehen und wartete.

Sie rauschte noch eine Passage zu Ende, nahm dann die Klarinette aus dem Mund und fragte: »Was willst du jetzt?«

»Wollte nur wissen, ob ich dir beim Zuhören auch zusehen kann?«

»Natürlich«, sagte sie, »warum nicht? Im Konzert schauen Hunderte zu.«

Ich holte einen Stuhl und setzte mich genau vor sie hin, so von Angesicht zu Angesicht, aber mit einigen Metern Abstand. Manchmal schaute sie mich an beim Spielen. Manchmal schaute sie in die Noten. Meist hatte sie die Augen zu, offenbar hatte sie dieses ganze Notengewirr in ihrem Kopf. Das schwarze Stück Holz in ihrem Mund gehörte zu ihr wie zum alten Wehmut der Hobel in der Hand. Eine Einheit, untrennbar, wie Kaugummi und Schuhsohle.

Und tat so, als wäre ich gar nicht da.

Was natürlich ein Vertrauensbeweis ist, wie du ihn dir größer kaum denken kannst.

Nach circa einer Viertelstunde nahm ich all meinen Mut zusammen, stand auf, stellte mich wieder vor sie hin, und als sie die Augen mal aufmachte, setzte sie ihr Instrument ab und fragte: »Was willst du jetzt?«

»Habe nur eine Frage.«

»Okay«, sagte sie und wartete.

Ich suchte meinen Mut, fand ihn plötzlich nicht mehr und fragte: »Werden diese Visionstöne auch dann noch leiser, wenn sie sowieso nicht mehr zu hören sind? Hatte vorhin so ein Gefühl.«

»War ein richtiges Gefühl. Ich spüre sie, bevor ich sie hören kann, und spüre sie auch noch, wenn sie schon nicht mehr zu hören sind.«

»Ist wohl eine Art Zauber«, sagte ich und sie: »Nöö, ist Physik. In meiner Klarinette baut sich allmählich eine Luftsäule auf beziehungsweise ab. Die drückt gegen meine Lippen und deshalb spüre ich sie. Ist so ein Widerstand, der mir entgegenkommt. Und spüren, wie der sich abbaut, kann ich auch. Auch dann noch, wenn ich schon nichts mehr höre.«

»Okay, das wollte ich nur wissen«, schwindelte ich.

»Sonst noch was?«

»Im Moment nicht«, schwindelte ich weiter und setzte mich wieder an meinen Platz. Johanna übte dann eine Stelle mit ganz vielen Trillern im Rauf- und Runterrasen.

Wie biegsam ihr Körper war!

Wie fest sie unten stand und wie frei sie oben schwang!

Wenn ich nur auf ihre Finger schaute, sah ich wahnsinnig präzise arbeitende kleine Maschinchen, die eine Unzahl von Klappen und Löchern drückten und bedeckten, aber was ich hörte, hatte nichts von Maschinengeräuschen. Muss ihr Atem gewesen sein, der ihnen Seele einhauchte. Sie machte immer weiter und ich dachte: Mannomann, mit der kannst du nicht mithalten derzeit. Und plötzlich sehnte ich mich nach Beitel, Klüpfel und meinem nagelneuen Klauenhammer wie seit Wochen nicht, weil ich dringend etwas anderes herstellen wollte als neue Religionen oder meine Gesundheit.

Was Schönes, was Gekonntes.

Einfach, um mithalten zu können mit meiner Johanna.

Nach einer Stunde ungefähr stand ich auf und trat ein Stück näher. Sie nahm die Klarinette aus dem Mund und fragte freundlich: »Was willst du jetzt wissen?«

»Nichts Besonderes«, log ich und kratzte mir den Kopf.

Sie legte die Stirn in kleine Fältchen und ihre Lippen, ganz weich und durchblutet und richtig aufgegangen durch die Pusterei der letzten Stunden, zogen sich leicht nach außen oben. Das ging einher mit dieser unwiderstehlichen Grübchenbildung in beiden Wangen, eigentlich nur ein winziger Nebenaspekt an der Gesamt-Johanna, aber für mich einer der vielen Tropfen, der Ihr wisst schon was …

Und als ich meinen Mut nicht mehr suchte, da hatte ich ihn gefunden. »Du hältst mich für einen Angeber, oder?«

Johanna musste nicht lange nachdenken, bevor sie sagte: »Klar.«

»Für einen großmäuligen Angeber?«

»Auf jeden Fall.«

»Für einen Angeber der schlimmsten Sorte?!«

»Schlimmste Sorte würde ich nicht sagen«, sagte Johanna.

»Schlimmste Sorte bin ich also nicht?«, fragte ich und sie erläuterte sachlich: »Die schlimmste Sorte muss andere kleinmachen, um sich selber großzumachen.«

»Und das mach ich nicht?«, fragte ich etwas zweifelnd.

»Hab ich wenigstens noch nicht mitgekriegt«, antwortete Johanna.

»Also, zur schlimmsten Sorte gehöre ich nicht!«

»Auf keinen Fall.«

»Dann wär das ja geklärt«, sagte ich, ging zu meinem Platz zurück und schaute sie verwundert an. Wenn Johanna solche Sachen sagt, dann mit einer Miene, als wenn sie sagen würde: »Ich mag Vier-Minuten-Eier lieber als Fünf-Minuten-Eier.« Kein Stirnrunzeln, kein besorgter Blick, kein ironisches Lächeln. Irgendwie überhaupt keine Miene. Das reine Wort eben. Hat was Knallhartes.

Sie spielte eine Weile und sagte dann: »Wenn du mich so anguckst, wie du mich gerade anguckst, kann ich mich nicht richtig konzentrieren.«

»Verstehe«, sagte ich, »ich zieh dich voll in meinen Bann.«

»Du meinst: du das Licht und ich die Motte?«

»Nein, nein, das mein ich nicht.« Doch was ich stattdessen meinte, konnte ich nicht sagen, und deshalb schloss ich vorsichtshalber die Augen.

Johanna drehte noch eine Abschlussrunde durchs Grand Duo, bis sie dann sagte: »Jetzt wäre es mir recht, wenn du rausgehst. Ich muss noch Tonhalteübungen machen, dabei will ich alleine sein.«

»Sind das diese Visionstöne?«

»Nein, eher das Gegenteil. Das ist eine Sorte Töne, die kommen kraftvoll, bleiben kraftvoll und gehen erst kurz bevor ich umfalle, weil ich keine Luft mehr habe.«

»Und ich soll dich nicht auffangen, wenn du umfällst beim Tönehalten?«

»Ich fall doch gar nicht um, sondern hole vorher wieder Luft.«

»So ist das also«, sagte ich. Und weil das logisch klang, ging ich raus. Obwohl sie mich irgendwie rausgeschmissen hatte, fühlte ich mich gar nicht rausgeschmissen. Sie wollte einfach alleine sein beim Tönehalten.

Die Baum-Wind-Verwechslung beispielsweise

So langsam läuft die Geschichte, die ich Euch erzähle, auf unseren ersten Kuss hinaus. Er kommt auch, nur noch nicht gleich.

Den ganzen folgenden Tag war ich durch die Anstalt und durchs Gelände gestreift, in der Hoffnung, Johanna zu sehen. Ich fand sie aber nicht, fand nur Bela im Gras und kuschelte halt mit der Hündin. Irgendwie war ich mir sicher, dass Johanna mir schon nicht weglaufen würde, und hatte gute Laune trotz der vergeblichen Sucherei. Hatte so eine Art Gottvertrauen, dass das was werden würde mit uns zwei, nur halt ohne Gott. Geht auch, wenn die Umstände stimmen.

Meine Haut hatte sich den ganzen Tag angefühlt wie grobes Schmirgelpapier und das ist immer ein Zeichen bei mir – weiß nur nie, für was. Zu meiner Haut gibt es zu sagen, dass sie sich im Normalfall anfühlt wie feines Schmirgelpapier. Nur wenn ich eine Gänsehaut bekomme, wird sie grob wie körniges Schmirgelpapier. Leider neige ich zu Gänsehaut. Kälte, Kratzgeräusche, Frauen – schon wird meine Haut stachlig. Auch wenn es mich ekelt, kann ich Gänsehaut kriegen, oder wenn ich mich freue. Also fast ständig. Die spinnt also, meine Haut. Dazu ist sie sehr hell und sehr fleckig, keine Akne oder so was, sondern harmlose rötliche Flecken, die nach Belieben mal hier, mal da auftauchen und nach einiger Zeit weiterwandern wie Treibinseln, die nirgends fest verankert sind.

Dass mir während meiner Chemo die Haare ausfielen, ist ja normal. Dass bei mir hier und da einsame Büschel struppiger Haare auf der Glatze stehen blieben, ist nicht normal und hängt wohl mit der Besonderheit meiner Haut zusammen. Obwohl diese Büschel höchst lächerlich aussahen, habe ich es nicht übers Herz gebracht, sie abzuschneiden. Hatte ich dreimal versucht, mit der Schere vor dem Spiegel, wurde aber plötzlich ganz sentimental und schaffte es nicht, Hand an mich zu legen.

Spätabends ging ich dann in den Park, lief an den stacheldrahtbewehrten Mauern entlang und winkte in all die toten Kameras hinein, die mich anglotzten. Ich stand etwas verloren in unserer Verschwörerecke herum, als wäre ich ein verschollenes Kind. Schließlich stellte ich die Kletterhilfe auf und stieg hoch in die Gabelung von unserem guten, alten Zwiesel. Ich war noch nicht sehr hoch geklettert, ungefähr bis zum Baumhaus von Marie und Alexander, als ein heftiger Wind aufkam und ich vorsichtshalber nicht noch weiter hinaufkletterte. Hatte einen stabilen Platz gefunden und machte es mir dort gemütlich. Es wurde feucht, Nebel machte sich breit und ich hörte die Bäume rauschen. Als Kind dachte ich das, was wohl alle Kinder denken, nämlich dass die Bäume den Wind machen, dadurch, dass sie sich so hin und her bewegen. Ich hatte Papa nicht geglaubt, als er mir erzählte, dass die Bäume vom Wind bewegt werden und ihn nicht erzeugen. Papa sagte auch, diese Baum-Wind-Verwechslung sei ein gutes Beispiel dafür, wie schnell man manchmal bei Ursache und Wirkung durcheinanderkommen kann.

Wenn ich an Papa denke, denke ich auch an das kalte Grauen in seinen Augen. Diese Verbindung ist fest verkoppelt bei mir: Papa und kaltes Grauen sind untrennbar. Komm ich nicht weg von. Das muss so was sein, was die Leute »Schicksal« nennen, so was, vor dem du nicht weglaufen kannst. Auch nicht wegklettern. Würdest dich in so einer alten Eiche sowieso nur verirren, besonders bei schwachem Licht. Daher war ich ehrlich gesagt ziemlich froh, als ich wieder unbeschadet auf festem Grund und Boden stand, wo sich allerdings gleich wieder die Schicksalsfrage stellte. Ich war also auf so einer philosophischen Linie, als ich Richtung Haus lief und Adrian am Fenster seines Zimmers stehen sah. Ich dachte, na, jetzt fügt sich eines zum anderen: da oben der Philosoph und ich philosophisch gestimmt hier unten.

Doch nichts fügte sich.

Später am Abend sollte noch viel mehr zusammenpassen, aber vorläufig passte nichts, denn als ich zu Adrian hochwinkte, bemerkte er mich gar nicht. Oder tat wenigstens so.

Er stand reglos da. Seine Augen schienen unbewegt auf eine Stelle zu starren, Richtung Ahorn, wo immer noch sein Zettel hing. Ich ruderte mit den Armen, um ihn auf mich aufmerksam zu machen, doch er tat so, als ob er mein Winken nicht sehen konnte. Nahm ich ihm nicht ab. Der Mensch ist doch ständig in Fluchtbereitschaft, das haben wir gemein mit beispielsweise pferdeartigen Tieren – das weiß ich von der Frau Dr. Specht –, und deshalb nimmt der Mensch auch im Augenwinkel Bewegungen wahr. Wir sehen auch dort etwas, wo wir gar nicht hingucken. Da kannst du gar nichts gegen machen, wenn du ein Mensch bist, so sagt wenigstens die Frau Dr. Specht, die an diesem Abend irgendwo in meinem Hinterkopf rumspukte. Adrian nahm mich also nicht wahr, als ich da unten stand und zuerst ein-, dann zweihändig zu ihm hochwinkte. Er schaute weiter an mir vorbei, als wäre ich ein Geist. Hätte er mich gesehen und gegrüßt, hätte ich zuerst nichts anderes zu sagen gehabt als »Hallo, Adrian« oder etwas anderes in dieser Gewichtsklasse, also wirklich nichts Weltbewegendes oder gar Philosophisches. Das wäre dann als Zweites oder Drittes gekommen. Normale Menschen fangen ein Gespräch ja nicht mit Philosophie an, sondern lassen es höchstens dort enden. Ich wollte nur »Hallo« sagen, aber das wollte ich so unbedingt, dass ich heftig mit den Armen ruderte und auch zum Ahorn hinlief. Aber Adrian schaute wohl an dessen Wipfel vorbei ins Unendliche und nicht auf den Stamm, an den ich mich lehnte. Ein arroganter Kopf eben, dieser Adrian.

Unter anderen Umständen hätte ich mein großes Repertoire an Pfiffen voll ausgespielt; von säuselnd melodienselig bis zu schrillstem Kommandopfeifen habe ich alles drauf, aber pfeifen wollte ich nicht. Aus Stilgründen. Zum Pfeifen war das alles zu mystisch, so mit Nebel, Käuzchen, Schummerlicht. Doch trotz aller Mystik glaubte ich Adrian nicht, dass er mich nicht sah. Ich glaubte vielmehr, er wollte mir zeigen, dass er was anderes sah, dass er weit blickte und in diesem Weitblick keinen Platz für einen Meyer hatte. Oder er hatte was genommen, das konnte man nie ausschließen, hier kursierte allerhand Zeugs. Hätte mich aber überrascht, denn Adrians Stilbemühungen liefen eher auf Mönchsaskese hinaus und nicht auf Drogenerleuchtungen.

Dann halt nicht, dachte ich und lachte ihn ein bisschen aus für sein Gehabe, leise und innerlich. Ich suchte mir ein Plätzchen nahe unserer Verschwörerecke und dort, auf einer freien Grasfläche, stellte ich mich dann auf dieselbe Art und Weise hin, wie Adrian am Fenster stand: aufrecht, die Arme hängen lassend, Blick in die Ferne. Wollte einfach mal ausprobieren, wie sich das anfühlt. Ich hatte zwar kein Fenster, um rauszugucken, ich war ja im Freien und da kannst du nicht rausgucken. Aber reglos dastehen und wohin starren, so lange, bis der Blick nichts mehr fokussiert und du nur Leere siehst, wo eigentlich was rumsteht – das kannst du auch auf einer Wiese. Dazu tief Luft holen und danach alles wieder rauslassen, restlos rauslassen, bis nichts mehr drin ist und du umfallen würdest, wenn nicht irgendwann der Bauch ohne Befehl einen Schnapper machen würde.

Das machte ich ein paar Mal.

Aber so wahnsinnig viel passiert ist da nicht. Immerhin hörte ich die Bäume deutlicher rauschen. Und der Mond scheint tatsächlich silbern, das habe ich zum ersten Mal wahrgenommen; bis dahin hielt ich das für eine bloße Redensart. Ein bisschen schwerer wurde ich auch und die Füße sanken einen Millimeter tiefer ins

Gras als vorher, so kam es mir wenigstens vor. Doch ich würde schwören, dass ich jeden gesehen hätte, der winkte und sich in meinem Blickfeld befunden hätte.

Nach kurzer Zeit wurde mir das alles fad. Ich setzte mich auf eine Bank, hinten, in unserer Ecke, und holte mein Smartphone raus. Wollte noch was nachschauen. Benno hatte mir mittags wortreich erklärt, warum die Zombies bei *The Walking Dead* zwar einerseits tot sind, andererseits immer noch rumlaufen und Menschen beißen und reißen können. Aber er war zu begeistert, um mir das verständlich darstellen zu können, vielleicht hatte diese Aufgabe ihn auch intellektuell überfordert. Ich hatte zwar verständnisvoll genickt und hinter seinen Erklärungen ein Richtig-habe-ich-verstanden-Häkchen drangemalt, aber das war genau genommen gelogen. Verstanden hatte ich nix, ich wollte einfach seinen Redefluss beenden. Hatte mir aber vorgenommen, der Sache mal nachzugehen, in aller Ruhe und mit wissenschaftlicher Neugier. Jetzt war es so weit.

Ich ging also auf die *The Walking Dead*-Seite und fand ziemlich schnell, was ich suchte.

Hier war alles klar und deutlich dargestellt, eigentlich kann jedes Kind verstehen, warum die Zombies zwar tot sind, aber dennoch rumtorkeln und ständig Appetit auf Menschenfleisch haben. Das geht nämlich so: Zuerst tötet ein Virus die Menschen, und wenn sie tot sind, steigt das Virus ins Hirn hoch und reaktiviert dort das Stammhirn, den ältesten Teil vom Hirn, der bei uns und bei Affen, Hunden, Katzen und pferdeartigen Tieren fast gleich und zuständig fürs Atmen, Fressen, Laufen und so was ist. Reden ist nicht angelegt im Stammhirn, deshalb gibt es keinerlei Verhandlungsmöglichkeiten mit den Zombies. Die verstehen uns nicht. Nicht, weil sie dumm wären, sondern weil sie den Teil vom Hirn, wo die Dummheit überhaupt sitzt, nicht mal haben. Nichts fand ich über das Sexleben der Zombies. Hat mich sehr überrascht, wäre doch eigentlich ein naheliegendes Thema. Ficken würde meiner bescheidenen Meinung nach doch dazugehören zur Auflistung Atmen-Fressen-Laufen. Dass diese Frage auf der *The Walking Dead*-Seite gar nicht behandelt wurde, fand ich etwas enttäuschend. Ich wollte der Sache deshalb auf eigene Faust nachgehen. Ich fragte also Google nach dem »Sexleben von Zombies« und genau in diesem Moment hörte ich was. Und spürte: Das ist Adrian, der da kommt. Ich dachte, na, jetzt ist dir doch langweilig geworden und du suchst den Meyer, für den du dir eben noch zu fein warst. Aber ich verzieh ihm, steckte das Handy schnell ein und machte tiefe Atemzüge, laut genug, dass er mich finden konnte.

Als er dann in unser Höhleneck eintrat, fuhr ich gespielt zusammen und rief voll erschrocken: »Mein Gott, Adrian, was hast du mich erschreckt!«

Adrian zuckte ganz in echt zusammen und sagte: »Entschuldigung, das tut mir leid, ich wollte dich nicht erschrecken.« Er wurde ganz bleich um die Nase, sodass *mir* mein Schauspiel fast ein wenig leidtat. Fast.

»Weißt du, ich wollte vor dem Schlafengehen noch ein wenig dem Rauschen der Bäume zuhören und meine Atemübungen machen. Mach ich so gut wie jede Nacht.«

»Ich konnte wirklich nicht wissen, dass du hier unten bist, sonst hätte ich mich irgendwie bemerkbar gemacht.«

Kleine Pause. Dann sagte er: »Vielleicht ist es gut, dass der Zufall uns zusammengeführt hat.«

»Falls es so etwas wie Zufall überhaupt gibt …«, sagte ich, die philosophische Linie einschlagend.

»Da hast du recht, Meyer, ist wahrscheinlich leichtfertiges Gerede, das mit dem Zufall. Meist erklärt sich doch alles mit Ursache und Wirkung.«

»Die zwei hat man allerdings schnell mal verwechselt, das kennt man ja«, sagte ich. »Denk nur an Wind und Bäume …« Ich blieb meiner Linie treu. Das gab Adrian zu denken und flößte ihm Respekt ein. Dann war erst einmal Ruhe.

Pause also, aber eine gute Pause.

Jeder hatte mit den Begrüßungslügereien seinen Claim abgesteckt, die Reviere waren nun klar markiert. Adrian setzte sich mir gegenüber auf einen Stuhl.

Google hatte mittlerweile sicherlich die Antwort auf meine Frage nach dem »Sexleben von Zombies« gefunden und ein bisschen plagte es mich, sie nicht gleich lesen zu können. Noch war ich mir nicht sicher, dass das hier interessanter werden könnte als die Neuigkeiten über Zombies.

Dann zog Adrian einen Stapel Karteikarten mit neuen Memos raus und hielt sie mir vor die Nase. »Hier, ich hab Nachschub. Kannst du mal lesen.«

»O Mann, echt nicht! Der Mond scheint zwar silbern, aber dein Gekritzel kann ich bei diesem Licht beim besten Willen nicht entziffern. Lies doch einfach vor, was du da geschrieben hast.«

Adrian wand und zierte sich und sagte: »Geht nicht. Ich finde es ganz furchtbar, etwas laut zu lesen, was ich aufgeschrieben habe. Vor einer großen Menschenmenge, das ginge vielleicht, aber nicht vor einem einzelnen Menschen, den ich noch dazu gut kenne.«

»Na, als große Menschenmenge geh ich nur zum Karneval«, sagte ich, aber der Typ war sich zum Lachen wohl zu fein. Ich gab ihm noch einen Moment, um sein Versäumnis nachzuholen, dann sagte ich: »Ist mir zu hoch, was du da redest. Wenn man etwas sagen will, dann sagt man es einfach. Oder liest es halt laut vor.«

Adrian überlegte kurz. »Es geht darum, dass ich nicht als empirische Persönlichkeit anwesend sein will, wenn es um die Frucht meiner Gedanken geht.«

Empirische Persönlichkeit musste er mir erklären, was er auch tat. Er meinte, das ist der Adrian, dem ich beispielsweise beim Essen zusehe oder gar beim Sport, obwohl er bei beidem nicht gerne gesehen wird. Und »Frucht meiner Gedanken« hatte zweifellos was Lächerliches, doch mir war nicht zum Auslachen zumute an diesem Abend, ich war so mild gestimmt wie selten.

»Verstehst du, ich bin nur der Adrian, aber meine Gedanken umgreifen die ganze Welt und das ist doch ein bisschen lächerlich. Deshalb will ich nicht vor dir stehen und von dir angeguckt werden, wenn ich dir meine Memos vorlese, weil du dann daran denkst, was ich beim Frühstück am liebsten esse und solche Sachen.«

»Oder warum einer, der tolle Dinge denkt, freiwillig so einen superspießigen Rollkragenpullover anzieht«, sagte ich.

»Genau solche Sachen meine ich! Du hast verstanden!«

Dann hatte ich eine Idee, die sich im weiteren Verlauf des Abends als wirklich segensreich entpuppen sollte. Dabei war sie nur als Witz gemeint. »Mensch, dann verschwinde doch hinter den Büschen und lies von dort. Dann höre ich dich zwar, aber sehe dich nicht. Du bist dann eine Art Geist und ich denke nicht daran, was du so frühstückst oder wie man freiwillig so einen schwarzen Rollkragenpullover anziehen kann. Von mir aus kannst du mir auch vorsingen, was du da geschrieben hast – wie ein Priester, so auf einem oder zwei Tönen.«

Und so geschah es: Adrian verschwand hinter den Büschen. Gesungen hat er zwar nicht, doch was Priesterliches lag auch so in seinem Ton. Ich sah ihn nicht und er sah mich nicht.

Und er bemerkte nicht, dass plötzlich Johanna dastand. Aber ich sah sie – und wenn man sehen steigern könnte, dann müsste ich den Superlativ nehmen. Hören, dass sie gekommen war, konnte Adrian auch nicht, weil Johanna sehr leise und er sehr laut war. Adrian gab nämlich den kräftig und deutlich sprechenden hochdeutschen Kanzelredner. Wegen der empirischen Persönlichkeit vermutlich, die nicht stören sollte. Sein Dialekt hätte daran erinnert, dass er wo geboren, aufgewachsen und in die Schule gegangen ist. Doch das sollte nicht lange halten, bald sprach er wieder, wie Adrian eben sprach. Ein klein wenig näselnd, und dass er aus Hamburg stammte, war unüberhörbar.

Liebe ist ’ne Millimeterarbeit

Jetzt noch einmal kurz eine Situationsbeschreibung:

Ich sitze auf der Bank in unserer Verschwörerecke, Adrian steht predigend hinter den Büschen, Johanna steht vor mir. Dazu Mond am Himmel, schnell ziehende Wolken, viel Feuchtigkeit in der Luft, Dunst, kurz vor Nebel. Circa zehn Grad Celsius. Ich lege den Finger auf den Mund, um Johanna Schweigsamkeit nahezulegen. Johanna versteht zwar noch nicht, was hier gespielt wird, kapiert aber die Spielregel und ist ganz leise. Ich deute auf Adrian hinter den Büschen, sie kann zumindest erkennen, dass dort jemand steht. Johanna macht ein Was-ist-denn-hier-los-Gesicht, ich ein Warte-ab-Gesicht. Ich lächle sie an, sie lächelt zurück.

Als Adrian nach einer kurzen Pause, in der er wohl die Kärtchen wechselte, mit neuem Schwung anfing zu dröhnen: »BEOBACHTUNGEN, ANGESTELLT AN MEINER KLEINEN SCHWESTER, KURZ NACH IHRER GEBURT«, hatte ich kurz Angst, dass Johanna vor Schreck umfällt. Tat sie aber nicht. Stattdessen ließ sie sich stumm lachend auf der Bank nieder und hielt sich dabei den Mund zu. Sie war dick eingemummelt, trug einen Parka und einen Wollschal um den Hals und schien dennoch zu zittern. Ich legte ihr meine Jacke um die Beine, denn mir war warm von innen und ich brauchte sie nicht. Mir wurde sogar immer wärmer, denn Johanna lehnte sich gegen mich, ganz sachte zuerst und mit einem Knick in der Taille, sodass unsere Pos sich nicht berührten, was nichts half, denn mein Schwanz war trotzdem schon ganz aufgeregt. Aber eben nicht nur der: Auch die Beine kribbelten, mein Herz raste und einen Magen hatte ich auch wieder.

Adrian sagte: »Meine kleine Schwester konnte nichts am Anfang. Keinen einzigen Tag hätte sie überlebt ohne Zuwendung der Eltern oder von Elternähnlichen. Ihr Leben begann also, wie das von uns allen, am Pol der absoluten Ohnmacht.«

Ich dachte derweil: Das ist der Unterschied zwischen Porno und Johanna, dass beim Porno nur mein Schwanz aufgeregt ist und sonst nicht viel passiert. Bei Johanna bekommt meine Haut wieder diese Schmirgelpapierqualitäten und auch Herz, Lunge, Darm und Magen spinnen und alle machen sie komische Sachen mit mir.

»Gleichzeitig hatte sie absolute Macht über meine Mama: Beim kleinsten Schrei von ihr kümmerte sich meine Mama um sie mit liebevoller Pflege.«

Ich rückte etwas näher an Johanna heran. So berührten wir uns auch am Po und an der Hüfte und lehnten unsere Oberkörper aneinander.

»Warum machte meine Mutter das? Und fast alle anderen Eltern auch? Sie machte das aus Gründen der Arterhaltung. Die Arterhaltung macht aus dem ohnmächtigsten Wesen eines, nach dessen Pfeife die Mächtigen tanzen. Was nun ist unsere Art? Die Menschheit ist unsere Art. Ganz am Anfang beziehen alle Säuglinge ihre Macht aus und von der Menschheit. Als Personen sind sie absolut ohnmächtig, als Mitglied der Menschheit absolut mächtig. Ein kleiner Maunzer, erst recht ein Schrei bringt alle ringsum auf die Beine. So wie alle absolut ohnmächtigen Hundebabys ihre Macht aus ihrer Mitgliedschaft in der Hundheit beziehen und alle absolut ohnmächtigen süßen kleinen Kätzchen die ihrige aus der Mitgliedschaft in der Katzheit.«

Johanna und ich schauten uns an, tief in die Augen sozusagen, was eine relativ bedeutungslose Sache war in dem Moment und eine gewisse Unverbindlichkeit hatte, weil wir wegen des Schweigegebots ohnehin nur mit Blicken und Mienenspiel Adrians Reden kommentieren durften. Ich zeigte mich weich und grundsätzlich positiv, deutete aber etwas Skepsis an und die Frage: Worauf will der denn hinaus? In Johannas Augen lauerte der Spott, so kam es mir vor, doch ich mag mich täuschen. Ich glaube, hätte sie hier mit Ioanna gesessen statt mit mir, hätten die beiden laut losgeprustet – und wer Ioannas Lachen jemals gehört hat, der weiß, das wäre das Ende von Adrians Lesung gewesen.

»Das scheint mir zum Wesen höherer Babytiere zu gehören, dass sie, im Gegensatz zum Schildkrötenbaby beispielsweise, von Beginn an eingespannt sind zwischen diesen Polen absoluter Ohnmacht und absoluter Macht. Woher die Macht der Säuglinge stammt, haben wir also verstanden. Der Säugling ist mächtig nur als Mitglied der Menschheit. Von dort bezieht er all seine Macht und lässt so die Eltern tanzen. Das Wort Menschheit ist in dieser Phase keine Idee, sondern ein Faktum, hinterlegt in den Genen der Mütter, vielleicht auch in denen der Väter. Bei Hund und Katz bleiben Hundheit und Katzheit in den Genen liegen und kommen dort nicht raus. ›Hundheit‹ und ›Katzheit‹ erheben sich nicht zur Idee, wie es die ›Menschheit‹ tut. Denn für eine Idee braucht es viele Wörter und der Wortschatz von Hund und Katz scheint ungenügend groß für eine Idee zu sein.«

Johanna schaute mich mit großen Augen an, ich schaute sie auch ganz fest an. Ob ich große Augen hatte, weiß ich nicht, danach müsste man Johanna fragen.

»Meine kleine Schwester wird immer mächtiger werden im Laufe der Jahre. Sie wird immer mehr selbst können und nach einigen Jahren könnte sie schon überleben ohne Mama, einen Papa hat sie ja sowieso nicht, weil meine Mama in dieser Hinsicht etwas eigen ist. Also, sie hat natürlich einen Vater, anders geht's ja nicht, aber sie kennt ihn halt gar nicht und wird ihn nie kennenlernen, wenigstens wenn es nach meiner Mama geht, die …«

Was in den nächsten Minuten passierte, schreit danach, verfilmt zu werden. Denn per Schrift ist es einfach nicht recht darstellbar. Dabei gewesen zu sein war natürlich das Allergrößte. Doch dabei waren nur ich, Johanna und Adrian, wobei Adrian nicht recht zählte, weil er ja hinter den Büschen stand und in dem Moment recht besehen keine empirische Person war. Was er sprach, müsste man sich – und das ist's, weshalb diese Szene nach einem Film schreit – aus dem Off vorgelesen denken, manchmal auch mit kurzen Schnitten auf Adrian, aber eigentlich würde die Kamera sich konzentrieren auf die zwei Körper, die sich, geschützt und eingehüllt durch dicke und absolut unerotische olivgrüne Jacken, allmählich zueinander neigten. Bis Johanna sich auf die Bank legte, ihre Beine auf der Sitzfläche angewinkelt, ihr Kopf in meinem Schoß. Das war das erste Mal in meinem Leben, dass ich einen Schoß hatte. So einen Schoß kriegt man nur, wenn andere drauf sitzen oder – noch besser – ihren Kopf reinlegen. Vorher ist das nur eine eher unbedeutende Stelle am Körper, weil die Schwanznähe sie normalerweise in den Schatten stellt.

Mag schon sein, dass es weltbewegend war, was Adrian hinterm Busch sagte, und die Geburt unserer neuen Religion kam wohl gerade an diesem Abend einen Riesenschritt voran – irgendwie guckte sogar der Kopf schon raus –, doch ehrlich gesagt interessierte mich das kein Stück. Wenn sich das, was Adrian sich erdacht hatte, wirklich als weltbewegend herausstellen sollte, würden sich noch genügend andere drum kümmern, da brauchte es mich nicht zu.

Aber Johanna brauchte mich.

Ihr Kopf lag zwar in meinem Schoß, aber auch auf meinem Smartphone – was natürlich ein technisches Wunderwerk, aber als Unterlage zum Liegen schlecht zu gebrauchen ist. Um es Johanna bequemer zu machen, hob ich ihren Kopf mit einer Hand ein wenig hoch und mit der anderen fingerte ich mein Smartphone aus der Hosentasche, weil sie doch weich liegen sollte. Google hatte mittlerweile sicherlich alles gefunden übers Sexleben von Zombies, aber ich merkte, dass mich das null die Bohne interessierte, weil ich ja Johannas Kopf in der Hand (links) hielt und diese Hand viel wichtiger war als die rechte, die mit erstaunlicher Geschicklichkeit das Smartphone aus meiner Hosentasche zog und irgendwo ablegte. Als ich ihren Kopf in meiner offenen Handfläche spürte und ihn ein wenig hochhob, wusste ich plötzlich, dass ich ihn heute noch küssen würde. Johannas Kopf war nämlich ziemlich genau drei Kilo schwer – also genau so schwer, wie es Menschenköpfe nun mal von Natur aus sind. Drei Kilo also, plus / minus natürlich. Sie hat weder mit eigener Muskelkraft nachgeholfen, noch hat sie dagegengearbeitet, sie gab ihn mir einfach ab. Wenn du den Kopf eines schönen Mädchens auf diese Art in der Hand hältst, ist das Küssen ganz nah.

Klar könnt Ihr jetzt sagen: Hey, Meyer, mach mal halblang, jetzt übertreibst du aber gewaltig! Was du angeblich alles gedacht haben willst, kurz bevor du deine Johanna das erste Mal geküsst hast! Das glaub ich dir nicht!

Dann würde ich antworten: Stimmt! Das habe ich damals gar nicht gedacht, das mit den drei Kilo beispielsweise. Und stimmt doch auch nicht, denn ich glaube, ich habe das alles gedacht, aber das war wieder diese Sache mit dem zusammengefalteten Denken. Wenn ich jetzt an diesen Gedanken denke und ihn aufschreibe, dann falte ich ihn auseinander und er wird immer größer.

Als ich Johannas Drei-Kilo-Kopf wieder ablegte, in meinen neuen Schoß hinein, konnte sie sicherlich spüren, dass mein Schwanz sich regte. Seltsamerweise war mir das kein bisschen peinlich in dem Moment – nicht so wie bei anderen Gelegenheiten, etwa im Schwimmbad mit Katharina. Ja, sogar Katharina war in diesem zusammengefalteten Gedanken dabei und noch vieles mehr, was ich jetzt für mich behalte, weil ich sonst trotz aller Erklärungen wieder mal wie ein Angeber dastehe.

Aber dass das die erfülltesten Momente meines bisherigen Lebens waren, das sag ich trotzdem.

Dass wir zwei, also Johanna und ich, nicht reden durften, erleichterte alles enorm. Natürlich wäre es denkbar gewesen, dass Johanna – so daliegend in meinem Schoß – die Augen schließt, um besser zuhören zu können. Tat sie aber nicht. Stattdessen schaute sie mich von unten an und ich bin mir sicher, dass ihre Augen diesen berühmten Liebesglanz hatten. Weil die Wolken so heftig rumzogen und dabei ein Mordstempo vorlegten, waren die Lichtverhältnisse wechselhaft. Manchmal verdeckten die Wolken den Mond, manchmal ließen sie sein Licht durch – im Liebesglanzmoment war es ehrlich gesagt zappenduster. Ich konnte das Vorhandensein von Glanz in Johannas Augen also nicht mit einer landläufigen Sicherheit beschwören, so einer, für die man die Hand ins Feuer legen würde. Der Glanz war mehr eine innere Sicherheit, so eine, für die du jede Wette annimmst und als Ganzes in einen Scheiterhaufen reinrennen würdest, solltest du die Wette verlieren. Die Hand ins Feuer legen ist doch was für Zweifler, die ihrer Sache nicht recht glauben.

»Und dann, wenn meine kleine Schwester immer mehr Macht bekommt über ihr Leben, dann wird sie dem Irrtum verfallen, dem man bei uns halt verfällt, weil wir im Kapitalismus leben: Sie wird denken, dass die Macht der Menschheit immer kleiner wird, wenn ihre eigene, persönliche Macht immer größer wird. Aber das ist Quatsch. Wenn sie größer wird, braucht sie zwar Mama nicht mehr so stark und herrscht auch nicht mehr über sie. Aber sie braucht dafür ganz viele namenlose Fremde, denn je mehr man selber kann, desto mehr Menschen braucht man. Je arbeitsteiliger die Welt wird, desto größer wird die Macht der anderen. Wir selber werden gar nicht mächtiger, wir bleiben ohnmächtig und merken es nur nicht, weil es nicht nur Mama und Papa sind, von denen wir abhängen, sondern ganz viele Namenlose. Der Kapitalismus will uns allen weismachen, dass wir immer mächtiger werden, weil angeblich die eigene Leistung so wichtig ist. Das ist aber eine Lüge. Denn je mehr wir leisten, desto tiefer verstricken wir uns in die Gemeinschaften, die uns umgeben.«

Was Adrian sich da zusammenfantasiert hatte und im Hintergrund in die Welt hinausrief, wäre schon wert gewesen, genau gehört zu werden. Aber der Vordergrund war mir einfach wichtiger.

Dann fiel ein Wassertropfen auf Johannas Wange. Er kam von der Eiche über uns und blieb in seiner Linsenform auf ihrer Wange stehen. Ich wischte ihn mit der Außenseite meines kleinen Fingers ganz vorsichtig ab. Und da wusste ich, Meyer, in einer Minute ist es so weit, dann wird es uns überkommen, denn ihre Wange kam meinem kleinen Finger entgegen, zwar nur den Bruchteil von einem Millimeter, aber was zählte, war, dass sie ihren Kopf eben nicht um den Bruchteil eines Millimeters tiefer in meinen Schoß gedrückt hatte, um meinem Finger auszuweichen, sondern dass sie ihm entgegenkam.

Liebe ist anscheinend 'ne Millimeterarbeit.

»Und es ist nicht nur so, dass wir die anderen immer mehr brauchen. Ich glaube, das, was in uns lebt, das sind gar nicht wir selbst. Was in uns lebt, das sind die anderen.«

Innerhalb dieser besagten Minute schmiegte Johanna ihre Wange in meine offene Handfläche und ich hob die drei Kilo hoch und beugte mich herab, merkte aber schnell: In so einer Position können nur Schlangenmenschen gut küssen. Meine Johanna kapierte das auch sofort und plötzlich saß sie auf meinem Schoß, die Beine um mich herumgeschlungen. So kannst du auch als Anfänger küssen. Im Film wäre zu diesem Moment Musik zu hören, so eine dunkelblaue mit silbernen Fäden drin. In Wahrheit war da aber keine Musik, da war nur Adrian, der seinen letzten Satz immer wiederholte, als wäre es ein Refrain und also irgendwie doch Musik.

»Was in uns lebt, das sind gar nicht wir selbst. Was in uns lebt, das sind die anderen.«

So ein Refrain macht noch keinen ganzen Song, aber ist doch das, was meistens hängen bleibt. Und so hatte unser erster Kuss einen tollen Soundtrack, auch ohne Film: Adrians Reden, das Rascheln der Blätter, das Schmatzen der Igel und das Wehen des Windes. Als sich dieser Soundtrack zu meinem »ersten richtigen Kuss« veränderte, merkte ich das zuerst gar nicht. Da war nur noch Blätterrauschen und Wind, Wispern und Igelschmatzen. Kein Adrian mehr. Das konnten wir aber nicht merken, weil wir in diesem Moment, als Johanna mich küsste und ich Johanna küsste, eine neue Einheit bildeten, die vieles hatte, aber keine Ohren. Die waren uns noch nicht gewachsen, geht ja auch nicht von jetzt auf gleich. Deshalb waren wir taub dafür, dass Adrian aufgehört hatte zu sprechen.

Und blind dafür, dass er hinter den Büschen hervorgetreten war.

Dass er neben uns stand und uns beim Küssen zusah.

Dieser Moment war bestimmt hart für Adrian. Er trat hinter den Büschen hervor und verwandelte sich von der Stimme der Menschheit zurück in eine empirische Person mit Beinen, Armen, Bauch und Mund. Er erwartete Beifall, Lob, Anerkennung, Verständnis, alles auf einmal, hatte er doch gerade den Weltlauf verändert oder wenigstens damit angefangen. Und er war überzeugt davon, dass es genau einen Zeugen seiner Großtat gegeben hatte, nämlich den philosophisch gestimmten Tischlerlehrling Meyer.

Doch was machte der einzige Zeuge?

Der hatte gar nicht zugehört.

Der hatte nicht mal gemerkt, dass der Prophet aufgehört hat mit Prophezeien.

Der küsste seine Johanna.

Wie lange Adrian uns beim Küssen zugeguckt und dabei so tieftraurig, einsam und verlassen dagestanden hat, wie er auch noch dastand, als wir mal eine kleine Pause einlegten beim Küssen, kann ich gar nicht sagen. In der kleinen Kusspause wollte ich nur kurz tief Luft holen und schauen, ob die Welt noch da ist. Ja, sie war noch da, aber sie blendete wie ein Scheinwerfer, der dir beim Nachtspaziergang plötzlich entgegenleuchtet. Eigentlich willst du die Augen gleich wieder schließen und weiterküssen. Doch unsere kleine Kusspause wurde zum Ende der Küsserei, weil wir beide Adrian dastehen sahen, in all seiner Traurigkeit und Einsamkeit.

Da vergeht dir das Küssen. Und deshalb hörten wir auf, nicht, weil wir uns ertappt gefühlt hätten oder so was. Wegen nichts anderem als Adrians Traurigkeit verließ Johanna meinen Schoß, in dem sie gelegen hatte, und stand auf. In so einer Situation verschlägt es dir die Sprache, du weißt nicht, was du sagen sollst, und dir fällt kein Film ein, wo der Held ein elegantes Wort auf den Lippen gehabt hätte, das du dir ausleihen könntest. Deshalb sagst du garantiert was Falsches und das habe ich wohl gemacht, denn auf mein »Tolle Gedanken, Adrian, echt tolle Gedanken« traf mich der verachtungsvollste Blick, der mich bisher in meinem Leben getroffen hat. Ich klopfte ihm noch auf die Schulter, aber das prallte einfach ab. Es fühlte sich an, als ob alle Einsamkeit der Welt sich um Adrians Schultern zusammengezogen und einen eisernen Panzer gebildet hätte.

Ich habe das nur wenige Sekunden ausgehalten. Habe mich schnell hinter die Büsche verzogen, wo vorher Adrian gestanden hatte. Ich fragte Johanna nicht »Kommst du mit?«, weil es ja klar war, dass sie mitkommen würde.

Sie kam aber nicht mit.

Nicht, weil ihr was eingefallen wäre, das sie Adrian hätte sagen können. Johanna fiel natürlich auch nichts ein und wahrscheinlich ging sie genau deshalb auf Adrian zu, stellte sich auf die Zehenspitzen und gab ihm auch einen Kuss.

Ich bin mir millionenprozentig sicher, dass Johanna das nicht böse meinte, sondern gut, und dass sie nur etwas hilflos war. Ist ja nicht weiter verwunderlich bei einem Blick aufs Gesamtszenario. Doch für Adrian muss das schlimmer gewesen sein, als wenn sie ihn angemacht hätte mit einem »Was guckst du denn so« oder was ähnlich Motzigem. Denn natürlich hatte dieser Kuss mit unserem Kuss nur den Namen gemein. Vom Geist her kam der einem Todesurteil nahe, es war eindeutig ein Du-bist-ein-netter-Kerl-aber-zum-dich-lieben-wird-es-nie-reichen-dafür-braucht-es-schon-ein-anderes-Kaliber-als-deines-Kuss, eine Kusssorte, die ich auch schon mal abgekriegt hatte. Diese Kusssorte ist vernichtend. Um das zu verstehen, musst du vielleicht ein Mann sein. Und wenn Johanna was nicht konnte, dann war es ein Mann sein. Nur deshalb gab sie Adrian diesen Kuss, nicht, weil sie ihm wehtun wollte. Das ist die eine Version dieses Momentes, meine Lieblingsversion, die ich einige Hunderte Male abspielen ließ die nächsten Tage.

Daneben gibt es noch eine zweite Version. Die lief auch oft in meinem Kopf ab und war eindeutig nur die zweitbeste Version. Weil ich hinter den Büschen stand und die Lichtverhältnisse nicht sicher waren, gab der Augenschein nicht so viel Beweiskraft für das tatsächliche Geschehen her. Ich konnte Johanna nur schemenhaft sehen, wie sie auf den Zehenspitzen stand und zu Adrian hochküsste. Ein eventueller Zungeneinsatz wäre nicht sichtbar gewesen, aber eben auch nicht seine Abwesenheit. Zungeneinsatz ist ja entscheidend in so einer Lage. Gerade dieses Entscheidende konnte ich also nicht sehen, aber den Zeitverstreich habe ich gespürt. Ewig ist ein Scheißwort, das wissen wir ja, aber dieser Kuss dauerte ewig, vielleicht auch nur halb- oder viertelewig, auf jeden Fall scheißlang. Für mein Gefühl dauerte dieser Kuss auf jeden

Fall zu lange für einen Du-bist-ein-netter-Kerl-usw.-Kuss, er dauerte sogar entschieden zu lange.

Dann ging ich in mein Zimmer.

Geschlafen habe ich keine Minute – wegen des Wettstreits der zwei Versionen.

Über das Sexleben von Zombies wusste Google übrigens nichts.

Null.

Nada.

Große Enttäuschung.

Dass Adrian am nächsten Tag einfach weitergemacht hat mit Religionsgründung, als ob nichts gewesen wäre, überzeugte mich mehr von seiner Ernsthaftigkeit als jeder schwarze Rollkragenpullover, jedes gestelzte Reden, jedes An-mir-vorbei-ins-Weite-Gucken. Stärkte allerdings auch den Verdacht auf Version zwei.

Was einen Mann so ausmacht (nach biologischem Verständnis)

Dem Adrian haben sie alles rausgenommen da unten, beide Eier und irgendwelche Drüsen mit komischen Namen, von denen ich bis dahin gar nicht wusste, dass sie in uns drin sind. Kaum war er ein Mann geworden, war er schon keiner mehr, die arme Sau. Er war ein ziemlich einmaliger Fall, denn normalerweise frisst der Krebs nur einen Hoden an und verschont den anderen, doch bei ihm mussten sie beide abnehmen und dann ist sie vorläufig futsch, die Potenz. Kannst später wohl nachhelfen, mit künstlichen Hormonen, aber Adrians Mama wollte wohl sichergehen und sie stand sowieso mehr auf Natur als auf künstliche Hormone. Deshalb hat sie Inserate geschaltet und nach verständnisvollen Prostituierten gesucht, nachdem feststand, dass man ihrem Sohn alles würde wegoperieren müssen, was ein Mann braucht, um ein Mann zu sein. Sie war wohl sogar persönlich ins Milieu gegangen, hat dort rumgefragt und nach einer passenden Frau gesucht. Wenigstens eine Woche lang sollte ihr Sohn vögeln können, das wollte sie so. Wenn er eventuell ein nur kurzes Leben haben würde, dann sollte es wenigstens so vollständig wie möglich sein. So dachte Adrians Mama und deshalb machte sie sich auf ins Rotlichtmilieu, verschob sogar den OP-Termin um eine Woche. Ob Adrian sie darum gebeten hatte oder ob es ihre eigene Idee war, weiß ich nicht. Ich weiß nur, dass ich meine Mama nie darum gebeten hätte, mir eine Prostituierte zu besorgen – auch nicht, wenn sie mir neben den Eiern auch noch den Schwanz abschneiden würden.

Niemals hätte ich das gemacht.

Aber Adrians Mama war anders als andere Mamas. Klüger, frischer, lebendiger. Irgendwie freier. Klar, sie hatte auch einen Schaden in Adrians Augen, weil sie sehr eng verkehrte mit Geistern, Engeln, guten und bösen Energien. Er nannte sie halb spöttisch, halb liebevoll sein Hippiemamachen, was ihn nicht hinderte, sie manchmal einfach hochzuheben und durch die Luft zu wirbeln. Sie war auch die Einzige, die nach einem Besuch bei ihrem Kind ganz verheult aus dem Zimmer kam. Meine Mama weinte immer erst, wenn sie wieder in ihrem uralten Opel Astra saß. Sie steckte den Zündschlüssel rein und versuchte, loszufahren. Dann überfiel sie das Grauen, sie sackte hinterm Lenkrad zusammen, weinte eine Runde und kam frühestens beim dritten Versuch weg. Hatte ich oft gesehen, vom Fenster aus, was sie nicht wusste. Die anderen Eltern weinten meist im Flur, was auch nicht viel besser war als der Parkplatz, weil der Flur was ganz Kaltes hat und am meisten an ein Heim erinnerte. War gar nicht dafür gemacht, dass man darin große Gefühle zeigte.

Adrians Mama versteckte ihre Tränen nicht. Jedes Mal, wenn sie zu Besuch kam, war die Luft hinterher ein bisschen besser. Wie nach einem Sommerregen.

Dieses Hippiemamachen fädelte also diese Hurengeschichte ein.

Adrians Mama hatte wohl eine passende Frau gefunden. Sie bezeichnete sie als Sexarbeiterin. Für mich klingt Hure besser als Sexarbeiterin, hat einfach mehr Geschmack und Würze; aber in so einem Fall ist der Name reichlich egal.

Wenn man Adrian glauben kann, war das eine tolle Frau, die seine Mama da aufgetrieben hatte. Natürlich war sie zu alt für ihn, aber dafür wusste sie wohl, wie alles geht, und hat ihre ganze Erfahrung eingebracht. Er durfte eine Woche lang nach Herzenslust rumvögeln, morgens, mittags, abends, nachts – angeblich.

Wenn er davon redete, tat ich so, als glaubte ich ihm jedes Wort, und erkundigte mich nach Details. Wie das mit dem Küssen war, ob überhaupt und ob mit Zunge, ob sie rasiert war, was sie alles für Stellungen ausprobiert hätten. Und natürlich, wie oft er konnte am Tag. Oder ob da Spiegel hingen und Musik lief. Und jedes Mal, wenn ich was Genaues fragte, sagte er, ja, genau, so war's, mit Spiegel überm Bett und mit Massageöl und Augenbinde.

Was seine Mama zahlen musste für Loretta – ein Künstlername, dafür lege ich meine Hand ins Feuer –, das habe ich ihn nicht gefragt, auch wenn's mich schon interessiert hätte, weil solche handfesten Sachen mich einfach immer interessieren. Aber das hätte vielleicht die Erfahrung zu sehr banalisiert und das wollte ich Adrian nicht antun. Etwas glaubte ich ihm allerdings auf keinen Fall, da hatte er definitiv geflunkert: dass Loretta seiner Mama den Umschlag mit der unbekannten Summe wieder zurückgegeben hätte am Ende seiner großen Woche, und zwar ungeöffnet. Das nahm ich ihm nicht ab. Seine Woche war zwar nur eine Fünftagewoche und keine Siebentagewoche, das war ihm irgendwann rausgerutscht, trotzdem glaubte ich das mit dem Umschlag nicht. Ich bin ein Kaufmannskind, und auch wenn mein Papa pleiteging, kann man mich, wenn's ums Geld geht, nicht verarschen.

Vielleicht war es gerade die Hurenwoche, die dafür sorgte, dass dann doch alle Hilfe zu spät kam bei ihm. Ist eine bloße Spekulation, kann ja keiner sagen, wann diese Scheißzellen sich auf den Weg gemacht haben, um auch seinen restlichen Körper zu besiedeln; vielleicht war genau diese Woche zu viel, auch wenn es nur eine Fünftagewoche war.

Ich hatte immer so getan, als glaubte ich ihm jedes Wort, denn in unseren »Schwachen Stunden« widerspricht keiner dem anderen. War ein ungeschriebenes Gesetz bei uns. Alle hielten sich daran.

Außer Benno natürlich.

Dem hatte ich auch mal was erzählt in der »Schwachen Stunde«, und zwar, dass es mir völlig egal sei, ob die Johanna eine oder zwei Brüste hätte. Ich würde sie immer lieben und immer küssen wollen, selbst wenn sie beide Brüste abnehmen müssten. Ich würde sie küssen und dabei zuerst ihren Kopf umfassen mit dem glatten braunen Haar, das fast in ihre Augen fällt und ihr was Geheimnisvolles gibt. Dann würden meine Hände sich auf Wanderschaft begeben. Sie hätten den richtigen Weg immer gefunden, weil jeder Weg richtig wäre, da hätte ich gar nicht überlegen müssen. Ich hätte sie dann überall angefasst und überall wäre sie die Johanna gewesen, denn Johanna ist überall Johanna: am Mund, am Po, an ihren Haaren, überall, an jedem Zentimeter von ihr. Und dass das die Liebe ausmacht, wenn eine überall einen Namen hat und der Po Johanna heißt und nicht Po, die Lippen Johanna heißen und nicht einfach Lippen und die Augen Johanna heißen und nicht Augen.

So ungefähr erzählte ich das Benno.

Benno sagte: »Du, mach dir da mal keine Hoffnungen. Wenn ihr gesund werdet, ist alles vorbei. Dann geht's ab nach Düren und nach Wunsiedel und das war's dann. Und wenn ihr nicht gesund werdet …«

War mir schon klar, dass ich es nicht besser verdient hatte. Aber »Schwache Stunden« hatte jeder hier und das war halt so eine; wir saßen nebeneinander in dem Raum, wo sie die Schläuche in uns reinsteckten. Dann sahst du zu, wie das Gift langsam in dich sickerte, gefühlt eine Stunde lang pumpten sie's rein in dich. Wenn du nicht gleich kotzen musstest, wurde dir zumindest ganz schummrig im Kopf und Bauch und mancher redete sich dann um Kopf und Kragen.

Ich weiß nicht, was ich dem Benno sonst noch alles erzählt hätte, wenn nicht die Schwester Gaby hereingeschneit gekommen wäre mit ihrem unverschämt gesunden Apfelgesicht und gesagt hätte: »Na, alles gut bei euch?« Auch wenn ich die Gaby sonst ganz gerne mochte mit ihrer resoluten Art, wollte ich sie in diesem Moment am liebsten in ihren dicken Hintern treten.

Fünf Sätze oder: Ihr spinnt doch alle!

Auch wenn ich Benno nicht besonders gut leiden kann, muss ich zugeben: Es war eine verdammt gute Idee, Adrians Mama zu bitten, gemeinsam mit ihrem Sohn am »Sterbebett« den ersten Werbeclip für unsere neue Religion zu drehen. War natürlich eine heikle Sache, aber so wie Adrians Mama war, trauten wir uns, sie darauf anzusprechen.

»Die Bowie-Sache hat sich ja erledigt«, sagte Benno, »gibt also keinen Grund mehr, länger zu warten.«

»Wir sollten das auf jeden Fall schon mal machen, bevor aus dem ›Sterbebett‹ ein Sterbebett wird«, meinte Adrian ganz abgeklärt und ich fügte fachmännisch hinzu: »Wegwerfen können wir's ja immer noch.«

»Wird garantiert ein Hit mit ein paar Millionen Klicks«, sagte Benno und schwärmte von einem genialen Marketingschachzug.

Adrian guckte skeptisch. »Überschätz das mal nicht. Auch ein Hit ist nur ein einziger Tropfen auf einem sehr heißen Stein. Um den abzukühlen, bräuchten wir tausend Clips mit einer Milliarde Zuschauer, und zwar jeden Tag und das hundert Jahre lang.«

»Na, dann mal los!«, sagte ich. »Lasst uns Adrians Mama am Sonntag zu Kaffee und Kuchen einladen und ihr dabei ihre Rolle erklären.«

Das wurde dann verabredet.

Weil es am Besuchersonntag regnete, deckten wir einen gemütlichen Kaffeetisch in der Kantine. Johanna und ich hatten etwas Kuchen besorgt, aus dem Städtchen, Ioanna hatte Kekse und Benno Hunger mitgebracht. Julian und André hatten wieder für die Tischdeko gesorgt. Sie bestand heute aus lauter heiligen Büchern, einer Kinderbibel, einer Erwachsenenbibel, einer Familienbibel und *Tom Sawyer und Huckleberry Finn.* Johanna und ich blätterten in dem famosen Buch und wiesen uns auf unsere Lieblingsstellen hin, während wir auf Adrian und seine Mama warteten. Die kamen aber nicht. Stattdessen kam kurz vor der verabredeten Zeit Natascha, bleicher noch als sonst, und erklärte: »Adrian lässt ausrichten, dass er nicht dabei sein will. Sonst wird das Ganze zu persönlich und es soll ja um die Sache gehen und nicht um Personen.«

»Was für ein Feigling!«, meinte Benno, woraufhin Natascha erwiderte: »Das ist klug, nicht feige.« Weil ein Streit zwischen den beiden das Letzte war, was wir jetzt gebrauchen konnten, vermittelte Johanna: »Lässt sich oft nicht voneinander unterscheiden.«

Und noch bevor wir uns einen Schlachtplan ausdenken konnten, stand schon Adrians Mutter vor uns. Sie fand keinen Gefallen an dem Kuchen, wegen irgendeinem falschen Zucker, der da drin verbacken war, und die Bibeln beäugte sie auch äußerst misstrauisch. Als wir ihr sagten, dass ihr Sohn nicht zum Kaffeetrinken kommen würde, wollte sie eigentlich gleich wieder gehen, doch Johanna reagierte schnell. »Wir brauchen Sie, Frau Peterson. Wir brauchen Sie ganz dringend. Für unsere neue Religion in ›Fünf Sätzen‹.«

Da lachte Frau Peterson noch und sagte: »›Fünf Sätze‹ klingt gut, kurz und knackig.«

»Gut erkannt«, sagte Benno, »in ›Drei Sätzen‹ kriegen wir nicht alles unter und ›Vier Sätze‹ oder ›Sechs Sätze‹, das ginge irgendwie gar nicht.« Und ich, fachmännisch: »Muss eine ungerade Zahl sein, waren wir uns alle einig!« Die »alle« nickten mit dem Kopf, wir hatten Einigkeitsgefühle wie selten und fühlten uns sehr stark.

»Sind noch nicht ganz ausformuliert, die Fünf Sätze, da fehlt noch was. Aber anfangen sollten wir trotzdem schon mal«, sagte ich und Benno: »Zu früh ist in so einem Fall besser als zu spät.« Wieder allseitige Zustimmung, nur Frau Peterson wurde allmählich ungeduldig und fragte: »Wofür genau braucht ihr mich?«

Ja, und dann verging ihr das Lachen. Genau bei den Stichwörtern: Video-Sterbebett-Adrian-Mama hörte sie zu lachen auf und saß mit ungläubig offen stehendem Mund am Kaffeetisch. Vielleicht hat genau bei dieser Erklärung der Kopf unserer Band gefehlt. So ohne Leadsänger waren wir doch ein etwas chaotischer Haufen, dem die Kraft zu klarer Darstellung fehlte. Will sagen: Wir haben wohl ein wenig zu durcheinander gesprochen, waren wohl auch ein wenig zu eifrig und vielleicht mangelte es uns auch an der notwendigen Sensibilität für das heikle Thema. Jedenfalls saß Adrians Mama mit offenem Mund da, und je mehr wir sprachen, desto weniger konnte sie es fassen.

»Wird ein großer Erfolg auf YouTube werden, fünfstellige Klickzahlen sollten erreichbar sein«, sagte Benno. »Und das ist nur der Beginn einer groß angelegten Marketingaktion!«

»Richtig«, pflichtete Johanna ihm bei.

»Alles Nähere können Sie dem Drehbuch entnehmen«, sagte Benno wieder und ich meinte: »Nächstes Wochenende würde uns allen gut passen als Termin. Hätten Sie da auch Zeit und könnten noch mal herfahren?«

Benno dazu: »Zu lange sollten wir vielleicht nicht warten mit dem Dreh«, und Johanna sagte wiederum: »Richtig.«

»Von Hamburg hierher ist ja schon eine ganz schöne Strecke, falls Sie das erst in zwei Wochen noch mal machen wollen, wäre auch in Ordnung«, sagte ich. Weil Adrians Mama immer noch wie erstarrt dasaß, wollte ich etwas Verhandlungsmasse dazugeben, um es ihr leichter zu machen.

Johanna wieder: »Richtig. Geht auch in zwei Wochen noch.«

Obwohl Adrians Mama einen sehr hellen Eindruck machte, schien sie nur langsam zu kapieren, was wir von ihr wollten.

Dann war der Groschen gefallen und sie sagte: »Versteh ich das richtig: Wir spielen das Sterben von meinem Sohn?«

»Richtig!«

»Und mein Sohn spricht letzte Worte zu mir?«

»Genau«, sagten wir vier wie aus einem Mund.

»Und dann ladet ihr das hoch auf YouTube?«

»Erst zur rechten Zeit natürlich«, sagte Benno, »erst nach Adrians Tod. Falls er sterben sollte.« Ich wiederholte *»Falls«*, und obwohl ich das quasi kursiv gesprochen hatte, war nichts mehr zu retten für den Moment.

»Ihr spinnt doch! Ich dreh doch keinen Werbeclip am Totenbett meines Sohnes! Der ist hier, um gesund zu werden, nicht, um zu sterben!«

»Wenn er gesund wird, wird's ja auch nicht hochgeladen, sondern einfach wieder gelöscht«, erklärte Benno und wir nickten alle und Ioanna, die bisher erst sechs Worte in dieser Erzählung gesagt hatte, schaltete ihre Kehlkopfverstärkerstimme an und sagte schnarrend: »Kann er doch machen, gesund werden! Dann wird's halt gelöscht, das Video. Also, was spricht gegen den Dreh? Oder sind Sie etwa abergläubisch? Glauben Sie vielleicht, dass es den Krebs kümmert, ob Sie 'nen Clip drehen oder nicht? So schlechtes-Omen-mäßig? Überschätzen Sie sich dabei vielleicht ein bisschen?«

Jeder, der Ioannas Stimme das erste Mal hört, zeigt sich deutlich beeindruckt. Ist ein sicherer Wirkungstreffer, kannst dich nicht dagegen verteidigen. So auch hier. Adrians Mama saß mit offenem Mund auf dem Stuhl, schüttelte den Kopf und murmelte was von lauter Verrückten. Sie stand wortlos auf. Blitzschnell reagierte meine Johanna und reichte ihr das Drehbuch. Adrians Mama musste quasi zugreifen, sonst wäre es mit Getöse runtergefallen, und das will ja dann doch keiner in so einer Situation. Bei Ioanna war mittlerweile ein Damm gebrochen, die kam jetzt richtig in Fahrt und schnauzte schnarrend: »Ist doch ein bisschen größenwahnsinnig! Zu glauben, der Krebs kümmert sich darum, was Sie tun oder lassen!«

Da hatte Adrians Mama aber schon die Kantine verlassen und deshalb weiß ich nicht, ob sie Ioannas Argumentation wirklich folgen konnte.

»Blöd gelaufen«, sagte ich in die entstandene Stille hinein.

Johanna widersprach und meinte: »Die hängt am Haken, die kommt wieder. Wir müssen nur warten.«

Sie hatte natürlich recht. Die Mama vom Adrian kam wieder, und zwar ziemlich bald. Wer nicht wiederkam, das war Natascha. Die war kurz nach Adrians Mama rausgerannt. Hatte plötzlich am ganzen Körper zu zittern angefangen. Ich glaube, sie hatte erst jetzt kapiert, wie es um Adrian stand.

Nachdem Adrians Mama das Drehbuch gelesen hatte, war ihr Gesicht verweint, trotzdem roch sie noch frisch und gesund. Sie war im Garten rumgelaufen, anfangs vermutlich rat- und ziellos, bis sie unsere Ecke gefunden und dort die Szene gelesen hatte, obwohl es nieselte. Sie ließ sich vom Regen nicht stören. Ihre Haare und Kleider wurden feucht und das machte, dass sie so gut roch, als sie wieder in die Kantine kam, das Drehbuch auf den Tisch warf und sagte: »Große Kunst ist das nicht.«

»Klar, hat ja auch nicht die Rowling geschrieben«, sagte Johanna.

»Besonders viel Text habe ich ja nicht«, sagte Adrians Mutter dann, woraufhin ich meinte: »Ja, den haben Sie schnell gelernt.« Ihr Part war tatsächlich sehr einsilbig. Genau genommen sollte sie die ganze Zeit nur flennen wie ein Schlosshund, während Adrian sie tröstete, mit unserer neuen Religion. Adrian brauchte auch kein Drehbuch. Der konnte alles auswendig, hätte es auch noch kurz vorm Schluss auswendig gekonnt.

Dann setzte sie sich aufrecht an den Tisch und sagte: »Jetzt erzählt mir mal, wie das alles kam. Und zwar von Anfang an.«

Wir erzählten von Adrians Aushang, unseren Arbeitstreffen und dem derzeitigen Stand in Sachen neuer Religion. Am Schluss sagte

Johanna: »Wissen Sie, Frau Peterson, unsere neue Religion ohne Gott, von der Ihr Adrian der Prophet ist, die kommt jetzt – aber nur, wenn Sie mitmachen – zuerst einmal auf YouTube und Facebook und so. Und später schicken wir sie zu Bill Gates, weil der doch auch die Welt besser machen will.«

Adrians Mama fragte, was denn Bill Gates mit dieser Sache zu tun hätte. Ich erklärte ihr ganz geduldig die Sache mit der Bill und Melinda Gates Stiftung und dass die Gates sicherlich kapieren werden, dass ihr Geld gut angelegt ist in unserer neuen Religion, weil dann der ganze Religionskriegsscheiß bald vorbei wäre. Und dass, wenn Eigennutz und Gemeinnutz auch noch nach dem Tod aneinandergekoppelt wären, sowieso alles besser wird.

»Wenn man selber noch was von der Zukunft hat, kümmert man sich doch ganz anders drum als heutzutage«, fasste ich zusammen und das Kopfnicken war allgemein.

Da lächelte Frau Peterson und sagte: »Klar, der Gates wird das kapieren, soll ja ein kluger Kopf sein.«

Dann deutete sie auf meine Mütze. »Waren mal rot, was?«

Ich nickte.

»Das seh ich doch. Wachsen noch nicht?«

»Schlimmer!«, sagte ich.

»Wie schlimmer? Das geht doch nicht!«

»Geht doch. Die wachsen an einer Stelle und nebenan wieder nicht. Die paar Haare sehen aus wie einsame Inseln im Glatzenmeer.«

Adrians Mama verzog mitleidig das Gesicht und dann sagte Johanna: »Wissen Sie, Frau Peterson, 'ne Religion zu gründen, dafür braucht's einen langen Atem. Das ist wie einen Wald aufforsten: Keiner, der das macht, wird lange genug leben, um das Ergebnis zu sehen. Aber anfangen muss halt mal einer damit! Und für einen guten Anfang brauchen wir Sie.«

»Verstehen Sie, Frau Peterson, mit diesem Clip beginnt eine

neue Zeit. In hundert Jahren oder so wird sie gekommen sein und alle Menschen werden glauben, dass sie weiterleben, bis es keine Menschen mehr gibt. Danach ist dann zwar endgültig Schluss und nix ist mit Ewigkeit und so, aber ›ewig‹ braucht doch auch keiner. Sehr, sehr lange leben langt doch aus, um das kalte Grauen wegzudrücken. Und schon muss sich keiner mehr aus lauter Angst einen Gott ausdenken.« Das war noch mal Ioanna. Beim zweiten Mal haut's dich nicht mehr um, wenn du sie hörst, aber eine gewisse Autorität geht auch dann noch von der Stimme der rumänischen Kehlkopfingenieure aus.

Adrians Mama war sichtlich beeindruckt. »Was sagt mein Sohn zu dieser Videosache? Und warum ist er nicht selber hier?«

»Gut«, antwortete ihr Johanna, »das ist gut. Hat Adrian genau so gesagt. Auch, dass man mit dem Dreh nicht mehr lange warten sollte, weil ganz am Schluss geht vielleicht nicht einmal mehr das. Und dass er heute nicht dabei sein wollte, weil die Sache sonst zu persönlich wird.«

Ich hätte sie küssen können, nicht wegen der paar Wörter, sondern wegen der Art, wie sie sie sagte. So selbstverständlich, als ob niemand ein Problem drin sehen könnte, wenn einer kurz vorm Abgang noch einen Werbeclip für eine neue Religion oder für die »Neue Erzählung vom Menschen« dreht. Und dass eine Mutter vor der Kamera Abschied nimmt von ihrem Sohn.

Adrians Mama war echt getroffen und schwieg. Sie blieb so lange still, dass jemand anders was sagen musste, sonst wäre es komisch geworden, oder vielleicht auch traurig. Irgendwie unberechenbar auf jeden Fall, und ich bin meiner Johanna bis heute dankbar, dass sie weiterredete, obwohl sie ja mit ihrem »Gut« schon alles gesagt hatte. »Adrian will das so. Er glaubt an seine Fünf Sätze. Er glaubt auch, dass die Welt eine bessere wäre, wenn alle Menschen an die Fünf Sätze glauben würden statt an irgendeinen Gott oder an gar nichts. Er glaubt ganz fest daran.«

An der richtigen Stelle lügen zu können – und möglichst nur an der richtigen! –, das ist eine Kunst, die Johanna beherrschte.

Wir alle wussten ja, dass das gelogen war. Adrian war ungläubig, er hatte es bis jetzt nicht geschafft, unseren Fünf Sätzen zu glauben. Und es konnte gut sein, dass er es auch bis zum Ende nicht mehr schaffen würde. Er konnte das kalte Grauen nicht vertreiben, das haben wir alle gesehen, an seinem Gesicht. Für die zwei Stunden, in denen er Besuch hatte, konnte er es wegdrücken, aber wenn du ihn alleine am Fenster stehen oder in der Kantine sitzen sahst, stand ihm das kalte Grauen ins Gesicht geschrieben.

Das war bitter.

Ausgerechnet Adrian, der sich das alles ausgedacht hatte mit der »Neuen Erzählung«, glaubte nicht daran. Die ganze Welt sollte daran glauben, weil dann alles besser wäre, aber er schaffte es nicht. Er fand sie richtig, unsere Fünf Sätze, auch wenn sie noch nicht sauber durchformuliert waren, aber mit »richtig finden« alleine kriegst du das kalte Grauen nicht weg. Das sitzt so tief, da kommt »richtig finden« alleine gar nicht hin. Um das kalte Grauen zu vertreiben, brauchst du was Stärkeres, so was wie Glauben. Doch um zu glauben, brauchst du vieles, unter anderem viel Zeit, und Zeit hatte Adrian keine mehr. Schon als er seine Zettel aufhängte, hatte er keine Zeit mehr. Und zudem brauchst du zum Glauben viele andere. Alleine kannst du gar nicht glauben, sag ich jetzt mal, alleine kannst du nur was richtig finden. Dass Adrian einige theologische Fragen nicht mehr »sauber ausformulieren« konnte, mag auch ein Grund für seinen Unglauben gewesen sein. Aber ich vermute, entscheidend waren die Zeitfrage und dass er sich nicht gemeinmachen konnte mit vielen anderen. Gemeinschaft war ihm irgendwie nicht gegeben.

Adrian war so ein Prophet, der sich selbst nicht glaubte.

Aber das mussten wir ja damals seiner Mama nicht sagen. Die hatte es verdammt noch mal doch schwer genug.

Spätestens jetzt, wo unsere Geschichte sogar als Buch vorliegt und Druckerei, Grafikagentur und Lektorin ihre Arbeit getan haben, wird sie es erfahren. Kann ich gar nicht mehr verhindern. Ist vermutlich sehr bitter. Aber große Sachen laufen nicht ab, ohne dass es bitter wird für irgendwen, das ist halt so. Ihr aus Schonung dieses Buch nicht zu schicken, wäre ja wohl das Allerletzte. Damals war es uns einfach wichtig, dass sie mitspielte, weil es doch ganz anders rüberkommt, wenn's die Mama ist am Sterbebett und nicht irgendeine Schauspielerin. Hätte Adrians Mama das Engagement ausgeschlagen, hätten wir übrigens Schwester Gaby mit den roten Backen genommen, das war Plan B. Schwester Gaby hatte schon zugesagt, es müsste nur mit ihrem Dienstplan zusammenpassen, meinte sie. Drehen könnte sie nur direkt vor oder direkt nach der Arbeit, extra herkommen wollte sie nicht. Wir wüssten ja, zwanzig Kilometer auf den Staatsstraßen, wo die Idioten sich zu Tode rasen, hätte sie täglich zu fahren. Und am nächsten Wochenende, da feiere ihre Schwester den Fünfzigsten, da könne sie auch nicht, da ginge es sicherlich hoch her und sie bräuchte zwei Tage Erholung, das kenne sie schon. Direkt nach so einer Feier sähe sie aus wie ein Eimer Spülichtwasser und so wollte sie auf keinen Fall gefilmt werden. Aber sonst würde sie uns gerne helfen und schauspielern wollte sie sowieso schon immer einmal und, und, und …

Adrians Mutter half uns dann sogar dabei, die Ausrüstung zu besorgen. Wünsche, für deren Erfüllung du nur Geld brauchst, kriegst du hier drinnen ziemlich schnell erfüllt. Am Ende hatten wir sogar drei Kameras, zwei gebrauchte und eine neue. Ich nahm dann aber doch mein Smartphone, weil ich mit der Technik nicht zurechtkam und weil das irgendwie authentischer wirkte.

Der Dreh selbst ging reibungslos vonstatten. Wir hatten die Szene mit dem dritten Take im Kasten.

»Lief doch wie geschmiert«, sagte Benno nach der letzten Klappe, »den verkaufen wir als Piloten und machen eine ganze Serie draus, oder?«

»Für jeden der Fünf Sätze ein Video, dazu den Piloten, macht ein halbes Dutzend, eine veritable Miniserie wird das!«, sagte ich, und »Ihr spinnt ja wirklich!«, sagte Adrians Mama.

Nach dem Dreh war sie sichtlich mitgenommen, sie hatte ihr Weinen gar nicht spielen müssen. Die Nachbesprechung ließen wir ohne die Hauptdarstellerin stattfinden, wollten wir ihr nicht auch noch antun.

Wir anderen gingen dagegen in bester Laune zum Abendbrot. Auf unserem Tisch war heute passenderweise Vollversammlung der Weltweisen, Yoda, Dumbledore und Gandalf saßen als Eins-a-Actionfiguren in der Mitte unseres Philosophen-Stammtisches und waren in ein reges Gespräch vertieft. Natascha wartete auch schon, beim Dreh selbst hatte sie nicht dabei sein wollen. Ihr blieb unsere Hochstimmung ein Rätsel. Versteh ich, von heute aus. Damals waren wir einfach stolz darauf, eine schwere Aufgabe gut gelöst zu haben – dass der Aufgabe selbst eine gewisse Tragik innewohnte, hatten wir in dem Moment aus dem Blick verloren.

Wir einigten uns darauf, dass Benno die technische Bearbeitung übernehmen sollte: ein bisschen schneiden, einen kleinen Abspann produzieren, mit unseren Namen und so. Außerdem musste der Ton abgemischt werden, weil Adrians Mutter lauter geschluchzt als Adrian gesprochen hatte, obwohl der zum Zeitpunkt des Drehs ja noch quicklebendig war. *Falls* Adrian sterben sollte, würde Benno das Video auf YouTube und anderen Kanälen hochladen. Benno fühlte sich nicht nur wichtiger denn je, er war es auch, denn in solchen technischen Sachen konnte keiner von uns ihm das Wasser reichen. Mit Blick aufs Handy, wo er das Filmchen wieder und wieder anschaute, lobte er meine Kameraführung und identifizierte gemeinsam mit Ioanna schon mal mögliche nötige Schnittstellen. Adrian sprach von »einem Meilenstein«, zeigte sich zufrieden mit den meisten seiner Formulierungen und lobte die Performance seiner Mutter über den grünen Klee. Yoda runzelte wohlgefällig die Stirn, die Nichtgründer, die etwas stumpf ihr Abendbrot mümmelten, blickten neugierig zu uns rüber. Julians Ansinnen, auch mal das anscheinend ach so tolle Video zu sehen, wurde von Adrian abgeschlagen mit einem bestimmten: »Premiere am Tag X.«

Alles war also gut, irgendwie, aber dann brach doch noch was aus, wovon ich kurz erzählen muss.

Ich hatte mich beim Abendbrot anfangs zwischen Adrian und Benno gesetzt, wegen Bennos Handy und der nur dort möglichen Nachkontrolle. Nachdem das erledigt war, zog es mich zu Johanna rüber, was ja wohl für jeden vernünftigen Menschen hochverständlich sein dürfte, denn ich hatte sie immerhin schon ein paar Minuten lang nicht mehr berührt. Ich hob also meinen Stuhl, ein durchaus stabiles und nicht ganz leichtes Teil mit Holzbeinen und abwaschbaren Bezügen, hoch und wollte es über Adrian rüberhieven, um den Stuhl dann auf Adrians anderer Seite wieder abzusetzen, sodass ich zwischen Adrian und meiner Johanna zu sitzen gekommen wäre. Das war zugegeben eine etwas unausgereifte Idee, die ich, noch mal zugegeben, stümperhaft ausführte. Kurz gesagt: Das linke hintere Holzbein krachte mit seinem unteren Teil, und dort ausgerechnet mit seiner harten Kante, gegen Adrians rechte Schläfe. Sicherlich tat das weh, will ich gar nicht bezweifeln. Weiß auch, dass ein Schmerz, der dich völlig unvorbereitet trifft, eine unglückliche Ehe mit dem Schreck eingeht, was seine schlechten Eigenschaften potenziert. Von daher verstand ich völlig, dass Adrian mich einen Trottel und Schlimmeres schimpfte, verstand auch die Wut in seinem Blick. Aber warum sagte er nicht einfach »Au« oder »Kannst du nicht aufpassen?«, sondern: »Müsst ihr denn ständig Händchen halten? Das nervt unendlich.« Und warum musste er dabei so giftig schauen? Das hatte nichts mit Stuhl, Kante, Schläfe zu tun, das kam aus tieferer Quelle.

Natürlich waren Johanna und ich in der Phase, in der du nicht lassen kannst vom anderen und ihn ständig anfassen musst, weil dir sonst was fehlt. Wenn ich Johanna eine Zeit lang nicht berührt hatte, fühlte ich mich, als hätte man mir was abgeschnitten. Nur war das nicht ein Bein oder ein Arm, sondern etwas, das es vorher gar nicht an mir gab. Etwas, das auf den magischen Namen »Johanna« hörte. Magisch sage ich, weil ein inständig gedachtes, gemurmeltes oder ausgerufenes »Johanna« für 'ne kurze Zeit tatsächlich die leibhaftige Johanna ersetzen konnte – notdürftig nur, aber immerhin. Eine Tatsache, unter der mein Zimmergenosse Benno heftig leiden musste. Meine nächtlich aus mir herausplatzenden Anrufungen haben meinen Mitbewohner mehrfach aus dem Schlaf gerissen. Und Benno war natürlich auch genervt davon, aber – ich weiß nicht recht, wie ich das nennen soll – irgendwie gutwillig genervt. Ich mein, er war mir nicht böse, wenn es aus mir herausfuhr, er hätte halt nur gern geschlafen. Sein »Bitte, Meyer, nicht schon wieder!« klang eher gutmütig und müde-resigniert als wirklich böse oder sauer.

Da war er anders als Adrian. Der hielt unser Händchenhalten, Küsschengeben, Schultertätscheln, Blicketauschen einfach nicht aus. Den konnte das richtig aggressiv machen.

Vermutlich kennt ihr das alle, wie sehr es nerven kann, mit so einem frisch verliebten Pärchen zusammen zu sein. Und den Schmerz, einen Freund oder eine Freundin zu verlieren an den oder die neue Liebste / n, den habt ihr vielleicht auch schon empfunden. Mir hatte in solchen Fällen auch schon ein böses Wort auf der Zunge gelegen, früher, draußen, doch hätte ich mir lieber die Zunge abgebissen, als meinen Neid offen zu gestehen.

Adrian biss sich die Zunge nicht ab, nicht bei diesem Abendbrot und später auch nicht. Vielleicht realisierte er trotz all seiner Klugheit nicht einmal, dass er schlichtweg neidisch auf uns war.

Meyer geht schon, daran soll's nicht scheitern

Es war einmal ein Mann, der hieß Traugott Meyer, und dieser Mann hasste seinen Vornamen. Aber da war halt nichts gegen zu machen, das Verhängnis war Hunderte Jahre alt, denn Vater, Großvater und mindestens drei Urs hießen auch schon so: Traugott Meyer.

Doch als der besagte Traugott Meyer selbst Vater wurde, gab er seinem Sohn den Namen Gerd, und all die Väter und Urs konnten ihm gestohlen bleiben. Der Mann Traugott Meyer ließ seinen Sohn Gerd sogar richtig taufen. Mit Wasser, Segenssprüchen und allem Drum und Dran wurde das Gerd besiegelt, obwohl Vater Traugott Meyer mit Kirche nicht viel am Hut hatte. Doch er dachte, so könne er den alten Traugott, seinen eigenen Vater und Opa des kleinen Gerds, beschwichtigen.

Pustekuchen. Der alte Traugott kam erst gar nicht zur Taufe von diesem Gerd, der alte Traugott hatte nämlich Prinzipien. Verzeihen war in ihm nicht angelegt. Der Opa blieb unsichtbar im Leben des kleinen Gerds, für einen Gerd wollte der alte Traugott den Großvater nicht geben.

Das machte dem Gerd nichts aus, er kannte es ja nicht anders. Er hatte Mama und Papa und die waren ganz zufrieden mit dem Leben. Auch mit einem bescheuerten Namen kannst du nämlich gut leben und zufrieden sein. Womit du aber nicht gut leben kannst, ist ein neuer Supermarkt in der Nachbarschaft, wenigstens nicht, wenn du Besitzer eines kleinen Ladens bist, der dieselben Sachen verkauft wie ein Supermarkt. Da hilft es auch nicht, wenn der kleine Laden früher mal, als er noch dem Großvater gehörte, ein großer Laden war. Mama und Papa spuckten in die Hände und nahmen den Kampf gegen den Supermarkt auf, obwohl sie ahnten, dass sie keine Chance hatten. Sie dehnten sich und streckten sich, sie reckten sich und ballten die Fäuste. Als das alles nichts half, schlossen sie die Augen und glaubten ganz fest, aber nicht mal das verhinderte die Pleite.

Dann tauchte plötzlich mein Großpapa aus jahrelanger Versenkung wieder auf, weil der alte Glatzkopf eine Chance witterte. Er hatte da nämlich was: eine Drei-Zimmer-Eigentumswohnung, Düren-Zentrum, Zentralheizung, Balkon Südseite, inklusive einer Badewanne mit leichten Schäden. Würde er alles geben im Tausch gegen *meinen* Namen.

Das war's dann mit meinem Gerd und fortan hieß ich Traugott. Wurde ganz offiziell besiegelt, mit Namensregister und neuem Kinderpass und Stempel hier und Stempel dort. Die Gebühren trug selbstverständlich der Großpapa. Da war ich elf.

Ob Papa deshalb ein Jahr später starb oder eher wegen dem Supermarkt oder wegen der Gene oder wegen was anderem, das weiß man ja nicht. Da glaubst du mal das, mal jenes. Mama lebt bis heute in der Dreizimmerwohnung, Düren-Zentrum, und eine neue Badewanne hat sie mittlerweile auch. Solange sie dort lebt, lass ich meinen bescheuerten Vornamen einfach weg. Auch wenn der Großvater seit drei Jahren tot ist, mache ich nichts rückgängig. Ist 'ne Ehrensache, finde ich.

Als ich Johanna fragte, ob sie »Meyer« zärtlich flüstern könne oder ob sie dringend einen Vornamen bräuchte zum Zärtlichsein, da probierte sie es einfach aus. Sie hat so was Praktisches an sich, trotz allen Künstlertums. Für so Musiker ist der Tonfall ja was ganz Wichtiges und Johanna probierte aus, auf wie viele Hundert Arten sie »Meyer« sagen konnte. Sie durfte sogar die Mütze abnehmen, um mir über die Glatze zu streicheln, sie versuchte dieses und jenes und nach einigem Kuscheln und Küssen sagte sie: »Meyer geht schon, daran soll's nicht scheitern.«

Vom Fadenzwirbeln und Ameisenkichern

Wie der Mensch angefangen hat, wenigstens in der Specht'schen Version, habe ich Euch ja schon erzählt. Jetzt kommt, wie es weiterging:

Bei der nächsten Nähstunde warteten große, neue Aufgaben auf mich. Die Frau Specht hatte schon alles vorbereitet, und als ich mit wenigen Minuten Verspätung eintraf, sagte sie: »Schau dir mal das an! So ein Tohuwabohu!«, und wies auf tausend Stecknadeln mit bunten Köpfen, die in einem heillosen Durcheinander in einem Stecknadelkästchen lagen.

»Was für ein Schlamassel!«, stellte ich fest. »Da wurde wohl schon lange nichts mehr dran gemacht.«

Die Specht nickte: »Das kannst du laut sagen! Könnte sein, dass du heute nicht ganz fertig wirst mit Ordnen.«

»Wir haben ja Zeit!«, sagte ich und sie: »Eilt ja nicht.«

Ich nahm die Dose, setzte mich zu Johanna und erklärte ihr: »Werde hier mal Ordnung reinbringen. Rot zu Rot, Gelb zu Gelb, Schwarz zu …«

»Habe schon kapiert, wie das weitergeht«, sagte Johanna und lächelte mich an.

»Dann mach ich mich mal ans Werk«, sagte ich und fing mit Ordnen an. Rot zu Rot, Gelb zu Gelb usw. Muss ich nicht weiter ausführen.

Derweil lief die Specht durch die Reihen, half mal hier, mal dort und ich schaute ihr hinterher, weil ich plötzlich Lust hatte, mir ein Vorbild zu nehmen. Wollte ich einfach mal ausprobieren. Die Specht schien ein geeignetes Objekt dafür zu sein. Die konnte zum Beispiel genau richtig laut sprechen, in jeder Situation. Als sie zum Beispiel jetzt fortfuhr, vom Beginn der Menschheit zu erzählen, tat sie das mit genau so lauter Stimme, dass das Rattern der Maschinen übertönt wurde, aber nur ganz knapp, sodass du schon gut hinhören musstest, um mitzukriegen, wie es weitergegangen war mit dem Fadenclan. Konntest es aber auch ausblenden. Wäre auch in Ordnung gegangen mit der Specht. Die bot dir was an und ließ dir die Freiheit, es anzunehmen oder ohne schlechtes Gewissen abzulehnen.

Auf jeden Fall war es wohl so, dass das Fadenzwirbeln zum großen Ding bei dem Fadenclan wurde und besonders am Abend, wenn Hunger, Angst und Geilheit einmal von ihnen abgefallen waren, saß die ganze Mannschaft ums Feuer rum und verzwirbelte die Wolle vom Mammut, bis nichts mehr übrig war von dem Fell des Riesentieres. Und als auch von dessen Fleisch nichts mehr übrig war, gingen die Männer auf Jagd und die Frauen machten alleine weiter. Garantiert, so Frau Specht, kamen die dann auch auf die Idee, die Fäden ineinander zu verzwirbeln, bis so etwas wie eine Schnur oder gar ein Seil entstanden war. Das Feuer am Laufen halten, Wurzeln ausgraben, Säuglinge stillen, viel mehr hatten die nicht zu tun, die Frauen, die auf ihre Männer warteten. Bei »Frauen, die am Feuer auf ihre Männer warteten« machte die Specht eine kleine Pause und schickte ihren Geschlechtsgenossinnen einige stumme Grüße rüber.

So kam's mir jedenfalls vor.

Vielleicht entstand die Pause auch nur in meinem Kopf, weil ich gerade etwas kapiert hatte und jedes Kapieren die Zeit ja irgendwie dehnt. Nämlich, dass nach dem sagenumwobenen ersten Mal, auf das ich geradlinig zusteuerte, noch viele andere Male kommen würden und dass das mit der Liebe vielleicht nie aufhören würde und nicht nur eine Komplikation während der Pubertät wäre. Irgendwie gewusst habe ich das natürlich schon vorher, aber hier im Gesicht der Specht bei »Frauen, die am Feuer auf ihre Männer warteten« habe ich es gesehen. Eine Sehnsucht oder so was. Dass auch Frauen Männer wollen. Bei meiner Mutter beispielsweise habe ich das nie gesehen. Und etwas sehen verschafft doch eine andere Gewissheit als nacktes Wissen.

Ich schaute zu Johanna rüber, aber die wartete gerade ganz offensichtlich nicht auf mich, sondern legte letzte Hand an ihr erstes Kleines Schwarzes an.

»Du, ich glaube, das hört nie auf«, sagte ich zu ihr und Johanna fragte: »Was hört nie auf?«

»Die Sache mit der Liebe«, sagte ich und sie: »Hoffentlich hast du recht. Aber können wir ein andres Mal darüber reden? Wir haben Nähstunde. Sprechstunde ist später.«

»Klar, dann komm ich zur Sprechstunde.«

Ich schaute Johanna ein Weilchen schweigend zu, wie sie an ihrem Kleid arbeitete, und fragte mich, wie sie das immer wieder hinkriegte, mich abblitzen zu lassen, ohne dass ich mich so fühlte, als wäre ich abgeblitzt.

Dann machte ich wieder Stecknadelhäufchen, Rot zu Rot, Schwarz zu Schwarz, Gelb zu Gelb, und die Frau Specht hatte lange genug nachgesonnen über Frauen, die am Feuer warten, und erzählte weiter, wie es mit der Menschheit begonnen haben könnte: Denn aus lauter Langeweile oder aus einem Spieltrieb heraus legten die Frauen dann die Fäden ineinander und verhäkelten sie auf eine denkbar primitive Art und Weise. Fanden so wenigstens die Idee vom Weben. Und wenn zum Fadenspinnen die Idee dazukommt, dass man die Fäden verweben könnte, dann ist der Weg zu H&M und C&A schon mal angelegt und bereit dafür, von den nächsten Generationen ausgetreten zu werden. Würde aber noch ein Weilchen dauern. Denn die Männer hatten mittlerweile ein frisches Mammut erlegt und der ganze Stamm zog dorthin um und wanderte durch die Steppe.

»Klar, wenn du einen Hasen gejagt hast, bringst du das Essen zu den Leuten, aber wenn du ein Mammut gejagt hast, bringst du die Leute zum Essen«, flüsterte ich zu Johanna rüber und die lächelte mich an und sagte: »Du, Witzestunde ist auch später.« Sie griff mir dabei aber unter die Mütze und streichelte meine Glatze, so flüssig und geübt, als hätte sie nie was anderes gemacht, und nähte weiter.

Und dann wurde es tragisch, denn dem Fadenclan kam der Spitze-Steine-Clan in die Quere und der löschte den Fadenclan aus, mitsamt dem neuen Wissen, das seine Frauen angesammelt hatte. Der Spitze-Steine-Clan hatte nämlich auch was entdeckt, womit der Mensch eigentlich erst angefangen hatte, nämlich: Spitze Steine hinterlassen auf dem Kopf des anderen eine größere Wirkung als stumpfe. Dieses Spitze-Steine-Ding hatte sich damals schon ziemlich weit rumgesprochen, doch den Fadenclan hatte es nicht erreicht. Kommunikation war noch mau. Jetzt musste er am eigenen Kopf erfahren, was es heißt, technologisch abgehängt zu sein.

Die wirklich großen Sachen mussten ganz oft erfunden werden damals. Deshalb ging es auch so langsam.

Ein Häufchen gelber Stecknadeln lag schon neben einem Häufchen roter, und als ich die letzte rote aus dem Kästchen rausklauben wollte, kippte das blöde Ding um und riss meine ganzen Häufchen mit in den Abgrund. Eine Million Stecknadeln fielen auf den Boden. Es prasselte wie massenweises Ameisenkichern. Ich schaute etwas verdutzt auf den ganzen Schlamassel und war froh, dass ich mit dem Ordnen noch nicht weit gekommen war. Johanna schickte ein liebevolles »Du Trampel« rüber, die weiter entfernt Sitzenden hatten keine Ameisen kichern hören.

Dann kam die Specht an unseren Tisch. Wir schauten gemeinsam auf den Nadelhaufen zu meinen Füßen. »Da musst du wohl wieder von vorne anfangen«, sagte sie und ich antwortete: »War glücklicherweise noch nicht weit gekommen.«

»Glück im Unglück«, sagte sie, ich nickte. Sie lief zu ihrem Pult, holte was und kam ohne weiteren Kommentar zurück zu unserem Tisch. Sie beugte sich runter und strich mit einem Hufeisenmagneten über die am Boden liegenden Stecknadeln. Die Nadeln sausten mit einem kleinen Klirren gegen den Magnet. Die Specht flüsterte mir ins Ohr: »Psssss Psssss Psssss. Ich liebe dieses Geräusch. Ich nenn es Ameisenkichern.«

»Sie wissen, dass Ameisen nur ein Kichern in sich haben? Wenn das raus ist, sehen sie aus, als sei einer auf sie draufgetreten.«

Die Specht schaute mich mit großen Augen an und legte den Magneten auf den Tisch. Die Nadeln klebten in einem derartigen Durcheinander auf dem Metall, dass ein frisch geworfenes Mikado dagegen aussah, als sei es frisch gekämmt.

Ich sagte: »Die Formel, die dieses Durcheinander beschreiben könnte, braucht so viel Papier wie 'ne ganze Bibel.«

Die Specht sagte: »Meyer, du verblüffst mich!«, ich antwortete: »So ist er halt, der Mey–«

»Fertig«, rief Johanna neben uns, sprang auf und hielt sich ihr erstes Kleines Schwarzes an. Sie strahlte, und was ich daraufhin dazu sagte, sieht ausgeschrieben so aus:

Waaaaaaaaaauuuuuuuuuuuuooooooooooow.

Die anderen Mädchen freuten sich mit, einige klatschten und Frau Specht umarmte Johanna. Oder andersrum.

War so eine Umarmung, bei der du das nicht unterscheiden kannst.

Und dann war die Nähstunde zu Ende.

Klauen ist verwerflich, aber

Nach dem Nähkurs machten zwei der Mädchen, die hier im Text sonst nicht vorkommen, weil sie nicht mitgegründet haben, den Vorschlag, in Ganacker shoppen zu gehen. Johanna fiel ein, dass sie noch Sachen für ihre bevorstehende Probenwoche mit dem Bundesjugendorchester brauchte, für die sie freibekommen würde. Ioanna brauchte eine Briefmarke und ich brauchte nichts, wollte einfach nur mit. Wir waren bester Laune. In der Verbindung der Wörter »Ganacker« und »shoppen« lag ein Witzchenvorrat verborgen, den wir gründlich ausbeuteten und der für den halben Weg bis ins Städtchen reichte. Zweitausendeinhundert Meter, eintausendneunhundertachtzig davon auf der Staatsstraße 2074. Die andere Hälfte füllten wir mit den Steinzeitmenschen und ihrem Gegrunze. Einen richtigen Drogeriemarkt wie Rossmann oder dm gab es in Ganacker natürlich nicht, aber einen kleinen Laden – Gemischtwaren, Lebensmittel, Reinigungsmittel, Körperpflege und Kleinkrams – gab es wohl. Er wurde geführt von einer alten Frau, die stark Bayrisch sprach und irgendwie auf eine sehr barsche Art und Weise herzlich war. So in dem Stil: *Ich hab alles, was man braucht, und was ich nicht hab, das braucht man nicht*. Die alte Frau konnte sich natürlich denken, wo wir herkamen, und ich spürte so ein wohlwollendes Mitleid hinter ihren misstrauischen Mich-beklaut-keiner-Blicken. Es tut mir noch immer leid, dass ausgerechnet die alte Frau der erste und einzige Mensch war, den ich bisher bestohlen habe, aber es ging nicht anders. Ich konnte die Billy Boys unmöglich kaufen, weil das bedeutet hätte, sie nach Johannas Sachen auf die Theke legen zu müssen.

Absolutes No-Go damals.

Auch absolutes No-Go: die fröhlichen Billy Boys im Regal hängen zu lassen, zwischen farblosen Durex und Rasierklingen. Schließlich musste ich mich vorbereiten auf den Tag, an dem wir beide so weit wären. Also musste ich die Pariser klauen. Nahm die Billys aus dem Regal, steckte sie in die Hosentasche und stiefelte freundlich nickend an der Kasse vorbei, im Windschatten der zwei Mädchen, die brav ihre diversen Tübchen und Fläschchen bezahlten. Fertig. Keine große Sache. Klauen ist verwerflich, keine Frage, trotzdem war ich bester Laune, weil ich getan hatte, was getan werden musste. Auf dem Heimweg lief ich heiter beschwingt neben Johanna her, als uns ein Hund und sein Mann entgegenkamen. Der Hund war groß und hatte lange Haare. Vornehm ergraut würde ich sagen, wenn ich die Farbe beschreiben sollte. Johanna meinte: »Der hat ja einen schönen Gang. So stolz. So elegant, kraftvoll. Einfach edel.« Sie blieb stehen, mit offenem Mund und irgendwie verträumt, als ob was ganz Tiefes in ihr angeregt worden wäre. Ich rannte schnell zu dem Mann vom Hund, weil ich dringend was herausfinden musste. »Wie heißt diese Rasse? Meine Freundin will so einen haben.« Ich musste ja wissen, was für einen Hund ich Johanna schenken würde, später im Leben, nachdem wir einige Dutzend Billys verbraucht hätten. »Afghane. Genauer: Afghanischer Windhund. Noch genauer: Bergafghane.«

»Was kostet der?«, fragte ich.

Der Mann sagte: »Zweitausend musst du schon hinlegen.«

Ich schluckte und dachte, bis ich zweitausend Euro zusammenhabe, muss ich einen ganzen Wald durchhobeln. Ernüchtert trabte ich wieder zu Johanna und sie hakte sich bei mir unter. Ich zeigte Johanna, dass ich auch sehr schön traben konnte, über den ganzen Fuß abrollen, etwas Höhe gewinnen, beim Runterkommen fein abfangen mit federndem Knie. Das Murmelgeklacker lockte Ioanna an und dann hatte ich an jeder Seite eine schöne Frau. In aller Unschuld fing Johanna an, von der bevorstehenden

Probephase des Bundesjugendorchesters zu schwärmen, zu der sie bald abreisen würde. Schwärmte von einem Adam an der Oboe, einem Kerl mit ungeheuer flinker Zunge und extralangem Atem, einem Berthold am Cello, der feurig zupacken, aber seinem Instrument auch schwärmerische Töne entlocken konnte, einem Christoph an der Pauke, einem Mann wie ein Bild, der wirbeln konnte wie ein Alter und dessen Timing beim Tremolo seinesgleichen suchte.

»Bist du das einzige Mädchen, das da mitspielen darf?«, fragte ich, worauf Johanna nur mit einem ihrer Johanna-Spezialgesichter antwortete, oben die Stirn in Falten, unten den Mund lächelnd, wodurch diese Grübchen entstehen, die ihr wisst schon was …

Für die letzten hundert Meter hakte sich auch die Ioanna bei mir ein und so federten wir Blödsinn redend dahin. Den genauen Blödsinn kann ich nicht wiedergeben, so ein hochwertiger Quatsch ist zum sofortigen Verbrauch bestimmt und deshalb nicht erzählbar. In der Mitte zweier schöner Frauen wirst du zum King, da kannst du sonst bescheiden sein wie ein Mauerblümchen.

Zu Hause stürmten wir den Park, nur aus Spaß, und machten dabei immer noch jede Menge Eins-a-Quatsch, sprich: sehr viel Lachen, Gackern, Kichern, Stimme verstellen, grundloses Geschreie, gespielte Tränen, sehr viel gute Laune inklusive sehr schnellem Vergessen, worüber wir überhaupt gelacht haben. Auf der Wiese rannten wir sinnlos rum, wie Kinder es tun. Ioanna schleuderte ihre Einkaufstasche durch die Luft, eines der Fläschchen, ein ganz besonders lustiges Kerlchen, fiel heraus und torkelte tanzend auf dem Rasen rum. Johanna sang das Grand Duo, Ioanna fing das Kerlchen ein, ich war glücklich und wir alle drei brauchten so ziemlich denselben Bremsweg, von größter Beschwingtheit zu vollständiger Erstarrung, als wir Adrian und Natascha in unserer Verschwörerecke sitzen sahen.

Das vergessene Treffen war uns beim Anblick der zwei sofort eingefallen, da hätte Adrian gar nicht so bemüht vorwurfsvoll sagen müssen: »Ihr kommt pünktlich zum Ende unserer Stunde.«

Adrian hatte die rechte Hand auf den Tisch gelegt. Nataschas Linke lag auf seiner. Beide Hände lagen stumm und still. Als ich etwas wie eine Entschuldigung stammelte, schaute ich kurz in Adrians Gesicht und mir kam es vor, als hätte er geweint. Dann schaute ich gleich wieder auf die zwei Hände. Sie bewegten sich immer noch nicht und ich verstand nicht, warum nicht eine Hand die andere streichelt, wenn sie schon aufeinanderliegen. Klar, die unten liegende Hand bleibt still liegen in so einem Fall, aber hier bewegte sich auch die oben liegende nicht. Vielleicht dachte Natascha, wenn sie die Hand nicht bewegt, dann sehen wir sie nicht. Ihr Bronzegesicht schimmerte in der Abendsonne und ich kapierte plötzlich, dass die genau so aussehen wollte, wie sie aussah. War gar kein Versehen. *Vergiss deine Hand nicht, wenn du gehst!*, dachte ich. Und obwohl das doch ein ganz guter Witz gewesen wäre, verkniff ich ihn mir.

Die Stimmung war absolut witzfeindlich, so 'ne Grabesstimmung halt.

Wir drei gingen dann und die zwei blieben sitzen. Auf dem Weg zurück ins Haus über die Wiese kamen wir am schwarzen Hubbel vorbei und Johanna kraulte Bela an der genau richtigen Stelle am Hals. Neben dem Hund kniend, sagte sie: »Wisst ihr, ich glaube, Natascha fühlt sich zu Adrian hingezogen, nicht obwohl, sondern weil er keine Eier mehr hat.«

Solch kluge Sachen kann Johanna sagen.

Bei Adrian entschuldigen wollte ich mich erst am Tag darauf. War zu stolz, um gleich zum Meister hinzurennen und um Vergebung dafür zu bitten, dass wir die Sitzung vergessen hatten. Doch am nächsten Tag konnte ich mich nicht entschuldigen. Und am Tag drauf auch nicht. Adrian war nirgends zu finden, ich fand nur Natascha.

»Weißt du, wo Adrian ist?«, fragte ich und Natascha sagte: »Ja.«

Normalen Menschen musst du nicht erklären, wie ein Gespräch nach so einem Beginn ordnungsgemäß weiterzulaufen hat, aber bei Natascha lief nichts.

»Uuund? Wo ist er?«, musste ich also nachlegen, nach zehn Sekunden Pause.

»Wenn du nicht weißt, wo er ist, dann hat Adrian dir offenbar nicht gesagt, wo er hingeht. Und wenn er dir das nicht gesagt hat, dann wollte er dir das offensichtlich nicht sagen. Und wenn Adrian nicht wollte, dass du weißt, wo er ist, dann werde ich mich nicht gegen Adrians Willen stellen.«

Mir stand der Mund offen und es dauerte einen Moment, bis ich sagte: »Jetzt sprichst du einmal drei vollständige Sätze hintereinander und sagst dabei: nichts.«

Natascha wandte sich ab von mir und ging ihrer Wege. Lief weg in ihrer unvergleichlichen Art, bei der du nie weißt, ob die Angst, sich an dir zu beschmutzen, sie vertreibt oder die Angst, deiner unwürdig zu sein.

Echt irre, die zwei!

Drei Tage später kam eine WhatsApp von Natascha: »Sondersitzung um 16 Uhr. Bitte versammelt euch ***alle!!!*** pünktlich vor Adrians Zimmer. Natascha und Adrian«

Dem Ruf des neuen Traumpaars konnte natürlich keiner widerstehen und wir erschienen ***alle!!!*** und wurden Punkt 16 Uhr von Natascha eingelassen. Sie trug ein Kleid aus einem ganz schweren Stoff, wie du es eigentlich nur im Theater siehst. Die Haare streng gebündelt. Kein Lächeln, kein Nicken, kein Zeichen, dass wir uns je zuvor schon mal gesehen hätten.

Adrians Zimmer war verdunkelt, die Vorhänge zugezogen, um sein Bett herum standen vier Stühle. Zeremonienmeisterin Natascha von Berggrün wies uns die Plätze zu. Natascha selbst brauchte keinen Stuhl. Sie stand neben Adrian, wischte ihm den Schweiß von der Stirn und hielt uns mit ihren Blicken in Schach. Auf dass wir nicht lächeln, schwätzen oder andere Anzeichen von Lebendigkeit zeigen würden. Adrian saß aufrecht im Bett. Seine Arme stützte er auf zwei kleine Kissen, wie ich sie noch nie gesehen hatte, wenigstens nicht live. Ein schwerer Stoff, geprägt mit Mustern und durchzogen von Goldfäden

Ich starrte die ganze Zeit diese Kissen an, denn sie waren so fremd in Adrians kargem Zimmer. Adrian selbst wolltest du jetzt nicht unbedingt lange anschauen, denn er sah miserabel aus, abgemagert, blass, schwächlich. Um hinter der dünnen Gesichtshaut den Schädel zu erkennen, brauchtest du keine Fantasie. Das bisschen Fleisch um die Knochen rum war ein Provisorium und würde nicht mehr lange halten.

Ich wusste nicht, was sie mit ihm gemacht hatten, hatte auch keine Ahnung, wer wo mit welchen Mitteln an ihm rumgemacht hatte. Ich fragte aber nicht, weil Adrian offensichtlich nicht gefragt werden wollte. Er empfing uns im Bett sitzend und wir waren aufgefordert, so zu tun, als sei es die selbstverständlichste Sache der Welt, dass ein offensichtlich Todkranker eine Sitzung leitet. Obenrum hatte Adrian seinen schwarzen Rollkragenpullover an, ob er untenrum seine Jeans trug oder eine Schlafanzughose, weiß ich nicht. Er war zugedeckt, als wir alle zusammen um Punkt 16 Uhr das Zimmer betraten, er war auch noch zugedeckt, als wir es alle zusammen um Punkt 16:18 Uhr wieder verließen. Er saß am Ende noch genauso da wie am Anfang. Was sich um 16:18 Uhr jedoch verändert hatte, war unsere neue Religion. Die hatte eine neue Richtung bekommen.

Adrian und Natascha verkündeten das »neue Dogma« abwechselnd, lösten sich mitten im Satz mit Sprechen ab. Es klang gut eingeübt und sehr lächerlich in meinen Augen. Die beiden wollten Einigkeit demonstrieren, war mir schon klar. Doch statt an ein Traumpaar erinnerten sie mich an Tick, Trick und Track, die sich ja auch immer so gekonnt ins Wort fallen.

Dazu diese Kissen. Und Nataschas Zeremoniengehabe. Obendrauf Adrians Anblick, ein Todgeweihter.

Es war furchtbar.

Deshalb mache ich es kurz, verzichte auf die Darstellung ihres Einigkeitsgehabes und fasse schlicht zusammen:

»**Erstens** brauchen wir eine neue Religion, weil die Menschen das kalte Grauen nicht aushalten und sie deshalb auf komische und gefährliche Gedanken kommen wie Ewigkeit und Gott.

Zweitens koppeln wir deshalb ein Weiterleben nach dem Tod ans Weiterleben der Menschheit als Ganzes. Danach ist Schluss. Nichts mehr mit Ewigkeit. So hat jeder ein eigenes Interesse daran, dass es noch lange weitergeht mit der Menschheit. Und endlich wird Vernunft einkehren auf der Welt.

Drittens sind wir uns einig, dass es keine Rolle spielt, ob das, was wir glauben, wahr ist. Entscheidend für die Verbreitung unserer neuen Religion sind einzig gute PR-Arbeit und ein prima Produkt, also eines, das den Einzelnen tröstet und der Menschheit als Ganzes hilft und damit allen anderen Wesen auch, denn wir sind alle mit allem verbunden.

Viertens haben wir dieses Weiterleben bisher mit dem Wiedergeburtsgedanken verknüpft. Wir hatten verschiedene Möglichkeiten erwogen, wie man das Dasein als Wiedergeborener erfahrbar machen kann im je aktuellen Leben. Eine schöne Idee war, die Liebe so zu erklären, dass der berühmte erste Blick gar kein erster Blick sei, sondern ein Wiedererkennen aus dem Leben vorher.«

(Muss dazu doch kurz was kommentieren, denn bei »Viertens« himmelte Natascha Adrian geradezu an und der lächelte irgendwie zurück. Dass das gequält aussah in meinen Augen, hatte sicher nicht nur mit seiner miserablen Verfassung zu tun.)

»Wir sind nun **fünftens** zu der Überzeugung gekommen, es sei besser, diese Wiedergeburtsidee zu verwerfen. Wir sind nämlich überzeugt davon, dass man sich mit der Wiedergeburtsidee schnell in unauflösbare Widersprüche verwickelt. Denn: Wir können zwar per Glaubenssatz dekretieren, als Menschen wiedergeboren zu werden und nicht etwa als Wurm oder Marderhund. Aber: Als welcher Mensch wirst du wiedergeboren? Werden Männer zu Frauen und andersrum? Oder heißt einmal Mann sein immer Mann sein, einmal Frau sein immer Frau bleiben? Oder als was Drittes? Wer wird als reicher, wer wird als armer Mensch wiedergeboren, wer als Schwarzer, wer als Weißer? Warum wird einer geboren mit schweren Behinderungen und der andere kerngesund? Solange Klasse, Herkunft und Geschlecht das Schicksal von Menschen vorherbestimmen, kriegt man den Belohnen-Strafen-Charakter nicht raus aus der Wiedergeburtsidee. Und wenn man das Belohnen-

Strafen nicht wegkriegt, kriegt man auch die Missbrauchbarkeit nicht weg. Zudem sind die oben angerissenen Fragen genau der Stoff, aus dem traditionellerweise innerreligiöse Kämpfe gemacht sind. Spaltung und Sektenbildungen sind dabei vorprogrammiert. Dann werden die Gleichgeschlechtler den Wechselgeschlechtlern den Kopf abhacken.«

»… besser den Schwanz …«, sagte ich, ohne die weihevolle Stimmung ernsthaft stören zu können.

»Wir sind also zu der Überzeugung gelangt, dass wir andere Wege finden müssen, um mit dem Tod umzugehen, als die Wiedergeburt. Es scheint kein Weg daran vorbeizuführen, den Tod ganz abzuschaffen. Anders kommen wir ihm nicht bei. Das wollten wir euch gesagt haben. Wer diesen Weg mit uns weitergehen will, der ist eingeladen, ihn mit uns zu gehen. Von allen anderen müssen wir uns jetzt verabschieden.«

Echt irre, die zwei.

Den Tod abschaffen!

Sahen so aus, als meinten sie das ernst.

Es folgte ein längerer Monolog, gehalten von Natascha und zu hoch für mich, denn sie brachte ganz viele Wörter unter, die sie in ihrem Studium gelernt und ich noch nie gehört hatte. Außerdem hatten ihre Sätze eine irre Länge, da konntest du schon den Überblick verlieren.

Was ich verstanden habe, geht ungefähr so: Durch die Gender-Diskussion hätten mittlerweile auch unbedarfte Leute mitgekriegt, dass Geschlecht nicht *nur* ein biologisches Phänomen, sondern auch ein soziales Konstrukt sei. Geschlecht hat was zu tun mit Pimmel und Möse, sicherlich, aber auch mit Sprache, Sitten, Gesetzen und damit, wie man sich fühlt.

So ähnlich sei es auch mit dem Tod: Er sei auch, aber eben nicht *nur* ein biologisches Phänomen. Der biologische Tod sei unantastbar, keine Frage, aber der kulturelle Anteil am Tod sei, wie alles in der Geschichte Erschaffene, auch in der Geschichte veränderbar.

Und er müsse verändert werden.

Da sollten wir ansetzen.

So ungefähr.

Bill und Melinda, Rolf und David und all die anderen sollten vorerst nur die Ankündigung eines Updates in Sachen Religionsgründung erhalten. Wurde einstimmig beschlossen. Zu viel wollten wir ihnen aber noch nicht verraten, bevor wir die Sache ausformuliert hatten.

Adrian war nach ein paar Tagen übrigens wieder auf dem Damm und sah besser aus als vorher. War noch gar nicht im Todeskampf, wie ich gedacht hatte. Er war weg gewesen, weil seine kleine Schwester getauft worden war, nicht traditionell, sondern so eine Esoteriktaufe mit bunten Blumen, bunten Fähnchen, bunten Kleidern und einem Fremdkörper im schwarzen Rollkragen, der auf den Fotografien trotzdem irgendwie dazuzugehören schien. Bei dieser Veranstaltung hatte er sich eine Grippe eingefangen, mehr nicht.

Was die netteste aller Ärztinnen zu sagen hat

Jetzt muss ich Euch von einem erschütternden Ereignis erzählen. Es fand statt am Besucherwochenende im Oktober.

Der Tag begann harmlos.

Tage wissen nicht, was in ihnen passieren wird.

Wüssten sie es, würden manche gar nicht erst beginnen.

Am harmlosen Beginn dieses Tages wartete ich auf die Ankunft meiner Mutter. Zum Warten setzte ich mich auf die oberste Stufe der Eingangstreppe. Wollte gleich zur Stelle sein, wenn Mama vorfuhr in unserem alten Opel Astra. Das würde sie freuen und der Tag würde gut starten. Das Wetter spielte mit, es war trocken und warm und so war diese kleine Freude leicht zu geben. Ich hörte ein Auto heranfahren und dachte: *Nee, das klingt nicht nach unserem altersschwachen Opel. Das klingt nach einer gut geölten Limousine.* Blieb also sitzen auf meiner Treppenstufe. Tatsächlich fuhr dann ein BMW neuerer Bauart vor, darin zwei Leute, Mann und Frau. Mussten die Eltern von einem Leidensgenossen sein. Oder von einer Leidensgenossin. Auf jeden Fall kannte ich sie nicht. Ich wusste damals noch nicht, dass das Herr und Frau von Berggrün waren, die Eltern von Natascha. Frau von Berggrün stieg sehr schwerfällig und mühsam aus, blieb direkt neben der Autotür stehen und holte tief Luft. Konntest ihr ansehen, dass es ihr nicht sonderlich gut ging. Ihr Mann dagegen hatte viel Energie, nutzte sie nur nicht dafür, nach seiner Frau zu sehen. Er ging gleich auf den Eingang zu und fragte mich – ohne dass er gegrüßt oder mich angeschaut hätte: »Weißt du, wo Natascha von Berggrün ist?«

Hätte er mich gegrüßt und angeschaut, hätte ich wohl was von

»Mädchenhaus« und »eine Ausfahrt früher« oder so gesagt. Hat er aber nicht. Verlangsamte kaum seinen Schritt, als ob von so ’nem auf der Treppe lümmelnden jungen Kerl sowieso keine gültige Antwort zu erwarten wäre. Deshalb konnte ich ihm seine respektlose Duzerei nicht durchgehen lassen und sagte: »Nee du, da bist du falsch hier. Hier gibt’s keine Natascha.«

Der Mann stutzte kurz, dann entschied er wohl, dass ich einer Zurechtweisung nicht würdig war, und eilte ins Gebäude. Zu seiner Ehrenrettung sei gesagt, dass er nicht nur herumlümmelnde Jugendliche schlecht behandelt, sondern auch Erwachsene. Vermute ich wenigstens, denn Sekunden später lief Schwester Gaby an mir vorbei, einen bayrischen Fluch auf den Lippen und mit noch röteren Backen als gewöhnlich.

Dann fuhr meine Mutter vor und deshalb bekam ich nicht mit, wie es mit Herrn von Berggrün weiterging.

Mama stieg aus, ich umarmte sie gleich und sie konnte sagen: »Wie schön, dass du auf mich wartest.«

»Na klaro.« Damit war schon mal ein guter Einstieg in den Tag geschafft. Ich ging mit ihr zum Kofferraum und griff ihr altes braunes Köfferchen. Darin befanden sich wie immer viele kleine Ich-denk-an-dich-Geschenke von Freunden und Verwandten und zusätzlich neue Wäsche, weil Mama die alte heute mal gründlich aussortieren wollte. Hatte sie schon telefonisch angekündigt. Es gab wohl einige Wäschestücke, die sie nicht in der hauseigenen Wäscherei sehen wollte, wegen irgendeines Eindruckes, den die dort hinterlassen könnten.

Auf dem Weg in mein Zimmer begann sie gleich, Zuversicht zu verströmen, und machte keine Anstalten, damit vor Sonnenuntergang wieder aufzuhören.

Mama war früher schon ein großer Fan von Ratgeberliteratur. Ich hätte wetten können, dass zu Hause im Regal neben den Back- und Strickanleitungen, Aufräumhilfen und Traumübersetzungen neuerdings auch Anleitungen zum Mutmachen und einiges über die Kraft des Willens zu finden waren. Einige ihrer Sätze klangen wie frisch gelernt. Zur Mittagszeit spazierten wir Richtung Ganacker, was wohl der Höhepunkt des Tages war, denn beim Spazieren gelang das Schweigen irgendwie flüssiger als bei Tisch. Mama bedauerte, dass es so wenig Gelegenheit zu einem Besuch gäbe, und ging davon aus, dass ich das auch bedauerte. Ich beließ ihr diese Illusion, hier in der Anstalt ist nicht der richtige Ort für gnadenlose Wahrheiten. Die hätte nämlich gelautet: Weil du jetzt da bist, bin ich nicht bei Johanna. Ich hätte Mama sagen müssen, dass sie eher sich selbst als mir einen Gefallen tat, wenn sie mich besuchte. Stattdessen habe ich mehr oder weniger gut Theater gespielt. Das war machbar, weil Theater ein absehbares Ende hat und man danach wieder raus ins richtige Leben gehen konnte, wo Johanna wartete. Wenn mich dafür einer verdammen mag, soll er es ruhig tun.

Bei mir war es damals eben so, dass ich Mamas Liebe nicht so richtig zu schätzen wusste, sie kam mir so billig vor. Das klingt jetzt härter, als es gemeint ist, mit »billig« meine ich nur: Um Mamas Liebe zu erwerben, musste ich doch gar nichts machen. Die hätte mich auch als Totalversager und Doppelmörder geliebt. Das hat auch was, ist mir schon klar, aber so eine bedingungslose Liebe nimmt dich irgendwie nicht ganz ernst. Fühlst dich unter Wert geliebt. Ich weiß nicht, ob ihr das kennt. Kurz: Damals wollte ich als der Traugott Gerd Meyer mit gestrichenem Vornamen geliebt werden, zu dem ich geworden war in den letzten gut achtzehn Jahren, und nicht bedingungslos und blind, als wäre ich gerade frisch geschlüpft. Und das konnte Johanna eindeutig besser als Mama und deshalb hätte ich diesen Sonntag auch lieber mit ihr verbracht.

Wir nähern uns allmählich der herzzerreißenden Szene, von der ich eingangs gesprochen habe. Zuerst einmal räumlich, denn nach unserem Spaziergang haben Mama und ich Kuchen gegessen, und zwar in unserer Kantine. Mama hatte extra für mich einen Zwetschgenkuchen gebacken und mitgebracht. Dazu holten wir uns einen Kaffee vom Automaten, der wie immer zischte und fauchte wie eine kraftstrotzende Lokomotive alten Stils. Weil wir nicht mit dem Kaffeebecher in der Hand durchs ganze Haus stiefeln wollten, hielten wir unseren Imbiss gleich vor Ort. Die Kantine war nachmittags leer, auf unserem Philosophen-Stammtisch standen heute neben zwei extrem dickbäuchigen Buddha-Figuren eine goldene, batteriebetriebene Winkekatze und eine manuell zu bedienende schwarze Wackelkatze. Vervollständigt wurde die Tischdeko mit zwei Nintendo-Gameboy-Spielen von anno dazumal. Die Jungs lassen sich wirklich was einfallen, dachte ich anerkennend und wollte Julian und André einen gereckten Daumen rüberschicken, doch vorher musste ich Mamas Fragen bezüglich des Stammtisches beantworten. Sie hatte nämlich genaue Vorstellungen davon, wie die Tischdekoration in einer Krebs-Reha auszusehen hat, und in dieser Vorstellung kamen keine Winkekatzen, keine Wackelkatzen und keine dickbäuchigen Buddhas vor. Mama war also sichtlich verblüfft und fragte mich, was die denn zu bedeuten hätten. Ich gab der Wackelkatze einen kleinen Klaps auf den Hinterkopf, woraufhin die tat, was sie tun musste, und einige Minuten vor sich hin wackelte. Mamas Frage beantwortete ich mit hanebüchenem Geschwafel, in dem die Wörter »Flohmarkt« und »Resteverkauf« vorkamen.

Niemals hätte ich Mama von unseren Gründertreffen inklusive Philosophen-Stammtisch erzählt. Was ja irgendwie komisch ist, weil ich doch der ganzen Welt von den Fünf Sätzen erzählen wollte. Aber eben der ganzen Welt minus Mama. Dabei hätte sie garantiert zu allem Ja, Amen und Halleluja gesagt, aber eben nur, weil ich, ihr Sohn, an der Ausarbeitung der Fünf Sätze mitgewirkt hatte. Ihre Zustimmung wäre mir – ich nehme noch mal das harte Wort in den Mund – unerträglich billig vorgekommen.

An unseren Stammtisch hätten wir uns auch nicht hingesetzt, wenn die Plätze dort nicht von Buddha und Co besetzt gewesen wären. In so einer Situation, die ja was Intimes hat, willst du nicht in der Mitte von einem großen Raum sitzen, da suchst du dir ganz instinktiv ein Eckchen und das haben wir dann auch gefunden. Hinter einer Funktionszwischenwand, die ihn vom Hauptraum abtrennte, stand ein kleiner Zweiertisch. Er war eigentlich fürs Personal reserviert, das in seinen Pausen dort Kaffee trank, wir Patienten werden ja eher in Kleingruppen gehalten. Dass Natascha und Johanna wenig später am selben Zweiertisch sitzen sollten, wusste ich natürlich nicht. Sonst wäre ich einfach geblieben, nachdem der Kuchen verzehrt war. Der Kuchen war übrigens sehr lecker, auch wenn er recht besehen ein falscher Kuchen war. Mama glaubte immer noch, Zwetschgenkuchen sei mein Lieblingskuchen. Meinen Wechsel ins Lager der Bienenstichfans nahm sie nicht zur Kenntnis, da konnte ich sagen, was ich wollte. Sie wusste einfach besser, was mir schmeckte, als ich. Ich glaub, so was kommt von bedingungsloser Liebe. Wir aßen also Kuchen und tranken Kaffee und ich dachte, lebenslänglich Zwetschge ist jetzt auch nicht das härteste denkbare Schicksal. Zwischen zwei Bissen verschickte ich meine Daumen-hoch-WhatsApp an die Jungs.

Um 15:56 Uhr kamen zwei Grinse- und ein Tränensmiley von Julian und André zurück, da saßen Mama und ich immer noch an dem Tisch in der Ecke.

Die Hilferuf-WhatsApp von Natascha erreichte Johanna um 16:14 Uhr.

Irgendwann zwischen 15:56 Uhr und 16:14 Uhr muss ich also mit Mama zu ihrem Opel Astra gelaufen sein. Ich hatte ihr altes braunes Köfferchen wieder in den Kofferraum gestellt und bin schnell auf mein Zimmer, weil ich sie nicht in Verlegenheit bringen wollte. Sie stieg ein und saß dann noch eine Weile im Auto auf dem Parkplatz rum. Startete und brach ab, startete noch mal und brach noch mal ab. Beim dritten Versuch kam sie los. Dazwischen Heulen und Zähneklappern. Hab ich wie immer von oben gesehen, aus dem Fenster raus.

Die Hilferuf-WhatsApp von Natascha an Johanna lautete kurz und bündig:

»Ich halt meinen Vater nicht mehr aus. Kaffee?«

Natürlich schrieb Johanna »Klar! Bis gleich zum Kakao!« zurück.

Wenn Johanna die folgende Szene erzählt – und ich habe sie nicht nur ein Mal von ihr gehört –, dann ist sie bis heute sehr berührt davon. Sie spricht dann, wie Natascha damals gesprochen hatte: schnell, atemlos und so leise, als ob sie immer Angst davor hätte, jemand könne hören, wie sie von ihrem Vater spricht.

Der erschöpft und missgelaunt angekommen war nach der langen nächtlichen Autofahrt, von Bad Segeberg hoch im Norden nach Ganacker im tiefsten Bayern. Der vorm falschen Haus auf seine Tochter gewartet hatte, was seine Übellaunigkeit verstärkte. Der mal wieder gnadenlos darüber hinweggegangen war, dass Nataschas Mama lange Autofahrten nicht vertrug. Die wiederum folglich den ganzen Tag außer Gefecht gesetzt war und ihn mit Kotzen-Schlafen-Kotzen-Schlafen verbringen musste. Und kaum ein Wort mit ihrer Tochter wechseln konnte. Nur weil Herr von Berggrün die Deutsche Bahn nicht mehr nutzte, nachdem die ihn vor zwanzig Jahren einmal persönlich schlecht behandelt hatte. Natascha hatte bei ihrem Treffen mit Johanna dann wohl die Mail gesucht, in der sie ihrem Vater den Weg ins Mädchenhaus genau beschrieben und vor den Folgen von Mutters Reisekrankheit gewarnt hatte. Aufgeregt hatte sie auf ihrem Smartphone rauf und runter gescrollt, um diese Mail zu finden. Auch als Johanna sagte: »Du, ich glaub dir doch auch so. Musst du mir doch nicht beweisen!«, kam Natascha da nicht weg von. Sie musste eben doch beweisen, dass ihr Vater was falsch gemacht hatte, dafür genügte ihr

Wort alleine nicht. Der schriftliche Beweis hätte allerdings auch nicht genügt, denn ihr Vater gehörte zu den Menschen, die das gar nicht können, etwas falsch machen. Die einfach nicht wissen, wie das geht. Die das nicht mal hinkriegen würden, wenn sie es versuchten …

Und immer so weiter in atemlosem, schnellem Geflüster …

Weiter bis zur herzerschütternden Szene:

Denn mitten in Nataschas aufgeregtem Luftablassen fauchte die Kaffeemaschine auf, worauf Natascha sofort verstummte. Sie und Johanna erkannten die Stimme von einer unserer jungen Assistenzärztinnen, der nettesten und zugewandtesten von allen, und die Stimme von Herrn von Berggrün. Der genaue Wortlaut des Gesprochenen verschwand hinter dem akustischen Schleier, den die Kaffeemaschine mit ihrem Sprotzen, Fauchen und Jammern verursachte. Dass es erregt zuging bei diesem etwas einseitigen Gespräch, wurde dennoch hinreichend deutlich. Und die Wortfetzen, die dann doch noch durchdrangen, ergänzten sich gar zu leicht zu ganzen Sätzen.

»Versager …

… Pfuscher …

… auch noch feige …

… auf der Stelle …

… Ihren Chef sprechen …«

Dann hatte die Maschine ihre schwere Arbeit erledigt und Natascha musste die letzten Sätze hören, die die netteste unserer Assistenzärztinnen sagte: »Die Chefin ist erst am Montag wieder im Dienst. Und sie müsste Ihnen dasselbe sagen wie ich. Jede ehrliche Ärztin auf der Welt müsste Ihnen dasselbe sagen: Ihre Tochter wird sterben.«

Dann hörten Johanna und Natascha die nette Ärztin eilig davonlaufen.

Von Herrn von Berggrün hörten sie lange Zeit nichts.

Bis er begann, erbärmlich aufzuschreien und mit den Fäusten heftig irgendwo gegenzuschlagen. Sein Schluchzen wurde erst leiser, als er weglief.

Am Tisch hinten muss es dann lange still gewesen sein.

Als Johanna nach einer Weile Nataschas rechte Hand greifen wollte, öffnete die den Mund und stieß einen stummen Schrei aus. Dann schlug sie mit ihren Fäusten auf Johannas Schlüsselbeine. Das Schlimmste daran war, sagte Johanna, dass die schwachen Schläge gar nicht wehgetan hatten. Noch schlimmer war, sagte sie, der weit aufgerissene Mund in Nataschas schreckensstarrem Gesicht.

Am allerschlimmsten jedoch war das kalte Grauen in ihren Augen.

Selbst der schwache Abglanz davon, der sich in den Augen meiner Liebsten spiegelte, als wir abends zusammen in der Bibliothek saßen, war schwer zu ertragen. Hinten bei den riesigen Ledersesseln, die immer aufstöhnen, wenn du dich reinsetzt, erzählte Johanna mir das alles. Leise, atemlos, schnell. Das kalte Grauen in ihren Augen war nicht wegzuküssen und nicht wegzustreicheln. Sie kam zu mir in meinen Sessel rüber und kuschelte sich ein auf meinem Schoß, machte sich ganz klein. Ich hielt sie ganz lange ganz fest. Ihre Augen konnte ich zwar nicht sehen, aber ich glaube, das hat ein wenig geholfen.

Gouvernantenschnepfe versus Prollkind

Die Mauer, die um unseren Park herumlief, war circa 1,80 Meter hoch und weiß verputzt. Sie war scheußlich und passte nicht zum Haus und nicht zum Park. Sie ist aus solchen Platten gemacht, die du nur tief genug in den Boden reinrammen musst, damit sie stehen bleiben. Früher war sogar mal ein Stacheldraht obendrauf, kein einfacher Draht, wie du ihn in Schrebergärten findest, sondern eine Drahtrolle mit vielen scharfen Spitzen. Unser Fabrikant muss böse Erfahrungen gemacht haben oder er hatte so eine standesgemäße Angst vor Einbrechern und Kindesentführern, wie sie reiche Leute haben, die so eine Villa haben. Zu unserer Zeit waren die meisten Kameras und der Stacheldraht abgebaut. Uns zu entführen, hätte sich nicht gelohnt. Nur hinten bei unserer Verschwörerecke hatte man die Grenzsicherungsanlagen stehen gelassen. Vermutlich wollte man die Zweige und Äste der alten Eiche, die Draht und Stacheln umarmten wie was Gutes, nicht absäbeln. Da im Eck standen auch noch drei Kameras auf der Mauer. Die waren natürlich blind und starrten doof in unseren Park hinein. Heute lache ich sie aus. An meinen ersten Tagen in der Anstalt dachte ich, sie könnten uns sehen, und die Kameras waren Teil von all dem, wovor ich einen Mordsrespekt hatte. Wenn du irgendwo neu bist, fängst du ja quasi als Kind wieder an – mitsamt allen Kinderängsten, brauchst als Erwachsener glücklicherweise aber keine Jahre mehr, um sie zu überwinden. Als ich nach ein paar Tagen angefangen hatte, vor den Kameras Faxen zu machen, war ich richtig angekommen in der Marie und Alexander Beloff Stiftung.

Da war noch Sommer.

Mittlerweile ist es Herbst geworden.

Es war feucht und trüb und ich war tieftraurig.

In dieser Ecke, in der unser Treffpunkt war, wo unser Tisch stand und die Bank, dort habe ich Johanna geküsst vor ewig langer Zeit.

Die Mauer war in dieser Ecke fast schwarz vor Dreck. Johanna sagte, das sei kein Schmutz, sondern Leben. Was ich Dreck nannte, sei in Wahrheit ein Paradies für Algen, Flechten, Moose und einige Millionen Einzeller.

Mädchenkram irgendwie.

Mama hätte Essigwasser und eine Bürste mit Schleifborsten genommen und dem wimmelnden Leben ganz unsentimental den Garaus gemacht.

Zwischen den Sträuchern, die den Blick vom Haus auf unsere Ecke verstellten und nächtlichen Predigern Tarnung boten, wuchsen kleine blaue Blumen – Lungenkraut, Männertreu, Vergissmeinnicht, irgend so was. Auf jeden Fall irgendwie süß und lieb. Ich pflückte eine Handvoll und ging zum Tisch in unserer Verschwörerecke. Dort fing ich an, mit den blauen Blüten ein großes Herz auszulegen, am Platz, an dem Johanna gewöhnlich saß. Doch für ein großes Herz reichte das Material nicht und ein kleines Herz leg ich nicht.

Jungskram irgendwie.

Für ein großes J aber reichte das Material und also legte ich ein großes J.

Vom dichten Grün einer Eiche fielen plötzlich einige Tropfen des Regens vom Vormittag auf meinen Kopf. Ich schaute sie mir an, die Eiche. Die war älter als die Mauer, älter als die Villa und älter als die Menschen, die in der Villa lebten. Vor solchen Bäumen hatte ich schon immer einen Mordsrespekt. In drei Meter Höhe befand sich zwischen zwei starken Ästen das Baumhaus. Ich hatte schon seit Langem mal ganz hineinklettern wollen.

Als ich Natascha über die Rasenfläche auf unsere Ecke zulaufen sah, zwei große Thermoskannen in der Hand, da wusste ich: Das ist jetzt dran. Rauf und weg. Ich will ihr nicht begegnen.

Ich wollte Natascha auf keinen Fall alleine gegenüberstehen.

Mit Menschen zu reden, die bald sterben würden, hatte ich noch nicht gelernt. Zudem wusste Natascha nicht, dass ich wusste, dass sie bald sterben würde.

Ich lehnte die Kletterhilfe an und kletterte schnell wie ein Eichhörnchen ins Baumhaus hoch, weil mir auf dem Boden alles zu kompliziert wurde.

Natascha stellte die Thermoskannen auf den Tisch und legte Papierservietten aus. Sie beschwerte die Servietten mit den Kannen, damit sie nicht wegwehten, und lief zurück ins Haus. Ich schaute ihr hinterher. Natascha ging, eine Krähe kam. Sie stolperte über den Tisch und hackte auf einer der Papierservietten herum. Auf der Serviette waren Käfer vieler Arten naturgetreu abgebildet. Die Krähe hackte auf der Serviette herum. Die Serviette zerfledderte. Dann hinkte der Vogel weiter zur nächsten. Auch die schmeckte nicht nach Käfer. Sie verstand die Menschen nicht. Die Überwachungskamera tat so, als hätte sie alles gesehen.

Das Baumhaus war gut gebaut, gebrochene Kanten, ölbehandelt, Rundkopfnägel. Kein Fertigprodukt aus dem Bauhaus, bei dem du dir allein durchs Angucken schon Splitter reinziehst. Da hatte sich einer mal viel Mühe gemacht, bei Konstruktion und Ausführung. Jetzt war es dem Vergammeln preisgegeben. Seit Maries und Alexanders Tod war keiner mehr hier oben, da wett ich drauf. Im Baumhaus lagen grobe Decken. Mit denen konntest du früher Höhlen bauen, Höhlen in der Baumhaushöhle, Kinderparadies.

Jetzt lebte in den groben Decken nur allerlei schmieriges Getier.

Alexanders Lederball hatte keine Luft mehr.

Es gibt kaum was Traurigeres als einen Eins-a-Lederball, der schlappgemacht hat.

Maries Puppe hatte rote Haare.

Ich hatte auch mal rote Haare.

Ich wurde immer trauriger.

Natascha kam wieder. Sie hatte sechs Steingutbecher in der Hand und einige warme Decken unterm Arm. Die Steingutbecher stellte sie auf den Tisch, unter jeden kam jetzt eine der Käferservietten. Sie stellte die Becher genau mittig auf die Servietten. Sie gab sich Mühe, ein schön gedeckter Tisch sollte es werden. Die Decken verteilte sie auf der Bank und den Stühlen. Für Normalos war es zu kalt und zu feucht, um draußen zu sitzen. Nur Verschwörer saßen bei solchem Wetter im Freien.

Dann lief sie wieder zurück ins Haus.

Alexander hatte Donald Duck anscheinend mehr geliebt als Micky Maus, Marie muss wohl *Wendy* über alles geliebt haben. Vielleicht war es auch andersrum. Die blassen Farben der *Lustigen Taschenbücher* hatten die Zeit besser verkraftet als die knalligen von *Wendy*. Der Notfallüberlebensausrüstungskoffer von Marie und Alexander beinhaltete: zwei Dosen Fanta, drei Milky Way, ein Spielzeugtelefon, eine Fahrradklingel, eine Wasserpistole, einen Kamm, einen riesigen Schlüssel fürs Tor der Höhle im Unterholz. Dazu Undefinierbares.

Es war sehr eklig.

Auf einem Kissen war Maries Namen aufgestickt.

Roter Faden, gekräuselte Buchstaben.

Vergebliche Liebesmüh, sie musste trotzdem sterben.

Mir war zum Heulen zumute.

Natascha kam ein letztes Mal. Sie trug eine Platte aus Porzellan, darauf lagen verschiedene Kuchenstücke. Ich erkannte Mohnkuchen, eine Streuselschnecke, ein Stück Plunder, eine Ananastasche, eine Haselnussecke, einen Florentiner und ein Stück Bienenstich. Natascha arrangierte den Süßkram sorgfältig auf der Porzellanplatte, eine Käferserviette gab das Unterdeckchen. Es dauerte, bis sie zufrieden war mit der Anordnung, sie probierte das aus und jenes. Der Florentiner in der Mitte sollte es schließlich sein. Um den Florentiner rum arrangiert sie die anderen Stücke. Sieben Teile, für jeden Verschwörer eines und genau eines zum Übrigbleiben. Bei Natascha ist auch der Überfluss penibel abgezählt. Ihr Make-up schien mir noch dicker aufgetragen als sonst.

Dann sah ich Benno über die Wiese laufen.

Ob er wusste, dass Natascha bald sterben muss?

In unserer Ecke angekommen, freute er sich über den Kuchen, konnte es aber nicht sagen, das Wort »Danke« kam nicht vor in seinem Wortschatz. Auch sonst hatten Benno und Natascha sich nichts zu sagen. Benno sicherte sich schon mal die Haselnussecke.

Natascha tadelte ihn: »Kannst du nicht warten, bis alle da sind?«

»Gouvernantenschnepfe!«, sagte Benno. Er wusste also nicht, dass Natascha sterben wird.

»Prollkind!«, erwiderte Natascha.

Benno beugte sich ganz nahe an Natascha ran und biss in das Teilchen. »Sooo essen Prollkinder!«

Krümel fielen auf Nataschas graues Kleid. »Blödmann.« Genervt schüttelte sie die Krümel ab. Hörte gar nicht auf damit.

»Brauchst du einen Staubsauger?«

»Pfff …«

Dann kamen Johanna und Ioanna und meine Johanna fragte: »Hast du das so schön gedeckt? Und die Kuchen gekauft?«

Natascha nickte.

»Du bist ja süß!«

Sie lächelte Natascha an und setzte sich neben sie.

Ich vermute mal, Natascha lächelte auch, was ich aber nicht sehen konnte.

Der Meyer war immer noch traurig. Benno aß Haselnussecke, Ioanna gab Natascha einen lauten Schmatz auf die Stirn und schenkte Kaffee ein. Natascha schaute auf den Boden.

Adrian kam wie immer minutengenau pünktlich. Seine erste Frage galt mir: »Wo ist der Meyer?«

»Hat sicher die neue Zeit nicht auf die Reihe gekriegt, 14 statt 15 Uhr«, sagte Benno mit vollem Mund. »In 'nem Stündchen dürfte er auftauchen.«

Adrian schüttelte den Kopf. »Wie soll man mit solchen Typen die Welt verändern?« Dann deutete er auf den Kuchen und das Gedeck: »Sagt mal: Sind wir hier, um einen Kaffeeklatsch zu halten, oder sind wir zum Arbeiten hier?«

Natascha erstarrte. Ungläubig guckte sie Adrian an. Der beachtete sie gar nicht und sagte: »Leute, esst mal auf und tratscht ein bisschen. Ich komme in 'ner Viertelstunde wieder. Dann haben wir immer noch fünfundsiebzig Minuten zum Arbeiten. Falls ihr's vergessen habt: Heute wollten wir beginnen, den Tod abzuschaffen.«

Wenn Adrian so was sagte, wusstest du nicht, wie ernst er es meinte. Vielleicht nahm es deshalb jeder bitterernst. Oder weil er fortan einsame Runden im Park drehte.

Immerhin wusste ich jetzt, dass er auch nicht wusste, dass Natascha sterben würde.

Die anderen saßen bedröppelt da. Über Ioanna konnte ich mal wieder nichts sagen. Ich wusste nicht, ob sie wusste, dass Natascha bald sterben wird.

Ich sah alles, keiner sah mich. Ich suchte die Tarnkappe, die da oben irgendwo rumliegen musste. Alexander hatte doch sicherlich eine gehabt, im Baumhausalter hatte doch jeder eine Tarnkappe, dachte ich. Noch nie wäre sie so nötig gewesen wie an diesem Tag. Mir war das alles zu kompliziert, ich wollte eigentlich nur weg.

Natascha konnte es immer noch nicht fassen, dass Adrian ihre Mühe so missachtet hatte. Sie saß mit offenem Mund da und war wie gelähmt. Benno schaute Natascha an. Man konnte ihn nicht wirklich unsensibel nennen, der spürte schon was. Der spürte eine Wunde und irgendwas Böses zwang ihn, drin rumzuwühlen.

»War doch klar, dass das mit dem Kuchen nicht gut ankommt bei unserem Meister! Hättest doch ausgerechnet du wissen müssen. Bist doch die größte Adrian-Kennerin unter uns!«

Natascha schaute ihn giftig an.

»Seh ich da einen Hauch Rosenrot auf deinen Wangen? Kannst du neuerdings Farbe?«, feixte Benno und lächelte so freundlich wie eine Illustration aus einem Englischlehrbuch.

»Du bist so … so … so …«, stammelte Natascha.

»Was meinst du mit so … so … so …?«, äffte Benno Nataschas Tonfall nach. »Fehlt dir ein böses Wort im Wortschatz? Hast du keine schlimmen Wörter gelernt auf der Schule für höhere Töchter? Willst du Nachhilfe von 'nem Prollkind? Wie wär's mit ›Fettsack‹? Oder noch besser mit ›Schweinebacke‹? Mir gegenüber wird auch sehr gerne ›Schweineschwarte‹ genommen.«

Schweineschwarte klang ungefähr so: Schchchchchchchweineschchchchwarte. Ziemlich nah dran an Nataschas Gesicht.

Natascha stand auf. Wischte sich übers Gesicht. Strich sich den Rock glatt. Keine schnellen Bewegungen. Versuchte, die Würde zu bewahren. Machte sich mit extra gemessenem Schritt auf Richtung Villa.

Unserer Band drohte ein split.

»Bleib!«, donnerte eine Stimme durch unsere Verschwörerecke. Die Stimme hatte kaum was Menschliches.

»Bleib, Natascha von Berggrün! Wir brauchen jeden!«

Dieselbe dröhnende Stimme.

»Große Aufgaben stehen uns bevor! Große Aufgaben sind zu lösen!«

Vier Augenpaare suchten vergeblich nach der Herkunft dieser Stimme.

Ich streckte meinen Kopf raus aus dem Baumhaus.

Na, so wurde ich noch nie angeschaut!

Vier Augenpaare, darunter das eine!

Meine Melancholie machte kurz Urlaub und ich kletterte runter, ohne irgendwelche Tricks und Angebereien. War auch ohne flink wie ein Affe.

Und dann lachte Ioanna laut los, kratzig und scheppernd. Wenn die loslachte, konnte keiner ernst bleiben. Sogar Natascha musste lachen.

Ich setzte mich auf den freien Stuhl neben Johanna.

»Los jetzt, an die Arbeit«, sagte ich, »sieben Stück Süßkram in einer Viertelstunde, das erledigt sich nicht von alleine!«

Für 'nen Moment war die Stimmung gehoben, alle griffen zu. Benno war mit der Haselnussecke schon fertig und schnappte nach dem Florentiner, ich nahm den Bienenstich, denn Bienenstich ist das Beste auf der Welt.

Kaffeeklatschstimmung kam trotzdem nicht richtig auf, es entwickelte sich eher so eine Art Kuchenvernichtungsaktion. Was Natascha mit der Ananasecke machte, konnte man kaum essen nennen, auch Johanna blieb ihr Plunderstück schier im Hals stecken. Mein Bienenstich hatte Vanillepudding statt Sahnecreme als Auflage, was eindeutig nur die zweitbeste Lösung ist.

Nach fünf Minuten hörten wir auf. Johanna wickelte die übrig gebliebenen Stücke in die ausgelegten Papierservietten. Marien-, Mai- und Hirschkäfer wunderten sich. Sie zerknüllte eine der Servietten und wischte damit den Tisch ab – die blauen Blumen wurden zu Dreck, von meinem großes J blieb nur der Schnörkel unten links übrig.

Benno schnäuzte sich, volle Kanne, mitten rein in die Serviette.

Rotzvolltreffer!, sagte der Hirschkäfer. Sein letztes Wort. Benno zerknüllte das Papier und steckte den Ballen in die Hosentasche.

Dann warteten wir stumm auf Adrian.

Die Servietten waren so schön, dachte ich.

Das blaue J war so schön.

Das Baumhaus war so schön und das Leben von Marie und Alexander war auch so schön.

Nataschas Leben hat keine Chance mehr, schön zu werden.

Die Stimmung am Tisch würde nie mehr schön werden.

Meine Johanna war schön und bleibt schön und wird schön sein auch noch in x Jahren.

Ich klinkte mich aus und dachte an den Papierserviettendesigner.

So eine Erwachsenen-Küsserei

Der Papierserviettendesigner kommt nach einem langen Arbeitstag nach Hause. Der Tisch ist gedeckt, Abendbrot mit weißem Käse, gelber Butter und Roggenbrot. Seine Frau sagt: »Du siehst heute so zufrieden aus!« Er nimmt sie in den Arm und sagt: »Du, ich glaube, ich habe heute die schönste Papierserviette meines Lebens designt!«

»Schon wieder! Wie letzte Woche auch!«, sagt die Frau zustimmend und er, ganz versonnen: »Ja, schon wieder. Ist das nicht ein Glück?« Die Frau nickt: »Ein größeres ist schwer denkbar.« Sie freut sich mit ihm. Sie küsst ihn und er küsst sie. Sie schneidet eine dicke Scheibe Brot ab, während er ihr die neue Serviette beschreibt: Marienkäfer, Maikäfer, Hirschkäfer. Die Frau hört aufmerksam zu. Niemand auf der ganzen Welt weiß besser als seine Frau, wie dick eine Scheibe sein muss, damit er sagen kann: »Das ist das beste Abendbrot, das ich mir denken kann!« Beim Brotschneiden kommt es auf Bruchteile von einem Millimeter an. Die Frau des Papierserviettendesigners hat das voll drauf. Liebe ist 'ne Millimeterarbeit. Zudem nimmt sie die Butter rechtzeitig aus dem Kühlschrank raus, sodass sie schmierig streichweich ist, wenn er sein Messer drübergleiten lässt und die Butter das Sägezahnmuster annimmt. Wenn er auf dem Fett diese kleinen Wellen kräuseln lassen kann, fühlt er sich wie ein Kind und es herrscht Vollkommenheit.

Auch wenn es nur ein Abendbrot ist, vollkommen ist vollkommen. Vollkommen ist, wenn etwas nicht mehr besser werden kann. Wenn etwas nicht mehr besser werden kann, kann man nur noch versuchen, es lange zu erhalten.

Und genau das gelingt an diesem heilen Abend, denn während er die Küche aufräumt, wird ihm klar, dass er heute einen Anfang gefunden hat. Während er Messer, Gabel und Teller spült, entsteht eine große Käferserie vor seinem Geist. Spitzmausrüssler! Triebstecher! Zipfelkäfer! Wie viel noch wartet, von ihm gestaltet zu werden! Das Leben ist so reich und voll. Seit zwei Minuten trocknet er denselben Teller ab und merkt nicht, dass seine Frau aufgestanden ist und nun neben ihm steht und ihm zuschaut.

»Ich glaube, der ist nun trocken«, sagt sie freundlich und nimmt ihm den Teller aus der Hand. Sie lächelt, weil sie ihn unter anderem für seine Gründlichkeit liebt.

»Hast du Lust auf ein Glas Rotwein?«

Das hat er und er öffnet eine Flasche Wein; die für 8,99 Euro, nicht die für 3,99. Seine Frau holt derweil die Sammlung all seiner bisherigen Werke aus dem Schrank. Sie will ihm was Gutes tun. Seine Entwürfe lagern in einer schön gearbeiteten Holzkiste, Mahagoni natürlich, ein Geschenk zum zehnten Hochzeitstag. Sie ist prall gefüllt, da ist einiges Schönes zusammengekommen in den letzten sechzehn Jahren Arbeit. Es gibt die große Tea-in-the-garden-Serie, die das Zeug zum Klassiker hat, wie übrigens auch die große Hasenserie und die blauen Blumen. Jetzt beugen sie sich über die Weihnachtsmänner, Anfang der Ehe, Geburt von Anneliese, damals noch in Winterthur. Sie erinnern sich an diesen schneereichen Winter. Man kam kaum raus aus dem Haus, aber warum sollte man auch raus aus dem Haus, wenn es innen drin warm und gemütlich ist und im Zentrum ein Ehebett steht. Sie küssen sich, wie sie sich lange nicht mehr geküsst haben, ganz innig. Dieser Kuss meinte niemand anderen als genau ihn und sie. Während des Kusses steigen zwanzig Jahre Ehe auf. Es ist eine Erwachsenen-Küsserei und hat nix zu tun mit der Disco-Küsserei von unsereinem.

Mir wurde ganz komisch, als ich mir all das vorstellte. Ich schaute Johanna an und malte mir aus, wie wir uns in zwanzig Jahren küssen würden. Johanna meinte: »Ich würde echt gerne wissen, warum du mich gerade so anschaust, wie du mich jetzt anschaust!«

»Du, das ist eine lange Geschichte, kann ich dir jetzt nicht erzählen«, sagte ich und deutete verdeckt auf Adrian, der plötzlich wieder neben uns stand.

Sein Gesicht sagte: Seid ihr jetzt endlich fertig mit euren Kindereien?

Die Menschheit, ach, die Menschheit

Ich mag es nicht, wenn einer einschüchternd sein Gesicht sprechen lässt, statt klar zu sagen, was er zu sagen hat. Das macht was mit den Leuten und meist nichts Gutes. Johanna zum Beispiel war jetzt gar nicht meine in sich ruhende Johanna, sondern ein Kind, das gerade bei was Schlimmem ertappt wurde. Sie knüllte eilfertig die letzte herumliegende Mai- und Marienkäferserviette zusammen und wischte nochmals über den Tisch, eilig und erbarmungslos. Jetzt erwischte sie auch den übrig gebliebenen Schnörkel links unten von meinem großen J.

Tschüss und ade, ihr lieblichen blassblauen Blumen.

Als Adrian die Hausaufgaben abzufragen begann, hatte er was von einem Lehrer uralter Schule. Ich mochte ihn nicht. Obwohl ich die Hausaufgaben sogar gemacht hatte. Wir hatten diesmal Buddhismus aufgehabt und darüber wusste Google deutlich mehr als übers Sexleben von Zombies.

»Was ist euch eingefallen zum Buddhismus? Johanna, willst du anfangen?«

Doch Johanna wollte nicht anfangen, sie schüttelte den Kopf und murmelte irgendeine Entschuldigung. Und Natascha wollte dann auch nicht anfangen, war angeblich mit Wichtigerem beschäftigt gewesen die letzten Tage. Adrian guckte so was von genervt. Als Nächstes würde er mich abfragen, also wappnete ich mich. Ich hab ein Mädchen geküsst, dachte ich trotzig, und ich habe es richtig geküsst wie ein Meyer, nicht falsch wie ein abgerissener Abiturient. Könnte sein, dass du sie kennst, sie heißt Johanna und ist das tollste Mädchen der Welt. Wie toll sie ist, kann so ein Falschküsser wie du gar nicht verstehen. Dass sie jetzt gerade so zerknittert dasitzt, als säße sie im Beichtstuhl, das ist deine Schuld, Herr Oberlehrer. Und deshalb bist du mein Freund nicht mehr.

Dieses »mein Freund nicht mehr« gefiel mir sehr gut, war 'ne prima Formulierung, würde ich mir merken. Und dann kam es schon, ein zuckersüßes »Meyer, willst du uns vielleicht etwas erzählen? Über den Buddhismus? Mit dem wir uns alle beschäftigen wollten? Willst du?«.

Befehle als Fragen zu verkleiden, ist so eine Lehrermanier, die ich noch nie leiden konnte. Ich schüttelte wie ertappt den Kopf, um einen schmerzhaften Schuss Enttäuschung in den Herrn Oberlehrer einwirken zu lassen. Er zeigte Wirkung. Schon brodelte es in Adrian.

Kurz bevor er überkochte, sagte ich: »Also, was mir bei diesem Buddha gar nicht gefällt, ist diese Erlösungs- und Leidenssache. Dass alles Leben Leiden ist, ist doch Quatsch. Klar, die hatten damals keine Mückenschutzmittel und keine festen Schuhe und mussten barfuß durch den Dschungel laufen. Und wenn sie dir ein Bein absägen mussten, weil beispielsweise eine Schlange reingebissen hat, passierte das bei vollem Bewusstsein und du hast geschrien, als ob tausend Teufel dich braten würden. Das ist schon hart, da kannst du durchaus auf die Idee kommen, es wäre besser, gar nicht erst geboren worden zu sein. Aber von heute aus gesehen ist das doch Unsinn. Da muss man halt eine Narkosemittelindustrie aufbauen und schon willst du weiterleben und nicht erlöst werden. Also, dass alles Leben Leiden ist: nicht mit mir! Wo bleibt denn da die Liebe?!?!«

Ich schaute unverhohlen Johanna an und endlich lachte mal wieder was in mir. Die hab ich geküsst und sie hat mich geküsst und da war weit und breit kein Leid in Sicht!

Dann machte ich weiter: »Ganz brauchbar für unsere Zwecke dagegen: das Bild von der Seele, das die haben. Die Seele ist bei denen so ein unpersönliches gemeinsames Band, das durch alle durchgeht.«

Benno: »… ich kenn Leute, mit deren Seele mag ich nichts zu tun haben.«

Natascha: »… könnte sein, dass es Leute gibt, die deine auch nur mit ganz spitzen Fingern anfassen würden …«

Benno: »Als ob du jemals was anders angefasst hättest als mit ›ganz spitzen Fingern‹ …«

Bei »ganz spitzen Fingern« imitierte Benno Nataschas Tonfall, in einer Micky-Maus-Version.

»Gaaanz ruhig, Benno!«, sagte ich und tätschelte ihm die Schulter. Beruhigte ihn aber nicht, eher im Gegenteil.

»Och, Meyer«, sagte Benno, »was ist denn mit dir los? Sonst kannst du dieses vornehme Getue doch auch nicht ab, oder?« Statt was zu sagen, verfluchte ich den Moment, wo ich aus dem Baumhaus runtergestiegen war.

Und als Adrian sagte: »Benno, erzähl uns lieber, was dir zum Buddhismus eingefallen ist«, kam der so richtig in Fahrt. »Lass mich doch in Ruhe mit diesem uralten Zeugs. Da redet ihr immer davon, wie jung die Menschheit doch wäre, und dann wühlt ihr in ihrem Altertum rum. Mich interessiert dieser Buddha einen Dreck. Mich interessiert, was noch alles kommen wird. Der Mensch wird sich in den nächsten Jahrhunderten so schnell verändern, das können wir uns gar nicht recht vorstellen. Wir haben doch gerade erst angefangen, zu verstehen, wie ein Gehirn funktioniert. Wir haben gerade erst angefangen, Körper und Elektronik zu verbinden. In hundert Jahren werden wir untereinander verbunden sein auf eine Art, von der wir heute genauso wenig träumen können, wie mein Opa von einem Laptop hätte träumen können. Dann wird beispielsweise jeder mit jedem reden können, egal, welche Muttersprache man hat. Fremde Sprachen wird es für keinen mehr geben, weil der große Übersetzer in der Cloud alles wieder zusammenfügt, was der alte Gott beim Turmbau zu Babel auseinandergerissen hat.«

»Hört sich gut an«, sagte Adrian, »miteinander reden. Ist besser als jedes Seelenband.«

»Ich will aber keinen Chip in meinem Hirn«, sagte Natascha.

Benno verdrehte die Augen. »Beim Sich-Raushalten warst du sicher schon immer groß.«

»Die einen machen bei jedem modernen Mist mit, die anderen bleiben sauber.«

»Ja, klar. Wer nichts anfasst, bleibt sauber. Und es wird in Zukunft noch sehr viel ›Mist‹ geben, in dem man rumwühlen kann. Nichts würde ich mir mehr wünschen, als möglichst viel davon noch erleben zu können.«

Die zwei gifteten sich an wie nix Gutes.

»Im *Heldenprojekt*«, sagte Benno, »wachsen die Embryonen nicht mehr in 'nem engen Bauch auf, sondern in großzügigen Brutaquarien. Da tummeln sich acht kleine Menschlein aller Hautfarben in einem Bassin, schwimmen rum, machen Kunststücke und spielen schon miteinander, bevor sie geboren sind. Vor der ›Geburt‹ zählen die Eltern einen Countdown runter und bei zero schießen die Kleinen aus dem Wasser raus, die ganze Verwandtschaft klatscht Beifall und Mama oder Papa dürfen sie abseihen mit einem Netz und das Ganze ist ein großes Fest ohne Schmerzen.«

»Würde ich gerne mal sehen, diesen Film«, sagte ich und Natascha schimpfte: »Ist doch furchtbar!«

»Warum furchtbar?«, fragte Benno. »Die Embryonen haben richtig Platz in ihrem Aquarium, werden optimal versorgt durch eine Plastiknabelschnur, tollen im Wasser herum wie fröhliche Fische und werden bespielt mit all den Geräuschen, die sie auch im Mutterleib hören würden. Und endlich wachsen alle Babys erster Klasse auf, nicht mehr wie heute, wo über dein Schicksal schon entschieden wird, bevor du überhaupt geboren bist.«

»Das hieße, die Klassengesellschaft an der Wurzel bekämpfen …«, sagte Adrian, worüber sich Natascha mächtig aufregte: »… und dann fährt die eine kleine Familie mit der Tram in die Platte, die andere mit dem SUV ins Eigenheim vor der Stadt. Eigentlich bist du klug genug, um zu wissen, dass es für die Klassengesellschaft noch andere Wurzeln gibt als verschiedene Arten Mütterbäuche. Aber solche großartigen Männerfantasien vernebeln euch Jungs die Köpfe. Dieses Geburtsprivileg der Frauen dauert ja auch schon zu lange, ab jetzt wird zurückgeboren. Mit Plastiknabelschnur und ohne jede Demut vor der Natur.«

Benno pfefferte zurück: »Ich hasse diese Leute, die immer die Begrenztheit ihrer Fantasie mit dem Wort ›Natur‹ schönzureden versuchen. Und dabei die Natur verniedlichen, als bestünde sie aus lauter ach so süßen Katzenvideos! Ich sag's euch noch mal: In Zukunft kommen noch Sachen auf uns zu, von denen können wir noch nicht mal träumen.«

Mir ging das jetzt langsam zu weit. »Leute, wir wollten doch den Tod abschaffen. Ich verstehe nicht mehr, was das alles mit unserem Thema zu tun hat.«

»Ich verstehe das schon«, sagte Johanna. »Die Ausgangslage ist doch die: Wir alle sind Teilmenge der Menschheit. Und wenn wir sterben, lebt die Menschheit trotzdem weiter. Wenn wir während unseres Lebens nun das Gefühl entwickeln könnten, Teil der Menschheit zu sein, wenn wir das spüren und tief daran glauben könnten, dann wäre der Tod in seiner bisherigen Form doch abgeschafft. Dann könnten wir uns nach unserem biologischen Tod weiterleben sehen in der Menschheit als Ganzer. Dann kriegst du beim Gedanken an den Tod kein kaltes Grauen mehr und niemand muss sich dafür komische Götter ausdenken.«

Adrian fragte: »Mal ganz im Ernst. Spürt das einer von euch? Spürt einer von euch die Menschheit in sich? Die Menschheit, wie sie sich heute präsentiert?« Adrian sah so verzweifelt aus wie in der

Mond- und Sternenacht, nachdem er uns beim Küssen hatte zusehen müssen, und schüttelte den Kopf, während er weitersprach. »Wenn ich die Spießer in unserer Nachbarschaft beobachte, die ihre Kinder behandeln, als wären sie ihr Eigentum, oder wenn ich Menschen im Fernsehen reden höre, denen das Wort ›Zweifel‹ völlig unbekannt zu sein scheint, dann spüre ich nichts von Menschheitsgefühlen. Da kann mir ein Hund näher sein!«

Johanna sagte: »Ich hab das schon ein paar Mal gespürt, so eine Menschheit. Als ich das erste Mal mit Papa zusammen geflogen bin zum Beispiel. Ich war ungefähr zehn Jahre alt. Als das Flugzeug mit ungeheurer Kraft beschleunigte, dann abhob und wir über eine riesige Stadt flogen, dachte ich: Wahnsinn, was wir Menschen alles hinkriegen. Und als uns der Kapitän mit einer tiefen Stimme im Namen der Mannschaft willkommen hieß, fühlte ich mich angesprochen als Teil dieser Mannschaft. Die Menschen da unten in der Stadt gehörten irgendwie auch dazu. Und manchmal, beim Musikmachen, hab ich so ein Gefühl, als sei es gar nicht ich alleine, die da spielt, sondern als ob ganz viele aus mir raus spielen würden.«

»Kann ich gut verstehen, deine Flugzeuggeschichte«, sagte Adrian nach 'ner kleinen Pause. »Wenn man die Leute nicht sieht, kann man sich gut eins fühlen mit ihnen. Doch wenn sie neben dir rumpöbeln und den großen Macker markieren, dann wird's schwer. Vielleicht müssen zuerst die Klassenunterschiede abgebaut werden, bevor man auf unsere Art den Tod abschaffen kann. Wäre auch eine Erklärung dafür, warum dieser simple Gedanke sich nicht schon längst durchgesetzt hat. Die Mächtigen haben kein Interesse am Abbau der Klassen. Aber um Menschheitsgefühle entwickeln zu können, brauchst du ein Mindestmaß an Gleichheit und Solidarität unter den Menschen!«

»Klingt so, als ob wir Kommunisten werden müssten, bevor wir den Tod abschaffen können?«, fragte Benno.

»Sieht ganz so aus …«

»Da wird sich mein Alter freuen! Schickt sein krebskrankes Bürgersöhnchen in die Anstalt und kriegt 'ne unsterblich Rote Socke zurück.«

»Und? Was würde er davon halten?«, fragte ich.

Doch bevor Benno einen vermutlich blöden Witz machen konnte, fing Natascha zu sprechen an, eindringlich und leise: »Kennt ihr den Abschaltmoment? Den Moment, wo ein Gedanke so unerträglich ist, dass du ihn abschalten musst, weil du ihn nicht aushalten kannst? Als ob da plötzlich eine Sicherung rausspringt, die dich vor Überlastung schützt. Kennt ihr das? Sagt mal!«

Natascha schaute uns der Reihe nach an und ich wusste gar nicht, wo hingucken. Wusste nur, dass ich ihr nicht in die Augen gucken konnte. Hätte ich nicht hingekriegt. Natascha wiederholte mit großer Dringlichkeit: »Sagt mal! Kennt ihr das?«

Johanna konnte ihr in die Augen gucken, die hat wohl ein größeres Herz als ich. »Ich glaube, ich weiß, was du meinst«, sagte sie, »ich kenne diesen Abschaltmoment. Manchmal ist ein Gedanke so unaushaltbar, dass du dich auf irgendeine Art tot stellen musst, dich betäuben musst mit einem der vielen Mittel, die es dafür gibt. Kenne ich aus dem eigenen Leben, aber noch viel besser kenne ich das, wenn ich im Fernsehen was sehe mit großem Leid. Wenn ich verhungernde Kinder sehe oder Menschen, die wie Tiere umherirren müssen durch Matsch und Schlamm, da funktioniert das Abschalten ganz routiniert. Manchmal nehme ich dazu die Fernbedienung, meistens aber das Herz. Irgendwas sagt dann, das sind gar nicht meinesgleichen, die da verhungern. Das sind gar nicht so Menschen wie du und ich. Das sage ich natürlich nicht mit Worten, aber eben mit dieser einen Tat: dem Abschalten. Da muss ich mein Herz klein machen. Sonst könnte ich nicht mehr lachen, keine Musik mehr machen, keinen mehr küssen.«

Natascha nickte. »So ist's bei mir auch. Und deshalb können

wir das vergessen mit all dem Menschheitsgerede. Weil es zwar das Wort ›Menschheit‹ gibt, aber dem Wort in der Wirklichkeit nichts entspricht. Deshalb schmeckt das Wort so schal und nach Lüge. Und deshalb müssen wir einfach nur sterben, wenn wir sterben. In ein paar Hundert Jahren könnten wir uns vielleicht weiterleben sehen in den anderen, aber heute müssen wir sterben, wenn wir sterben. Das ist so bitter: Wir selbst können noch gar nicht glauben an unseren Glauben. Wir können unseren Glauben auf dem Reißbrett entwerfen, aber dran glauben können wir nicht.«

Eigentlich brauchte es nicht so wahnsinnig viel Sensibilität, um zu sehen, dass Natascha mit den Tränen kämpfte. War trotzdem zu viel für Benno und Adrian. Die zwei konnten Nataschas Gefühlslage nicht sehen; die waren zu sehr in ihrem Ding drin und das machte sie blind und taub. Adrian hatte gerade eine Idee und Ideen waren ihm wichtiger als Menschen. Deshalb musste er während der nächsten Minuten über das bürgerliche Zeitalter sinnieren, das Zeitalter, in dem alles jemandem gehören musste, in dem sogar die Seele Privatbesitz sei und das Bewusstsein auch. Obwohl die Hirnforschung schon längst wusste, dass es ohne die anderen kein Bewusstsein geben könne, obwohl, obwohl, obwohl …

Vermutlich hat er gar nicht gemerkt, dass die drei Mädchen ihm nicht zuhörten. Johanna und Ioanna waren mit Natascha etwas rumgelaufen und Johanna hatte Natascha angeboten, sie in ihr Zimmer zu begleiten. Doch Natascha wollte nicht. Wollte das durchstehen. Tapfer sein. Aushalten. Deshalb setzten die drei sich dann wieder zu uns, gerade als Adrian sagte: »Dass die Seele und das Bewusstsein uns selbst gehören und nicht menschlicher Gemeinschaftsbesitz sind, wird sich eines Tages als größter Irrtum des bürgerlichen Zeitalters herausstellen.«

»Das sagst ausgerechnet du! Keiner von uns ist doch stolzer auf sein ganz eigenes Ich als du!«, sagte Johanna giftig.

»Find ich das gut? Will ich das etwa so haben? Mag ich mich etwa? Ich kann genauso wenig aus meiner Haut raus wie jeder andere. Bin genauso Kind meiner Zeit wie du.«

Und dann war auch Benno schon wieder dabei, mit seinem Ding, das ihn blind machte. Hatte wohl nur auf ein Stichwort gewartet, auf das er Adrian ablösen könnte, um von der Zukunft zu erzählen, oder von dem, was er für die Zukunft hielt.

»In *Ende der Einsamkeit* haben alle was eingebaut, das ermöglicht den direkten Informationsaustausch von Hirn zu Hirn, von Seele zu Seele. Da kannst du direkt spüren, wie es deinem Gegenüber geht. Musst dich nur mit dem verbinden. Brauchst natürlich die Erlaubnis von dem anderen, aber wenn der dir Zutritt erlaubt, dann spürst du seine Freude, Panik, Erregung, Langeweile, einfach alles. Dann werden wir mitfühlende Wesen sein.«

»Klar«, sagte Natascha, »mitfühlen per Technik. Dann lernst du das auch mal kennen.«

»Wär auch für dich eine tolle Erfindung. Du musst nichts sagen und man kann trotzdem wissen, wie es dir geht.«

»Vielleicht will ich gar nicht, dass andere wissen, wie es mir geht?«

»Oh, Natascha von Berggrün, große Hüterin des unermesslich tiefen Geheimnisses. Natascha von Berggrün! Ich verneige mich vor deiner Unergründlichkeit!«, spottete Benno, lief auf sie zu und machte Anstalten, ihr einen Handkuss zu geben.

»Fass du mich nur nicht an! Pfui!«, schrie Natascha.

Benno riss theatralisch den Mund auf und guckte uns gespielt ungläubig an: »Habt ihr das gehört? Die hat tatsächlich ›pfui‹ gesagt! ›Pfui!‹ Kennt einer von euch ein tantenhafteres, gouvernantenhafteres Wort als ›pfui‹?«

»Du bist so eklig, du Fettsack!«

»Traust dich nicht, ›Schweineschwarte‹ zu sagen, was?«

Bei Schweineschwarte ging Benno wieder ganz nahe an Nataschas Gesicht ran und jetzt klang es ungefähr so: Schchchchchchchchchweineschschschschchchchwarte.

Natascha stieß ihn angewidert weg und Benno stolperte und wütete:

»Bei dir ist doch nichts echt. Nix ist echt, alles gekünstelt und aufgesetzt. Nur deshalb quasselst du ständig von Natur. Weil kein Blut in dir drin ist! Weil kein Fleisch an dir dran ist! Weil kein Leben in dir drin ist!«

Und jetzt verlor Natascha die Fassung, die sie so mühsam bewahrt hatte. Sie schrie auf, hoch, laut, schrill.

Ich hätte meine Potenz darauf verwettet, dass Adrian aufspringen würde, um Natascha zu umarmen, zu trösten, zu beruhigen. Doch Adrian schritt nicht ein. Adrian blieb sitzen, als ob ihn das nichts angehen würde; vielleicht waren die zwei Mädchen, die Natascha in ihre Mitte nahmen, auch einfach nur schneller.

Zu Benno sagte Johanna nur: »Du gehst jetzt ins Haus.« Da war so viel Entschlossenheit und Bestimmtheit in ihrer Stimme drin, dass Benno wortlos und wütend abzog.

Natascha schrie immer noch und zitterte am ganzen Körper. Johanna umschlang sie ganz fest und legte ihre Arme um sie herum wie eine Zwangsjacke. Ioanna kam dazu und allmählich erstarb Nataschas Zittern. Aus ihrem Schreien wurde ein Wimmern. Die zwei führten Natascha Richtung Villa. Bevor sie außer Sicht waren, blickte Johanna noch mal zurück und schaute Adrian an, mit einem Blick voller Verachtung.

»Es gibt solche Eier und solche. Du hast von beiden Sorten keine!«, zischte sie.

Adrian runzelte die Stirn und sagte kein Wort.

Erst als die drei Frauen garantiert schon im Haus waren, stand Adrian auf und ging wortlos auf sein Zimmer. Ich sah ihm hinterher. Er lief, wie er immer lief, langsam, stolz, aufrecht, nachdenklich. Ich vermutete, er dachte über seine Möglichkeiten nach, die Weltrevolution anzuschieben, um das bürgerliche Zeitalter zu überwinden.

Ich blieb zurück. Fühlte mich, als hätte man mich vergessen, da hinten, in der letzten Ecke, die mal unsere Verschwörerecke war. Wie ein liegen gelassenes Paket, ein Paket auf zwei Beinen. Keiner hatte mich mitgenommen. Langsam kapierte ich: Unsere Gruppe war Geschichte. Gestorben. Tot. Alles vorbei. Heimatlos war ich auch – unmöglich, in mein Zimmer zu gehen mit Benno darin.

Geister und Gespenster

Es dämmerte. Blätter wehten runter von der Eiche. Ich sammelte ein paar Eicheln, die am Boden lagen. In die meisten hatte irgendein Tierchen ein kleines Loch hineingebohrt, um dort Unterschlupf zu finden. Ich stieg noch mal hoch und legte sie ins Baumhaus. Hatten Marie und Alexander sicher auch gemacht. Saß dann da oben und kam allmählich dem Geschehen hinterher. Schämte mich für meine Passivität. Dachte an Natascha. An den Moment, wenn Johanna und Ioanna sie alleine lassen müssten in ihrem Zimmer. Hielt das nicht aus. Und dann kam die Trauer, weil ich glaubte, das war es jetzt mit unserer Gruppe.

Ich entschloss mich, die Nacht im Baumhaus zu verbringen, weil ich absolut keine Lust auf Benno hatte. Ich machte es mir also gemütlich, so gut das ging, schüttelte das Getier aus den alten Decken und baute mir eine Höhle in der Höhle. Zuerst war das ganz gut, hatte etwas von Abenteuer, Zeltlager, Campingplatz, doch als es dann anfing zu regnen, hat mich eine tiefe Mutlosigkeit überfallen.

Kein Glaube an nichts.

Vielleicht ließ sich der Tod nicht so leicht abschaffen. Vielleicht war die Zeit dafür noch nicht reif; vielleicht bräuchte die Menschheit noch ein paar Tausend Jahre, bevor sie den Tod abschaffen konnte. Nicht medizinisch, das interessiert hier nicht, nein, sondern so geistig glaubensmäßig bräuchte die Abschaffung des Todes vielleicht noch ein paar Tausend Jahre. Dann wären wir sicherlich so weit. Aber heute noch nicht, da hatten wir uns übernommen. Allein die Tatsache, dass bisher noch niemand den Tod abgeschafft hatte, könnte man als Hinweis auf die Schwere der Aufgabe deuten. Oder es hatte schon jemand gemacht und das war nicht bis zu uns durchgedrungen wegen schlechter PR-Arbeit. Oder weil die Herrschenden das absichtlich immer unterdrückt hatten. Oder weil in einer unsolidarischen Welt dem Wort »Menschheit« immer etwas Heuchlerisches und Verlogenes anhaftet.

Vermutlich ist der Tod noch nicht zu überwinden bei »dem jetzigen Stand der Produktivkräfte«. Wahrscheinlich müssen wir uns noch erweitern, mit den Chips aus Bennos Filmen und anderen Dingen, die ich mir nicht mal ausmalen kann. Vermutlich braucht es eine Revolution hin zu wahrer Solidarität zwischen den Völkern, die ich mir auch nicht ausmalen kann.

Wir waren, obwohl doch so spät, immer noch zu früh dran.

Und als ich da im Baumhaus saß, umgeben von schlappen Lederbällen und müffelnden Puppen, und der beginnende Regen seine Geräusche machte, sah ich draußen ein Mädchen und einen Jungen über die Wiese laufen. Sie strebten offensichtlich unsere Verschwörerecke an. Ich erschrak kein bisschen, weil ich die beiden sofort erkannte: Das waren Marie und Alexander, die da, Hand in Hand wie Hänsel und Gretel, auf mich zukamen.

Außerdem herrschte sowieso eine Stimmung, bei der du beinahe enttäuscht wärst, wenn keine Geister oder Gespenster unterwegs sein würden. So was erwartest du ja geradezu, wenn du alleine in einem Baumhaus sitzt, in der Dämmerung im Diesigen, und ganz melancholisch bist. Dazu war die Sorte Regen aufgekommen, bei der du dir gut vorstellen kannst, dass er niemals wieder aufhören würde. Er kam ganz gleichmäßig runter, die Tropfen fielen schnurgerade und erzeugten genau das Geräusch auf dem Baumhausdach, für das das Wort »prasseln« erfunden wurde.

Bela trottete in gemessenem Trab neben den Geschwistern her. Als ich das sah, wusste ich endgültig, dass ich es mit Erscheinungen zu tun hatte, und holte dreimal tief Luft. Denn diese Bela war ganz offensichtlich ein sehr junger Hund. Und dass so ein junger Hund, wie Bela zu Maries und Alexanders Lebzeiten gewesen sein muss, nicht in gemessenem Trab über eine Wiese trottet, weiß jedes Kind. Macht so ein junger Hund nicht; der springt und schnüffelt und hat keine Ruhe in sich. Auch nicht, wenn er neben zwei Todkranken hertrabt. Also war hier offensichtlich was falsch. Aber was kannst du schon groß machen, wenn eine Vision von dir Besitz ergriffen hat? Da kannst du gar nichts gegen machen.

Als sie vor der Eiche standen, kletterte Alexander zuerst hoch. Er nahm die Äste als Tritte und half dann seiner Schwester, die die Leiter benutzt hatte. Beim Umstieg von der Leiter ins Baumhaus können schwindelanfällige Leute ja schon mal Schwierigkeiten kriegen, doch mit Alexanders Hilfe überwand Marie die spielend. Marie schüttelte ihrem Bruder zum Dank ein Kissen auf, und was da alles rausflog an Getier und Gekrümel, das war auch nicht normal. Sie setzten sich mir gegenüber, und spätestens jetzt war klar, dass die beiden kein Organ hatten, um mich wahrzunehmen.

Die zwei schauten nur sich an. Streckten jeder eine Hand aus, Alexander die rechte, Marie die linke, und die Hände griffen ineinander. Dann fingen sie an zu weinen, ohne weiteren Vorlauf. Die zwei kamen offensichtlich ins Baumhaus, um ihr junges Leben zu beweinen. War wohl eine ganz selbstverständliche, routinierte Sache für die zwei – ins Baumhaus klettern, hinsetzen, weinen: ging ganz glatt bei denen. So wie unsereiner sich aufs Klo setzt, um zu scheißen, oder sich ins Bett legt, um zu schlafen.

Verstand ich sofort.

Zum Weinen kamen sie immer hier hoch, weil sie in der Villa stark sein sollten. In der Villa vor Mama, Papa und den Dienstboten galt die Losung, dass Nicht-Weinen von Stärke zeuge und Weinen von Schwäche. Kann man, finde ich, auch andersrum sehen. Was die Erwachsenen im Haus jedoch nicht taten und was Marie und Alexander denen auch nicht beibringen konnten, denn die mussten ja nicht sterben und hatten leicht reden. Deshalb gingen sie zum Weinen in ihr altes Baumhaus, wo sie so viel gespielt hatten früher, als sie noch Kinder waren.

Die beiden weinten also, Hand in Hand. Ob das jetzt ein stilles Weinen war oder ein verzweifeltes, ein aufbegehrendes oder ein ergebenes, ein trotziges oder schmerzerfülltes, dazu will ich gar nichts sagen. Ich glaube, da stimmten alle Wörter auf einmal, und wenn Wörter nichts mehr unterscheiden können, sollte man sie vielleicht besser ganz vermeiden. Irgendwie war ihr Weinen vollkommen, so wie Belas Gähnen neulich vollkommen gewesen war oder das Abendbrot vom Papierserviettendesigner und seiner Frau.

Versteht Ihr, diesem Weinen fehlte nichts, jedes zu dem Wort »Weinen« passende Wiewort war richtig. Und wenn nichts fehlt, dann ist etwas eben vollkommen. Für Vollkommenes scheine ich irgendwie ein Faible zu haben, selbst wenn es sich ums Weinen handelt.

Marie und Alexander sahen furchtbar schön aus. Sicher hatten schon einige andere Jungs und Mädchen sich in die beiden verliebt, konnte gar nicht anders sein. Und dann dachte ich an mein Verliebtsein und meine Krankheit und mein kaltes Grauen.

Das hatte ich schon lange nicht mehr gespürt. Meyer, sagte ich zu mir, du bist feige geworden. In dir arbeitet der Krebs und noch längst ist nicht ausgemacht, ob die Arbeit der Ärzte seine Arbeit bezwingen kann. Und was machst du? Du siehst Geister und Gespenster, verliebst dich und denkst dir Sachen aus, die aus dem Tod etwas machen, was schon »nicht so schlimm« ist, wie Mama immer zu jeder Katastrophe sagte, wenn wir sie nur überlebten. Und ich sagte zu mir: Meyer, jetzt beiß mal alle Zähne zusammen und spür das kalte Grauen wieder in dir, du kennst es doch, es hat dich doch schon fünf Mal überfallen. Kalter Schweiß war aus dir herausgebrochen und in dir war ein Zittern, so umfassend groß, dass du nicht mal sagen konntest, was genau da in dir zittert, weil du ein einziges Zittern warst und es gar keinen Meyer-Kern mehr gab, der dem Zittern einen Widerstand geliefert hätte. Dort, wo sonst der Meyer-Kern war, war nichts gewesen als das Gefühl von einem Wackelpudding, der sich auflöste und in alle möglichen Richtungen floss. So ein Zittern, über das nichts zu sagen wäre, als dass das Zittern zitterte, was Quatsch ist, aber immerhin ein genauer Quatsch.

Also dachte ich an den Krebs und was er eventuell mit mir anrichten würde, aber das kalte Grauen kam nicht. Ich dachte an Siechtum, Schmerzen und an einen Katheter am Pimmel, weil ich nicht mal mehr zum selbstständigen Pissen fähig sein würde, aber kein kaltes Grauen stellte sich ein. Ich malte mir einen Berg Wurstsalat mit Mayo aus, dazu ein frisches, knackiges Brötchen mit dick Butter drauf und stellte mir vor, dass ich nicht mal mehr das runterkriegen würde und es mich selbst vor meiner Lieblingsspeise ekelte. Kein kaltes Grauen in Sicht. Das Einzige, was passierte, war, dass ich einen wahnsinnigen Heißhunger auf einen Berg Wurstsalat mit Butterbrötchen bekam.

Das kalte Grauen kommt scheinbar als Überfall oder gar nicht. Es lässt sich nicht herbeizitieren. Das hatte ich kapiert.

Ich blieb dann einfach mit offenen Augen sitzen.

Spürte immer noch Marie und Alexander, konnte sie irgendwann aber nicht mehr sehen, denn mittlerweile war es stockdunkel geworden. Natürlich regnete es weiter und die Tiere der Nacht machten ihre Geräusche, zweimal hörte ich einen Todesschrei, da war kein Zweifel dran, so wie das klang.

Ich dachte dann an meinen Tod – ohne den Versuch, das kalte Grauen zu erzeugen.

Das ging ganz gut.

Um es kurz zu machen: Am Ende weinte ich. Zwar kein Zittern und kein kaltes Grauen, aber sehr viele Tränen. Das Weinen hörte gar nicht mehr auf, doch das war irgendwie in Ordnung so. Marie und Alexander reichten mir ihre Hände und so war ich nicht alleine beim Weinen.

Wenn ich an meinen Tod dachte, merkte ich, wie viel mir fehlen würde. Die Johanna würde mir so sehr fehlen, dass ich erst einmal lange nur sie im Kopf hatte. Ein bisschen würde mir auch Ioanna fehlen. Dann, ein bisschen mehr, Katharina. Und Adrian und Natascha, vielleicht sogar Benno würden mir fehlen und die gesamte erste Elf, die in diesem Zusammenhang mit der Reserve und den Losern verschmolz. Der Wehmut und die Kollegen würden mir fehlen, mein neuer Klauenhammer, die tolle Werkbank und der Wurstsalat. Und natürlich Mama … Die Gedankenflut darüber, wer und was mir alles fehlen würde, wenn ich mal tot wäre, hörte gar nicht auf. Sogar Erinnerungen konnten mir fehlen, sogar wenn einer gar nicht mehr da war, konnte er fehlen und ich sah Papa vor mir. Wollte wissen, was der wohl gesagt hätte zu all dem hier. Sah ihn gütig und dennoch zweifelnd mit dem Kopf nicken. Dabei wurde ich immer trauriger und weinte immer weiter. Ich weinte ganz still, das war so die Sorte stilles Weinen, die ich da hatte. Kaum ein Schluchzen dabei und ich dachte: Komisch, jetzt bin ich traurig wie selten, aber es ist irgendwie ein schönes Gefühl, weil ich mich so dolle dabei spüre wie manchmal nicht mal beim Lachen.

Später, ich kann nicht sagen, ob drei oder dreißig Minuten später, fiel mir auf, dass bei all dem, was mir fehlen würde, ich selbst gar nicht vorkam. Das war dann zu viel für mich allein und ich fing an, mit Johanna zu reden, auch, weil Marie und Alexander sich vor einiger Zeit verdünnisiert hatten. Johanna war zwar auch nicht da, aber ich hatte so ein jedimäßiges Vertrauen, dass sie mich schon hören würde. Und wenn nicht, dann hätte ich das, was zu sagen war, schon einmal vorformuliert für später, wenn Anneliese und Alina um uns rumrennen würden und ich nach einem stressigen Tag mit den kleinen Plagegeistern neben Johanna läge, den Kopf auf ihre Brust gelagert. Wenn wir den Tag mit all seinen Widrigkeiten und kleinen Freuden rekapitulieren würden und ich dann, nachdem sie schon *Gute Nacht, mein liebster Mann* gesagt hatte, plötzlich, oder auch gar nicht plötzlich, weil ich das Gesagte ja schon heute vorbereitet hatte, sagen würde: *Du, weißt du, was seltsam ist: Wenn ich mir vorstelle, was mir alles fehlen würde, wenn ich mal tot bin, dann komm ich selbst darin gar nicht vor. Du würdest mir fehlen und Anneliese und Alina würden mir fehlen und ... würde mir fehlen.* Bei ... müsste ich dann nur den Namen unseres Sohnes einfügen, den hatte ich mir nämlich bis dahin noch nicht ausgedacht. *Ganz viele andere würden mir auch fehlen, aber ich selbst würde mir irgendwie nicht fehlen.*

Mir kam Adrians Satz in den Sinn, der unser Refrain beim Küssen war: »Was in uns lebt, das sind die anderen.« Ich fing an, den zu verstehen. Merkst du sofort, dass das ein Satz von der Sorte ist, die du ein Leben lang immer tiefer verstehen kannst.

Dann kam eine WhatsApp von Johanna. Kam mir in dem Moment total logisch vor und ich habe mich kein bisschen gewundert.

»Wenn du auch nicht schlafen kannst, lass uns etwas spazieren gehen.«

»Hole dich ab«, antwortete ich, »in vier Minuten.«

An jedem anderen Tag meines Lebens wäre ich gerannt, um schon in zwei Minuten bei Johanna zu sein. In dieser Nacht lief ich ganz gemessen zum Mädchenhaus.

Wir gingen gemeinsam durch die Felder. Es war eigentlich so wie vor wenigen Wochen, zitternde Pappeln, Nachtigallen, heftiger Wolkenverkehr, wieder annähernd Vollmond und Major Tom sang auch, aber diesmal sang ich nicht mit, Johanna zuliebe. Trotzdem war natürlich alles anders, denn diesmal hatte ich Johanna im Arm und das machte, dass die Kraft in mich reinströmte und nicht aus mir rauspuffte wie vor ein paar Wochen. Obwohl wir sprachen und sprachen, über Natascha und Benno, über die internationale Solidarität und den eierlosen Adrian, über den Unterschied zwischen dem kulturellen und dem biologischen Tod, über den Meyer und die Johanna, könnte ich keinen Satz, der in diesen Stunden gefallen war, hier aufschreiben. Die Wörter gehörten irgendwie zum Gesamtpaket dieser Nacht dazu. Dieses Gesamtpaket werde ich in heiliger Erinnerung halten und nicht aufschnüren. Denn selbst wenn ich unser Gespräch wörtlich wiedergeben könnte, würdet Ihr es falsch verstehen. Es bestand aus solchen Wörtern, die erst durch *den einen* Hörer vollständig werden, an den sie gerichtet sind, Wörter, die irgendwie nur als halbes Wort aus deinem Mund rauskommen und erst in dem Ohr zum ganzen werden, für das sie bestimmt sind.

Unser Gang durch die Felder endete unterm Glasdach vor der Kantine des Herrenhauses. Wir schauten in den Park hinein, wie schon einmal. Was wir da sprachen, kann ich Euch jetzt zum Teil erzählen, denn die Nähe der vielen anderen Patienten, die in ihren Betten lagen, die Nähe der Putzleute, Köche und Köchinnen, die der Ärzte, Ärztinnen und Pflegerinnen sorgte dafür, dass das heilige Bild zwar immer größer wurde, dabei aber ausfranste. So viel Liebe hatten wir jetzt auch wieder nicht, dass wir die auch noch hätten einfassen können.

Die Lindenblätter taten uns den Gefallen, wie Schneeflocken zu fallen. So gewann die Zeit wieder eine Dimension dazu, sie war nicht einfach, sondern doppelt da. Und diesmal waren wir zu zweit und wir konnten sie fast anfassen und wir fühlten uns zusammen ganz wohlig geborgen in dieser Zeit, die nicht einfach durch uns durchstreifte, wie es die einfache Zeit ja ständig macht, sondern die uns einhüllte wie eine Decke.

Ich fragte Johanna, ob sie auch spüre, dass die Zeit nun doppelt da war und uns einhüllte, statt einfach durch uns durchzuwehen.

Johanna nickte. Sagte nichts, aber nickte und ich gab ihr die Hand und dachte an Marie und Alexander. Das Ganze hatte etwas von Liebe. War aber wieder eine für mich neue Art Liebe, irgendwie keusch. Ich fragte Johanna, ob sie das Wort »keusch« jemals verwendet hätte, und als sie nickte, sagte ich ihr, dass ich sie gerade ganz keusch lieben würde und dass es von der Liebe wohl ganz viele Sorten gibt. Sie sagte, sie liebte mich jetzt gerade ganz innig, und wir hielten uns weiter an den Händen. Wir schauten auf die Linde, aufs heilige Holz, und Johanna sagte, dass es doch ein schönes Bild wäre, zu sagen, wir einzelne Menschen sind die Blätter, die abfallen vom Baum, wenn sie sterben, aber der Baum als Ganzes bleibt stehen und lebt weiter. Wir schauten auf die Linde, aufs heilige Holz, und Johanna meinte, dass es doch eine schöne Vorstellung wäre, wir Menschen als Blätter, die abfallen vom Baum, wenn sie sterben, aber der Baum als Ganzes, der stehen bleibt und weiterlebt. Ich sagte, dieses Bild von der Menschheit als Baum und den Menschen als Blättern klänge nach einer Idee, die Benno gut gefallen würde, weil sie gut vermarktbar wäre. Johanna lachte und mit diesem Lachen war etwas vorbei und etwas anderes begann.

Denn plötzlich schnürte Bela durch die Wiese auf uns zu, stellte sich zwischen uns und wollte nicht gekrault werden an ihrer Lieblingsstelle, sondern wollte, dass wir ihr folgten. Johanna hatte das schneller verstanden als ich; ich bin mir nicht sicher, ob ich Bela überhaupt verstanden hatte oder ob ich nur Johanna nachgelaufen bin und nicht Bela, was eine so große Rolle jetzt aber auch nicht spielt.

Auf jeden Fall liefen wir beide Bela hinterher, immer noch Hand in Hand. Bela führte uns schnurstracks in unsere Verschwörerecke und setzte sich vor unserer Bank kurz hin. Sie schaute sich um, um sich zu vergewissern, dass wir ihr tatsächlich gefolgt waren. Dann zog Bela wieder ab.

So ein kluger Hund wie Bela versteht einfach, dass die zwei

jungen Menschen jetzt alleine sein mussten mit diesem anderen jungen Menschen, der tot auf der Bank saß. Still und aufrecht wie eine Statue saß Natascha da, die Arme in die Brokatkissen gestützt, die wir damals in Adrians Zimmer gesehen hatten. Sie hatte ein schlichtes beiges Nachthemd an, sonst nichts, und da konnte man sehen, wie schrecklich mager und ausgezehrt dieser Körper war. Ihre Augen waren auf und starrten uns an, als hätte sie auf uns gewartet. Weil ich das nicht aushielt, sagte ich: »Ich renne ins Haus und hole einen Arzt!«

»Sei bloß kein Feigling!«, sagte Johanna und nahm Nataschas Hand, suchte nach einem Puls und fand ihn nicht.

Mitten durch Nataschas Gesicht, von der Stirn bis zum spitzen, knochigen Kinn, hatte sie eine schwarze Linie gezogen, mit einem Kajalstift oder so etwas Ähnlichem – wer Genaues wissen will, muss Johanna danach fragen. Rechts dieser Grenze war ihr Gesicht so wie immer, zugekleistert mit der üblichen dicken Schicht Make-up, ganz die bronzefarbene feine Dame, die wir kannten. Links davon sahen wir das, was sie jeden Abend nach dem Abschminken und jeden Morgen im Spiegel sah, eine von Narben zerfressene Haut, mit tausend roten Punkten gesprenkelt.

Ich zog meine Mütze ab, zuerst nur, weil man das halt so macht, um den Toten die Ehre zu erweisen, und dann, weil ich das Ding von der rechten zur linken Hand hinüberwandern lassen konnte, um meine Hände zu beschäftigen. Da kapierte ich allmählich und sagte zu mir: Meyer, was dir die Mütze, war Natascha die Schminke. Du warst ein Trottel, das die ganze Zeit nicht kapiert zu haben. Entschuldige bitte, Natascha.

Hab ich nicht laut gesagt, nur deutlich gedacht, kurz vorm Aussprechen. In so 'ner Situation glaubst du ja, dass Tote Gedachtes besser verstehen können als Gesagtes. Ist vermutlich auch ein Irrtum. Was und ob Johanna etwas dachte, kann ich Euch nicht sagen, sie setzte sich neben Natascha hin und wies mir den Platz auf der anderen Seite der Toten zu. Ich war etwas überfordert, muss ich zugeben. Hatte ich einfach noch nicht gelernt, wie das geht, rechts von einer Toten zu sitzen, während deine Freundin links der Leiche sitzt. Johanna nahm Nataschas Hand und streichelte sie und in meiner Hilflosigkeit dachte ich, mache ich das halt auch, aber es ging nicht. Ich hab die Kälte nicht ausgehalten. Genau genommen ist jedes Schnitzel, das du aus dem Kühlschrank holst, kälter als die Hand von einer Toten, aber trotzdem fühlt die sich kälter an und so ließ ich Nataschas Hand gleich wieder fallen, als hätte ich mich verbrannt. Wie ihr Arm dann runterfiel, so ganz willenlos wie von einer Puppe, war dann auch ganz schrecklich.

Johanna sagte nichts, Natascha sowieso und mir war auch nicht nach Reden zumute. Als ich von drüben ein leises Schluchzen hörte, hörte ich dem Schluchzen zu, dem Schniefen und dem Aufstöhnen. Ich war schon leer geweint, von den Baumhausstunden, und konnte nicht mehr weinen. Ich hörte deshalb einfach Johanna zu, überlegte mir, ob Natascha das Gift schon vor oder erst nach dem Schminken genommen hatte, wie schnell oder langsam es wohl wirkte und was genau sie wohl genommen hatte. Stellte mir vor, wie es wohl ist, lange vor einem Spiegel zu stehen, dein Gesicht sorgfältig zu bemalen und dabei immer zu wissen, das wirst du bald nie wieder sehen, was du da siehst. Hab ich auch nicht ausgehalten, diese Vorstellung, wie Natascha das letzte Mal vor dem Spiegel stand.

Mein Kopf machte dicht.

Vielleicht auch mein Herz.

Stattdessen drängte sich mir dann eine praktische Frage auf, nämlich, wie sie wohl an das Gift rangekommen war. Unsereiner ist ja ständig umgeben von Medikamenten, bei denen ein bisschen zu viel schon langt, um alles zu beenden, aber um davon was abzuzwacken, brauchst du eine schier kriminelle Energie. Ich schaute zu Natascha rüber – ich saß auf ihrer Bronzeseite – und dachte, dass ich ihr das gar nicht zugetraut hätte, weil sie doch immer so brav daherkam. Ihre Augen waren jetzt geschlossen, und weil die meines Wissens nicht von alleine zufallen, muss Johanna sie wohl zugedrückt haben.

Und plötzlich wurde mir klar, dass Natascha ihren Tod schon lange geplant haben musste. Wahrscheinlich hat sie die Pillen über längere Zeit gehamstert, hier mal eine, dort mal eine, bis sie genug für eine Überdosis zusammenhatte.

Und dann kam ganz ungefragt auch in mir das kalte Grauen wieder, das ich im Baumhaus noch vergeblich zu spüren versucht hatte, aber das hielt ich dann auch wieder nicht aus und ich nahm ein paar tiefe Atemzüge, weil das manchmal hilft gegen leichte Formen von kaltem Grauen. Ich roch die Feuchtigkeit der Luft und hörte Johanna weinen. Dabei muss mich die Müdigkeit übermannt haben und ich schlief einfach ein. Johanna muss auch eingeschlafen sein, irgendwann, beim Schluchzen oder erst, als sie alle Tränen verbraucht hatte für diesmal. Und so schliefen wir alle drei auch dann noch, als Schwester Gaby uns fand.

Da war natürlich Schluss mit Schlafen, für zwei von uns wenigstens. Wenn du was Schlechtes über Gaby sagen wolltest, dann würdest du das Thema Feinfühligkeit ansprechen. Wir wurden noch im Halbschlaf in den Trubel hineingezogen, der im Haus herrschte, seit beim Frühstück drei Plätze leer geblieben waren.

In Nataschas Kleidern wurde nach einem Abschiedsbrief gesucht, später suchte man auch in ihrem Zimmer. Ergebnislos. Johanna wusste von einem Kästchen, in dem Natascha persönliche Sachen aufbewahrte. In dem Kästchen fand man die Fotos, von denen ich Euch schon mal erzählt habe, aber keinen Abschiedsbrief.

Glücklicherweise kam der Psychodoc um elf Uhr zu seiner ersten Stunde des Tages. Der war heller als die anderen und sagte: »Wenn Natascha einen Abschiedsbrief geschrieben haben sollte, dann hat sie den bestimmt ganz ordentlich in den Briefkasten der Marie und Alexander Beloff Stiftung geschmissen.«

Dort hatte noch keiner nachgeschaut. Nachdem sie den Briefkasten geöffnet hatten, wussten wir, was Natascha in ihren letzten Stunden gemacht hatte, denn im Briefkasten fanden sich sieben Briefe.

An die Anstaltsleitung, an ihre Eltern (mit der Bitte um Weiterleitung) und an uns fünf. Alle sieben Briefe waren wortgleich, geschrieben mit einer sauberen Kleinmädchenschrift auf hellblauem Briefpapier. In dessen rechter oberer Ecke stand Natascha von Berggruen, mit ue statt mit ü, und ich dachte: So war sie, ue statt ü.

Natascha von Berggruen hatte Folgendes hinterlassen:

Nach meiner letzten Untersuchung habe ich den Entschluss gefasst, mit dem Sterben nicht zu warten, bis der letzte Apparat seine Arbeit nicht mehr schafft. Deshalb habe ich Schluss gemacht. Ich nehme die Abkürzung, es ist nur eine kleine, eine große gibt es nicht mehr für mich.

Den großartigen Religionsgründern biete ich eine Chance und erteile ihnen hiermit einen Auftrag: Missioniert die Heiden bei meiner Beerdigung! Ergreift die Möglichkeit, zeigt, was ihr könnt! Wer Großes vorhat, darf nicht auf halbem Weg stehen bleiben! Ist doch einer eurer Lieblingssätze.

Meine Eltern bitte ich, mir diesen letzten Wunsch nicht zu verwehren. Pastor Martinsen kann gerne reden, meine Leute – darf ich das sagen, meine Leute? – aber bitte auch.

Auf Bennos Brief stand als PS:

Für den höchst unwahrscheinlichen Fall, dass du dir Vorwürfe machen solltest: Lass es bleiben. Du bist zwar ein Arschloch, doch eines Arschlochs wegen bringt eine Natascha von Berggruen sich nicht um. Und ganz zum Schluss verdanke ich dir sogar was: Noch nie in meinem Leben habe ich das Wort Arschloch verwendet, geschweige denn geschrieben. Jetzt merke ich: Das tut gut. Ich hätte vielleicht besser schon früher mal Arschloch gesagt zu den ganzen Arschlöchern um mich rum, die es nicht ertragen, wenn eine anders ist als sie selbst.

Das PS auf Adrians Brief lautete:

Ich hätte so gerne ein Mal in meinem Leben erlebt, was Liebe heißt. Dabei bin ich wohl an den Falschen geraten. Pech gehabt, mal wieder.
Du wirst dir keine Vorwürfe machen, das ist mir klar. Du verstehst nämlich gar nicht, wovon ich hier rede.
Beim Weltretten bist du ganz gut eingesetzt, für Menschen taugst du nicht.
Dann rette wenigstens die Welt!

Später am Tag war wieder Nähkurs. Ioanna, Johanna und ich entschieden uns dazu, hinzugehen. Was willst du denn sonst machen? Jeder Tag hat vierundzwanzig Stunden, die musst du füllen, egal, was alles passiert ist.

Auf den Platz von Natascha hatte Frau Specht das graue Altfrauenkleid hingelegt und die Spitzen, die Natascha hatte aufnähen wollen. Frau Specht hatte außerdem das Päckchen Hoffmanns Naturstärke mitgebracht, das sie extra für Natascha besorgt hatte. Als sie es an Nataschas Platz stellte, weinte sie plötzlich los, sehr heftig, stark und kurz, und ich dachte, die liebt uns alle, auf eine Art, die ich noch nicht kenne.

Dann sagte die Specht: »Heute wird besonders gut genäht, Mädels«, und sonst sagte sie nichts mehr die ganze Stunde. Meist hatte sie die Augen geschlossen und ich würde drauf wetten, dass sie sich Natascha vorstellte in ihrer ganzen seltsamen Pracht. Wenn sie die Augen mal öffnete, waren sie auf Nataschas Platz mit dem Hoffmanns-Päckchen gerichtet und ich vermutete, da holte sie sich Nachschub für ihre inneren Bilder, die schon zu verschwimmen drohten.

Ich war auf die Minute pünktlich gekommen und hatte gleich angefangen, die Stecknadeln zu ordnen, rote zu roten, gelbe zu gelben usw. Pro Minute schaffte ich ungefähr eine, auf keinen Fall wollte ich, dass mir die Arbeit ausging. Irgendwann in der Mitte der Stunde legte Johanna ihr Kleines Schwarzes weg, an dem sie noch einige Applikationen anbringen wollte, holte sich das Kleid von Nataschas Platz und begann, die Spitzen aufzunähen.

Danach gingen wir drei zur Kantine, zum Abendbrot. Adrian und Benno saßen schon an unserem Philosophen-Stammtisch. Wir setzten uns dazu und kein Stuhl blieb frei.

Johanna schaute sich um. Am Nachbartisch, wo Julian, André und einige andere saßen, stand ein zusätzlicher Stuhl.

Johanna ging rüber. »Gut gemeint, aber falsch gedacht, ihr Lieben«, sagte sie zu den Jungs und trug Nataschas Stuhl wieder zu uns rüber.

Da blieb er leer und mahnte, aber so was musst du halt aushalten.

Mehr gibt es zu diesem Tag nicht zu sagen.

Der Fünf-Tage-Mörder

Kennt ihr das? Die Ferien gehen zu Ende und du wirst ganz wehmütig? Weil du merkst, da geht was vorbei, das kommt nicht wieder?

Bei mir schlich sich dieses Gefühl circa zwei Wochen vor Ferienende regelmäßig an, nistete sich ungebeten in mir ein und wuchs dann langsam, aber sicher und zielstrebig – so, wie ein Tumor wächst. Dann ruckelte und zuckelte es am Herzen und machte es eng und ich konnte aus dem Stand anfangen zu heulen.

Eigentlich könntest du das ständig haben, dieses Gefühl, denn es geht ja ständig was vorbei, das so nicht wiederkommt. Aber dann wär man ständig wehmütig und das ist ja nicht so. Kann ich wenigstens für mich sagen: Wehmütig wurde ich hauptsächlich am Ferienende, sonst gehörte Wehmut nicht zu meinen besonders oft gefühlten Gefühlen.

Man könnte auch glauben, die Ferienendwehmut kommt daher, dass Ferienwochen meistens besonders schöne Wochen sind, aber ich habe Ferienenddepressionen auch schon nach durchaus beschissenen Ferien gehabt. Also muss es noch einen anderen Grund geben.

Ich vermute diesen Grund darin, dass Ferien genau die richtige Länge haben, um Wehmut entwickeln zu können. Sie sind nicht so unüberschaubar wie ein Jahr oder gar ein Leben, gehen aber auch nicht so schnell vorbei wie die Meisterfeier der Bezirksliga oder die Party zu Katharinas achtzehntem Geburtstag. Die Ferientage sind von vorneherein abgezählt und liegen wie ein klar definierter Block vor dir, den du abschmelzen siehst, bis am Ende nichts mehr übrig ist.

Und du kannst nichts dagegen machen.

Völlig ohnmächtig siehst du der Zeit bei ihrer Arbeit zu, diesem unersättlichen Vielfraß, wie er pausenlos malmt und mampft, und du hast null Chance, irgendwas in Sicherheit zu bringen vor dieser Maschinerie. Solche Ferientage schmelzen beispielhaft für dein ganzes Leben.

Dass du mal sterben musst, glaubst du ja nicht wirklich. Solange du jung bist, glaubt das wenigstens keiner, glaubte ich nicht mal nach meiner Diagnose, und bei den Alten habe ich auch meine Zweifel. Am ehesten glaubte ich das immer in der letzten Ferienwoche, Mittwoch. Irgendwann merkst du es, wie klein der Vorrat an freien Tagen geworden ist, die vor dir liegen. Und dann kommt die Wehmut und presst dein Herz zusammen. Dann glaubte sogar ich, dass ich mal sterben muss, und etwas in mir wurde ganz weinerlich.

Johanna sagte, sie kenne das auch.

Warum erzähle ich Euch das?

Ich erzähle das, damit Ihr wisst, wie ich mich fühlte, nachdem Adrian uns zur »Letzten Sitzung« eingeladen hatte. Das Wort »letzte« machte, dass ich mich fühlte wie in der fünften Woche der Sommerferien. Und selbst die war schon heftig angeknabbert.

Die »Letzte Sitzung« sollte drei Tage nach Nataschas Tod stattfinden, 15 Uhr, kurzfristig einberufen von Adrian.

Ich trank um 14:55 Uhr noch einen Kaffee in der Kantine, schaute durch die Fensterfront raus auf die Wiese und konnte mich nicht aufraffen, rauszugehen. Sah dem Aufmarsch der Religionsgründer zu, ein letztes Mal, strahlender Sonnenschein goss etwas Hohn über die belämmernde Szene.

Als Erstes sah ich, wie Bela sich erhob. Sie hatte wieder als schwarzer Hubbel im Gras gelegen und trottete gemächlich nach hinten, wie immer würdevoll und ohne Eile. Gleich danach kam Adrian.

Adrian muss den Hund gesehen haben, aber er versuchte gar nicht erst, Bela einzuholen. Er machte einen kleinen Umweg und lief zum Ahorn hin – Feldahorn, kein Bergahorn, heute weiß ich es – und entfernte die Reste des Aushangs, die immer noch dort hingen, vom ***Die alten Religionen sind alle Mist***-Aushang, Ihr wisst schon.

Gab mir einen zusätzlichen Stich ins Herz, als er diesen Aushang abrupfte. Dass er es mit unsentimentalen, harschen Bewegungen tat, bescherte mir einen kleinen, giftigen Extraschmerz, ungefähr wie »Badeverbot wegen zu hohen Wellengangs« am letzten Strandtag.

Dann kamen Johanna und Ioanna. Sie streiften über die Wiese, vermutlich auf der Suche nach Bela. Ich sagte: »Der Hund ist schon vorausgegangen«, aber sie konnten mich natürlich nicht hören und mussten deshalb vergeblich Belas Lieblingsplätze ablaufen.

Benno kam als Nächster. Benno hatte früher oft dieses Behände in seinen Bewegungen, wie es dicke Menschen manchmal haben, doch seit Nataschas Selbstmord lief er sehr unrund, als ob jeder Schritt ihn schmerzen würde. Wenn er zerknirscht war und sich bewegte, als läge ein schwerer Sack auf ihm, erinnerte ich ihn an Nataschas Abschiedsworte an ihn. Klar, die konnten nur trösten auf Kosten der Anerkennung seines Arschlochs-Seins. Das ist ein vergifteter Trost, keine Frage, trotzdem konnte dieser Brief als Entlastung dienen.

»Natascha war todgeweiht und hätte sich auch umgebracht, wenn du nicht wie ein Seelentrampel auf ihr rumgesprungen wärest«, sagte ich ihm, worauf er antwortete: »Aber wahrscheinlich erst später! Fünf Tage oder zehn Tage später! Ich habe ihr fünf Tage geklaut! Ich bin ein Fünf-Tage-Mörder! Vielleicht sogar ein Ein-Monat-Mörder!«

Gab uns einiges zu denken, das Wort vom Fünf-Tage-Mörder. Zum Beispiel, ob die Todesstrafe für einen Siebzigjährigen nicht eine Lappalie sei im Vergleich zur Todesstrafe für einen Zweiundzwanzigjährigen. So was eben.

Dann war auch der Fünf-Tage-Mörder aus meinem Blickfeld entschwunden. Jetzt waren alle durch und also war der Meyer dran. Der Meyer erhob sich schließlich und schlich schwerfällig nach draußen. Ich konnte nicht wissen, dass ich zu früh dran war mit dem Abschiedsschmerz; konnte nicht wissen, dass ich mich nicht zur letzten, sondern zur vorletzten Sitzung hinschleppte. Auf der Höhe unserer Schneefallblätterlinde war die Wehmut kaum mehr auszuhalten.

Als ich unten ankam, stand Adrian weinend vor der Kopfseite unserer Bank. Das Weinen schüttelte den langen, schlaksigen Kerl regelrecht durch und von Adrians Souveränität und Unberührbarkeit war nichts mehr übrig.

Kurze Lagebeschreibung: Benno und die beiden Mädchen saßen auf den Stühlen rund um den Betontisch. Bela lag wieder mal fugenlos angeschmiegt auf der Bank, als hätte jemand sie ausgegossen, und an der Kopfseite dieser Bank stand der weinende Adrian.

Adrian starrte Bela an. Die drei Menschen schauten zu, wie Adrian auf Bela starrte. Mich beachtete keiner. Die Hündin widmete Adrian nur einige müde Blicke, bei denen sie nicht mal den Kopf hob, der ruhte stattdessen höchst gemütlich zwischen ihren Pfoten. Sie rollte nur mal kurz die Augen hoch, um Adrian anzuschauen, dabei entstanden dann diese Wülste über den Augen, die so einen Schäferhund besorgt und nachdenklich aussehen lassen, auch wenn er gar nicht besorgt und nachdenklich ist. Sogar dieses nebensächliche Augenrollen wirkte sehr unkonzentriert und tief desinteressiert. Nach drei Sekunden widmete sich Bela wieder ihren Pfoten, die ihr deutlich interessanter zu sein schienen als dieser Mensch, der sie anstarrte, als läge ein Wunder, ein Gott oder der Teufel vor ihm.

Dann war Bela der Situation offensichtlich überdrüssig, vermutlich nervte sie Adrians Flennerei und sie sprang geschmeidig von der Bank runter. Angeguckt hat sie Adrian immer noch nicht, aber sie schnüffelte konzentriert an seinem Schritt, so wie damals bei unserem ersten Treffen, schüttelte dann bedenklich den Kopf und trottete Richtung Wiese.

Mehrfach unterbrochen von den Nachbeben seines Schluchzens, sagte Adrian: »Wisst ihr, die letzte Auseinandersetzung zwischen mir und Natascha ging genau um die Rolle der Tiere in unserer neuen Religion. Und jetzt liegt so ein Tier auf der Bank und guckt mich ganz abfällig an. Als hätte Natascha es geschickt!«

»Wirst doch jetzt nicht noch abergläubisch werden auf deine alten Tage!«, sagte Benno und Johanna meinte: »Manchmal passieren die Dinge mit einer inneren Logik, deren Gesetze uns verborgen bleiben. Da kannst du schnell abergläubisch werden. Erzähl mal, worum ging es bei eurer letzten Auseinandersetzung?«

»Natascha war der Meinung, unsere Fixierung auf die Menschheit wäre Ausdruck dieser typisch menschlichen Selbstüberschätzung in der Neuzeit, die unsere Umwelt in die katastrophale Situation geführt hätte, in der wir heute sind. Das würden wir einfach fortschreiben mit unserem neuen Glauben, der ganz um den Begriff der Menschheit kreise statt um den Begriff der Natur und der in dieser Hinsicht kein bisschen neu sei, sondern nur die jahrtausendealte menschliche Hybris weiterschreibe.«

»Was ist Hybris?«, fragte ich.

»Hochmut, Vermessenheit.«

»Okay«, sagte ich, »dann ist da was dran.«

»Da ist ganz viel dran, Meyer. Ich hab Natascha ja auch recht gegeben, aber halt nur im Prinzip. Solange das Wort ›Menschheit‹ nur als Heuchelei ausgesprochen werden kann, weil die Menschenrechte für einen überwiegenden Teil der Menschen nur auf dem Papier gelten, solange wir kein Gefühl für eine Menschheit entwickeln können, einfach, weil es die real nicht gibt und sie nicht mehr als ein schönes Wort ist – wegen Klassen, ›Rassen‹, Nationen, Geschlechtern und so –, brauchen wir gar nicht erst versuchen, uns solidarisch mit den Tieren und der Natur zu fühlen.«

»Und wenn du damit anfängst – wo willst du da aufhören? So ein Hund ist ja fast schon menschlich, aber was machst du mit einem Vogel, einer Kröte oder mit den Pantoffeltierchen?«

»Das sind Fragen, die erst unsere Nachfolger regeln können, und das werden sie sicher nicht in den nächsten zehn Generationen tun. War meine Meinung. Nataschas Meinung war: Wenn der Weg falsch ist, kannst du ihn hundert Generationen lang ablaufen und landest trotzdem nur immer weiter in der Irre.«

Adrian schluchzte nicht mehr, das Weinen war vorbei, aber als er sagte: »Wisst ihr, ich hätte heute gar nicht damit angefangen, wenn der Hund mich nicht so angeschaut hätte«, haftete etwas Weiches in seinem Gesicht wie sonst nie und ich mochte ihn richtig.

Dann schnäuzte er sich, wischte die Tränen weg und verwandelte sich langsam wieder in den altbekannten Adrian. »Eigentlich wollte ich euch nur das hier zeigen, kam heute mit der Post. Zwei Memos, ich weiß nicht, ob Natascha sie in ihrer letzten Nacht geschrieben hat oder schon vorher. War kein Kommentar dabei und kein Gruß.« Bei »Gruß« schluchzte er noch einmal auf, dann gingen die Memos durch die Reihen. Jeder von uns las sie leise.

MEMO 5:
Auch wenn ein Radio kaputtgeht, senden die Rundfunksender weiter. Die Sender hören nicht auf zu senden, nur weil irgendwo ein Empfangsteil defekt ist.
Jetzt stellt euch vor: Das Radio sind wir Einzelnen, der Sender ist die Menschheit. Wenn wir von Kindheit an gelernt hätten, dass nicht der Empfänger, sondern der Sender das Wesentliche ist, dann hätten wir den Tod in seiner alten Form überwunden.

MEMO 6:
Wenn wir uns als Teil der Menschheit sehen könnten, wenn wir ganz tief glauben könnten, dass jeder von uns Teil der Menschheit ist, dann könnten wir gar nicht sterben, solange es die Menschheit gibt.
Wir können das derzeit nicht glauben, weil es von der Menschheit bisher nichts gibt als das Wort; ansonsten gibt es Völker, Nationen, Klassen, Klassen, Klassen.
Das ist die bittere Wahrheit. Dagegen kommen keine Kinderlieder an, keine Videos, keine Geschichten. Gegen diese Wahrheit hilft keine Propaganda, gegen diese Wahrheit hilft nur die soziale Revolution.
Erst nach der sozialen Revolution werden wir den Tod abschaffen können. Was wir uns unter »Tod« vorstellen, ist eine höchst ideologische Sache!
Venceremos! Venceremos! Venceremos!

»Da ist was dran«, sagte ich schließlich, weil sonst keiner was sagte.

Adrian nickte. »Da ist verdammt viel dran, Meyer.«

»Ja, sie hatte mehr zu sagen, als ihr alle dachtet«, meinte Johanna. »Hat man ihr nur nicht angesehen, weil sie so brav daherkam. Aber dass sie so gut zeichnen konnte, das wusste ich auch nicht.« Johanna deutete auf die blitzsauber gemalte geballte Faust, die quasi wie 'ne Unterschrift unterm **Memo 6** prangte.

»Was bedeutet denn Venceremos?«, fragte ich, doch Adrian ließ mich abblitzen oder wusste es selber nicht. »Schau doch nach. Google wird's schon wissen.«

Ich griff schon nach meinem Smartphone, kam jedoch nicht zum Nachschauen, weil Adrian sagte: »Ich wollte euer Einverständnis dafür einholen, dass ich die Rede für Nataschas Beerdigung ausarbeite. Ich glaube, es wäre in ihrem Sinn, dass ich sie halte, oder?«

»Wer soll das denn sonst machen«, fragte Benno, »der Meyer etwa?«

Bei dieser Vorstellung hatten wir dann doch noch was zu lachen an diesem Tag der letzten Sitzung.

Der Meyer mit der Mütze hält die Grabrede zur Missionierung der Heiden!

Mehr zu lachen gab es nicht in diesen Tagen.

Nicht nur, aber besonders auch, weil Johanna und ich uns an einer Frage festkeilten, für die wir keine Lösung fanden: Sollte Johanna zu ihrer Probenwoche mit dem Bundesjugendorchester fahren oder nicht? Johanna hatte null Lust und wollte auf keinen Fall die Beerdigung verpassen und ich wollte Johanna auch lieber bei mir haben. Riet ihr dennoch zum Wegfahren, aber nur um 11 Uhr am Vormittag. Um 13 Uhr dachte ich dann an die Adams, Bertholds und Christophs und riet ihr eifersuchtsgesteuert zum Hierbleiben, um 15 Uhr dachte ich an ihre Musikerzukunft und riet zum Wegfahren. Um 17 Uhr dachte ich an einen tragischen Aspekt ihres Wegfahrens, für den hier kein Platz ist, und riet zum Hierbleiben. Um 19 Uhr sah sie so traurig aus, dass ich dachte, Johanna braucht dringend Musik und Abwechslung, und riet zum Fortfahren. Ihr könnt Euch schon denken, wie dieser Tag weiterging. Ich schwankte hin und her, Johanna auch, nur immer gegen den Uhrzeigersinn sozusagen. Kurzum: Wir drehten uns im Kreis und nach ungefähr sechs endgültigen Entscheidungen, die genau zwei Stunden hielten, sagte Johanna: »Wir zwei kommen alleine nicht weiter. Wir fragen morgen die Frau Specht um Rat.«

Haben wir dann gemacht.

Frau Specht tendierte stark zur Probenwoche, wollte die Sache aber auch noch mal in Ruhe überdenken und rief uns später am Tag zu sich. Hatte mittlerweile eine Information, die dann den Ausschlag zur Abreise gab: Bei Selbstmord dauert es mit der Beerdigung länger als bei einem sogenannten natürlichen Tod. Wegen Obduktion und polizeilichen Ermittlungen und so was allem. Wussten wir bis dahin nicht. Die Beerdigung würde also Johanna auf keinen Fall verpassen.

Schwarze Löcher und das Ende der Einsamkeit

Und dann reiste Johanna also ab, zu ihrem blöden Bundesjugendorchester und seiner blöden Probenphase mit lauter blöden Bläsern, Streichern und Paukisten.

Ich begleitete sie zur Bushaltestelle und rollte ihr Köfferchen. Klarinette und Noten trug sie selbst im Rucksack, die durfte ich ihr nicht abnehmen. War aber nichts Persönliches, Instrumente geben Musiker wohl nie aus der Hand. Wir waren beide traurig, dass wir uns trennen mussten, und auf dem Weg nach Ganacker war ich es noch, der Johanna tröstete und Sachen sagte wie: »Ist doch nur für fünfmal Schlafen.« Beim Gehen schmiegte sie sich so eng an mich, dass ich schier ins Stolpern geriet, mit dem Köfferchen links und Johanna rechts.

Ich versuchte, es ihr leicht zu machen, und verschwieg ihr tapfer die ganze tragische Tragweite dieser Trennung, tupfte stattdessen tausend Tränen ab, sodass sie nicht ganz verweint in den Bus 6150 nach Landau / Isar einsteigen musste.

Sie ging vorne rein, um sich die Fahrkarte zu kaufen, und lief dann schnurstracks zum Heckfenster, um dort rauszugucken mit traurigem Gesicht. Dann fuhr der Bus an und wir sahen uns immer kleiner werden. Und noch kleiner. Und weg.

Das erste Selfie von ihr bekam ich aus München / Hbf. Es war das Bild einer ins Leere guckenden jungen Frau, völlig unberührt vom Großstadtbahnhoftrubel im Hintergrund. Ich antwortete mit einem tröstenden Selfie, Meyer mit Kussmund. Sah ehrlich gesagt etwas blöde aus, erschien mir aber hilfreich. Aus Nürnberg ein weiteres Bild ohne Lächeln, ohne Tränen, irgendwie ganz ohne Miene, soweit das geht. Johanna kann das ja vergleichsweise sehr gut. Ihr Gesicht war nackt und bloß und irgendwie alterslos. Auf meiner Antwort schaute Meyer aufmunternd drein und Bela, das unsensible Tier, streckte die Zunge raus. In Würzburg litt sie immer noch mehr als ich, also litt ich weniger, wodurch mir ein überzeugendes Meyer-in-Denkerpose-Selfie gelang, hinten in unserer Verschwörerecke.

In Lauda – dem großen Umsteigebahnhof ins Hohenlohische – fing die Sache an zu kippen. Auf dem Bahnsteig standen massenhaft Instrumentenkoffer, darin Instrumente zum Streichen und welche zum Blasen, und die dazugehörigen Musiker standen schwatzend herum. Auf Johannas Gesicht spielte ein zartes vorsichtiges Lächeln. Ich zeigte mich vor der Tür vom Psychodoc, den ich heute hemmungslos vollquatschen würde. Musste der sich anhören, dafür wird er schließlich bezahlt.

Sechzig Minuten später war sie angekommen und hatte bereits ein Zimmer im Gästehaus der Musikakademie Schloss Weikersheim bezogen. Ich lernte ihre Zimmergenossin kennen, eine unverschämt gesund aussehende Fagottistin mit roten Wangen und roten Lippen und einer Lache, die ich über vierhundert Kilometer Entfernung zu hören glaubte. André und Julian taten mir den Gefallen, gemeinsam mit mir fröhlich ins Handy zu schauen, aber so richtig mithalten konnten wir drei nicht. Die beiden hatten die »Schwache Stunde« hinter sich, die ich noch vor mir hatte.

Die Nacht, wie war sie, die erste Nacht?

Ging so. Hätte schlimmer sein können.

Am nächsten Morgen fand ich mein Handy vollgelaufen mit tausend Bildern, und ich lernte sie alle kennen, den Adam mit der flinken Zunge, den feurigen Berthold und Wirbelkönig Christoph war auch dabei. Immerhin gab es auch gut gelaunte Mädchen, mit denen Johanna dick befreundet schien. Johanna freute sich, auf die nächsten Tage, auf Beethoven und Bizet, auf den charismatischen Dirigenten, von dem man sich wahre Wunderdinge erzählte, auf Kammermusik nach den Proben, auf den Rosengarten im Schlosshof und auf vieles andere mehr.

Auf mich freute sie sich auch, ganz am Ende der WhatsApp. Damit war die Sache endgültig gekippt.

Meine voraussichtlich letzte »Schwache Stunde« nahm mich mehr mit als alle anderen vorher. Zurück in meinem Zimmer, verließ ich das Bett nur für sich wiederholende überstürzte Gänge ins Bad. Die Fotos, die ich verschickte, stammten alle aus dem Speicher und zeigten einen alten Meyer, den es aktuell nicht gab. Schummeln, noch nicht ganz lügen, aber nahe dran.

Die Nacht? Wie war sie, die zweite Nacht?

Na ja, was soll ich sagen: Sie dehnte sich und streckte sich.

Und schließlich ging auch sie rum, die zweite Nacht.

Am nächsten Morgen zerschoss mir der erste Blick aus dem Fenster heraus gleich alle Pläne für den großen Tag. Regen, Wind, Sturm – die Verschwörerecke konnte ich mir abschminken. Also ging ich nach dem Frühstück in die Bibliothek. Mamas Päckchen hatte ich da schon vom Empfang überreicht bekommen, mit warmen Worten, wie man so schön sagt. Ich ließ dann einen der Sessel im Plätzchen aufstöhnen. Bevor ich das Päckchen auspackte, musste ich noch lesen, dass die Wunderdinge, die man sich über den charismatischen Dirigenten erzählte, kein bisschen übertrieben waren. Es handelte sich bei dem Wundermann um einen charmanten Franzosen, temperamentvoll, gut aussehend, klug, hochmusikalisch, dazu sensibel und mit absoluten Leaderqualitäten ausgestattet, der auch als Korrepetitor große Klasse hatte und meiner Johanna ganz neue Nuancen im Grand Duo von Carl Maria zeigen konnte. Er trug wilde Locken auf seinem Wuschelkopf, hellbraun, leicht ins Blonde spielend, gekonnt ungekämmt, so Haare, in die du hineinfahren willst mit freundlicher Hand, um drin rumzuwühlen.

Weg damit.

Dann packte ich Mamas Päckchen aus. Sie hatte sich wirklich was einfallen lassen, um meinen Ehrentag gebührend zu würdigen: Obenauf ein Haufen frischer Wäsche. Dann kam eine Kerze, für die ich kein Feuer hatte. Ganz unten in meinem Geburtstagspäckchen lagen achtzehn Bilder, die ich vor mich hinlegte, von Mama schon chronologisch geordnet.

Tolle Idee, hätt ich Mama gar nicht zugetraut. Und das waren lauter schöne Bilder, da ist kein Zweifel dran.

Johanna war natürlich nirgends drauf und an Bildern von meiner rauschenden Party zur Volljährigkeit mangelte es auch vollständig. Klar, konnte ich Mama nicht wirklich vorwerfen. Warf trotzdem einen Schatten über ihr Geschenk. Und aus diesem Schatten heraus wuchs dann ein anderes tiefes Missbehagen: Das waren alles eher Bilder von Mamas Sohn und eher weniger welche von mir; ist natürlich irgendwie dasselbe, aber irgendwie auch nicht, und dieses zweite Irgendwie war stärker als das erste Irgendwie und in der Differenz dieser Irgendwies liegt irgendwie die ganze Tragik des Erwachsenwerdens verborgen.

Ich hoffe, Ihr versteht irgendwie.

Was hätte Mama zu so einem Satzgeschwurbel gesagt?

Jetzt gib mal Butter bei die Fische!, hätte sie gesagt.

Dann mach ich das auch, damit ihr die Irgendwies versteht: Für 2012 kein Bild von der legendären Meisterfeier, Kreisleistungsstaffel Mittelrhein, dafür eines vom fünfzigsten Geburtstag von Tante Helga. 2013 nix von der ersten aushäusigen Silvesterparty, mit Katharina und all den anderen, stattdessen Fünfundfünfzigster von Onkel Hans. 2014 kein Bild vom Meyer mit Beitel, Klüpfel und nagelneuem Blaumann, stattdessen Meyer neben Mama und einer nagelneuen Badewanne in einer Drei-Zimmer-Eigentumswohnung, Düren-Zentrum, Zentralheizung, Balkon Südseite.

Ich denke, Ihr versteht jetzt irgendwie: Nirgendwo waren meine Leute drauf, immer nur unsere. Zu Mamas Ehrenrettung sei gesagt: Für 2015 gab es ein Bild von Meyer und seinem Kostüm vom letzten Karneval. Der Meyer als Thomas Gottschalk in Köln, mit Goldmähnenperücke und Glitzeranzug. In der Figur des *Wetten, dass ...?*-Thommys hatte sich das Leben von Mamas Sohn und meines mal auf glückliche Art getroffen – müsst ihr jetzt nicht verstehen, davon erzähl ich später noch mal ausführlicher.

Dann packte ich die Bilder wieder ein, legte Unterhosen und die unangezündete Kerze obendrauf. Und das war sie, meine große Party zur Volljährigkeit.

Zu Johanna von alledem kein Wort. Ich wollte ihr nicht die Laune verderben, mit dem Hinweis darauf, was sie alles verpasste. Ich fotografierte nur das Bild von mir als Thommy ab und schickte es ihr. Hätte sie nachgefragt, wie ich zu dem Bild komme, hätte ich vielleicht mein eisernes Schweigen brechen können / müssen / dürfen und hätte ihr so den Tag mit Adam, Berthold und Beethoven verdüstern dürfen / müssen / können. Sie hat aber nicht nachgefragt, sondern nur einen Smiley geschickt. Wortlos. Hatte wohl keine Zeit, mir auch noch groß was dazu zu schreiben. Der wortlose Smiley war das Letzte, was ich in der Bibliothek empfing, denn er verwandelte die Bibliothek in ein RiesigesSchwarzesLoch. Ich verließ die Bibliothek, aber das RiesigeSchwarzeLoch lief treu neben mir her, egal, wohin ich mich wendete. Den Psycho, das Gruppengespräch und die Englischstunde sagte ich nicht mal ab, sondern ich ging einfach nicht hin. Das würde Ärger geben für den Meyer, doch dem Meyer war alles scheißegal.

Auf dem Weg in mein Zimmer grüßten irgendwelche Schatten. Ich grüßte sie nicht, das Loch schmatzte zufrieden und schlüpfte mit mir durch die Tür. Ich setzte mich aufs Bett und stierte ins Leere, Schwarzloch breitete sich im Zimmer aus und machte es sich gemütlich.

Irgendwann fing etwas im Schwarzen-Loch-Zimmer zu sprechen an und das Ding hieß wohl »Benno« mit bürgerlichem Namen.

Dieser »Benno« fragte: »Hast du Lust auf 'ne Runde *Resident evil? Fortnite?*«

Auf dem Bett schüttelte einer den Kopf.

»Siedler?«

Nix Neues von mir.

»Unravel? Division? Dying light?«

Kleines mechanisches Hin und Her meinerseits, höhnisches Gelächter vom Kumpel SchwarzLoch bei Erwähnung von *Dying light.*

»Eine Folge *The Walking Dead?*«

Ich spreche nicht mit sprechenden Schwarzen Löchern.

Benno gab dann auf und machte irgendwas an seinem Tablet. Sah aus wie Arbeit. Nach einer Weile fragte er: »Ist das Liebeskummer, was du da hast?«

Nicken, nicht heftig, aber andauernd.

»Hätte ich auch gern mal.«

»Brauchst du nicht, kann ich dir sagen«, murmelte ich.

»Hätt ich trotzdem gern mal«, sagte Benno und widmete sich wieder seinem Tablet.

Minuten des Schweigens, während derer Benno weiterarbeitete. »Willst du nicht mal fragen, was ich da mache? An meinem Tablet? Woran ich so hoch konzentriert arbeite?«

»Eigentlich nicht«, sagte ich und stierte wieder in das Riesenloch.

»Pech gehabt«, sagte Benno, »da versäumst du was.« Er arbeitete weiter, das Riesenloch verspeiste Benno und Tablet und sagte: *Lecker, hast du sonst noch was für mich?*

Dich hungere ich aus!, sagte ich zu ihm. Schwarzloch fraß den Witz gleich mit und ließ mich sitzen in aller Bitterkeit.

Die Nacht, wie war die dritte Nacht?

O weh, diese Nacht!

Wünsch ich keinem. Hätte ich einen Erzfeind, würde ich sie ihm nicht wünschen. Sehr viel erzählen kann ich Euch nicht über diese Nacht. Vielleicht, weil ich kein Schriftsteller bin, sondern nur der Meyer, der einmal ein Buch geschrieben hat. Vielleicht auch, weil die Sprache dafür gemacht ist, dass zwei sich verständigen, und nicht dafür, das Elend der Existenz auszudrücken. Ich meine, was willst du schon groß sagen über Schmerzen? Dass sie wehtun? Dass sie brennen, stechen, ziehen, drücken? Dass sie stark sind, stärker, am stärksten? Wenn Ihr das hören wollt, dann kann ich Euch sagen: Die Schmerzen *auf* meiner Brust waren brennende Schmerzen. Die Scheißnarbe hatte sich mal wieder entzündet und brannte wie Sau. Die Schmerzen *in* meiner Brust waren drückende Schmerzen. Sie pressten mir den Atem ab, wie damals, kurz vor meiner Diagnose, als diese Drüse, von deren Existenz ich bis dahin nicht mal wusste, so groß geworden war, dass für Luft in der Lunge kein Platz mehr übrig blieb. Dachte in dieser Nacht, jetzt ist sie wieder da, obwohl sie mir ja den Brustkorb aufgeschnitten und aufgeklappt hatten, um dieses Thymusdrüsending wegzumachen. Jetzt schien sie nachgewachsen zu sein und dazu tummelten sich Adam, Berthold, Christoph und der scheißfreundliche französische Charmebolzen in meiner Brust und raubten mir den Atem. Dazu kalter Schweiß. Und ich sah die Augen von meinem Papa, damals, am Tennisgelände.

Kurz: Das kalte Grauen hatte mich voll am Wickel.

Kann ich Euch nicht von erzählen, müsst Ihr schon selbst erleben. Habt Ihr vermutlich auch schon mal erlebt, versucht Euch daran zu erinnern, dann wisst ihr, wie es mir ging.

Ich meine, irgendwann kommt doch in jedem Leben der Moment, wo man kapiert, dass Mama und Papa und Oma und Opa irgendwann nicht mehr da sein werden. Dass das kein Gerücht ist. Dass das kein Unfall ist, dem man mit ein bisschen Glück entgehen kann. Und dass das, was Mama und Papa passieren wird, einem selbst auch einmal passieren wird.

Ich war sieben, als ich meine diesbezügliche Unschuld verlor. Hatte am Abend meiner Oma zugesehen, wie sie sich ihre Stützstrümpfe auszog, musste sehen, wie sie das kaum mehr hinbekam, und hörte ihr Stöhnen und leises Jammern. Da kapierte ich, dass es eines Tages keine Oma mehr geben wird. In der folgenden Nacht machte ich meine erste Bekanntschaft mit dem kalten Grauen. Sicher, ich war schon als kleineres Kind mit auf Beerdigungen, und wenn mich einer gefragt hätte, ob Menschen sterben, hätte ich fröhlich Ja geplappert, wie halt kleine Kinder so plappern. Aber in dieser Nacht hatte ich das *verstanden*. Oder wenigstens angefangen, das zu verstehen.

Ich vermute, Ähnliches ist jedem von Euch schon passiert. Wenn Ihr Euch nicht dran erinnern könnt, heißt das nicht, dass es diesen Moment nicht gab in eurem Leben, sondern dass Ihr ihn verdrängt habt. Wenn man an irgendwelche Lappalien nicht denkt, an Hausaufgaben, Einkaufen, Spülmaschine ausräumen, dann kannst du »vergessen« dazu sagen. Wenn du etwas vergisst, weil der Gedanke daran nicht auszuhalten ist, heißt das nicht »vergessen«, sondern »verdrängen«. Sagt mein Psycho. Das hat natürlich was von einem Trick, mit dem der dir alles unterschieben kann, was ihm passt, aber in dem Fall glaub ich ihm.

Also, wenn Ihr wissen wollt, wie es mir ging in dieser Nacht: Denkt an den Tag, an dem Ihr Eure Unschuld bezüglich des Todes verloren habt.

Dann, Mitternacht war schon längst vorbei, fing ich an mit meinem Körper Zwiesprache zu halten: *Herz*, fragte ich, *oh du mein Herz, hast du schon jemals das Sonnenlicht gesehen?*

Sonnenlicht?, fragte mein Herz zurück. *Was soll das sein? Sonnenlicht, das kenn ich nicht.*

Magen, o du mein Magen, wie ist's mit dir? Hast du schon jemals Licht gesehen?

Licht?, fragte er zurück. *Was soll das sein? Licht, das kenn ich nicht.*

Mein Blut, o du mein rotes Blut, fragte ich dann, *hast du schon einmal Licht gesehen?*

Von wem redest du?, fragte mein Blut zurück. *Mich kannst du nicht meinen. Ich bin nicht rot. Schwarz ströme ich durch undurchdringliche Schwärze, solange die Pumpe es will. Rot werde ich erst, wenn irgendwas kaputtgeht an deiner Haut.*

Dann wollte ich mein Hirn befragen, doch so ein Hirn ist einfach schneller als du und antwortete schon, bevor ich die Frage stellen konnte: *Meyer*, sagte es, *in unseren Körpern herrscht lebenslange Schwärze. Dort, wo das Leben hergestellt wird, ist es stockdunkel. Da hinein fällt kein Lichtstrahl. Schwarz ist die Farbe des Lebens.*

So ungefähr meine Gespräche auf dem Höhepunkt des Tiefpunktes dieser Nacht.

Als ich das letzte Mal auf Toilette ging, um meiner Pisse den einen Moment ihrer Erleuchtung zu bieten, bevor sie von der Schwärze meines Inneren in die Schwärze der Kanalisation übergehen würde, da lärmten draußen schon die Vögel und die Morgendämmerung zog auf und erhellte unser Zimmer.

Und endlich durfte ich schlafen.

Ich schlief und schlief, und als ich aufwachte im stockdunklen Zimmer, ging es mir irgendwie besser. Könnt Ihr daran sehen, dass ich zu Schwarzloch sagte: »Jetzt übertreibst du aber! Als ich einschlief, da dämmerte doch schon der Morgen und jetzt soll es stockdunkel sein?«

Dann roch ich Kaffee und dachte, Schwarze Löcher riechen nicht nach Kaffee, hier stimmt was nicht. Ich setzte mich auf die Bettkante, um mir die Sache näher anzuschauen.

»Na, ausgeschlafen?«, fragte etwas und dieses Etwas lief durchs Zimmer ans Fenster und Benno entfernte die Decken, die er dort sorgsam angebracht hatte, um das Licht draußen und den Schlaf in mir drinnen zu halten.

»Hast du das für mich gemacht? Das Fenster verhängt und das

Zimmer verdunkelt?«, fragte ich und Benno nickte. »Willste 'n Kaffee?«

»Kaffee klingt klasse!«

»Ein Hörnchen hab ich dir auch gesichert«, sagte Benno und wies auf ein Butterhörnchen mit einer Portion Butter und Marmelade und ich stand auf von meinem Bett und setzte mich an den gedeckten Frühstückstisch. Ich lachte Benno irgendwie ungläubig an, sagte »Danke« und verspeiste Hörnchen mit Butter und Marmelade und als der Kaffee leer war, sagte ich: »Du hast genau richtig viel Zucker reingemacht.«

»Klaro«, sagte Benno, »hab halt aufgepasst!« Er grinste mich an. »Bist du bereit?«

»Ich sag mal Ja, wird schon nichts Schlimmes nachkommen.«

Und dann kam auch nichts Schlimmes, sondern die beste Umarmung zum achtzehnten Geburtstag, die ich je bekommen habe, und Benno sagte: »Gestern warst du irgendwie nicht gratulationsfähig oder wie man das nennt. Hier hast du ein kleines Geschenk.«

Da wusste ich, an was er gestern so hoch konzentriert gearbeitet hatte, denn er gab mir ein Blatt Papier, auf dem stand:

Heldenprojekt (USA/2014)
Babylon's Ending (Fr/Sp/D 2010)
Das Ende der Einsamkeit (UK/2005)
Inflation (USA/2012)
All together (CH/JP/2013)

»Best of science fiction«, erklärte Benno, »lauter tolle Filme. Habe ich dir runtergeladen von den obskursten Seiten. Die können wir uns anschauen die nächsten Tage. Vertreibt den Kummer und Schmerz.«

Haben wir dann auch gemacht. Von den Filmen selbst darf ich Euch nicht erzählen, das hat meine Lektorin mir verboten.

Sie denkt, es würde Euch nicht so dolle interessieren, was noch alles auf uns Menschen wartet. Die wir doch ein blutjunges Geschlecht sind. Und noch wahnsinnig vieles vor uns haben. Deshalb in aller gebotenen Kürze: Am vorletzten Tag von Johannas Abwesenheit schauten wir am Nachmittag *Babylon's Ending*. In dem Film können Menschen aller Mutter- und Vatersprachen sich fließend miteinander unterhalten, weil die Übersetzungsmaschinen alle Sprachen hin und her übersetzen und kleine Chips alles aus der Großen Wolke direkt in unser Hirn weiterleiten. Und in den Schulen dieser Welt muss man nicht mehr dröge Vokabeln büffeln, sondern man lernt zu denken und sich auszudrücken, und keiner muss mehr ständig »weiß nicht« und »keine Ahnung« sagen, das Wort »irgendwie« stirbt aus und niemand wird mehr »traurig« und »komisch« miteinander verwechseln.

Das abendliche Selfie nach Schloss Weikersheim zeigte Benno, Julian, André und mich mit Chips und Cola beim Betrachten vom *Heldenprojekt*. In dem Film wachsen Embryonen in großzügigen Aquarien auf statt im engen Bauch. In bunt gemischten Kleingruppen tummeln die sich im Wasser, machen Kunststücke wie Delfine und spielen schon miteinander, bevor sie geboren sind. Die Geburt ist ein wahres Fest und ohne Schmerzen. In *All together* nehmen Chips im Hirn dir jeden nächtlichen Traum auf und keines dieser Wundergebilde wird mehr vergessen. Wenn du morgens aufwachst, hast du schon so viel erlebt, dass keiner mehr aus Langeweile heraus wertvolle Ressourcen verschwenden muss und …

Okay, Schluss damit. Will den Rotstift meiner Lektorin schonen.

Wir schauten auch *Das Ende der Einsamkeit*, den Film, der damals das Drama um Natascha und Benno anfeuerte. Ihr erinnert Euch vielleicht, in jedem Menschen sitzen Chips, die alles registrieren, was in ihren Körpern passiert. Jede Freude, jede Angst, jede Langeweile, jeden Gedanken, jeden Traum. Wenn dir einer den Zutritt zu seinem Selbst erlaubt, dann kannst du genau fühlen, wie der andere sich fühlt. Bis in die Quellen seiner Gedanken hinein versteht man die anderen, nicht nur, was sie heute denken, sondern auch, wo das herkommt. 2353 also muss sich keiner mehr unverstanden fühlen und keiner muss mehr allein und einsam sein. So weit, so gut, wenn nicht ein Superbösewicht, eine Mischung aus Darth Vader, Hannibal Lecter und dem Joker, etwas entwickelt hätte, das

…

Dagegen wendet sich eine Gruppe tapferer junger Leute, die …

Ab da wird der Film etwas langweilig, was gut passt, weil …

… ich jetzt aufhöre, ihn zu erzählen, Ihr wisst schon, warum.

Und auch, weil die Ereignisse sich bald überschlugen …

Schamane und Schlamasselfahrt

Am Tag ihrer Rückkehr holte ich Johanna von der Bushaltestelle ab. Ich sah sie schon an der Bustür stehen, als der Bus sich näherte, und mein Herz lachte. Als sie ausgestiegen war, küssten und umarmten wir uns und alles schien gut. Auf dem Weg in die Stiftung fremdelten wir dann ein wenig und unterhielten uns über so Alltagssachen, über die du dich auch mit Herrn und Frau Mustermann hättest unterhalten können. Wie die Bahnfahrt so war. Und die Busfahrt. Und weil die Deutsche Bahn mal wieder pünktlich gewesen war, gab das gar nicht so wahnsinnig viel Gesprächsstoff ab. Was wirklich wichtig für uns gewesen war die letzten Tage, kam noch nicht vor.

Als Paar waren wir ja noch ziemlich neugeboren und die Vertrautheit zwischen uns wurde schnell überwuchert von all dem Geschehen. Heute würde ich mir darüber keine Sorgen machen.

Aber damals?

Fühlte sich das doof an und hauptsächlich völlig überraschend.

Deshalb war ich irgendwie einverstanden damit, dass wir für Zweisamkeit vorläufig keine Zeit hatten, denn kaum waren wir in der Stiftung angelangt, rief Adrian uns schon alle zusammen. Er musste hinterm Fenster gestanden und auf uns gewartet haben, und kaum hatte er uns gesehen, hatte er schon seine Einladungs-WhatsApp losgeschickt.

Die letzten Tage hatte er sich regelrecht in seinem Zimmer vergraben, um unsere Fünf Sätze zu formulieren, und jetzt wollte er uns so schnell wie möglich zeigen, was er geschafft hatte. Noch bevor Johanna ausgepackt hatte, fanden wir uns in seinem Zimmer wieder, wo er uns seine Rede vorstellte. War in dem Moment keine Band-Sache, eher ein Soloalbum vom Leadsänger, folgerichtig fand das in seinem Zimmer und nicht in unserer Verschwörerecke statt. Johanna, Ioanna, Benno und ich sollten eher zuhören als mitspielen und das haben wir auch gemacht. Genauer gesagt stellte Adrian uns nur Stichpunkte seiner Beerdigungsrede vor, den genauen Wortlaut wollte er spontan formulieren. Das freie Sprechen würde er täglich üben und es würde immer besser gehen.

Auf seinem Stichpunktezettel stand:

1) Es gibt keinen Gott.
2) Ewig ist ein Scheißwort und wäre besser nie erfunden worden, denn Lebende können nur über Zeitliches etwas aussagen, weil alles Leben zeitlich ist.
3) Wir sind alle Teil der Menschheit. Wenn wir das spüren könnten, würden wir uns weiterleben sehen in dieser Menschheit, und zwar genau so lange, wie es die Menschheit gibt, aber keinen Tag länger und auf keinen Fall ewig.
4) Wir können uns derzeit nicht als Teil der Menschheit fühlen, weil es derzeit keine Menschheit gibt, sondern nur eine unsolidarische, durch Klassen, »Rassen«, Geschlechter und Nationen vielfach gespaltene Menge von Menschen, die auch beim besten Willen nicht als Einheit spürbar ist, weil es diese Einheit einfach nicht gibt.
5) Nur eine wirklich solidarische Menschheit kann die Probleme des Lebens lösen, ich sage nur Klima und sonstige Umweltkatastrophen. Das Problem des Todes wiederum ist für Materialisten einzig verknüpft mit den Problemen des Lebens.

Adrians Entwurf hängt heute übrigens bei mir überm Schreibtisch. Wird später im Kinderzimmer hängen, direkt überm Bett von Anneliese und Alina, verspreche ich. Nicht aus Sentimentalität, sondern weil da was dran ist.

Adrian war gerade fertig mit Vorstellen, da klopfte es an seiner Tür und die Sekretärin der Anstaltsleitung stand vor uns und überreichte uns die Einladung zu Nataschas Beerdigung.

Familie von Berggruen hatte nicht an uns geschrieben, weder an uns Einzelne noch an uns als Gruppe. Eine Familie von Berggruen schreibt an die Leitung einer Anstalt, nicht an deren jugendliche Insassen. Die Leitung solle den »jungen Leuten« ausrichten, sie würden dem Wunsch ihrer geliebten Tochter nachkommen, wenn auch nicht ohne Besorgnis. Für unsere Unterbringung hätten sie gesorgt und zwei Doppelzimmer in der Pension »Old Shatterhand« gebucht. Diese Kosten würden sie übernehmen, die Kosten der Bahnfahrt allerdings müssten wir selber tragen. Zudem hofften sie, dass wir Sinn und Bedeutung des Wortes Pietät kennen würden, einen Skandal würden sie sich verbitten.

Tja, und untendrunter stand dann der Termin und Adrian wurde bleich und sah mal wieder ganz verzweifelt aus und bat uns, ihn alleine zu lassen. Haben wir gemacht, aber viel Zeit für Erzählungen von Weikersheim und vom Schwarzloch blieb Johanna und mir wieder nicht, denn eine halbe Stunde später rief Adrian uns zu sich zurück, um uns Folgendes mitzuteilen: »Leute, wir haben ein Problem. Ich kann nicht nach Bad Segeberg, weil ich mit Mama zum Mondsee muss, wo ihr Schamane mich heilen wird. Sonne, Sirius und Erdachse stehen in einer besonderen Konstellation, das gibt es nur ein Mal alle zehntausend Jahre. Sprich: Diese Chance kommt nie wieder. Das ist natürlich Humbug, aber meine Mama hat an dieser Stelle einen Schaden. An anderen nicht. Ich kann es ihr nicht antun, da nicht mitzukommen. Hab ich ihr seit Langem versprochen. Es gab auch einen Deal mit ihr, Videodreh und Schamanenheilung wurden verkoppelt, habe ich Euch damals nicht erzählt. Meine Mama reinigt sich schon seit Wochen, um empfangsbereit zu sein für die kosmischen Kräfte, die von Sirius über den Schamanen auf sie übergehen werden, woraufhin sie diese kosmischen Kräfte dann auf meinen Krebs weiterleiten wird, was zur Folge hat, dass diese Kräfte dem Krebs den Garaus machen und ich also wieder gesund sein werde. Ich hatte bis zuletzt darauf gehofft, dass die Beerdigung und der Mondsee sich nicht in die Quere kommen würden, jetzt ist es doch passiert.«

Adrian machte deutlich, dass über seine Entscheidung nicht zu diskutieren sei, und sah so entschlossen aus, dass wir es gar nicht versuchten.

»Hat doch mal wieder eine unglaubliche Logik, oder? Jetzt verrätst du Natascha ein zweites Mal. Ohne was dafürzukönnen«, sagte Johanna.

Adrian verzog schmerzhaft sein Gesicht, ging aber nicht weiter darauf ein. Stattdessen spulte er sein Programm ab, das er sich vorher zurechtgelegt hatte: »Nataschas letzter Wunsch war ausdrücklich, dass einer von uns reden soll, nicht, dass ich predigen soll. Oder habt ihr ihren Abschiedsbrief anders verstanden?«

Die anderen schüttelten ganz entschieden den Kopf, nur ich hielt still, weil ich Katastrophengefühle bekam. Ich habe das manchmal, Katastrophengefühle. Einer sagt was und ich weiß, genau jetzt gerät etwas auf die schiefe Bahn, schlingert zuerst etwas unentschieden hin und her, nimmt dann langsam Tempo auf, beschleunigt, bis es kein Halten mehr gibt, woraufhin dieses Etwas geradlinig aufs Ziel zurast, wo dann Tischlerlehrling Meyer in einem riesengroßen Haufen von dickem, fettem Schlamassel stecken wird.

»Also, wer macht's? Johanna? Benno? Ioanna? Meyer?«

Keiner meldete sich freiwillig, nur Ioanna machte deutlich, dass sie ja wohl ausfiele. Ich beneidete sie das erste und letzte Mal dafür, dass ihr Krebs sich den Kehlkopf gegriffen hatte, statt wie meiner an einem Organ herumzumachen, von dem ich bis dahin nicht mal gewusst hatte, dass es das gibt.

Dafür malte sie dann die Lose und suchte ziemlich lange im Küchenschrank unserer Teeküche herum, bis sie ein Gefäß als würdig genug empfand, um die Lose darin zu sammeln. Beim Schreiben kicherte sie, was in ihrem Fall klang wie ein Deathmetaller beim Warmsingen. Sie fand es wohl irre lustig, zweimal »Niete« und einmal »Hauptgewinn« auf die Lose zu schreiben.

Einen zweiten Wahlgang gab es nicht, obwohl ich nach dem ersten heftig dafür plädierte, wenigstens drei Runden auszuspielen.

So nahm die Schlamasselfahrt also Tempo auf.

Richtig ins Rutschen kam sie dann, als Benno sagte: »Meyer, eines muss dir klar sein: Deine Mütze kannst du nicht anlassen. Kopfbedeckung am Altar ist ein No-Go für Männer in solchen Kirchen. Denk dran, Pietät! Keinen Skandal!«

Die anderen hatten gut lachen, mir verging es. Glatzköpfig mit kleinen roten Haarinseln mitten auf der Birne würde ich nicht auftreten. Da führte kein Weg hin.

Du hast keine Chance, Meyer

Am nächsten Morgen klopfte ich bei Adrian, um mit ihm die Predigt vorzubereiten.

Er war beim Packen. In einer halben Stunde sollte seine Mama kommen und ihn abholen.

Die Zugfahrt nach Kärnten würde um Punkt 11:59 Uhr beginnen, zweimal umsteigen, Ankunft 18:45 Uhr, dann Heilschwitzen, Gemüsebrühe schlürfen, danach eine Nacht am See, jeder für sich alleine, Kontakt aufnehmen zu Sirius und den anderen Sternen – mit nichts ausgestattet als einer Taschenlampe und einem Daunenschlafsack.

»Die Predigt musst du alleine machen, Meyer, ich kann dir nicht helfen. Die fünf Stichpunkte hast du ja, das Drumrum musst du dir selbst ausdenken.«

»Was glaubst du, schaff ich das?«, fragte ich beim Abschied, schon wieder halb zur Tür raus.

»Du hast keine Chance, Meyer. Tut mir leid, das sagen zu müssen.«

Du Arsch. Dieses Immer-die-Wahrheit-Sagen ist auch nur eine Eitelkeit. Ich schmetterte die Tür zu und dachte, ihr könnt mich mal alle, schaute mir die Treppe an, die vom zweiten Stock in die Rezeption führte, und dachte: Okay, jetzt nimmst du Anlauf und rennst einfach weiter, auch wenn der Boden unter den Füßen stufig wird. Dann schlägst du unten mit gebrochenem Bein und blutendem Kopf mitten in der Halle auf, am besten zu Füßen von Johanna, die dann deinen Kopf in ihren Schoß legt und dir mit einem frischen Tempotaschentuch Stirn und Wange abtupft. Genau in dem Moment meiner Fantasievorstellung, in dem Johanna mein Ableben befürchten muss und sich gewahr darüber wird, dass sie mich – und nur mich, und zwar für immer und immer – liebt, da kam Adrian noch mal raus und rief mir hinterher: »Aber trotzdem nicht kneifen, Meyer!«

»Fahr du nur zum Mondsee!«, giftete ich zurück und stolzierte die Treppe runter, edel trabend wie dieser Afghanische Windhund neulich, dessen Gang ich mittlerweile schon ganz gut beherrschte, wenigstens so vom inneren Gefühl her.

Nach unserem Tagesprogramm fragte Johanna, ob sie mir helfen könne mit der Predigt. Wir setzten uns in die Bibliothek zum Predigtschreiben, aber irgendwie kamen wir nicht zum Arbeiten, denn es gab so viel anderes zu besprechen. Wie es war auf Schloss Weikersheim. Wie die erste Nacht war. Wie toll so ein gutes Orchester sei. Wie die dritte Nacht war. Dass die unverschämt gesunde Fagottistin eine prima Freundin geworden sei in den wenigen Tagen. Vom tragischen Ereignis und den achtzehn falschen Bildern musste ich erzählen und Johanna holte die Gratulationen gründlich nach. Und spätestens da war die Sache mit dem Fremdeln Vergangenheit. Natascha und Adrian und die unheimliche Logik, die manchmal ein Leben durchzieht, kamen auch vor. Wir suchten nach weiteren Beispielen und küssen und kuscheln mussten wir schließlich auch noch.

Nach zwei Stunden musste Johanna los zum Üben. War nicht aufzuschieben, obwohl sie doch gerade ihre Fahrt gemacht hatte. Die sind irgendwie eisern, solche Musiker, und deshalb blieb die Predigt ungeschrieben. Es war wie früher, vor meinem Abgang aus dem Gym in der zehnten Klasse, als wir in Gruppenarbeit Referate vorbereiten sollten. Nur dass das Nicht-Arbeiten heute noch viel besser war als damals, wo es auch schon verdammt gut gewesen war.

»Wirklich weitergekommen sind wir jetzt nicht«, sagte Johanna am Ende der zwei Stunden. Ich sagte: »Macht nichts, es gibt Dinge, da muss ein Mann alleine durch«, aber sie meinte: »Nein, das glaube ich nicht.«

Ihr wisst ja schon, was für eine Miene Johanna macht, wenn sie so was sagt: gar keine. Als wenn sie sagen würde: Das Thermometer zeigt dreiundzwanzig Grad. Das reine Wort eben. Hat was Knallhartes, ist aber garantiert ohne doppelten Boden.

Nach unserem Abschied fing ich an, mich ernsthaft mit dem Inhalt der Predigt und mit meinem Outfit zu beschäftigen. Das Glatzen- / Mützenproblem war zu diesem Zeitpunkt noch ungelöst, überhaupt wollte ich nicht in Zivil gegen den Pastor in seiner Uniform antreten.

Ich machte mich auf den Weg nach Ganacker und hoffte auf Inspiration.

Auf dem Hinweg kam sie nicht, aber auf dem Rückweg hatte ich eine geniale Idee.

Und dann gleich noch eine.

Und weil es gerade sprudelte, kam eine dritte um die Ecke und bedeutete mir: Jetzt ist alles geritzt, Meyer, oder?

Leute, ich sag Euch was: Wenn Ihr mal drei geniale Ideen auf einmal habt, lasst Vorsicht walten.

Klassenfahrt!

Am Vortag der Beerdigung nahmen Ioanna, Johanna, Benno und ich zuerst den Bus Ganacker–Landau an der Isar, von dort ging es mit einem Regionalzug nach München, dann per ICE nach Hamburg und im letzten Schritt wieder mit der Regionalbahn nach Bad Segeberg.

Am Anfang herrschte typische Klassenfahrtatmosphäre, auch wenn der Anlass unserer Fahrt ein trauriger war. Find ich verzeihbar, auch heute noch. Wenn du monatelang quasi eingesperrt bist, dann ist so ein Ausflug ein Fest und Feste musst du feiern. Später beruhigte sich dann alles, wir wurden stiller und unsere Gespräche kreisten um die Familie von Berggruen, die »Am Rehwinkel 3« residierte, was von Google Earth als alte Villa mit geschätzt sechzehn Zimmern identifiziert worden war, umgeben von einem Garten, den man auch Park nennen dürfte, ohne gleich rot zu werden. Im Folgenden kreiste vieles um die Frage, was für ein Auto der Chauffeur wohl fahren werde, der uns am Bahnhof abholen würde. Und ob die Wasserhähne in der Villa vergoldet wären, was es zu essen gäbe, wo der Leichenschmaus stattfände, ob die Kirche groß genug wäre, um die Trauergemeinde zu fassen, wie Nataschas ehemalige Klassenkameraden so waren, ob es darunter welche gäbe, die mit ihr warm geworden waren. Ausgerechnet als ich nachschauen wollte, was dieses komische *Venceremos* bedeuten sollte, fuhr der Zug durch ein riesiges Funkloch.

Natascha selbst kam nicht mehr sooo viel vor. Wir hatten schon vor unserer Reise viel über sie gesprochen. Und sooo viel wussten wir nicht über sie. Auch über Adrian war bald alles gesagt, was wir zu sagen hatten.

Stattdessen war viel von Kleidungsfragen die Rede. Benno

brachte die Wörter »Herrenausstatter« und »ausstaffieren« drei Mal in einer Minute unter, Johanna schwärmte von ihrem Kleinen Schwarzen und von dem leichten schwarzen Mantel, den ihr Papa ihr geschickt hatte. Ich schwieg, dachte aber an das Päckchen mit den angeforderten Sachen, die ich bei meiner Mama angefragt hatte. Im beiliegenden Briefchen teilte Mama mir mit, sie hätte es nett gefunden, zu erfahren, wofür ich die Sachen brauchen würde und ob die teure Expresszustellung wirklich nötig gewesen sei. Zudem drückte sie die Befürchtung aus, dass das Thomas-Gottschalk-Goldglitzerjäckchen vielleicht etwas zu weit sein könnte und an mir rumschlabbern würde, weil ich doch ganz schön abgenommen hätte seit dem letzten Karneval. Die Goldlockenperücke hätte sie vorsichtshalber noch mal frisiert, so gut man so ein Billigteil eben frisieren könne. Das Jäckchen war tatsächlich zu weit. Sah ich im Spiegel. Dort sah ich auch, dass ich Thommys Bewegungen noch voll draufhatte – wie damals in den bitteren Jahren nach Papas Tod, als er wenigstens einmal im Monat per *Wetten, dass…?* etwas Freude ins triste Wohnzimmer gebracht hatte und Mama mal lachen konnte, wenn ihr Sohnemann nach Sendeschluss einen perfekten Thomas Gottschalk gab.

Es war dann Nataschas Papa persönlich, der uns vom Bahnhof abholte. Er war sich treu geblieben seit unserer ersten Begegnung, respektlos und arrogant. Nachdem er seine Hausmeisterangelegenheiten in der Villa »Am Rehwinkel« erledigt hatte, arbeitete er bei den Karl-May-Festspielen, vermutlich als Pressereferent – das legten wenigstens die Unmengen an Prospekten nahe, die auf dem Rücksitz seines Autos lagen.

Nataschas Papa gab sich keinerlei Mühe, zu verbergen, was er vom letzten Wunsch seiner Tochter hielt. Er fuhr uns direkt in die Pension »Old Shatterhand«, wo wir übernachten sollten, weil die Berggruens in dem Riesenhaus »Am Rehwinkel 3« nur drei Zimmer bewohnten – eine kleine Einliegerwohnung, wie gemacht für den Hausmeister samt Frau und Kind. Die Besitzerin der Villa, eine alte Dame, mit der schlecht Kirschen essen sei, hätte es niemals gestattet, dass vier gemischtgeschlechtliche junge Leute in ihrer ehrwürdigen und leer stehenden Villa hausen würden.

»Meine Frau wollte euch zum Kaffee einladen, aber ich fand, sie sei nicht in der Verfassung dazu. Ich habe es ihr deshalb verboten. Nur ein Wort: Egal, wer von euch morgen reden wird – macht bloß keinen Skandal. Wir haben es schwer genug. Ich weiß nicht, wie Nataschas Mutter das alles überstehen soll.«

Von den letzten Tagen seiner Tochter wollte er nichts wissen. Wir hätten ihm auch nichts sagen können, was er nicht schon wusste. Der Experte für seine Tochter war er.

Schien sowieso der ausgemachte Expertentyp zu sein.

Für die Bahn (sieben Minuten Verspätung), für den Verkehr (drei Volltrottel und ein Blinder auf drei Kilometern), für das Straßenbauamt (die bauen, diese Deppen).

Für die Ärzte ohnehin.

Die Christkönig-Kirche erwies sich als ein riesiger Bau mit drei Schiffen, in dem sich die kleine Trauergemeinde verlor. Ein großer, weit verzweigter Clan waren die von Berggruens offensichtlich nicht. Der Sarg stand mittig, ich sah ihm an, dass er billig war. Die Eltern hatten ein kleines Bild von Natascha vervielfältigt und bis in die zehnte Reihe ausgelegt. Darauf war ihr Gesicht nicht in Bronze gegossen, als sei sie Winnetous Schwester, sondern von Akne oder einer ähnlichen Sauerei rot gesprenkelt. Ab der dritten Reihe jedoch blieben die Kirchenbänke verwaist, Nataschas Lächeln blieb mal wieder ungesehen. Ihre Kommilitoninnen und Kommilitonen vergnügten sich in Tel Aviv auf einer Exkursion, während Natascha hier in ihrem billigen Sarg lag. Erfuhren wir von der einen Dozentin, die gekommen war. Fehlanzeige auch in puncto alte Klassenkameraden, die hatten Bad Segeberg wohl schleunigst verlassen gleich nach dem Abi.

Wie so vieles in Nataschas Leben war auch der Zeitpunkt ihres Todes schlecht gewählt.

Wir vier saßen zusammen in der dritten Reihe, zwei Reihen getrennt von der Familie. Ich hatte einen schwarzen Pulli übergezogen, linksrum, aus Gründen, die Ihr noch erfahren werdet.

Nataschas Mutter sah so bitter, verzweifelt und abweisend aus, dass wir nach der Begrüßung froh waren, nicht länger in ihrer Nähe bleiben zu müssen. Es schien, als gäbe sie uns die Schuld am frühen Tod ihres einzigen Kindes.

Thommy wird wütend

Kennt Ihr das? Ihr seid, sagen wir mal, zwölf Jahre alt und wart schwimmen. Ob im Meer, im See oder im Freibad, spielt in diesem Fall keine große Rolle. Eine Rolle spielt aber, dass Mama in der Nähe sitzt, die, wenn du rauskommst aus dem Wasser, darauf besteht, dass du die nasse Badehose aus- und eine trockene anziehst, wegen Blasenentzündung und so. Erinnert Ihr Euch an dieses Gefummel, das dann losgeht? Handtuch umbinden, die nasse Hose ausziehen, die aber, nass, wie sie ist, nicht abgestreift werden will, sondern förmlich an deiner Haut klebt, als hätte sie einen eigenen Willen. Die ganze Aktion begleitet von der Angst, das Handtuch könne nicht halten und dein Schniedel wäre den Blicken der Strand- oder Freibadbesucher ausgesetzt, die alle ganz harmlos tun und auf eine hinterhältige Art Desinteresse an dir heucheln, während sie in Wahrheit alle nur darauf warten, dass das Handtuch fällt, um dann in ein großes Gelächter auszubrechen. Die trockene Badehose verhält sich zwar nicht so widerspenstig wie die nasse zuvor, aber dafür hast du jetzt mit ganz anderen Schwierigkeiten zu kämpfen, weil diese blöde trockene Badehose auf ihrem Weg nach oben allerlei Zeugs aufsammelt, das an den Füßen klebte, so Zeugs, das du auf keinen Fall in deinem Schritt haben magst, am Strand diese kratzenden Sandkörner, im Freibad Gras, Blätter, Zigarettenstummel und zur Krönung womöglich noch irgendein Weichtier, das auf dem Rasen lebte.

Erinnert Ihr Euch, wie man sich da fühlte?

Wenn ja, dann wisst Ihr, wie ich mich fühlte, als ich beim letzten Abschnitt der Pastorenpredigt die Bank verlassen hatte, im Seitenschiff der Kirche meine Mütze abzog und in aller Eile die blöde Thomas-Gottschalk-Perücke über meine gesprenkelte Glatze zu ziehen versuchte. Die Perücke saß ohnehin knapp und nach dem Aufenthalt im Jutebeutel, zerknittert und verwuschelt, wollte sie schier gar nicht mehr auf meinen Kopf passen. Dazu klebriger Schweiß auf der Glatze. Obendrauf Lampenfieber, Darmprobleme und zusammengekniffener Arsch. Dazu fiel mir ein Satz von meiner klugen Johanna ein, den sie vor einigen Tagen fallen gelassen hatte: »Ob Natascha wohl irgendwelche Rachegedanken hegte, als sie uns beauftragte, bei ihrer Beerdigung zu predigen? Ob sie uns was heimzahlen wollte?«

Dann kam plötzlich noch Zeitdruck hinzu, denn der Herr Pastor war schneller zu Ende gekommen, als von mir erwartet. Die Bühne verwaist, das Publikum ungeduldig, die Stille im Kirchensaal laut und schreiend – das also die Situation.

Ein letztes Zurren an der Perücke, ins Goldjäckchen geschlüpft und auf die Bühne gesprungen in jugendlichem Übermut – das meine Antwort.

Vorne nahm ich das Mikro aus dem Ständer, denn wie gefesselt an einer Stelle ausharren auf Art und Weise des Kollegen Martinsen – so wollte ich nicht predigen.

Meine Begrüßungsworte »Hallo, ihr Menschen alle!« gingen mir noch flüssig über die Lippen, dann geriet ich schon ins Stocken, weil das Mikro zwar eine Schnur hatte, aber die Schnur eine kurze Schnur war, die meinen Bewegungsdrang doch sehr einschränkte. Der originale Thommy hatte ein Goldglitzerjackett mit angestecktem Wireless-Mikro, ich hatte zum Goldglitzerjackett nur veraltete Technik. Dennoch kamen dann nach kurzem Stocken auch die ersten Sätze ganz locker raus, wie es Kleinlügen ja gerne machen: Nataschas letzter Wunsch, Nataschas Glaube an unsere Sache, Nataschas Eifer bei der Gruppenarbeit, den Respekt, den wir ihr entgegenbrachten.

»Ich will Ihnen also erzählen, was Natascha ihren Kindern erzählt hätte, wenn sie noch welche hätte kriegen können. Anders und Mareike hätten sie geheißen, das hatte Natascha schon entschieden, von Anders und Mareike hat sie viel gesprochen in ihren letzten Wochen. Weil doch in jedem Kind die Zukunft wieder neu beginnt oder wenigstens halb neu. Und so fängt ein neuer Glaube auch mit den Kindern neu an: Er fängt neu an mit den Gutenachtgeschichten, die liebevolle Eltern ihren Kindern erzählen, Abend für Abend. Die Essenz dessen, was Natascha ihren Kindern erzählt hätte, das steht nun auf diesem Blatt.«

Bei »diesem Blatt« passierte es.

Bei »diesem Blatt« zog ich das Blatt mit den Fünf Sätzen aus meiner Jackentasche, schwungvoll und mit Elan. War ein guter Effekt, szenisch gesehen. Wäre ein noch besserer Effekt geworden, wenn sich nicht die blöde Schnur meines Mikros um den blöden Mikroständer geschlungen hätte, worauf der zu wackeln begann, in eine gefährliche Schieflage geriet und schließlich in Superzeitlupe auf den Boden krachte.

Erstaunlich ist, was der Hall in so einer Kirche mit dem Geräusch eines Stückchens Metall macht, das auf einen Steinfußboden aufschlägt.

Und dann hatte ich einen Blackout.

Nicht so einen klassischen Blackout wie bei »Mathearbeit« oder »Vokabeltest«, bei dem dein Hirn so leer ist, dass du es schütteln möchtest, einfach, um dich seiner anhaltenden Existenz zu vergewissern. Eher die Art Blackout, bei der dein Hirn so voll ist, dass ein klarer Gedanke nicht erkennbar ist, weil die durch dein Hirn rasende Gedankenvielzahl den einen klaren Gedanken auslöscht.

Warum hat Johanna ihr Gesicht verdeckt und in die Hände gelegt?

Warum guckt Benno so zufrieden schmunzelnd wie seit Wochen nicht mehr?

Warum sitzt dort, wo vorhin noch Frau von Berggruen saß, eine in Stein gemeißelte Frauenfigur?

Was lacht Nataschas Dozentin so dämlich?

Warum stöhnt Kollege Martinsen hörbar auf?

Was hat der bei meinem Auftritt auf der Bühne noch verloren?

Was mache ich hier überhaupt?

War es im Baumhaus nicht viel schöner?

Was würde Mama sagen, wenn sie hier wäre?

Würde Natascha jetzt befriedigt lachen? War es tatsächlich ein Racheakt, uns mit der Missionierung der Heiden zu beauftragen?

Dachte ich alles binnen einer Sekunde.

Da bleibt kein klarer Gedanke übrig. Ich wusste nicht weiter.

Stand da, mitten auf der Bühne, in meinem schlabbrigen Goldglitzerjäckchen und mit der Thomas-Gottschalk-Perücke über der Glatze. Hatte zwar ein Mikro in der Hand, aber wusste nichts zu sagen. Dann fing die Zeit an, sich zu dehnen, aus Sekunden wurden gefühlt Minuten. Ich suchte die Wörter, doch ich fand sie nicht mehr wieder. Waren im Blackout versenkt und würden nicht mehr auftauchen. Schließlich las ich einfach ab, was auf dem »Blatt Papier« stand.

1) Es gibt keinen Gott.
2) Ewig ist ein Scheißwort und wäre besser nie erfunden worden, denn Lebende können nur über Zeitliches etwas aussagen, weil alles Leben zeitlich ist.
3) Wir sind alle Teil der Menschheit. Wenn wir das spüren könnten, würden wir uns weiterleben sehen in dieser Menschheit, und zwar genau so lange, wie es die Menschheit gibt, aber keinen Tag länger und auf keinen Fall ewig.
4) Wir können uns derzeit nicht als Teil der Menschheit fühlen, weil es derzeit keine Menschheit gibt, sondern nur eine unsolidarische, durch Klassen, »Rassen«, Geschlechter und Nationen vielfach ge-

spaltene Menge von Menschen, die auch beim besten Willen nicht als Einheit spürbar ist, weil es diese Einheit einfach nicht gibt.

5) Nur eine wirklich solidarische Menschheit kann die Probleme des Lebens lösen, ich sage nur Klima und sonstige Umweltkatastrophen. Das Problem des Todes wiederum ist für Materialisten einzig verknüpft mit den Problemen des Lebens.

Toller Text, da ist kein Zweifel dran, aber nach anderthalb Minuten ist alles gesagt. Und mit anderthalb Minuten füllst du keine Trauerrede in einer riesigen Kirche. Die Wahrheit hat keine Zeit, das ist die Krux mit der Wahrheit, da geht Zähneputzen länger.

Deshalb las ich den Zettel einfach ein zweites Mal vor.

Ganz allmählich kehrte dabei meine Geistesgegenwart zurück. Das konnte man daran erkennen, dass ich »Scheißwort« bei der zweiten Lesung ganz spontan ersetzte durch »blödes Wort«, wegen Skandal und Kirche und Pietät und so. Ansonsten erlaubte ich mir keine Variationen.

Wenn Ihr Euch hineinversetzen wollt in die Beerdigungsgäste, dann lest die Fünf Sätze einfach noch mal. Dann wisst Ihr, wie es den Gästen ging. Die mussten sich unsere Fünf Sätze nämlich wie gesagt ein zweites Mal anhören. Ich schreibe sie aber nicht noch mal hin. Auch wenn das ja wirklich richtige Hammersätze sind, die du gar nicht oft genug sagen kannst – hinter jeder Wiederholung lauert die Langeweile. Gegen den Wunsch nach Entertainment käme nicht mal eine noch größere Wahrheit als die unsrige an. Und wenn du auf einer Bühne stehst oder den Leuten was erzählen magst, hast du mehr Angst davor, das Publikum zu langweilen, als davor, Stuss zu erzählen. Ist eine komische Sache, das Verhältnis zwischen Wahrheit und Entertainment. Oder vielleicht 'ne traurige. Sicher eine, die du dein Leben lang neu verstehen kannst.

Nach meiner zweiten Lesung war ich summa summarum schon bei vier Minuten. Als ich ansetzte, die sechs Minuten anzuvisieren, und meinen Text zum dritten Mal vorzulesen begann, räusperte sich dieser Pastor Martinsen hinter mir, laut, deutlich und irgendwie demonstrativ. Der wollte mir ganz offensichtlich etwas sagen. Ich hatte es schon als despektierlich empfunden, dass er auf seinem Platz sitzen blieb, als ich zum Rednerpult gegangen war, aber dieses Räuspern ging eindeutig zu weit. Auch für einen Hausherrn sollten Anstandsregeln gelten, finde ich, die hatte er durch seine anhaltende Bühnenpräsenz sowieso schon missachtet. Jetzt räusperte er sich auch noch und ich sollte erraten, was dieses Räuspern bedeuten soll, oder, noch schlimmer, er dachte, es ist so klar, was das bedeuten soll, dass er es nicht mal in Worte fassen muss. Das gab den letzten Schub, der eine keimende in eine ausbrechende Wut verwandelte. Ein Wutausbruch lag sowieso zum Greifen nah, allein wegen Perücke, Mikroschnur, Blackout und den komischen Blicken aus dem Kirchenschiff. Und weil mir alles so sinnlos vorkam. Das Räuspern war dann der berühmte Tropfen, der Ihr wisst schon was. Die Wut verwandelte mich zurück in einen richtigen Meyer. Sie killte den Blackout und die Wörter strömten mir zu: »Sie müssen sich gar nicht so vielbedeutend und inhaltsleer räuspern, Herr Kollege, die klassenlose Gesellschaft predigen Sie doch auch! In Ihrem Paradies sind doch auch alle gleich, in Ihrem Paradies gibt es doch auch keine Klassen mehr und keine ›Rassen‹, dort sind doch alle Gotteskinder und sonst nichts. Nur dass Ihre Leute unbedingt sterben müssen, um an der klassenlosen Gesellschaft teilzuhaben. Nee, ich sage Ihnen, das kriegen wir auch hier auf Erden hin! Vielleicht nicht heute oder morgen, aber wir haben noch einiges vor uns, denn wir sind ein junges Geschlecht. Kein Vergleich zu Würmern oder dem Marderhund, die Hunderte Millionen Jahre auf dem Buckel haben! Wir werden die schon noch hinkriegen, die klassenlose

Gesellschaft. Und das wird dem Tod den Stachel ziehen, das sag ich Ihnen. Auch dann noch werden wir traurig sein, wenn einer stirbt, und werden weinen, aber fürs kalte Grauen wird kein Platz mehr sein auf Erden. Auch nicht für Verzweiflung, Hoffnungslosigkeit und blöde Götter, in deren Namen sich die Leute die Köpfe einschlagen. Ich weiß, jetzt kommen Sie mir gleich mit der Unterschiedlichkeit der Menschen, die auf Erden zu erhalten ist. Da haben Sie ja recht. Nur, sagen Sie mal ehrlich: Wie halten Sie es denn mit der Verschiedenheit der Seelen in Ihrem Paradies? Glauben Sie, Ihr großer Gott würde sich mit Milliarden über Milliarden gesichtsloser und identischer Wesen umgeben in seiner Ewigkeit? Glauben Sie etwa, Ihr allmächtiger Gott wäre nicht fähig, diesen Wesen jenseits von Klassen, Herkunft und Geschlecht usw. ein eigenes Gesicht zu verleihen, um für Vielstimmigkeit zu sorgen in den ewigen Halleluja-Rufen seiner Kinder? Der will doch auch was sehen und unterhalten werden und sich nicht langweilen.

Der ist doch nicht blöde, Ihr Gott! Und wir Menschen sind auch nicht blöde: Den Spagat zwischen Gleichheit und Vielfalt, den wird die soziale Revolution schon hinkriegen!«

Das hat dem Martinsen sein Räuspern gründlich verleidet, kann ich Euch sagen. Und ich war wieder ganz bei mir und wusste wieder, wie ich hatte enden wollen: »Zum Schluss, liebe Trauergemeinde, lese ich Ihnen Nataschas letzte Worte vor. Sie kamen per Post zu uns, nach Nataschas Tod. Früher hätte man gesagt: Die Botschaft kam aus dem Jenseits, aber das sagen wir nicht mehr, ein neues Wort fürs ›Jenseits‹ haben wir nicht gefunden und brauchen wir auch nicht.«

Ohne Schwung, aber mit viel Seriosität zog ich Nataschas letztes Memo aus meiner Goldglitzerjackentasche und sagte: »Letzte Worte: Für Sie, für uns, für Mareike und Anders! Für alle.

MEMO 6:
Wenn wir uns als Teil der Menschheit sehen könnten, wenn wir ganz tief glauben könnten, dass jeder von uns Teil der Menschheit ist, dann könnten wir gar nicht sterben, solange es die Menschheit gibt.
Wir können das derzeit nicht glauben, weil es von der Menschheit bisher nichts gibt als das Wort; ansonsten gibt es Völker, Nationen, Klassen, Klassen, Klassen.
Das ist die bittere Wahrheit. Dagegen kommen keine Kinderlieder an, keine Videos, keine Geschichten. Gegen diese Wahrheit hilft keine Propaganda, gegen diese Wahrheit hilft nur die soziale Revolution.
Erst nach der sozialen Revolution werden wir den Tod abschaffen können. Was wir uns unter ›Tod‹ vorstellen, ist eine höchst ideologische Sache!
Venceremos! Venceremos! Venceremos!«

Dachte noch, Meyer, jetzt hast du immer noch nicht nachgeschaut, was Venceremos bedeuten soll. Nichtsdestotrotz reckte ich die geballte Faust in die Luft, die Natascha so liebevoll und sorgfältig unter ihr Memo gemalt hatte. Kam irgendwie gut, fand ich. Dann segnete ich die Gemeinde. Im Namen der Menschheit und als deren Repräsentant.

»Im Namen der Menschheit«, sagte ich tatsächlich und war zum Schluss echt ergriffen von meiner Rede, wischte mir 'ne Träne aus den Augen und verließ die Bühne.

Kollege Martinsen machte dann weiter und brachte die Andacht mit Anstand zu Ende.

Als wir die Kirche verlassen hatten und ich der Familie von Berggruen draußen die Hand reichen wollte – trotz aller Pannen Dank, Lob und Gloria erwartend –, da scheuerte mir die Frau von Berggruen eine, wie mir noch nie im Leben jemand eine gescheuert hatte.

Ohne jeden Kommentar.

Scheuerte mir eine mit voller Überzeugung. Sie schien nicht wütend zu sein, schnaubte nicht, weinte nicht, schrie nicht, hatte keinen Hass im Auge. Sie agierte, als ob sie die stumme, strafende Hand von was weiß ich schon wem gewesen wäre. Ein bestellter Henker ohne persönliches Interesse.

Die sachlichste und saftigste Ohrfeige meines Lebens.

Ein schlagender Erfolg

Ich war viel zu verblüfft, um irgendwas zu sagen oder zu tun. Benno verzog das Gesicht, als ob er selbst geohrfeigt worden wäre, kannte er wohl zu gut, geohrfeigt zu werden. Frau von Berggruen schien überrascht zu sein von der eigenen Schlagfertigkeit. Pfarrer Martinsen faltete die Hände. Herr von Berggruen wünschte sich weit, weit weg, nach Hamburg oder nach Timbuktu. Johanna streichelte meine Perücke und umarmte mich. Ob sie mich trösten oder vorm Zurückschlagen bewahren wollte, weiß ich nicht. Wahrscheinlich beides gleichzeitig, was erklären würde, weshalb sich dieses In-den-Arm-genommen-Werden so ungeheuer voll anfühlte. Bei Sachen wie In-den-Arm-Nehmen fließen die Gründe umstandslos in die Tat mit hinein, und wenn es viele Gründe gibt, dann wird die Tat irgendwie voller. Sag ich jetzt mal.

Und Ioanna, was machte die?

Die machte das einzig Richtige in dem Moment, sie ließ ihren rumänischen Sprechapparat an und schnarrte: »Gibt's in Bad Segeberg 'ne Kneipe, wo man kickern kann, Frau von Berggruen?« Und nach einer kleinen Pause: »Und wenn ja, wie finden wir die?«

Dass ein Ton die Luft durchschneidet, habe ich immer für eine missglückte Metapher gehalten, aber hier war es keine missglückte Metapher. Rechnet alles zusammen, also Beerdigung, Ohrfeige, Expertentyp, fettes Schweigen von fünf Leuten, dann kommt was raus wie: typischer Augusttag mit achtunddreißig Grad, Gewitter liegen seit Tagen in der Luft, Unwetterwarnung in ganz Norddeutschland. Ganz dicke Luft halt. So dick, dass Ioannas Frage wie ein Zacken drin stecken bleiben konnte. Lag sicherlich mit daran, dass Ioanna sich voll ins Zeug legte und ihr Apparat einen unglaublichen Ton produzierte, rostig und chromfarben schillernd in einem.

»So Tischfußball, kennen Sie doch wohl, oder?«

Es gibt Leute, die glauben, wenn man jemandem, der nicht damit rechnet, eine Frage stellt, sei dieser Jemand heillos überfordert, aber das stimmt gar nicht. Die Leute antworten fast immer, ohne lange zu überlegen. Wahrscheinlich, weil sie alle so übervoll mit Antworten sind, die viel zu selten nachgefragt werden. Welches die Hartholzsorten sind beispielsweise oder was den Unterschied zwischen einem Bergafghanen und einem Rennafghanen ausmacht. So war's auch bei der von Berggruen, die mir ausschaute, als werde bei der ganz besonders wenig nachgefragt. Hatte deshalb einen großen Antwortenüberschuss auf der Zunge liegen.

»Hexenboden, Badstraße«, sagte sie.

»Uuuund?«, fragte Ioanna etwas ungeduldig, so muss-ich-dir-denn-jedes-Wort-aus-der-Nase-ziehen?-mäßig. »Wie kommen wir dorthin?«

Die von Berggruen: »Hier geradeaus, dann die dritte links, nach zwei Blöcken kreuzt die Badstraße.«

Der von Berggruen: »Nach fünfen, Elsa, nach fünfen!«

Die Ioanna: »Danke!!!«

Ioannas »DANKE« werden die zwei nie vergessen und ich werde nicht vergessen, wie Ioanna entschlossen kehrtmachte und Richtung Hexenboden losstiefelte, als sei sie unser geistiges Oberhaupt und nicht ich. Wir alle hinterher.

Nein, nicht hinterher. Eher neben ihr her, so gangmäßig, wo es einen Anführer gibt, aber keinen, der alleine führt. Ich machte keinen auf Afghanen, sondern ging breitbeinig wie der Meyer und fühlte mich wie beim Karneval anno 2010, wo ich zwei Pistolen im Halfter hatte und mir keiner was konnte. Rechts ein Revolver mit 100er-Munitionsband, links eine 12er-Ringpatrone. Oder andersrum. Jetzt rechts Ioanna, links Johanna und Benno. Oder andersrum. Nein, mal so, mal so.

Benno sagte zu Ioanna: »Klasse, ganz große Klasse!« Worauf

die ihre schiefen Zähne sehen ließ und lachte, glücklicherweise stumm.

Meine Johanna rief zwei Querstraßen lang: »Gibt's in Bad Segeberg 'ne Kneipe, wo man kickern kann, Frau von Berggruen?« Ihr hättet nicht unterscheiden können, welchem der beiden Mädchen diese Stimme gehörte, ich schon.

Dann, circa bei der dritten Querstraße, als wir ganz sicher außer Sichtweite der von Berggruens waren, fing meine Johanna zu weinen an. Hemmungslos, wie man das so nennt, wobei mir einfiel, dass sie noch eine Umarmung von mir guthatte.

»Diese Ohrfeige hast du dir redlich verdient, du Idiot«, sagte sie schluchzend. Ich verstand zwar nicht, womit ich mir die Ohrfeige verdient hätte, aber so wie Johanna »Du Idiot« zu mir sagte, mit diesem Ton der Nachsicht und der Solidarität, lass ich mich gerne Idiot nennen und muss nicht gleich nachfragen, warum ich ausgerechnet jetzt ein Idiot wäre, wo ich doch sonst keiner bin.

Dann trocknete ich die Tränen in Johannas Gesicht, nahm sie in den Arm und so enterten wir den Hexenboden.

Arm in Arm.

Und die Gang hinterher. Oder nebenher. Oder vorneweg.

Der Bad Segeberger Jugend verschlug es schier den Atem.

Der Kicker wartete auf uns, nur auf uns.

Ich zog meinen Pulli aus, die Glitzerjacke hatte ich längst abgeworfen, wendete ihn und zog ihn auf rechts gedreht wieder an. Jetzt war wieder richtig rum und man konnte lesen, was da aufgeflockt war: Ewig ist ein Scheißwort.

Das Team Meyer–Johanna erwies sich als unschlagbar.

Einmal ging ich pinkeln. Als ich wieder zurückkam, blieb ich eine Weile in einiger Entfernung vom Kicker stehen und schaute auf meine Leute und dachte: Das sind jetzt also meine Lieblingsmenschen.

Auf der Heimfahrt im ICE herrschte gute Stimmung. Adrian erkundigte sich über Facebook nach der Feier und wollte wissen, wie es um die »Missionierung der Heiden« stand. Weil wir nicht lügen wollten, aber keine Lust auf lange Geschichten hatten, einigten wir uns auf die Kurzmeldung: »Ein schlagender Erfolg.«

Adrian freute sich und schickte dann noch einige Fotos an uns und an die ganze Facebook-Welt.

Adrian in der Sauna.

Adrian am Lagerfeuer, tanzend wie ein Derwisch.

Adrian und seine Mama, wie sie den Mond anheulen, als wären sie ein Wolfspaar.

Adrian beim Baden im See.

Er sah aus wie das blühende Leben. Rote Wangen, Hawaiihemd statt schwarzem Rollkragen. Nach dem Seminar würde er mit seiner Mama noch einige Tage am Mondsee bleiben. Rechtzeitig zu Weihnachten wollte er wieder zurück sein.

Später dann, wir waren schon über Frankfurt raus und auf dem Weg ins Bayrische, meldete er sich noch mal. Er erinnerte uns daran, dass wir alle Dienst hätten an Weihnachten und auf keinen Fall nach Hause fahren durften. Rituelle Studien seien angesagt und er wolle uns auf diesem Weg nur noch einmal ins Gedächtnis rufen, was seit Wochen ausgemacht war. Dass auch ja keiner und keine schwach werde und doch heim zu Mama und Papa fahren würde …

Ein Idiot wird befördert

Frau Specht ist eine Heilige.

Das stelle ich jetzt mal so in den Raum. Eine normale Lehrerin hätte uns in einer Pause zwischen zwei Stunden gefragt, wie es uns ergangen war in Bad Segeberg. Hätte dabei voll darauf gebaut, dass die Erzählung nicht ausufern kann, weil eine Pause schnell vorbei ist. Könnte so die pädagogische Anstandspflicht ohne großen Aufwand erfüllen, Interesse zeigen, ohne welches zu haben. Verständnisvolles Dauernicken des Kopfes und besorgtes Falten der Stirn hätten der Heuchelei einen Anflug von Authentizität verliehen. Am Ende stünde stolze Erfüllung selbst auferlegter Pflicht und erleichtertes Verabschieden der Zöglinge.

Die Specht dagegen hielt es für möglich, dass sie von uns etwas hätte lernen können. Die hat uns nicht zu sich bestellt, die hat uns gesucht. Sie hat so lange gewartet, bis ein guter Moment gekommen war. Fast schon so lange, dass man hätte denken können, die Bad Segeberger Ereignisse würden sie genauso wenig interessieren wie Schwester Gaby oder die ganzen Ärztinnen und Ärzte, die so viel wussten über unsere Krankheit und so wenig von uns. Die hatten zwar alle Kenntnis von Beerdigung und Predigt – solche Aufreger sprachen sich schnell rum in einer kleinen Welt wie unserer Marie und Alexander Beloff Stiftung, doch interessiert hat die hauptsächlich, dass wir alle wieder gesund und munter zurückgekommen waren. Die Missionierung der Heiden interessierte sie nicht die Bohne. Sie wollten uns nicht zu nahetreten, so sagten sie vermutlich zu sich selbst, aber tatsächlich waren wir ihnen scheißegal.

Frau Specht dagegen balancierte ganz leichtfüßig auf dem schmalen Grat zwischen Diskretion und Desinteresse. Und wartete ab, bis sie uns vier einmal allein in der Kantine antraf. »Ich wäre euch dankbar, wenn Ihr mir von der Beerdigung erzählen würdet. Wie war Meyers Predigt? Welchen Eindruck hattet ihr von Nataschas Eltern? Wie seid ihr mit all dem zurechtgekommen?«

Benno kannte die Specht ja kaum und machte daher ein Gesicht, als werde er verhört. Bestimmt legte er sich in Windeseile die paar Floskeln zurecht, mit der man aus so einer Situation rauskommt, schöpfend aus dem uralten Weltwissen von Jugendlichen. Der Sechzehnjährigen.

Wir anderen wussten ja, dass von der Specht keine Gefahr ausging. Und so erzählten wir von Nataschas ungesehen gebliebenem Lächeln, vom Glatzen-Perücken-Problem, von der Mikrofonschnurmisere, vom Blackout und seiner Überwindung, vom unverschämten Räuspern des Kollegen Martinsen und von Meyers Wut. Die Fünf Sätze bekam Frau Specht natürlich auch zu hören, aber nur ein Mal. Wir erzählten abwechselnd und irgendwie durcheinander, aber es war so ein tolles geordnetes Durcheinanderreden, bei dem der eine den anderen ergänzt, ohne ihm dabei das Wort abzuschneiden. Wer für so was einen Sinn hat, hätte merken können, wie sehr uns die Bad Segeberger Ereignisse zusammengeschweißt hatten.

Die Specht hörte aufmerksam zu. Sie fragte auch nach dem Priester und der Trauergemeinde, wollte wissen, wo und mit wem Nataschas Eltern saßen und wie die sich gaben und wie sie aussahen. Als Johanna von dem verhärmten Gesicht der Mutter sprach, da hat die Specht selbst ein Gesicht gemacht, als wäre ihr gerade die Tochter gestorben. Den Schmerz der Frau von Berggruen habe ich erst im Gesicht von Frau Specht gesehen, weil ich eben der von Berggruen gegenüber ein Trottel war.

Dass ein achtzehnjähriger Junge einer attraktiven Enddreißigerin erzählt, wie eine sechzigjährige wildfremde Person mit ue statt ü ihm so eine schallert, dass er tausend Sternlein sieht, das werdet Ihr nicht oft finden. Aber bei Frau Specht ging das. Der konntest du vertrauen. Die würde dich nie vorschnell in eine Schublade reinstecken. Für die war ich nicht ein achtzehnjähriger Junge, der abgewatscht wurde, weil er sich zu weit vorgetraut hatte – für die war ich der Meyer mit allem Drum und Dran, mit einem Krebs, einer Tischlerlehre, einem Witz und einer Freundin, mit einer Mama und mit Freunden und Feinden. Frau Specht hat auch versucht, sich von Frau von Berggruen ein genaues Bild zu machen, hat sich erkundigt nach Kleidung, Frisur und Körperhaltung, nach Stimme und Gang. Die Specht macht keine und keinen zum bloßen Exempel für irgendwas.

»Das war vermutlich ein bisschen zu viel für die arme Frau, die Sache mit Mareike und Anders. Hatte Natascha nicht Gebärmutterkrebs?«, fragte sie.

»Auch die Eierstöcke waren draußen«, sagte Johanna und ich wurde tomatenrot und schämte mich, weil ich bis dahin gar nicht wusste, was für ein Krebs in Natascha rumgewühlt hatte. Hatte offensichtlich nie gefragt. In dem Moment verstand ich dann auch die Ohrfeige und weshalb ich ein Idiot war.

»Ich bin da wohl in eine der weltgeschichtlichen Situationen hineingeschlittert, die ohne Idioten nicht auskommt. Das muss einer übernehmen und der eine hieß in diesem Fall Meyer-Gottschalk. Und die Idee, den Tod abzuschaffen, hat die von Berggruen wohl einfach zusätzlich überfordert, so bieder, wie die ist.«

»Abschaffen?«

»Abschaffen! Finden wir ein gutes Wort. Haben uns drauf geeinigt.«

Die Specht sann dem etwas nach. Das war ein neuer Gesichtspunkt für sie, den Tod abzuschaffen, das gab ihr schwer zu denken. So ein Gedanke braucht natürlich eine gewisse Einwirkzeit, bevor er fruchten kann. Die war in dieser Situation nicht gegeben, deshalb fragte sie ganz simpel: »Und, wie ging es dann weiter, nach der Ohrfeige?«

Ioanna ließ dann punktgenau und mit dem Originaltimbre von besagtem Tag ihren Sprechapparat an: »Gibt's in Bad Segeberg 'ne Kneipe, wo man kickern kann, Frau von Berggruen? So Tischfußball, kennen Sie doch? Und wenn ja, wo finden wir die?«

»Ihr seid 'ne tolle Band!«, sagte die Specht und hatte Tränen in den Augen, so absolute Eins-a-Tränen, Lach- und Weintränen in einem. »Hast Glück gehabt, genau eure Religion gepredigt zu haben. Bei euch endet selbst das Martyrium am Kicker.«

Beinahe hätte ich gefragt: Wollen Sie mitspielen? Doch das klang mir zu sehr nach Einschleimen und ich hielt meinen Mund. Als die Specht aufstand und sich verabschiedete, sagte sie zu mir, Johanna und Ioanna: »Bis nachher beim Nähkurs!«

Das war alles schon sehr gut von Frau Specht, aber zur Heiligen machte sie das noch nicht.

Noch ein Beginn und ganz viel Ende

Der letzte Nähkurs vor der Weihnachtspause fand am 17. Dezember, wenige Stunden vor Adrians Rückkehr, statt. Es war eine traurig-schöne Veranstaltung. Oder eine schön-traurige. Irgendwie voll und erfüllt waren diese zwei Stunden, viel Vergangenheit schwang mit, viel Zukunft war in Sicht und so was ergibt ja meist 'ne pralle Gegenwart.

Natascha war immer noch tot und das Verständnis, dass das so bleiben würde, sickerte wieder ein paar Zentimeter tiefer in uns alle rein. An ihrem Platz stand wieder das Päckchen Hoffmanns Wäschestärke und die Spitzen, die nie mehr fertig aufgenäht werden würden. Einige der Mädchen, die hier nicht mit Namen vorkommen, hatten Tannenzweige und rührend hilflose Abschiedsgeschenke auf ihren Platz gelegt. Wer die nach Stundenende mitnehmen sollte, darüber hatten sie sich vermutlich keine Gedanken gemacht, was in so einem Fall wohl heißt: Das Problem müssten die Putzkräfte lösen. Zwei der Mädchen – ich nenne sie jetzt mal Anna und Marie – würden nach Weihnachten nicht wiederkommen, ihre Zeit in der Stiftung war abgelaufen und das machte sie froh und traurig in einem.

Draußen fiel Schnee und das war natürlich sehr nett vom Klima, weil ja Weihnachten vor der Tür stand und alle Nichtgründerinnen am 22. nach Hause fahren würden, zu Mama, Papa oder wem auch immer und zu Weihnachtsbaum, Mispeln oder zu was auch immer. Passenderweise waren es auch noch solche Riesenschneeflocken, die es im Bilderbuch häufig, draußen aber selten gibt, und während die Mädchen untereinander ihre Geschenke austauschten, schaute ich raus und staunte mal wieder darüber, dass diese

Riesenflocken erst auf dem Boden und nie in der Luft aneinanderklatschen; da kann der Schneefall so dicht sein, wie er will, das machen die einfach nicht.

Als Anna und Marie dann aufstanden, nach vorne liefen und der Frau Specht unser gemeinsames Weihnachtsgeschenk überreichten, schaute ich natürlich auch nach vorne und sah Frau Spechts ehrliche Freude, und als sie fragte, ob sie das Geschenk gleich auspacken dürfe, da schwang echte Neugierde mit in ihrer Stimme. Natürlich durfte sie auspacken und über den Verbleib von dem Geschenkpapier machte ich mir keine Sorgen, das würde Frau Specht selbst entsorgen. War übrigens ein Papier der Marke fröhlich-lustig, extrem rot- und rotznasige Weihnachtsmänner standen in einer Reihe und lachten uns trotz Schnupfen mit bleckenden Weihnachtsmännerzähnen an. Erschien mir eher als Routinearbeit vom Weihnachtspapierdesigner, nix, woran er noch lange denken würde.

Die Texter und Zeichner, die an der *Kurzen Geschichte der Menschheit auf 23 großen Farbtafeln* mitgearbeitet hatten, die sind vermutlich heute noch stolz auf ihr Werk. War toll gemalt und gezeichnet und die Texte waren klar, verständlich und lehrreich. Dass das Zielpublikum des Werkes eher so 14–16 Jahre alt war und nicht 40–60, störte solch einen großen Geist wie Frau Specht überhaupt nicht. Die freute sich ganz ehrlich. Johanna und ich hatten nicht mehr als ein paar Euros und unser grundsätzliches Einverständnis zu Art und Genre des Geschenks beigesteuert, aber wir hatten es vorher nie gesehen, wegen Beerdigung, Bad Segeberg, Missionierungsreden usw. … Wenn Ihr mich fragt, warum ich trotzdem was sagen kann über dieses Buch, erklärt sich das voll logisch aus dem, was ich Euch im Folgenden erzählen werde. Denn kaum hatte die Frau Specht sich zu Ende gefreut, ging es schon weiter mit Bescherung: Im ersten Schritt kam Frau Specht an unseren Tisch und zeigte uns ein Bild von einem Kleid.

Johanna sagte: »Das ist wunderschön.« Frau Specht sagte: »Ich dachte, das wäre doch ein tolles Kleid für den Jugend-musiziert-Bundeswettbewerb«, und ich: »Da hast du schon vor dem ersten Ton gewonnen.« Frau Specht fand das total süß, und ob das Murmelklackern links neben mir dem Kleid oder dem Meyer galt, kann ich Euch nicht sicher sagen.

In einem zweiten Schritt legte die Specht dann das Schnittmuster fürs JuMu-Kleid vor uns auf den Tisch und sagte: »Da könnt ihr heute mit anfangen.« Dazu wedelte sie mit Kopierrad und Kopierpapier.

»Nur her damit«, sagte ich etwas großmäulig, »Bauzeichnungen lesen gehörte schon immer zu meinen Stärken.« Doch als ich mir das Schnittmuster näher anschaute, wurde ich ganz kleinlaut. So ein Schnittmuster sieht aus wie eine Kreuzung aus Land- und Seekarte und ich kapierte gar nichts. Ich kratzte mir noch durch die Mütze die Kopfhaut, als die Frau Specht schon wieder neben uns stand und die Bescherung beendete: Diesmal hatte sie einige Meter nachtblauen Stoff in der Hand, siebenundneunzig Prozent Polyester, drei Prozent Elasthan, plus einige Bänder Samtspitze für die Aufnäher. Der Stoff davon war schier pechschwarz und glänzte trotzdem; vor solchen Kunststücken ziehe ich innerlich immer meinen Hut und ich grüßte die erfindungsreichen Spinner und Weber, die das hergestellt hatten. Frau Specht sagte, sie hätte den Stoff noch übrig gehabt und sei froh, dass er jetzt Verwendung finde, aber das habe ich ihr nicht geglaubt. Den Stoff hat sie extra und exklusiv für meine Johanna gekauft. Deshalb wird unsere Tochter auch Anneliese heißen, so wie die Specht.

Sag ich jetzt mal so.

Das alles war schon mal sehr gut von der Frau Specht, aber zur Heiligen machte sie das immer noch nicht. Kleinere Geister könnten sich darüber beschweren, dass Frau Specht nur Johanna ein Geschenk überreichte und den anderen nicht. Die sollten bedenken, dass Frau Specht ja keine Lehrerin im herkömmlichen Sinne war, wenigstens nicht, wenn sie den Nähkurs leitete. In so 'ner Position darfst du auch mal ungerecht sein beim Geschenkeverteilen. Die Frau Specht jedenfalls hatte keine Probleme damit und ich hoffe mal sehr, die anderen Mädchen auch nicht.

Johanna strahlte, fuhr mit ihrer Hand immer wieder ganz zärtlich über den dunkelblauen, schimmernden Stoff und sah noch schöner aus als sonst. Das sagte ich dann auch zur Frau Specht, die wegen Schnittmusterfragen wieder neben uns stand: »Jetzt ist sie noch schöner als sonst.« Und nach einer klitzekleinen Bedenkpause fragte ich dann doch: »Wollen Sie nicht Mitglied in unserer Band werden?«

Die Specht sagte: »Mitglied in eurer Band kann ich nicht werden, weil ich es doch schon bin.« Links neben mir ganz tief gurgelndes Lachen.

Mit Blick auf das Linienwirrwarr vor mir kratzte ich mir wieder die Kopfhaut und Frau Specht sagte mit Blick auf meine Mütze. »Waren früher mal rot, was?«

»Waren rot und werden wieder rot«, sagte ich, wie neulich zu Adrians Mama, und wie die sagte auch Frau Specht: »Klar werden die wieder rot.« Dann machte Frau Specht aber anders weiter als neulich Adrians Mama: »Sollen wir die Plätze tauschen? Nur vorübergehend natürlich? Ich helfe Johanna mit dem Muster und du setzt dich an meinen Platz, schaust den Schnee oder Johanna an oder machst weiter mit den Stecknadeln?«

War eine gute Idee von der Specht und so machten wir das dann auch. Nur dass ich vorne sitzend keine Stecknadeln ordnete und auch nur wenig aus dem Fenster, dafür viel in die *Kurze Geschichte der Menschheit in 23 Farbtafeln* schaute. Das Buch war großformatig, irgendwas zwischen DIN-A3 oder DIN-A2 pro Seite, aber legt mich da bitte nicht fest. Ich kann Euch zwar die Deutsche Industrie-Norm von eintausend Schraubenarten auch im Schlaf vorbeten, die Scherlochleibungsschrauben, Sechskantschrauben, die verzinkten und unverzinkten, aber bei den Papiergrößen habe ich irgendwie nicht so recht den Überblick. Was ich sagen will, das Buch war ganz schön groß, mindestens Wimmelbuchgröße, falls Ihr das noch kennen solltet.

Ganz hinten gab es Bilder aus der Zukunft, und was da zu sehen war, fiel alles so eher ins Benno-Science-Fiction-Fach und darüber werde ich Euch gar nichts erzählen, außer, dass ich es grundsätzlich sympathisch von dem Buch fand, nicht mit dem Heute, sondern mit dem Übermorgen zu enden. Ich blätterte ein bisschen rum, fand auch die Stelle, wo so ein früher Mensch die Wolle von einem langhaarigen Tier ineinander verdrillte, einfach, weil er Langeweile hatte, oder aus einem Spieltrieb heraus. Das wollte ich Frau Specht zeigen, aber ich konnte keinen Augenkontakt mit ihr herstellen, weil sie neben Johanna sitzend das Kopierrad bewegte. Das Pärchen sah so einvernehmlich und auf einer Augenhöhe aus, dass ich die zwei nicht stören wollte.

Auch an den anderen Tischen wurde ruhig und aufmerksam genäht und jetzt herrschte wieder diese Werkstattatmosphäre wie in den besten Stunden bei der Tischlerei Dieter Wehmut. Konzentration, Stille, Tun.

Ich blätterte weiter in der *Kurzen Geschichte* herum, rauf und runter. Zwischen erstem und zweitem Blatt lagen ungefähr eine Million Jahre, danach ging es in immer kürzeren Abständen voran. Auf der ersten Bildtafel war ganz viel Landschaft zu sehen und ganz wenig Mensch, nur ein paar kleine Gestalten, die verloren über die Steppe zogen und die fast verschwanden in der weiten Ebene. Auf der Tafel war so der Übergang vom Vier- zum Zweibeiner dargestellt, diese Halbaffen-Halbmenschen begannen gerade, aufrecht zu gehen, aber wenn's schnell gehen sollte, weil ein Säbelzahntiger unterwegs war, nahmen sie wohl noch vier Beine und nicht zwei. Auf der nächsten Tafel hatten die Halbaffen-Halbmenschen-Leute schon Feuer und dann, auf der dritten, da sah es schon beinahe gemütlich aus. In der Höhle, rechtes Bild in der Mitte, lagen schon Felle rum, sodass die Leute weich liegen und nicht auf dem nackten Stein schlafen mussten, am Lagerfeuer brutzelte ein Teil von einem Mammut, eine Halbaffen-Halbmenschen-Mama säugte ihr Kleines und hinter den Büschen, da passierte auch was; was genau, blieb ein wenig im Ungewissen, weil das ja ein Jugendbuch war. Vielleicht übten die zwei Halbaffen-Halbmenschen hinter den Büschen Bockspringen, aber ich glaub eher, die zwei trieben es miteinander.

Auf derselben Tafel konntest du unten links sehen, dass es mit der Gemütlichkeit doch nicht so weit her war, denn da droschen Spitzsteinleute auf Rundsteinleute ein, denen es dabei schlecht erging, weil spitze Steine auf dem Kopf vom Gegenüber einfach eine größere Wirkung hinterlassen als runde. Den Leuten vom Spitze-Steine-Clan muss das Konzept von Ursache und Wirkung schon irgendwie bekannt gewesen sein.

Ich glaube, hinter meinem Rücken fing mein Hirn da schon an, eins, zwei und drei zusammenzuzählen – ich meine Säugling-Bockspringen-Ursache / Wirkung –, doch so recht im Bewusstsein war mir das noch nicht, weil ich gerade einfach nur glücklich war. Meyer, dachte ich, du hast doch irgendwie Glück gehabt, genau hier und heute zu leben, BRD 2016 ist nicht das härteste denkbare Schicksal. Und mit dem Krebs scheine ich auch Glück gehabt zu haben, das hatte mir die netteste und zugewandteste unserer Ärztinnen versichert.

Ich schaute dann in den Raum und sah die anderen Mädels, denen ich nicht einmal einen Namen gegeben habe, weil sie ja nicht so recht mitspielen, hier im Buch. Die sahen jetzt auch alle sehr schön aus, sehr versammelt und konzentriert, und es tat mir irgendwie weh, dass ich von ihrem Leben, Lieben und Leiden so wenig wusste. Im ersten Beschreibungsversuch dieser Szene hatte ich geschrieben, dass Johanna und Frau Specht wie Königinnen herausstachen in dieser Schönheitsversammlung, habe das dann aber gestrichen. Weil's gelogen war. Die stachen gar nicht raus.

Also, ich war glücklich in diesem Moment, so richtig glücklich mit lachendem Herzen und tränendem Auge, was bei mir irgendwie zusammengehört. Wenn ich in so einem Überfluss von Glück schwimme, dann kommt der Überfluss gerne mal als Tränen aus meinen Augen raus. Auf genau so eine Art von Moment werde ich später noch mal zu sprechen kommen, ganz am Ende dieses Buches, im viertletzten Abschnitt, genauer gesagt, also nah dran am letzten Wort. Deshalb ein Tipp: Merkt Euch diese Stelle, egal ob mithilfe von einem Textmarker oder einfach so im Kopf. Dann werdet Ihr besser verstehen, wovon ich in besagtem viertletzten Abschnitt gesprochen haben werde.

Irgendwann sagte Frau Specht: »Ihr Lieben, wir müssen allmählich Schluss machen«, und das stille Arbeiten wurde abgelöst von Zusammenpacken, Abschiedsworten, Kichern und Schwatzen. Als Frau Specht zu mir nach vorne kam, sagte sie: »Das Buch scheint dir gut zu gefallen.«

Ich nickte und antwortete: »Ich hätte da mal eine Frage«, denn mein Hirn hatte mittlerweile eins, zwei und drei zusammengezählt: »Was glauben Sie, wissen *die* schon, dass *das* und *das* miteinander zusammenhängt?« Bei »die« deutete ich auf die Leute rund ums Lagerfeuer, beim ersten »das« auf die Bockspringer hinter den Büschen und beim zweiten »das« auf den frisch geborenen Säugling.

»Gute Frage, Meyer«, sagte die Frau Specht und überlegte. »*Die* wissen es noch nicht, glaub ich« – sie blätterte zurück zur ersten Seite, den Noch-Vierbeinern und Fast-Zweibeinern –, »und *die*« – sie blätterte dann einige Tafeln nach vorne, zu den Wolleverzwirblern –, »*die* wissen garantiert schon, dass Geschlechtsverkehr und Kinderkriegen zusammenhängen. Hier irgendwo« – dabei ließ sie einige Blätter durch die Hand rauschen – »haben die Leute das kapiert.«

Ich nickte wieder und sagte: »Dauerte vermutlich 'ne gute Weile. Ursache jetzt und Wirkung neun Monate später – da musst du erst mal draufkommen. Ist eigentlich schade, dass dieser Moment nirgendwo abgebildet ist in dem Buch. Das war doch ein bedeutender Schritt für die Menschheit, das zu kapieren.«

»War sicher auch so einer der vielen Anfänge der Menschheit. Gedanken wie diese sind halt schlecht zu zeichnen. Deshalb fällt das unter den Tisch in solchen Büchern.«

Wir konnten uns dann nicht weiter unterhalten über diesen Moment, in dem die Menschheit mal wieder begann, denn die Frau Specht musste sich verabschieden von Anna und Marie und dabei flossen dann noch mal ein paar Tränen, erneut Eins-a-Tränen, wenn ihr mich fragt, Lach- und Trauertränen in einem.

Ich ging zu Johannas Platz. Sie zeigte mir die Schnittmusterkopie vom JuMu-Kleid, ich half ihr beim Zusammenpacken und jetzt wollt Ihr natürlich noch wissen, wie Frau Specht zur Heiligen wurde. Das kam so: Nachdem die anderen sich alle verabschiedet hatten und rausgegangen waren, hat Frau Specht uns beide noch mal zurückgerufen und gesagt: »Ich habe eine Bitte an euch zwei: Könnt ihr, solange ich weg bin, also bis kurz nach Neujahr, die Pflanzen in meinem Zimmer gießen? Und auch sonst gucken, ob alles in Ordnung ist? Gut einheizen, Schnee schippen und so was alles? Ihr wisst ja, ich wohne vorne im alten Pförtnerhäuschen, gleich neben der Einfahrt von der Staatsstraße aus, und da ist sonst ja niemand.« Dazu winkte sie mit ihrem Schlüssel.

Johanna umarmte sie wie eine alte Freundin und ich sagte: »Das werde ich Ihnen nie vergessen. Und Ihre Pflanzen mach ich nass, versprochen.«

Jetzt wisst Ihr, weshalb die Specht 'ne Heilige ist: weil unsere Liebe jetzt ein Nest hatte.

Ganz tief innen drin braucht ganz viel außenrum

Dann kam also Weihnachten.

Das Besondere dieser Tage kann ich Euch nur unzureichend nahebringen. Dass die ganze Villa uns fast alleine gehörte, wie sollte ich Euch davon erzählen? Von dieser seltsamen Stille auf den Fluren und Gängen? Weil ich von all den jugendlichen Patienten, die nicht mitgegründet haben, nie was erzählt habe, kann ich jetzt schwer von ihrer Abwesenheit erzählen.

In einem Film wäre das anders, da würde ihr Fehlen ganz beiläufig auffallen, man würde in unserer Kantine kein Besteckklappern und kein Geschwatze mehr hören, das vorher immer Teil der Atmo dort gewesen wäre. Allein dadurch wäre die jetzt dort herrschende Stille viel stiller geworden. Ähnliches gilt für das Foyer, in dem ein einsamer, trauriger Weihnachtsbaum rumstand. Auch in der Halle würde sich die Stille ausbreiten wie ein Herbstnebel, der über die Wiesen kriecht, und würde etwas Bedrohliches bekommen oder etwas Wohltuendes, je nachdem, wie Ihr so drauf seid. Im Foyer wäre der Empfang unbesetzt, es würde dort kein Telefon klingeln, kein Krankenwagen vorfahren, kein Psychodoc rumlaufen und auch keine Physios, um Kurslisten abzugeben und abzuholen. Im Film hätte die Stille sicherlich eine besondere Stillemusik, klingt widersinnig, funktioniert trotzdem, achtet mal drauf. In einem Film würde man auch den Schnee sehen, der draußen meterhoch lag. Man würde hören, wie der die Geräusche schluckt, würde sehen, wie er die Dinge verwandelt und einem stinknormalen Fahrrad, wie beispielsweise dem von der Specht, das auf dem Parkplatz stand, einen so fantastischen Umriss hinzauberte, wie es ein Riesenjoint nicht hinbekommen würde. Im Film würde man die Fußspuren sehen, die Johanna und ich dem Neuschnee einprägten, auf unseren Gängen zu unserem Nest im Pförtnerhäuschen, der Film könnte so schön im Nebenbei erzählen, wie oft wir diesen Weg gegangen sind, denn die Spuren würden immer mehr werden von all unserem Hin und Her, vom Matratzenlager bei der Specht zu unseren Freunden in der Villa und wieder zurück, hin und her, hin und her … Die Kamera würde vielleicht so tun, als ob sie uns ein scheues, schlankes Reh oder einen hoppelnden Hasen zeigen wollte, die sich auf der Suche nach was zum Fressen nah ans Menschenhaus herantrauten – dabei würde sie in Wahrheit nur unsere Spuren zeigen, ohne ausdrücklich von ihnen sprechen zu müssen. Über die Bilder von den immer dichter werdenden Spuren und den lieben Tieren würde man eine Musik legen, so 'ne dunkelbraune Musik, und natürlich käme die von einer Klarinette. Solche Profis wie die Filmleute würden sich die Chance nicht entgehen lassen, lange Fäden zu spinnen. Natürlich wäre die Musik kein Rauf- und Runtergedudel wie im Grand Duo von Carl Maria, sondern eine ganz sparsame Musik mit wenigen, dafür aber ganz exquisiten Tönen. Und die Klarinette wäre begleitet von Instrumenten, die du nicht an jeder Straßenecke hörst, vielleicht Akkordeon und Kontrabass. Für besonders schöne Momente nehmen die Filmleute ja immer eine eher traurige, melancholische Musik. Unsere Filmleute würden das garantiert auch so machen. Sie würden gar nicht erst versuchen, das Schöne der Situation darzustellen, sondern würden sich zufriedengeben, den Abstand von der Schönheit unserer Gänge durch den Schnee zum normalen Leben zu zeigen, in dem es nur alle dreihundert Jahre ein Mal vorkommt, dass zwei sich so finden, wie Johanna und ich uns gefunden haben. Das ist eine eher traurige Sache, weil eigentlich alle Menschen so glücklich sein sollten, wie Johanna und ich es waren, Weihnachten 2015, in der Villa des Blockrollenproduzenten, Staatsstraße 2074, kurz vor Ganacker, Oberbayern. Aber weil das so nicht ist, sind diese Musiken immer traurig und melancholisch, aller silbernen Fäden zum Trotz, die drin rumschwimmen. Wegen des Abstands zur Wirklichkeit. Und alle Spuren würden garantiert von Johanna und mir stammen, denn außer einer Notbesetzung für die drei Bettlägerigen und für uns waren keine Menschen auf dem ganzen Gelände.

Nur das berühmte »erste Mal« würde man vorerst auch im Film nicht sehen, denn es gab kein erstes Mal, auch nicht als Weihnachtsgeschenk, wie ich am 23. noch dachte. Und vor allem deshalb nicht, weil es für Johanna nämlich gar nicht das erste Mal gewesen wäre. Vor mir hatte es schon mal mindestens zwei, letztlich blöde, Typen gegeben, einer aus der Schule und einer aus dem Bundesjugendorchester.

Eine Szene, in der Johanna sich ganz eng an mich kuschelt, nach einem langen Kuss vielleicht, die würde man schon sehen können. Man würde auch hören können, wie Johanna mir ins Ohr flüstert: *Noch nicht.* In der dunkelbraunen Begleitmusik zu dieser Szene würden die schimmernden Fäden fehlen.

Wer wollte und konnte, durfte über die Feiertage nach Hause fahren. Von daher hätten wir fünf Mama und Papa besuchen können wie die anderen Jugendlichen auch, doch dem stand entgegen, dass wir gemeinsam ein Hochamt hier im Bayrischen anschauen wollten, zur Fort- und Weiterbildung. So ein Hochamt, also eine Messe mit allem Brimborium, mit Rauch und Zaubersprüchen, Orgelgetöse und einer ganzen Mannschaft von Priestern und Ministranten und Ministrantinnen, das gibt es nicht mal in Bayern alle Tage. Und bis Ostern konnten wir auf keinen Fall warten, das war klar, denn ob der Schamane am Mondsee wirklich hatte helfen können, war mit einer »gewissen Unsicherheit belegt«, wie Adrian sagte.

Für Adrian selbst war es kein Problem, über die Weihnachtstage nicht nach Hause zu fahren. Seine Mama verstand das und mit

Weihnachten hatte sie es sowieso nicht so. Zudem stand sie gewissermaßen in Adrians Schuld, hatte er doch ihr zuliebe auf seinen ersten und eventuell letzten großen Auftritt als Prophet verzichtet. Und Ioanna wäre sowieso geblieben, denn einen Weihnachtstrip mit Hin- und Rückflug nach Rumänien – und dort auch noch in die Walachei! – hätte sie sich nicht leisten können. Natascha war damals, als die Fortbildungsidee geboren worden war, ganz blass geworden – so gut sie das eben konnte. Sie hatte kurz ausgesehen wie ein ängstliches Kind und hatte mir schon leidgetan, bevor ich Herrn von Berggruen überhaupt kennenlernen durfte.

Blieben also Benno, Johanna und ich, die einen Vorwand finden mussten, um unseren Eltern die traurige Nachricht irgendwie erträglich zu machen. Johanna und mir fiel das nicht schwer. Wir lebten in so einer Blase und aus dieser Blase heraus fiel uns das Lügen leicht. Ich lag neben Johanna auf dem Matratzenlager, neben dem ganz zufällig Kondome herumlagen. Johanna lag neben mir, als wir am 22. abends um 19 Uhr bei unseren Eltern anriefen. Während sie beim Telefonieren mit ihrem Papa hustete und schniefte und kaum sprechen konnte, weil ihre Stimme nur ein Krächzen war, rang ich mit allen Kräften ein aufsteigendes Lachen nieder. Johanna biss in eine Packung Tempo, als ich meine Mama wenige Minuten später ebenfalls vollkrächzte. Das war natürlich mehr als unfair ihrem Papa und meiner Mama gegenüber, ist mir schon klar. Aber musste eben sein. Ich hielt das Gespräch mit Mama ungebührlich kurz, sonst hätte ich losgackern müssen und meine gnadenvolle Lügerei wäre sofort aufgeflogen. Und weil Johanna und ich schließlich auch dringend weiter miteinander kuscheln mussten.

Mehr als kuscheln und küssen war, wie gesagt, noch nicht zu haben, die Specht'schen Kondome kamen also nicht zum Einsatz. Auch wenn die Specht meine Lieblingssorte nicht getroffen hatte, war ich ihr trotzdem dankbar fürs Vorsorgen, denn meine geklauten Billy Boys waren schon fast aufgebraucht, weil ich gut und fleißig geübt hatte für den Tag des Ernstfalles. Die Übung stellte sich dann als unnütze Verschwendung heraus. Die Kondome würde ich nie brauchen.

Muss ich leider sagen.

Wir haben dann das volle Weihnachtskirchenprogramm mitgemacht: Krippenspiel, Christmette um 22 Uhr, Hochamt am 25., noch mal Heilige Messe am 26. mit gemeinsamem Auszug aus der Kirche, in Viererreihen und im Reißverschlussverfahren hinter der Mannschaft der Offiziellen her. Danach froh sein über die Geburt des Herrn und Erlösers, Glühweintrinken auf sein Wohl auf dem Marktplatz, der Gemeinde zuprosten und einig sein.

Das war wirklich ganz großes Theater, was uns da geboten wurde.

Ich erinnerte mich an die Zeiten, in denen wir zu dritt in die Kirche gegangen waren, in Düren, damals, als Papa noch lebte. Mich überfiel eine gewisse Wehmut, obwohl ich den Kirchgang gehasst hatte. Vierter Platz, gleich nach Zahnarzt, Mathearbeit und den feuchten Küssen einer meiner Tanten, die mich furchtbar knuddelig fand.

Viel verändert hatte sich in der Kirche seit damals nicht. Neu war nur: Der Weihrauch roch entfernt nach Gras. Gut gemacht, das Ganze, doch dass wir was von diesen Aufführungen hätten lernen können – diesen Eindruck hatte ich nicht.

Johanna meinte, der Orgelspieler sei ein Guter, und drückte ihre kollegiale Hochachtung vor dem unsichtbaren Mann aus. Dass der am Ende nicht seinen verdienten Applaus bekam, fand sie »mal wieder typisch«. Warum der Priester, obwohl doch sicherlich ein Profi, nichts auswendig konnte und nach vierzig Jahren Dienst immer noch alles ablesen musste, verstand sie gar nicht. Ansonsten fand sie die Messen langweilig, genauso wie Adrian. Die beiden hatten einfach null Erfahrung mit Kirchgang. Wie überall musst du halt eine gewisse Kenntnis von einer Sache haben, um Qualitäten unterscheiden zu können. Die hatte ich in diesem Fall. Und mir ist dann was passiert, ganz am Schluss, 26. Dezember, letztes Lied, letzte Messe, das muss ich Euch kurz erzählen: Da wurde *Großer Gott, wir loben dich* gespielt, Nummer eins der Kirchenliedcharts. Ich habe das plötzlich mitgesungen mit der ganzen Gemeinde, weil ich das noch so gut kannte von früher her. Es ist regelrecht aus mir rausgeplatzt, aber erst am 26. und erst nach zwei Pappbechern Marktplatzglühwein. Meine Leute haben mich ganz erschrocken und verwundert angeguckt, als das Singen aus mir herausbrach. Ich habe ihre Blicke erst beim letzten Ton bemerkt, als sich ihre Münder in ein breites Grinsen verwandelt hatten. Anscheinend hat es drei Messen benötigt, um die dicke Schicht Vergessen um mich herum abzuschlagen. Doch als die ganze Gemeinde am dritten Tag losschmetterte, schmetterte etwas in mir einfach mit.

Da habe ich verstanden, warum Adrian noch nicht richtig an unsere Sache glauben konnte, so ganz tief innen drin. Und ich ja auch nicht, das muss ich sagen. Denn ganz tief innen drin braucht ganz viel außenrum, anders ist das nicht zu haben. So sind wir Menschen eben. Das kann man von den Katholiken und den Muslimen und den Gläubigen aller anderen Weltreligionen lernen. Meine Glaubenszweifel können nur die anderen heilen, das kann ich alleine nicht. Und meine Lieblingsmenschen reichen dazu nicht aus. Vermutlich hat Christus selbst auch nicht an seine Sache geglaubt, als er da alleine am Kreuz hing. Heute würde er es glauben, wegen der Milliarden anderen Gläubigen, damals nicht. Wett ich drauf.

So ungefähr äußerte ich mich auch bei unserem nun wirklich letzten Arbeitstreffen kurz vor den Benno-Katastrophen. Da hatten wir »Feste erfinden« auf dem Programm. Weil ein Innendrin eben ein Außenrum braucht.

Und zwischen Weihnachten, letztem Arbeitstreffen und Katastrophen feierten wir noch eine Orgie, auf unsere Art natürlich.

Das muss alles noch erzählt werden. Da brauche ich jetzt noch einmal einen langen Atem.

Mit der Orgie fange ich an.

Junge Hunde kennen keine Scham

Johanna ist ein Auftrittsprofi. Die stand sicher schon hundertmal auf irgendeiner Bühne, alleine, zu zweit, zu viert, mit einer ganzen Band oder einem Orchester. Die weiß, wie Auftreten geht. Weiß auch, was Dramaturgie ist und wie man etwas so inszenieren muss, dass es auf die Leute wirkt. Und wenn das Publikum nur aus vier Köpfen besteht, dann weiß sie, wie die Dramaturgie anzupassen ist.

Ein Auftritt beginnt mit seiner Ankündigung. Schon die muss stimmen. Stimmte auch in diesem Fall: knapp und dennoch dringlich in unserer WhatsApp-Gruppe. »Kommt heute alle Punkt 16 Uhr ins Schwimmbad. Wichtig.«

Natürlich war ich pünktlich. Und die drei anderen auch.

Als wir das Schwimmbad betraten, dämmerte es draußen. Das Dämmerlicht fiel durch ein großes Fenster, das das Schwimmbad mit dem Park verband oder trennte – was beides stimmt, je nachdem, ob du was übers Licht oder was über die Luft sagen willst. Diese Verbindung zum Park hin war vermutlich der ganze Stolz des Herrn Fabrikanten gewesen. Am wirkungsvollsten zeigte sich dieses Arrangement am Abend, wenn die flache Sonne voll hereinschien durch die gläserne Wand und das Licht sich an den blauen und weißen Kacheln brach.

Also, 16 Uhr war kein Zufall.

Johanna stand schon da, als wir kamen, im Gegenlicht, am fensternahen Rand der vier mal acht Meter. Stand da und hatte die Augen geschlossen. Die Art, wie sie dastand, mit versammeltem Ernst wie kurz vorm ersten Ton beim JuMu-Bundeswettbewerb, verschloss uns anderen sofort den Mund und unser Schwätzen und Plappern verstummte. Keiner von uns vieren kam auf die Idee, den Lichtschalter zu bedienen, weil Johanna offenbar genau dieses Licht von draußen haben wollte, das ihren Umriss so weichzeichnete und der ganzen Szene eine Intimität gab, als wäre man allein oder zu zweit. Wenn fünf zusammen sind, machst du ja sonst immer das Licht an, weil fünf schon Öffentlichkeit sind und Öffentlichkeit ist hell und nicht schummrig. Öffentlichkeit ist tendenziell auch eher laut, aber hier war sie leise.

Die Schuhe haben wir ausgezogen, machst du ja so im Schwimmbad, sonst waren wir in unserer Tageskleidung. Johanna stand auch in Strümpfen am oberen Rand und hatte dieselben Kleider an wie damals, als ich sie erkannte, Ihr erinnert Euch vielleicht, braune Cordhose, Malheur und nicht Mode, gestreiften Pulli. Mir war sofort klar, dass ich nicht als Johannas Freund hier war, sondern als Bandmitglied und Publikum. Also lief ich nicht zu ihr hin, wie ich es am liebsten getan hätte, denn ich hatte sie den ganzen Tag vermisst, gesucht und nicht gefunden. Sie muss spazieren gegangen sein, war durch den Schnee gelaufen, hatte nachgedacht und Kraft gesammelt.

Am Längsrand des Bades hatte der Herr Fabrikant eine dreistufige Empore anbringen lassen, lange Holzstäbe, Lärche vermutlich, sicherlich sauteuer und etwas lächerlich überdimensioniert. Darauf lag ein Berg weißer Handtücher. Benno und Adrian setzten sich auf diese Bank, oberste Stufe, einer rechts und einer links vom Handtuchberg. Ich wollte mich nicht zu den beiden setzen, auch wenn ich nur Publikum war, so war ich doch ein besonderer Teil des Publikums. Deshalb blieb ich am Beckenrand vor der Bank stehen. Ioanna fand ihren Platz am Kopfrand des Bades, aber nicht mittig wie meine Johanna drüben, sondern mehr in der Ecke, und knabberte an den Fingernägeln. Ich fragte mich, ob sie vielleicht wusste, welches Stück hier gegeben wurde. Als wir alle unseren Platz gefunden hatten und es so ruhig geworden war wie vor dem ersten Ton in einem klassischen Konzert, fing Johanna da vorne an, sich auszuziehen.

Wie gesagt, Johanna ist ein Auftrittsprofi und als solcher weiß sie natürlich, wie Ausziehen eigentlich geht. Wenn sie etwas an der althergebrachten Auszieh-Dramaturgie verdrehte, dann musste das gute Gründe haben. Sie zog zuerst die Strümpfe aus, das war noch regelgemäß, doch dann kam die braune Cordhose dran und dann gleich ihr Slip, drei Euro, Fünferpack von KiK. Ich stand mit offenem Mund da und starrte auf das schwarze Dreieck, auf das magische schwarze Dreieck, und war mehrfach verwirrt, weil auf den Pornoseiten alle Frauen rasiert sind, wenigstens die, die ich anklicke, und ich mir Johanna demzufolge auch immer rasiert vorgestellt habe. Noch mehr verwirrte mich, dass der Slip – als Hüter des größten Geheimnisses – überall dort, wo sich ordentlich und den Regeln folgend ausgezogen wird, natürlich als Letztes drankommen muss. Und nicht gleich am Anfang. Als ob sie diesen Regelbruch auf uns wirken lassen wollte, machte Johanna eine gar nicht so kleine Pause und zog erst dann ihren Pulli aus, über Kreuz, auf diese Mädchenart, stülpte sie ihn über ihre knapp schulterlangen braunen Haare, die sie nur kurz schütteln musste, um die Frisur wiederherzustellen. Dann war der BH dran und dann stand sie da, mit ihrer einen vollen Brust und ihrer einen großen Wunde.

So blieb sie stehen, ganz ruhig und unbeweglich.

Ließ sich anschauen. Ließ sich anschauen von uns allen und natürlich auch von mir, aber wohl mehr von mir als einem aus der Band als von mir als ihrem Liebsten. Die Augen hatte sie nicht wirklich zu, aber so weit geschlossen, dass du nicht sehen konntest, wohin sie schaute.

Stand da, machte nichts, eine ungeheuer lange Minute lang.

Ihr war die Röte ins Gesicht geschossen, als sie den BH geöffnet hatte, und nun floss sie langsam wieder ab. Uns allen war klar, dass nichts weitergehen würde, bevor die Röte wieder verschwunden war, aber wie es dann weitergehen würde, das war wenigstens mir nicht klar. Ob Johanna einen Plan B hatte, um die Situation aufzulösen, falls Plan A nicht funktionieren sollte, weiß ich nicht. Werde ich auch nie erfahren, weil wenigstens einer kapierte, was hier gespielt wurde.

Ich habe mir verziehen, dass es nicht ich war, der als Erster verstand, sondern Adrian. Der stand langsam auf von seiner Bank, lief an mir und Ioanna vorbei und kam am anderen Längsrand, gegenüber von Johanna, zu stehen, nicht mittig, nicht Johanna direkt gegenüber, sondern nahe der Ecke von Längsseite und Breitseite. Ist mir irgendwie wichtig, das zu sagen, weiß auch nicht, warum.

Auf jeden Fall zog sich Adrian dann an seinem Platz aus und zwar richtig rum – zuerst Hemd und T-Shirt, dann die Hose. Erst vor der Unterhose machte er eine spannungssteigernde Pause. In seinem Fall war das traditionelle Richtigrum auch das Richtigrum in dieser speziellen Situation.

Normalerweise guckst du ja eher weg, wenn dir einer gegenübersteht, der keine Eier mehr im Sack hat, und schaust nicht extra hin, aus Rücksicht und Anstand. Aber ich habe dann doch genau hingeguckt, auch wenn naturgemäß nicht viel zu sehen war in diesem besonderen Fall. Die anderen haben auch genau hingeguckt, weil das wohl Sinn der Übung war. Adrian hat das ausgehalten und nun zog ihm die Röte ins Gesicht. War von Johanna zu ihm rübergewandert. Wir warteten alle, bis die Röte sich wieder verzogen hatte, guckten, warteten und schwiegen. Und sahen der Scham zu, wie sie verschwand.

Erst dann fing Benno an, sich auszuziehen. Er blieb dazu an seinem Platz bei der Bank, stand aber auf. Ich habe nicht hingeguckt, wusste ja auch schon, wofür er sich schämte, wusste auch, dass bei ihm richtig rum richtig war. Das tut mir leid für Benno und ich bitte ihn hier nachträglich um Entschuldigung, aber wenn dieselbe Situation sich morgen wiederholen würde, würde ich Benno wieder nicht anschauen, was die Entschuldigung etwas schal macht. Doch niemals könnte ich meine Blicke von Johanna ab- und ihm zuwenden.

Ging nicht, ging einfach nicht und würde morgen nicht gehen und übermorgen auch nicht.

Mittlerweile hatte ich verstanden, dass nach Benno jetzt ich an der Reihe war. Hatte schon verstanden, dass Ioanna bei diesem Spiel nicht richtig mitspielen konnte. In meinem Fall war wieder falsch rum richtig rum, also habe ich zuerst Hose und Unterhose ausgezogen und erst dann Pulli und T-Shirt. Mir haben sie ja den Brustkorb der Länge nach aufgeschnitten und ihn dann auseinandergeklappt, weil sie sonst nicht rangekommen wären an die Thymusdrüse, die bei mir am Ende der Pubertät plötzlich zu wachsen angefangen hatte, statt immer kleiner zu werden, wie es sich gehört hätte für sie. Kein Zweifel, die Narbe sah echt scheiße aus und entzündete sich immer wieder, doch als Mann, und besonders als Meyer, kannst du eine Narbe auch unter Heldenaspekten sehen und den ästhetischen Gesichtspunkt links runter fallen lassen. Diese Sichtweise hatte ich mir angeeignet und so wirklich geschämt für meine Narbe hatte ich mich nie.

Dass ich dann doch ziemlich mit mir zu kämpfen hatte beim Ausziehen, lag nicht an der Heldennarbe, sondern daran, dass ich einen halb steifen Schwanz hatte und es mir irgendwie peinlich war, ein Mann aus Fleisch und Blut zu sein und kein gefühlloser Stein. Deshalb kam die Röte zu mir rüber, also aus irgendwie falschen Gründen, aber das konnten die anderen nicht sehen. Für die sah es aus, als ob ich alles richtig gemacht hätte.

Ich hatte einige Sekunden die Augen zu, so halb geschlossen, wie die anderen es auch gemacht hatten. Als ich mich dann wieder umschaute, schienen mir alle verändert. Johanna und Adrian hatten ein Lächeln auf dem Gesicht, als ob was abgefallen wäre von ihnen und sie eine ungeheure Erleichterung genossen. Als wären sie aus einer langen Scham herausgewachsen.

Erst als ich das gesehen habe, hatte ich endlich richtig kapiert, was hier gespielt wurde. Hatte meine Mütze vom Kopf gerissen und weit, weit weggeschmissen. Sie landete im Pool, sog sich voll mit Wasser, tauchte ab und wurde nie wieder gesehen.

Ioanna war das Ausziehen eher peinlich, klar. Sie brachte es mit einem Mordstempo hinter sich, Hose und Slip in einem Griff, einen BH hatte sie offensichtlich gar nicht erst angezogen. Sie musste sich natürlich auch nackig machen, denn als Angezogene fühlst du dich unter Nackten auch nicht besser als eine Nackte in der Oper. Nur hatte sie uns ja nichts zu zeigen. Sie hatte ihren großen Moment erst, als sie mit einer Mischung von Seehund-Gekrächze und Freudenschrei ins Wasser sprang und dort weiterkreischte.

Das war dann der Startschuss.

Zuerst sprangen Johanna und ich hinterher, gleich darauf nahm Adrian Anlauf, kreischend und krächzend.

Dann rannte Benno.

Nahm Anlauf, und dieses eine Mal konnten wir ihn rennen sehen und sein eins a rostfreier Unterschenkel von Ottobock klackerte auf dem Fliesenboden, bis er abhob, fünf Meter hoch, mindestens, und mit einem Riesenplumps im Becken landete.

Wir tollten im Wasser herum wie ein Rudel junger Hunde. Im Film käme jetzt eine Junge-Hunde-Musik, so eine quirlige, schnelle, mit einem hüpfenden kurzen Motiv, das mal oben links und mal unten rechts auftaucht und von dem du nie sagen kannst, wo es als Nächstes ertönen wird. Natürlich würden Filmprofis eine Klarinette mitspielen lassen, aber nur als ein Instrument unter vielen und bei Weitem nicht so prominent wie in der Gänge-durch-den-Schnee-Musik.

»Junge Hunde im Wasser« ist eine Szene, vor der mein schreiberisches Können die Segel streichen muss. Muss in einen Film hinein und nicht in ein Buch. Kann ich also nicht darstellen und deshalb versuch ich es auch gar nicht. Denkt einfach an Filmszenen, die Ihr alle schon gesehen habt, Szenen, in denen zwei sich gefunden haben, Fangen spielen wie Kinder, auf nächtlichen Spielplätzen schaukeln oder selbstvergessen in einer Großraumdisco tanzen und die hundert anderen Tänzer den zwei Glücklichen eine Gasse öffnen für ihren Taumel. Solche Szenen, die sich in allen Filmen total ähneln, so wie junge Hunde sich auch überall auf der Welt ähneln, dürfen nie sehr lange gehen, weil das Glück der anderen schnell langweilig wird beim Zugucken. Deshalb würde diese Szene in einem echten Film garantiert nicht länger als drei Minuten dauern, obwohl wir uns in Wahrheit völlig verausgabten und erst nach einer halben Stunde aus dem Wasser stiegen. Einer halben Stunde, gefüllt mit gegenseitigem Untertauchen, Wasser-ins-Gesicht-Spritzen, mit Huckepacknehmen und Rammbockspielen, mit Kopfsprüngen und Bombegeben und mit Sich-Anfassen überall, ganz ungeniert. Nach einer halben Stunde Kraulen, Tauchen, Herzen, Küssen stiegen wir völlig erschöpft aus dem Wasser, setzten uns auf die Bank und begruben uns im Berg der weißen Handtücher, die dort gestapelt waren.

So richtig die Kamera draufgehalten auf die einzelnen Gesichter hätten die Profis vom Film nur dann, wenn aus den Mündern in diesen aufgelösten Gesichtern mal verständliche Worte rausgekommen wären statt nur Johlen und Geschrei. Zu ganzen Sätzen hätte es aber nicht gereicht, Grammatik war nicht in Sicht. Nur einzelne Wörter, näher am Ausruf als am Gedanken, oder Fetzen von Sätzen. Die Kamera würde kurz draufhalten und dann gleich wieder in die Totale gehen, schnelle Schnitte sind sowieso Pflicht bei Junge-Hunde-Szenen. Wenn was gesprochen wird, muss besonders schnell geschnitten werden, weil Wörter in Junge-Hunde-Szenen zur peinlichen Bedeutungsschwere neigen.

Von mir hätte es zwei Bilder in groß gegeben: Wie ein Delfin schieße ich aus dem Wasser hoch, direkt vor Johanna, und aus meinem Mund würde man hören: »Was bist du dumm, zu glauben, dass …« Dann wär ich schon wieder abgetaucht. Und man würde sehen, in einer Unterwasseraufnahme, weil Johanna ebenfalls abgetaucht ist, wie sie mir mit einem Kuss den Mund verschließt, aber nicht mit so einem Mit-dir-versink-ich-Kuss wie im Zimmer von der Specht, sondern nur mit so einem Psst-Kuss, einem Red-nicht-weiter-du-Dummchen-Kuss. Der genügte schon, dass das berühmte erste Mal mich beinahe in einem Schwimmbad überfallen hätte, was Johanna lachend und versprechend verhinderte mit einem »Nachher zu Hause«. Was mal wieder sehr klug war von Johanna, denn neben uns war gerade Zombie-Benno aufgetaucht, hatte sein verzerrtes Zombiegesicht an Johannas Hals gelegt und »Hab mich auch lieb, hab mich auch lieb« gegrunzt. Dann war Benno weiter zu Ioanna geschwommen, wo sich ein Duett von Zombiegrunzen und Johannakrächzen entfaltet hatte. Was Adrian schrie, hättet Ihr im Film anfangs gar nicht verstanden und für ein stotterndes Freudengeschrei gehalten, beim ersten Mal sowieso, aber auch noch beim fünften Mal, und erst irgendwann am Schluss der Szene hätte man verstehen können, dass er nicht Tetoteton, tetoteton oder ähnlichen Unsinn schrie, sondern: »Testosteron, Testosteron, ich schluck bald massenweise Testosteron.«

Zurück auf der Bank, sagte er dann, wie ein trotziger kleiner Bub, der es uns allen schon noch zeigen würde: »Wenn ich raus bin, nehme ich eine Riesendosis. Und dann werdet ihr alle sehen!« Er lehnte dabei seinen Kopf gegen Schulter und Hals von Ioanna und streichelte, nachdem er sich mit einem kurzen Blick ihr einverstandenes Nicken eingeholt hatte, auch ihre Brüste. Warum sie ihn gewähren ließ, weiß ich nicht. Vielleicht, weil sie sich das auch wünschte in dem Moment, vielleicht, weil von dem Eierlosen keine Gefahr ausging oder weil sie einfach Mitleid hatte. Unser Todesabschafferkopf war jedenfalls helle genug, um zu wissen, dass ihm trotz allem gerade eine entscheidende Dimension des Ganzen entging: Ganz ohne Eier bist du unter nackten Mädchen wie ein Tauber im Konzert; dem entgeht halt doch etwas Entscheidendes, da kannst du noch so sensibel sein.

Ich saß neben meiner Johanna, Benno neben Ioanna und neben Adrian saß der Rand. Wir hatten eindeutig eine Frau zu wenig und Natascha war in ihrer Abwesenheit präsenter als manches Mal in ihrer Anwesenheit. Dennoch habe ich mich noch nie im Leben so sehr als Mitglied einer Band gefühlt wie an diesem Nachmittag, und noch dazu saß Johanna neben mir und ich war Teil eines Paares. War irgendwie das Beste aus zwei Welten. Dass es eine Krebs-Reha war, in der Paar und Band probten, hatte ich total vergessen in diesem Moment.

Benno spulte weiter seine Zombie-Masche ab, Hab-mich-lieb-Gegrunze wie ein Deathmetaller, aber mit einem Gesicht, als würde er »Armer schwarzer Kater« spielen, falls Ihr das noch kennen solltet.

Im Film wäre es mittlerweile ganz schummrig geworden, die Sonne wäre nur noch mit letzten Kräften dabei, denn bei Sex wird's im Film ja meistens dämmrig bis dunkel, es sei denn, es ist ein Porno – da ist's nie dunkel, weil im Porno nichts geheim bleiben darf. Sex gab es insofern, als dass ich meine Hand auf Johannas Schenkel legte und der sich einen Millimeter öffnete, statt sich zu verschließen wie bisher immer. Für einen Anfänger ist das ganz schön viel Sex auf einmal und so richtig geistesgegenwärtig war ich in diesem Moment nicht. Deshalb kann ich auch nicht mit hundertprozentiger Sicherheit wiedergeben, was Adrian wenige Augenblicke später sagen würde. Benno brauchte ich auch nicht nach dem genauen Wortlaut zu fragen, der war auch hin und weg, denn der küsste den schlanken Arm von Ioanna, und was die zwei sich zu sagen hatten, klang wie die Unterhaltung von zwei ganz kleinen Kindern, die gerade erst mit Sprechen anfangen.

Auf jeden Fall stand Adrian auf und sagte vermutlich: »Ich bin falsch hier.« Sagte das nur ein Mal und ging langsam, das Handtuch um die Lenden geschnürt, Richtung Ausgang. Hab ich gar nicht ganz mitbekommen, wie er wegging. Erst als er sich beim

Ausgang des Schwimmbades noch mal zu uns umdrehte, da fing ich seinen Blick auf und der war so verzweifelt, dass ich jetzt doch meinen Ohren traute. Denn wirklich gehört hatte ich sein letztes Wörtchen *hier* nicht, ich habe das *hier* vielleicht nur ergänzt, denn *Ich bin falsch* klänge einfach zu furchtbar. Aber ich glaube, das war es, was er tatsächlich gesagt hatte: *Ich bin falsch.* Ist ein schrecklicher Satz, wenn du das über dich sagen musst. Besonders schrecklich in dieser schönen Szene.

Die sich dann auf eine ganz elegante Art auflöste. Denn mittlerweile war die Sonne untergegangen und im Bad war es dunkel geworden. Als Johanna sagte: »Wir gehen jetzt rüber!«, da konntest du sie schon nicht mehr richtig sehen. Und auch die anderen waren nur noch Schemen und Umrisse. Eine kleine Herde Zweibeiner verlässt ihre Tränke und sucht ihr Nest auf für die Nacht.

Unsere Kleider haben Johanna und ich zusammengeklaubt und nur ganz provisorisch wieder angezogen, denn im Zimmer von der Specht würden wir sie nicht mehr brauchen.

Ouvertüre? Erster Akt? Zweiter Akt?

Vom ersten Mal kann ich wenig erzählen. War leider keine Weltreise. Eher ein kurzer Trip, so von Düren-Zentrum nach Merzenich-Hauptbahnhof vielleicht. Einfach. Mit dem 207er.

An Johanna lag es nicht, sie hatte keine Chance gegen meine achtzehnjährige sexuelle Nichterfahrung. Bedeutungsschwere und Erlebnisqualität fielen auseinander. Waren nicht zur Deckung zu bringen, die zwei.

Also kurz gesagt: Es war sehr wichtig, aber wenig toll. Ich kam einfach zu schnell. Und als ich deshalb etwas traurig war, tröstete mich Johanna und erzählte was von einer Ouvertüre, bei der das Wichtigste sei, dass mit dem ersten Ton klar wäre, jetzt beginnt was Großes. Und dass in so einer Ouvertüre die wichtigsten Themen und Motive eben nur mal kurz angespielt, aber noch nicht ausgebreitet und durchgeführt werden. Das sei voll in Ordnung und entspreche durchaus den Regeln.

Der zweite Akt war dann schon besser.

Die Kondome brauchte ich übrigens nicht, weder beim ersten noch beim zweiten Mal, weder die letzten Überbleibsel meiner Billy Boys noch die Marke von der Specht. Denn nicht nur der Adrian hatte keine Eier, Johanna hatte auch keine Eier mehr. Die Chemo hat sie weggefressen und neue wird's nicht mehr geben. Wusste ich bis dahin nicht, dass Frauen keine Eier produzieren, sondern nur die verwalten, die sie von Geburt an in sich haben, hatte mir das eher so hühnermäßig vorgestellt.

Also würde es keine Anneliese geben und keine Alina.

Fand Johanna übrigens total süß, dass ich darüber traurig war, meinte allerdings, über die Namen müssten wir noch mal reden. Das war beim dritten Mal, da flüsterte sie mir auch ins Ohr, dass ein paar Dutzend ihrer Eizellen eingefroren wären und in irgendeinem Labor auf ihren Einsatz warten würden.

Dann schlief ich ein. Ich schlief wie ein Stein. Oder wie ein Kind. Konnte ich nicht auseinanderhalten, als ich mitten in der Nacht aufwachte und zuerst mal nicht wusste, wo ich war. Vielleicht hatte ich als Kind ja wie ein Stein geschlafen. Ich küsste die Schlafende neben mir, wollte es fassen können, dass sie tatsächlich neben mir lag. Ich küsste sie ganz vorsichtig, küsste mehr die Umrisse als die Haut, weil ich Johanna nicht wecken wollte. Langsam begann ich, das Tatsächliche als Tatsächliches zu verstehen, doch ich spürte, dass ich Johanna noch oft würde küssen müssen, bis ich wirklich glauben könnte, dass ich nicht mehr alleine war.

Ich stieg dann aus dem Bett und öffnete das Fenster.

Draußen schneite es, dicht, intensiv und ungeheuer leise. Schnee ist eine unheimlich stumme Gewalt. Ich ließ mit der kalten Luft eine riesige Portion Stille mit hinein in unser Zimmer. In dieser Stille hörte ich noch einmal Adrians *Ich bin falsch* und sah noch einmal seinen Blick zurück, als er das Schwimmbad verließ. Mich schauderte es, wegen der hereinströmenden Kälte und weil ich dachte, wie furchtbar es sich leben müsse, wenn man sich als *falsch* ansieht. Und plötzlich *wusste* ich, mit dieser Sicherheit, die dich manchmal überkommt: Niemals hatte es eine Loretta gegeben oder eine andere Frau aus dem Rotlichtmilieu.

Dann schaute ich Johanna an.

Und dann war nichts als Glück in mir.

Neue Songwriter für unsre Band

MEMO 7
Schaut man sich die Feste an, die derzeit bei uns gefeiert werden, so sieht man: Sie sind christlichen Ursprungs oder der Staat feiert sich selbst. Einzig am 1. Mai feiern die Leute sich selbst, da feiert aber auch nur das Proletariat.
In anderen Ländern sieht es – wenigstens nach einem ersten Überblick – nicht anders aus.
Das müssen wir ändern. Die Menschheit muss sich als Ganzes feiern und muss als Ganzes gefeiert werden.

Dieses Memo steuerte Adrian zu unserer nächsten Arbeitssitzung bei. Sie sollte am 29. Dezember um 10 Uhr stattfinden. Es war nur ein Tagesordnungspunkt geplant: »Feste erfinden«. Dieser TOP war unterteilt in 1a »Was wird gefeiert?«, 1b »Wie wird gefeiert?« (Rituale, Lieder, Gesänge) und 1c »Wie sollen die Feste heißen?«. Normalerweise gab es bei jeder Sitzung noch einen abschließenden TOP »Verschiedenes«, doch der fehlte diesmal auf der Einladung, die uns Adrian gemeinsam mit **Memo 7** am Abend des 27. überreichte.

Wegen Schnees und Kälte würden wir uns nicht draußen treffen. Adrian hatte die Schlüssel für einen kleinen Seminarraum im Souterrain besorgt und uns fürs Meeting per WhatsApp dorthin bestellt. Ich kannte den Seminarraum. Er lag neben dem Eingang zum Schwimmbad, von dort drangen Chlorgeruch und eine etwas schmierige Feuchtigkeit in den dunklen Gang, von dem dieser Arbeitsraum abzweigte. Vermutlich dachten wir alle an unsere Orgie bei dieser Einladung, obwohl der Seminarraum selbst zu der Sorte Raum gehörte, die genau dafür gemacht scheint, Gedanken an Orgien jedweder Art im Keim zu ersticken. Stapelbare Plastikschalenstühle, abwaschbare Strukturtapete, ein Tisch mit eingelassenen Steckdosen, resopalbeschichtet, ein Flipchart, eine Pinnwand. Dazu ein unangenehm säuerlicher Geruch. Kurz vor den Feiertagen muss irgendein Dilettant einen nagelneuen kotzgelben Teppichboden verlegt und großflächig angekleistert haben. Völlig unnötigerweise, fand ich. In einem so kleinen Raum hätte ich mit Klebeband gearbeitet statt mit *Ardex* oder *Mapei*. War doch absehbar, dass Kleister und Teppichboden unvorhersehbare Reaktionen miteinander eingehen und die Luft verpesten würden.

Adrian sollte von diesen üblen Gasen später krachendes Kopfweh bekommen, er vermutete wenigstens, dass seine Kopfschmerzen von diesem Gestank verursacht wurden. Ich vermutete, dass ihm seine neue Rolle in unserer Band nicht behagte und er Schmerzen hatte, weil er weiter als Singer-Songwriter am Mikro stehen wollte, statt nur am Bass das Gerüst vorzugeben. Oder dass er gar keine Kopfschmerzen hatte, sondern die nur vortäuschte, um seine neue Rolle vor sich und vor uns als etwas Temporäres, Zufälliges bezeichnen zu können.

Beide Vermutungen erwiesen sich übrigens als falsch.

Nehme jetzt schon einmal die Gelegenheit wahr, mich bei Adrian zu entschuldigen für meine kleingeistigen Gedanken an diesem 29. Dezember. Ich schäme mich, solchen Spießbürgerkram gedacht zu haben wie den, dass er es nicht hätte ertragen können, nicht mehr vorne am Mikro zu stehen.

Wo er ja tatsächlich nicht mehr stehen sollte, am 29. Dezember ab 10 Uhr.

Nur hatte das nichts mit seinen Kopfschmerzen zu tun.

Unsere Band hatte nun tatsächlich zwei neue Köpfe. Jungmann Meyer und Lebensgefährtin Johanna mischten heftiger mit als je zuvor. Die waren in Feierlaune gewesen seit der Orgie und den ersten Weltreisen, so ungefähr Silvester+Wir-sind-Weltmeister+die-

Berliner-Philharmonie-feiert-die-junge-Solistin-mit-nicht-endenwollendem-Applaus, alles auf einmal. In so einer Feierlaune steigt natürlich die Produktivität und deshalb war Adrians Memo nicht das einzige geblieben.

Wir hatten auch schon einige unter die Leute gebracht während der letzten Tage, genau am 28. Dezember circa 22 Uhr.

Sieben Stück!

Von Johanna geschrieben, im Bett sitzend und dennoch sauber, fehlerlos und mit einer porunden Schrift. Ich lag mit meinem Kopf dort, wo einmal ihre Brust gewesen war, und schaute gebannt nach unten, dorthin, wo ihr Bauch in das satte Schwarz überging. Diese Übergangszone vorm Verschwinden von Bauch und Welt in dem Strudel ihrer Muschi – erstes Weltwunder war das, mindestens. Ich brauch jetzt nichts anderes mehr sehen mein Leben lang, dachte ich und sagte Las Vegas und den Niagarafällen ade.

Allmählich tauchte dann meine persönliche Muschi-Geschichte in mir auf. Ich erinnerte mich an den dreizehnjährigen Meyer, die ersten Schamhaare waren ihm gerade gesprossen. Einen Sommer lang dachte er, die Mädels haben's gut, die haben alles, was er sich so sehnlich wünscht. Die haben Brüste, einen runden Po und 'ne Muschi. Die wachen morgens glücklich und zufrieden auf und so gehen sie abends wieder schlafen. Schon mit vierzehn wusste der Meyer, dass das Quatsch war, aber hier und heute merkte ich, dass alle spätere Erkenntnis sich um den ersten Irrtum herum angelagert hatte und dass dieser erste Irrtum in aller späteren Erkenntnis noch wirksam war als der Kern, der umbaut wurde. Ich glaube, so ein Irrtum wird nicht ganz ausgelöscht, der wird nur eingerahmt von späterem Wissen.

Irgendwann wurde ich dann doch hibbelig und hatte genug gesehen und gedacht. Eine Tat wollte getan werden und es traf sich gut, dass Johanna mittlerweile von jedem unserer Kärtchen vier Kopien geschrieben hatte.

MEMO 8
Der Tag der Menschheitsgeburt. (Im Specht'schen Sinne)

MEMO 9
Das Fest von der Jugendlichkeit der Menschheit.

MEMO 10
Das Fest der Ehrfurcht vor dem Alter der anderen Tiere.

MEMO 11
Das Fest der Nachgeborenen. Ist doch ein Unding, dass ständig was Vergangenes gefeiert wird, aber nie die Urenkel und deren Urenkel. Und es ist auch komisch, dass ahnen als Tuwort in die Zukunft weist, Ahnen als Hauptwort jedoch nach hinten in die Vergangenheit.

MEMO 12
Das Fest des Respekts vor dem Mitmenschen.

In **MEMO 13** schlugen wir gemeinsam vor:

Während einer Woche im Jahr darf jeder, der will, anderen bei der Berufsausübung assistieren. Ob er helfend Hand anlegen kann oder nur Zuschauer bleibt, sollte keine Rolle spielen: Arbeitgeber müssen dem zustimmen, ob sie wollen oder nicht. (Gesetzliche Verpflichtung!)

Ich schrieb auch ein eigenes Memo:

MEMO 14
Ganz tief innen drin braucht ganz viel außenrum, anders ist das nicht zu haben. Und deshalb brauchen wir Feste, Festtage, mindestens vier im Jahr. Zudem werden Ungläubige durch arbeitsfreie Tage wohlwollend gestimmt gegenüber unserer neuen Religion.

In alter Tradition hatte ich die Aufgabe übernommen, die Memos zu verteilen. Johanna durfte im Bett bleiben und musste auf mich warten. Der Abschiedsschmerz war heftig, nur zu lindern durch

Unmengen kleiner Küsse und durch das Versprechen schneller Rückkehr.

So legte ich neue Spuren in den Schnee. Die alten waren nur noch erahnbar, der heftige Schneefall hatte sie fast vollständig ausgelöscht.

Ioanna war nicht zu Hause, Adrian dagegen öffnete seine Zimmertür. Er stand im Türrahmen und sah durch mich hindurch – seine Art, mir zu zeigen, dass er auf ein Schwätzchen keine Lust hatte. Er nahm die Kärtchen entgegen und »freute sich über unsere Produktivität«. Ganz abgenommen habe ich ihm die Freude nicht, weil ein kräftiger Schuss Ironie in seiner Stimme war. Ich blieb einen Moment länger als nötig an der Tür stehen, wollte ihm die Chance geben, unsere Memos gleich zu lesen und mir um den Hals zu fallen oder wenigstens was zu sagen, wie damals, vor Urzeiten, als mich mal wer genial genannt hatte. Er las sie aber nicht. Sagte, er wolle sie später in Ruhe und aller gebotenen Ernsthaftigkeit studieren. *Nur Dummköpfe studieren*, dachte ich, *so ein blöder Mamaspruch*, ließ Adrian stehen und wunderte mich, wie so ein blöder Spruch plötzlich meinen Kopf erobert hatte. *Du bist doch alleine, nicht ich*, dachte ich beim Weitergehen. *Und du behandelst mich von oben herab! Die Dummheit der Klugen.*

Ich klopfte dann noch bei Benno in meinem alten, verlassenen Zuhause. Praktischerweise saß er mit Ioanna an seinem Schreibtisch vor dem Computer. Und so schlug auch ich einmal zwei Fliegen mit einer Klappe. Die beiden taten furchtbar wichtig und klappten den Laptopdeckel ganz schnell zu, als ich nach dem Anklopfen hereinkam. Obwohl ich mich kurz über diese Heimlichtuerei wunderte, machte ich mir keine Gedanken, was die zwei da trieben, weil ich es sowieso schon zu wissen glaubte. Entweder zeigte Benno ihr seine *Best of The Walking Dead* oder einen Porno.

Hätte besser nachgefragt.

Alte Regel: Wenn du nicht nachfragst, obwohl du dich gewundert hast, hast du schnell die Arschkarte gezogen.

Ich fragte mich in dem Moment aber auch, ob sich zwischen Ioanna und Benno neuerdings was abspielte? Vor zwei Wochen hätte ich mir noch auf die Stirn getippt, wenn jemand diese Vermutung geäußert hätte. Doch seitdem war ein Damm gebrochen, durch die Bad Segeberger Ereignisse und durch unsere Orgie. Und dadurch, dass Johanna und ich ein öffentliches Paar geworden waren. Wenn sich in einer Gruppe erst einmal ein Pärchen gefunden hat, ist das zweite nicht mehr weit. Zudem hatte Benno jetzt ein Einzelzimmer und auch Ioanna lebte neuerdings alleine und man kennt das ja, dass zwei Verlassene sich gerne mal zusammenschließen, von daher wäre das neue Paar gut erklärbar gewesen.

Ich hielt mich nicht lange auf mit diesen Gedanken und lief geradlinig zum Specht'schen Pförtnerhäuschen zurück. Zuerst ging ich gemessenen Schrittes, doch je näher ich unserem Nest kam, desto schneller wurde ich. Am Schluss galoppierte ich wie ein junger Hengst in seinen Stall.

Okukwego und der Ballermann

Jetzt muss ich Euch von unserer angekündigten letzten Sitzung erzählen.

Beinahe wäre die Vollendung meiner Geschichte an diesem Punkt gescheitert. Kaum setzte ich mich an diese Aufgabe ran, fühlte ich mich sofort wie bei 4:0 Rückstand bei verbleibenden zwanzig Minuten sinnlosen Rumrennens bis zum Schlusspfiff.

Kein Mumm mehr, keine Kraft, keine Lust.

Der Schatten des Endes dieser Sitzung legte sich über ihren gloriosen Anfang und verdunkelte ihn vollständig.

Benno und Ioanna waren als Erste gekommen an diesem 29. Dezember um 10 Uhr in der Früh, hatten den kleinen Seminarraum mit seiner üblen Luft aufgeschlossen, die stapelbaren Plastikstühle um den langen Tisch aufgestellt, schon mal Kaffee gekocht und Becher bereitgestellt.

Adrian erschien wie immer punktgenau.

Johanna und Meyer verspäteten sich und bekamen einen Rüffel von Adrian, den sie wegsteckten wie weiches Brot, denn Johannas und Meyers Stimmung war nach wie vor grandios und nicht so leicht zu zerstören. Wir stellten unsere Festideen dar, **Memo 8** bis **Memo 12**, kennt Ihr schon. Tischlerlehrling Meyer stand wie ein großer Zampano am Kopf des Raumes und bereinigte das Flipchart, auf dem irgendein Organigramm stand, das mich sehr an Berufsschule erinnerte (Waren- und Materialorganisation beim staubtrockenen Polchmann). Ich riss das Blatt ab, zerknüllte es, formte eine handliche Kugel daraus und schmiss sie in hohem Bogen Richtung Papiereimer rechts in der Ecke. Hoher Bogen ist wichtig in so einem Fall: Wenn du triffst, kriegst du Gelächter fürs Treffen per Kunstwurf – wenn du nicht triffst, kriegst du Gelächter für deine Frechheit, gar nicht erst treffen zu wollen. Win-win-Situation. Ließ ich mir nicht entgehen.

Hätte ich etwas von meinem Seminarraumschwung an diesen elenden Schreibtisch hinüberretten können, an dem ich so lange saß und mich beim Schreiben abquälte, könnte ich Euch richtig gut erzählen, wie Johanna über das Problem geeigneter Termine für weltweite Feste referierte. Ich könnte farbig erzählen, wie belebt sie aussah, wie rot ihre Wangen, wie leuchtend ihre Augen waren. Als ob sie gerade ihr Lieblingsstück hätte spielen dürfen. Vorerst, so sagte sie, müsse man nach Tagen suchen, die von keiner Religion und von keinem Staat als Festtagstermin besetzt seien. »Nach zwei-, dreihundert Jährchen könnte man dann beginnen, den Tag der Menschheitsgeburt beispielsweise auf den 25. Dezember zu legen, aber das müssen unsere Nachfolger erledigen.«

Benno fragte nach den Namen dieser Feste, ob wir für die auch Vorschläge hätten. »Ostern« beispielsweise klänge doch viel besser als »Fest des Todes und der Auferstehung von unserem Herrn Jesus Christus«. An solchen ehemaligen Wortneuschöpfungen sollten wir uns ein Vorbild nehmen, prägnante Namen seien marketingtechnisch gesehen ein Muss für jedes Fest. »Habt ihr dazu auch schon Ideen?«

Hatten wir nicht.

Adrian sagte, dass wir beim besten Willen nicht die Arbeit der Volksmünder vorwegnehmen könnten, die im Laufe der nächsten tausend Jahren schon griffige Wörter finden würden für die Feste, deren Bedeutung wir heute schon mal grob umrissen festlegten.

Ich sagte gar nichts, sondern griff mir einen Marker und schrieb auf das Flipchart:

Okukwego!

Machte 'ne Pause und schrieb:

Schen-zen yu!

Und weiter, mit dem Rücken zur Band:

Strellson!

Und dann schließlich:

Ballermann!

War kein Eins-a-Witz, das war mir schon klar, aber auch ein Zwei-b-Witzchen müsste doch irgendeine Reaktion auslösen, wenigstens ein gequältes Der-Meyer-mal-wieder-Aufstöhnen, aber nichts geschah.

Ich drehte mich also um und sah: Alle blickten auf Adrian statt auf das Flipchart – und Adrian starrte auf sein Smartphone. Er hatte sich schon auf die Suche nach festtagsfreien Terminen gemacht, muss aber was anderes gefunden haben. Etwas, was ihm Schrecken ins Gesicht trieb und Tränen aus den Augen. Was ihn immer weiter scrollen und immer blasser werden ließ. Und dann eroberte, seit langer Zeit das erste Mal, die Verzweiflung Adrians Gesicht. Er sah aus zum Gotterbarmen. Adrian starrte ins Leere. Wir alle konnten zusehen, wie etwas in ihm zusammenbrach. Ein ganz tolles Kartenhaus, in Zeitlupe. Aus einer Sekunde mach dreißig. Dann lagen nur noch Trümmer herum. Die Stille nach der Katastrophe, dick Staub in der Luft, Ascheregen überall.

Adrian stolperte durchs Trümmerfeld, blieb vor Benno stehen und zischte: »Du gottverdammter Idiot!«

Zu uns sagte er: »Es ist vorbei, ihr könnt gehen.«

Dann öffnete er die Tür und ging hinaus, in seinem schleichenden Gang. Von draußen hörte man ihn weinen. Sein Smartphone hatte er liegen lassen. So konnten wir rekonstruieren, was passiert war.

Kurz zusammengefasst: Benno hatte das Adrian-tröstet-seine-Mutter-auf-dem-Sterbebett-Video schon auf YouTube hochgeladen.

Viel zu früh. Entgegen jeder Verabredung.

Er hatte Adrian quasi bei lebendigem Leib begraben, dieser Depp.

Das Video hatte die letzten Tage schon viele Klicks bekommen, sehr viele, und war schon nach drei Tagen ein voller Erfolg. Und das war erst der Anfang. Man weiß ja, so eine YouTube-Lawine braucht fünf bis sieben Tage, bis sie so richtig ins Rollen kommt. Dann hat irgendwer auf Facebook Adrians Instagram-Bilder vom Mondsee gesehen. Dieser Irgendwer hatte nichts Besseres zu tun, als sie unter das Video zu posten.

Ihr wisst schon, welche Bilder. Adrian am Lagerfeuer, tanzend wie ein Derwisch.

Adrian und seine Mama, wie sie den Mond anheulten, als wären sie ein Wolfspaar.

Adrian beim Eisbaden im See.

Alle mit Datum.

Unser Video war auch mit Datum, mit einem früheren.

Es folgte ein Shitstorm par excellence: »Schaut euch dieses Arschloch an.« Um nur einen der freundlicheren Kommentare zu zitieren.

YouTube war verbrannt für uns. Facebook und Instagram auch.

Bei kleinen Katastrophen wird es ja meistens laut und alle schreien rum. Bei großen öffentlichen Katastrophen, wenn ein Hochhaus zusammenstürzt oder so was, schreien auch alle rum. Bei großen privaten Katastrophen wird es aber still und keiner sagt was. Alle sitzen da und wissen nicht, was zu reden wäre. Die Zeit wird lang und leer. Hat was von einer Narkose, die nur auf die Seele geht. Zwar siehst und hörst du noch was, aber du spürst nichts mehr.

Ich spürte nicht mal Johanna neben mir. Völlig nebensächliches Zeugs tritt plötzlich in den Vordergrund. Ich hörte die Heizung rauschen. Hörte den Regen, der gegen das Souterrainguckloch prasselte. Hörte auch ein Dröhnen in meinen Ohren. Sah, wie Ioanna sich vor Benno aufbaute und kurz davor war, ihn anzuspucken. Bevor sie rausging, sagte sie noch etwas, das ich damals nicht richtig einordnen konnte: »Du bist nichts als ein aufgeblasener Angeber.«

Meine Johanna glaubte, ihre Freundin hätte diese Gelegenheit genutzt, um rauszukommen aus der Sackgasse einer falschen Verliebtheit. Glaub ich auch. Wenn du wirklich verliebt bist, hältst du doch zu deinem Liebsten, egal, was passiert. Dann ist dir das Schicksal einer neuen Religion schnuppe und du lässt deinen Liebsten nicht im Regen stehen, wie Ioanna es tat.

Wir zwei, Johanna und ich, blieben noch bei Benno sitzen. Aber fragt mich nicht, wie lange. Die üblichen Wörter, die man nehmen kann, um etwas über die Menge an Zeit zu sagen, die zwischen Ereignis A und Ereignis B verfließt, machten keinen Sinn, weil die Zeit hier im Raum gedehnt und gleichzeitig atomisiert war. Die normale Sekunde wurde irgendwie mit 38 mal genommen, aber mit 38/38. Da kommt auf dem Papier dasselbe Ergebnis raus, aber bei Seele funktioniert Mathematik irgendwie anders.

Wie lange Benno noch in diesem Scheißseminarraum sitzen geblieben war, nachdem auch wir gegangen waren, weiß ich nicht. Könnte es vermutlich auch nicht sagen, wenn ich es wüsste, weil ich kein richtiges Zeitwort dafür hätte. Eine gefühlte Ewigkeit sicherlich. Und Ewig ist ein Scheißwort, das wenigstens würde von unserer neuen Religion übrig bleiben.

Ich glaube, Benno kam nicht mehr raus aus dieser Zeithäcksel- und Dehnmaschinerie, die sich in ihm abspielte. Er hat übrigens kein Wort gesagt, nichts zu seiner Verteidigung, keine Entschuldigungsversuche. Er saß stumm und im Gesicht versteinert auf seinem stapelbaren Plastikstuhl. Sein Hintern füllte die Sitzschale fugenlos aus. Er saß völlig eingesunken, als wäre er ein Sack. Nur um den Mund war Spannung und um die Augen, die ganz weit wegguckten, um nichts zu sehen.

Benno wollte nichts spüren.

Er fing hier im Seminarraum schon an, sich tot zu stellen.

Wir haben nach und nach rausgekriegt, was genau geschehen war.

Benno und Ioanna hatten wohl tatsächlich miteinander geliebäugelt nach der Orgie im Schwimmbad. Wollten auch so glücklich sein wie Johanna und ich, aber bei der Liebe funktioniert nachmachen nicht so gut wie bei anderen Sachen. Auf jeden Fall hat Benno, um seiner Ioanna zu imponieren, ihr alles gezeigt, was er bisher so gemacht hatte. Unser Video geschnitten, den Ton bearbeitet, einen Abspann produziert. Auf YouTube einen Kanal für uns eingerichtet, schon mal Inhalte vorgeplant. War stolz wie Oskar gewesen, völlig zu Recht, er war wirklich gut in solchen Sachen – und dann war da auch noch jemand, dem er alles zeigen konnte. Ich glaube, Benno konnte vorher noch nie in seinem Leben jemandem alles zeigen. Deshalb schwebte er in höchsten Höhen. Er hatte gegen Ioannas Rat und Wunsch unser Video schon mal hochgeladen. Einfach, weil er das konnte. Und weil jemand da war, der sehen konnte, dass er es konnte. Und um ihr seine Wichtigkeit zu demonstrieren.

Natürlich hatte er die Absicht gehabt, das Video gleich wieder zu löschen. Doch das hat dann nicht geklappt, er muss irgendeinen Fehler gemacht haben oder die Technik bot Fallstricke, von denen er nichts ahnte, obwohl er sich als Experte fühlte. Oder sein Expertentum erwies sich als Laienexpertentum. Oder er hat das Löschen tatsächlich vergessen, voll verknallt, wie er war.

Benno schwebte in höchsten Höhen, hatte aber keine Bodenhaftung mehr. Wenn du richtig verliebt bist, so wie meine Johanna und ich es waren, dann schwebst du auch in höchsten Höhen, aber dein Ballon bleibt am Boden verankert. Das Wichtige ist nicht, wie hoch du fliegst, sondern wie weit das Seil gespannt wird. Wenn du richtig verliebt bist, geht eine Spannung auf zum normalen Leben, wenn du falsch verliebt bist, dann fliegst du nur hoch. Und fliegst weg.

Meine vier Namen der zukünftigen Feiertage unserer neuen Religion sollten auf dem Flipchart prangen, bis ein anderes Seminar stattfinden würde in diesem gottverdammten Raum. Dann würde ein Mitarbeitermotivator oder ein Hygienebeauftragter kommen, einen verständnislosen Blick aufs Papier werfen, das oberste Blatt des Flipcharts abreißen, es zerknüllen und in hohem Bogen Richtung Papierkorb schmeißen. Das wird's dann gewesen sein mit unserer neuen Religion.

Die nächsten zwei Tage verließen Johanna und ich nur ein Mal das Pförtnerhäuschen:

Das war nach der WhatsApp von Ioanna: »Fahre heute nach Hause.« Sie hatte sich entschlossen, auf die letzten vier Wochen ihrer Reha zu verzichten. Johanna, Adrian und ich begleiteten sie zum Bus, der sie nach Landau / Isar bringen sollte. Benno stand hinterm Fenster und schaute uns nach, wie wir so durch den Schnee stiefelten. Hab ich gesehen. Ob Ioanna das auch gesehen hat, weiß ich nicht. Hat sich jedenfalls nichts anmerken lassen. War ein langer, stummer Gang. Die zwei Mädchen gingen Arm in Arm voraus, Adrian und ich bedrückt hinterher. Glücklicherweise blockierten die Kofferrollen, durch Rollsplit und / oder durch den Schnee selbst, und wir mussten ihre zwei Koffer tragen. Wir zwei waren froh, uns wenigstens nützlich zeigen zu können, denn emotional konnten wir nicht mithalten mit den Tränen der Mädchen und so hatten wir wenigstens was beizutragen.

Ich versuchte am selben Tag noch Kontakt mit Benno aufzunehmen und schrieb ihm eine WhatsApp mit dem Vorschlag, sich zu treffen. Er habe viel zu tun und hätte keine Zeit, schrieb er zurück. Mir war das recht. Hatte ohnehin gehofft, dass Benno mich nicht sehen wollte. Irgendwie hatte ich nur aus Anstand gefragt. So, wie du manchmal einen anrufst, wenn du weißt, dass er nicht drangehen kann – du rufst nur an, damit der sehen kann, dass du angerufen hast. Eigentlich hatte ich genau gewusst, dass eine WhatsApp Bennos Trotzmauer nicht durchbrechen konnte. Wäre ich die hundert Meter durch den Schnee gelaufen und hätte plötzlich vor seiner Tür gestanden, hätte er mich vielleicht reingelassen. Habe ich aber nicht gemacht.

Das war feige von mir und ich bereue es heute.

Zu meiner Entschuldigung kann ich nur eines in die Waagschale werfen: Bald würde die Specht wiederkommen und wir würden unser Nest räumen müssen. Die letzten Tage dort wollten wir hemmungslos genießen.

The Sleeping Dead

Es war ein Fehler, kein Fake.
Bitte verzeiht mir!
Ich liebe euch doch alle!

Facebook / FünfSätze
YouTube / FünfSätze
Instagram / FünfSätze

Das stand auf dem Pappschild, das Benno an einem faustdicken Holzpfahl befestigt hatte. Genaueres über die Befestigungstechnik, die Benno gewählt hatte, kann ich nicht sagen. Ob er die Pappe genagelt, geklebt oder getackert hatte, weiß ich nicht, ich kann aber sagen, dass der Pfahl unten angespitzt war. Wenn du einem Vampir was ins Herz rammen willst, dann brauchst du so einen Pfahl. Benno brauchte ihn aber für was anderes: Sein Video beginnt mit dem Einrammen dieses Pfahles in den Schnee, im Hintergrund kann man unsere Verschwörerecke erkennen. Diese ersten Bilder sind schlecht beleuchtet, so richtig gut erkennen, was der dicke junge Mann da macht, kannst du nicht. Seine Scheinwerfer hat er erst nach dem Einrammen aufgestellt, danach wird die Bildqualität besser.

Hinter den drei Sätzchen (»Es war ein Fehler, kein Fake« usw.) hatte Benno einen ganzen Strauß Ausrufezeichen gesetzt, mehr gemalt als geschrieben, mit einem dicken schwarzen Marker. Sah ein bisschen nach Kinderschrift aus. Diese Ausrufezeichen gebe ich hier nicht wieder. Gemalt von Benno sahen sie gut aus. Auch auf seinem Video wirkten sie gut, gedruckt würden sie hier vermutlich etwas angeberisch aussehen und das würde Benno in dieser Situation nicht gerecht werden. Deshalb lasse ich die Ausrufezeichen weg.

Das Smartphone, das sein Sterben aufnehmen sollte, hatte Benno auf ein Stativ gestellt und ganz in Plastik eingewickelt, damit es im Schneefall nicht kaputtgehen würde, bevor er als Märtyrer für unsere Sache gestorben war. Für das Kameraauge hatte er ein genau gearbeitetes Loch aus dem Plastik ausgestanzt oder ausgeschnitten und er hatte dieses Auge durch ein kleines Schirmchen aus Alufolie vor dem Schnee geschützt. Mit Paketklebeband befestigt. Wenn man das so liest, klingt es nach Pfuscherei, ein Schirmchen aus Alufolie, das mit Paketklebeband an einem Smartphone befestigt ist, aber ich habe das Werkstück gesehen und in der Hand gehabt und muss sagen: war gut gearbeitet und hat funktioniert, es war stabiler, als man denken würde. Nix sollte schiefgehen, keine Schneeflocke sollte die Kamera erblinden lassen, bevor Benno tot war.

Für eine angemessene Beleuchtung der Szenerie hatte er auch gesorgt: Drei Taschenlampen hatte er aufgestellt. Scout, Dynamo Lampen, »für den kleinen Abenteurer«, so wurden sie beworben bei Amazon. Hat er sich von dort per Express liefern lassen und die drei Leuchten kamen erst am 31. Dezember um 17:48 Uhr. Benno muss ganz schön gezittert haben, ob es noch rechtzeitig klappen würde mit der Lieferung im alten Jahr. Den Aufbau der kleinen Scheinwerfer kannst du nicht sehen auf dem Video – bevor sie standen, war es ja zu dunkel für Bilder. Das ließ sich alles leicht rekonstruieren.

Mobile Daten hat er sich am 30. in der Früh noch gekauft, übertrieben viel, damit hätte er sechs Stunden lang sterben können. So lange brauchst du aber nicht bei vier Grad minus, Schnee und Wind. Einen Abschiedsbrief gab es nicht. Weil Benno sonst an alles gedacht hatte, vermute ich, er wollte keinen schreiben und hat es nicht einfach vergessen.

Das Video bekam weniger Klicks, als er wohl erhofft hatte. Wenn einer im Schnee liegt und langsam erfriert, sieht es nicht spektakulärer aus, als würde einer einschlafen. Und wer will schon einem kleinen dicken Jungen beim Einschlafen zusehen? Die paar Momente, wo was geschah in seinem Film, ganz zu dessen Beginn, als er das Schild mit den Ausrufezeichen in den Schnee rammte, und dann, wo er, schon in den Schnee gebettet, eine Packung Schlaftabletten hochhielt und eine Handvoll schluckte, die hast du schnell verpasst. Das war's dann schon mit Action.

Wenn du später draufklickst, siehst du nur zwei anfangs offene Augen, die genau in die Kamera starren. Das war wohl Teil seines Planes: dass er jeden Zuschauer anschauen wollte mit weit aufgerissenen graublauen Augen und mit einem offen stehenden Mund, der aussah, als wäre ein Schrei in ihm schockgefroren. Doch als die Schlaftabletten zu wirken begannen, bei 5 Minuten 38 Sekunden, da fielen ihm die Augen zu. Irgendwas, vermutlich die lebenslange Gewohnheit, ließ ihn dann doch noch den Kopf umdrehen und er lag dann so im Schnee, wie er immer im Bett neben mir gelegen hatte: den Kopf gerade, Augen gen Zimmerdecke. Dann hast du nicht mal mehr geschlossene Augen bei offen stehendem Mund gesehen, ab da war sein Film furchtbar unspektakulär und hat sicher keine neuen Klicks mehr generiert. Denn danach kam nur noch Schneefall, dicht und heftig. Es dauerte nicht lange, bis nur noch die Nase aus seinem Gesicht herausragte. Ob Benno da noch schlief oder ob der Schlaf schon eine neue Qualität gewonnen hatte, das könntest du nicht mal sehen, wenn die benutzte Aufnahmetechnik höheren Ansprüchen genügt hätte.

Benno würde gleichzeitig mit dem Sterben begraben werden, unter einem Berg frisch gefallenen Schnees. Am Ende sollte nur noch ein schneebedeckter Haufen übrig bleiben von ihm. Was Ähnliches hat er mal bei *The Walking Dead* gesehen, nur dass dort statt Schnee Wüstensand verwendet wurde. Hat ihm schwer imponiert damals. Weiß ich aus erster Hand, weil er mir die Szene drei Mal vorgespielt hat. Wo eben noch einer war, ist jetzt nur noch ein Haufen.

Was du auch nicht sehen kannst auf dem Video, ist, dass hinter Bennos Rücken eine Maschinerie zum Benno-Retten anlief, ausgelöst von einem aufmerksamen User in NRW, der die örtliche Polizei in Minden anrief, die wiederum dank der Facebook-Verlinkung schnell herausfand, wo dieser Junge im Schnee lag, und die für Ganacker zuständigen Kollegen alarmierte, welche sofort losfuhren, nicht ohne Notfallsanitäter benachrichtigt zu haben, die zeitgleich mit den Polizisten in unseren Park stürmten und Benno retteten.

Wovon Johanna und ich nichts mitbekamen, denn wir waren gerade auf Weltreise. Und das ließ mich für einige Tage schwer an unserer Sache zweifeln. Also, wenn deine neue Religion darauf beruht, die Menschheitsseele zu spüren, du aber nicht mal merkst, wenn dein Kumpel, mit dem du fast ein halbes Jahr ein Zimmer geteilt hast, keine zweihundert Meter entfernt von dir anfängt, sich umzubringen, dann musst du ja zweifeln, wenn du kein Stück Holz bist.

Nach drei Tagen wurde Benno aus dem Krankenhaus entlassen und seine Eltern haben ihn mit nach Hause genommen. Als Bennos Eltern hier waren, um seine Sachen zu packen, habe ich mich versteckt. Ich wollte sie nicht sehen, tat vor mir so, als müsste ich dringend nach Ganacker, um Sachen zu kaufen, wusste aber, dass das gelogen war. Johanna log mit. Wir drückten uns den ganzen Tag in Ganacker rum und stritten uns das erste Mal richtig heftig, wegen Kleinkrams.

Mit den Polizisten zu reden, konnten wir nicht vermeiden. Die wollten genau wissen, was passiert war und weshalb Benno versucht hatte, sich umzubringen. In dem Protokoll, das sie mir danach aushändigten, war nichts mehr zu spüren von dem ganzen Zauber unserer Sache.

Auch in den Berichten der lokalen Zeitung war nichts davon zu spüren. Über die bayrische Landesgrenze hinaus gab es null Presseecho, Benno hatte sich sicherlich ein größeres Trara versprochen, aber weil er gerettet wurde, blieben die Medien still. Versuchter Selbstmord ist halt deutlich 'ne kleinere Nummer als ein gelungener.

Adrian hat sich Bennos Eltern übrigens gestellt. Das hat mir Schwester Gaby erzählt. Adrian hat die Siegel der Polizei aufgebrochen und sich in Bennos Zimmer geschlichen.

Laut Schwester Gaby hatte er drei Stunden lang auf Bennos Bett gesessen und nichts anderes getan, als auf Bennos Eltern zu warten. Er wollte ihnen alle Fragen beantworten, die sie hatten.

Bennos Eltern hatten aber keine Fragen. Die Leute waren null neugierig. Wollten nichts wissen von den Fünf Sätzen oder von Ioanna oder von sonst was. Als Adrian ungefragt mit Erzählen begann, hat die Mutter angefangen zu weinen und der Vater ist ihm übers Maul gefahren. Hat Adrian stoisch ausgehalten, sagt wenigstens Schwester Gaby, deren rotes Apfelgesicht wie unter einem Extraspot Rotlicht aufleuchtete, als sie uns davon erzählte. Sie sprach so lebendig von der Szene, als sei sie dabei gewesen, dabei stand sie nur vor der Tür und nicht im Zimmer.

Von Benno selbst habe ich nichts mehr gehört.

Er hat zwar überlebt, aber doch nicht ganz. Sein soziales Dasein wurde ausgelöscht. Seine Eltern wollten ihn wohl ganz für sich alleine haben: das Handy abgemeldet, Facebook gelöscht, ebenso seine Instagram- und Twitter-Accounts. Nur die E-Mails, die ich ihm probeweise schickte, kamen nicht zurück. Kein Mailer-Daemon schaltete sich ein, aber Antworten gab es erwartungsgemäß auch keine. Ich wusste ja, dass Benno seine Mails nie checkte. E-Mails galten ihm als ein Medium alter Leute, auf derselben Stufe wie SMS.

Todeszelle und ganz dick Butter innen drin

Wie sich die Nachricht verbreitete, dass Adrians Hirn vom Krebs befallen war, kann ich Euch nicht sagen. Genaues weiß ich einfach nicht, ich habe dazu nur eine Theorie: So eine Neuigkeit verbreitet sich von außen nach innen – zuerst erfahren gänzlich Unbetroffene von der Sache und später dann die dem Betroffenen nahestehenden Menschen.

Ich tippe also darauf, dass es ein Neuzugang war, der das erste Mal zu einem anderen Neuzugang sagte: Du, einen der Alteingesessenen hat es wohl voll erwischt, Hirntumor, inoperabel, Todesurteil. Zu meiner Theorie gehört, dass die Neuzugänge beim Sprechen zwar die Stimme senken und betroffen die Stirn runzeln, aber im Herzen froh sind, dass es einen anderen erwischt hat und nicht sie selbst. Ist eine Art von Sieg und Siege machen eben froh, kannst du nichts gegen machen. Dass sie froh sind, sagt natürlich keiner, aber wenn du genau hinguckst, kannst du so ein Lächeln sehen, das das Gesicht der Verschonten befällt. Sicherlich gegen ihren Willen, doch offensichtlich gibt es einen Willen hinter dem Willen. Dieses Lächeln dauert nur den Bruchteil einer Sekunde, dann wird es eingefangen und zurückgenommen, weil es ja unanständig ist; Ihr müsst also schon scharf hinschauen, wenn Ihr es sehen wollt. Also ich glaube: Die ersten Mitwisser und Gerüchteverbreiter kannten nicht mal Adrians Namen, die zweiten kannten zwar den Namen, aber nicht das Gesicht dazu, die dritten waren alteingesessene Nichtgründer und als Letztes erfuhren wir Freunde von seinem Todesurteil. Wie das Wissen um die Diagnose zu den Neuzugängen kam, erklärt meine Theorie nicht, ganz am Anfang muss ja jemand mit Fachwissen geplaudert haben. Da tippe ich auf Schwester Gaby. Die konnte zwar anpacken, war sich für nichts zu schade und hatte ein gutes Herz, aber mit der Schweigepflicht hatte sie so ihre Probleme. Schweigen passte einfach nicht zu ihrem Naturell.

Als Adrian uns beide, also Johanna und mich, am 6. Januar förmlich in sein Zimmer einlud, da dachten wir, er wolle uns jetzt höchstpersönlich mitteilen, wie es um ihn stand. Wollte er aber gar nicht, er vertraute wohl voll auf die gründliche Arbeitsweise von so einem Gerücht.

Er wollte uns fragen, ob wir ihn nach Großhadern begleiten würden, ins dortige Klinikum, wo er noch einmal in die Röhre sollte. Wir sagten natürlich sofort zu. Im zweiten Schritt teilte er uns dann mit, dass wir frühmorgens mit ihm würden ausreißen müssen, die Anstaltsleitung hatte seinen Wunsch, den voraussichtlich letzten Ausgang als freier Mann anzutreten, einstimmig abgelehnt.

»Die Leitung hat auf einen Transport im Krankenwagen bestanden, wegen irgendwelcher Risiken. Dabei ist es doch der einzige Vorteil, die solch eine Scheißdiagnose bietet, dass alle anderen Risiken nicht mehr sind als ein Fliegenschiss.«

Adrian und ich schimpften gemeinsam auf die Anstaltsleitung, wobei Adrian, von mir redlich unterstützt, zu Höchstform auflief und Wörter benutzte, von denen ich gedacht hätte, er kenne sie gar nicht. Johanna hörte uns amüsiert zu, machte aber nicht mit. Ist vielleicht eher so ein Jungsspiel, Wörter zu finden, von denen jedes wüster ist als das vorige. Johanna kapierte natürlich, dass wir eigentlich auf den Krebs schimpften und die Anstaltsleitung nur als Ziel nahmen, weil es sich auf Menschen besser schimpfen lässt als auf den Krebs. Und dass die Wut irgendwie rausmusste, das kapierte sie natürlich auch. Nur mitmachen wollte sie nicht. Sie schaute sich stattdessen gründlich im Zimmer um, das seit unserem letzten Besuch hier bis auf ein Detail unverändert war. Und als bei uns allmählich die Luft raus war, fragte sie nach diesem Detail, einem Schwarz-Weiß-Bild, schlecht und pixelig ausgedruckt von Adrians Brother-Drucker unter seinem Schreibtisch.

»Was ist das?« Sie deutete auf das Bild und Adrian sagte: »Todeszelle, St. Quentin, California.«

»Und warum hast du das aufgehängt?«

Adrian zuckte mit den Schultern. »Wir müssen um 6:25 Uhr die Buslinie 6150 nach Landau nehmen, dann Regionalbahn zum Hauptbahnhof, zum Schluss die U-Bahn nach Großhadern. Meyer und ich holen dich um 6:10 Uhr vor dem Mädchenhaus ab, okay?«

Johanna nickte und damit war St. Quentin vorläufig erledigt und ich bestätigte die Verabredung.

Weil bei uns in der Villa auch früh am Tage schon einiger Betrieb herrscht und Ausreißer naturgemäß nicht auffallen wollen, gingen Adrian und ich am nächsten Morgen getrennt hinüber zum Mädchenhaus. Johanna wartete vor der Tür auf uns und dann ging's los. Es war schweinekalt und stockdunkel und so richtige Ausflugsstimmung kam zuerst mal nicht auf und auch gesprochen wurde eher wenig. Der Verkehr auf der Staatsstraße war zu stark, als dass wir alle drei hätten nebeneinander zur Bushaltestelle laufen können. Also ging Adrian vorneweg, wir zwei hinterher, im Gänsemarsch.

Johanna und ich hatten vorher besprochen, den Austausch von Zärtlichkeiten, Vertrauensseligkeiten und Zusammengehörigkeitsbekundungen auf ein Minimum zu beschränken, weil Adrian das doch nicht so gerne sah. Also war nichts mit Händchenhalten und In-den-Arm-Nehmen und so.

Der 6150er kam auf die Minute pünktlich und hatte genug Platz für uns. Schülerinnen und Schüler waren glücklicherweise noch nicht unterwegs und also herrschte Stille. Die Leute saßen einzeln und gleichmäßig verteilt in den Sitzreihen und wollten ihre Ruhe haben. Beim Einsteigen dachte ich, alle sehen uns an, dass wir Ausreißer sind, und dass einer von uns seinen letzten Ausgang hat, das sehen sie auch. Aber dazu hätten die Leute mindestens aufschauen müssen. Machten sie aber nicht und wir blieben unerkannt.

Adrian saß vor uns, wir zwei zusammen wenigstens in einer Reihe. Wir hatten Plätze im hinteren Teil des Busses belegt und ließen stumm die Nacht ausklingen, was in so einem Landbus besser geht als in einem Stadtbus. Auf dem Land wirst du nicht gezwungen, ständig was Neues sehen zu müssen, Ladenschilder, Müllautos, Passanten und solche Sachen. Auch wenn es nicht stockdunkel gewesen wäre, hätte es draußen nämlich nicht viel zu sehen gegeben. Was die Scheinwerfer unseres Busses und die der anderen Autos sekundenweise erhellten, war so aufregend nicht: schneebedeckte Felder, kahle Bäume und hin und wieder ein spärlich erleuchteter Hof, in dem Menschen, die nicht ausreißen mussten, ihre Nacht ausklingen ließen. Man weiß ja, dass es in so einem erwachenden Haus vermutlich nicht ruhig, gemessen und lauschend zugehen würde, dass dort drinnen vermutlich ein Radio dudeln, die Zeit drängen, die Kaffeemaschine piepsen und die Kinder quengeln würden. Aber so beim Vorüberfahren kannst du die Ahnung in dir leben lassen, dass es einen weicheren Übergang von der Nacht zum Tag geben könnte als den gewöhnlichen, und dieser Ahnung gab ich mich hin.

Die Fahrt würde nicht länger als zwölf Minuten dauern, und als im Display des 6150er Landau / Isar Bahnhof als nächster Halt angekündigt wurde, drehte Adrian sich zu uns rum und sagte, als hätten wir gerade noch davon gesprochen: »Apropos Todeszelle, St. Quentin: Wenn ich mir vorzustellen versuche, was in Kürze mit mir passieren wird, dann geht das nicht. An meinen eigenen Tod komm ich nicht ran, den kann ich mir nicht vorstellen. Das ist so ein schwarzes Zentrum, das ich nur umkreisen kann, mal weiter weg, mal näher dran, aber ins Zentrum selbst komm ich nicht. Wenn ich an einen Insassen in der Todeszelle denke, der weiß, in dreiunddreißig Tagen ist es vorbei und dann sind es nur noch zweiunddreißig und dann nur noch einunddreißig und dann immer so weiter im Täglich-weniger-Werden, dann ist das so etwas wie eine immer enger werdende Umlaufbahn um dieses schwarze Zentrum.« Adrian machte eine Pause, oder er hatte schon alles gesagt, was er sagen wollte, das blieb mir unklar.

»Nehmen die Gift oder den elektrischen Stuhl in St. Quentin?«, fragte ich.

»Gute Frage, Meyer. Habe ich mir noch nicht gestellt. Am vorletzten Tag hört das immer auf, mein Mitgefühl mit den Verurteilten. Näher ran an den Tod komm ich auch bei denen nicht.«

»Vielleicht schaffst du es noch«, sagte ich und Adrian sagte: »Ja, vielleicht.«

Johanna legte ihre Hand an sein Gesicht, und was sie da wärmte, das war 'ne Wange und keine Backe. Dann sagte sie leise: »Vielleicht sind es nicht nur die anderen, die in uns leben, vielleicht sind es auch die anderen, die in uns sterben.«

Das ließen wir einen Moment verklingen.

»Ist vielleicht eine neue Theorie«, fand ich und Adrian sagte: »Klingt mir eher nach einer Reihe schön klingender Wörter.«

Mit diesem »Es sind die anderen, die in uns leben« war die Mond- und Sternenacht wieder aufgerufen und Ihr werdet verstehen, dass ich jetzt Johannas Hand in meine nehmen *musste*, allen guten Vorsätzen zum Trotz. Dass Johanna dann ihren Kopf auf meiner Schulter ablegen musste, werdet ihr auch verstehen. Normalerweise geht immer so eine Art Stärkeschub durch mich durch, wenn Johanna ihren Kopf bei mir ablegt, und ich denke, ich kann es mit allem Bösen und Schlechten in der Welt aufnehmen, um sie davor zu bewahren, doch diesmal blieb der Stärkeschub aus und es war einfach nur schön und tröstend, ihren Kopf auf meiner Schulter zu spüren.

Als Adrian sich kurz vorm Aussteigen noch einmal zu uns umdrehte, sah er Johannas Kopf auf meiner Schulter und ihre Hand in meiner und spätestens jetzt hatte auch er einen Nachgeschmack von der Mond- und Sternenacht. Da war also was Süßes und was Bitteres gleichzeitig im 6150er und gerne würde ich Euch erzählen, wie Johanna dann aufstand und Adrian umarmte und ihm einen Kuss gab, ganz tief auch ohne Zunge, und wie ich diesmal zu den beiden hingehen würde, statt mich hinter einem Busch zu verstecken, und dann beide umarmt hätte und wir einfach drei junge Menschen wären, die sich lieb hatten.

Kann ich aber nicht.

Wir waren angekommen in Landau / Isar Bahnhof, und weil die Verbindung zwischen dem 6150er Bus und der Regionalbahn 4069 nach München eng getaktet war, blieb auch auf dem Bahnsteig keine Zeit für Verbrüderungs- und Verschwesterungsaktionen. Man musste zwar nicht hetzen, um die Bahn zu bekommen, aber zum groß Rumtrödeln war auch keine Zeit. Wir schritten also zügig mit den anderen Businsassen Richtung Bahnsteig, doch nach dreißig Metern blieb Adrian plötzlich stehen und sagte: »Ich will eine Butterbrezel haben.« In so einer Situation übersetzt du das ja zwangsläufig mit »Ich will das letzte Mal in meinem Leben eine frische Brezel mit ganz dick Butter drauf haben«, und wenn du das hörst, kannst du nicht sagen: »Johanna hat doch Brötchen geschmiert für die Fahrt« oder »Dann verpassen wir aber den Zug«. In so einer Situation schluckst du einmal kräftig, sagst, »Butterbrezeln wären tatsächlich eine klasse Sache«, und läufst dann brav mit zum Haupteingang vom Landauer Hauptbahnhof, um im dortigen Backshop Butterbrezeln zu kaufen.

War aber nicht. Der Haupteingang war verschlossen und durch die nicht unbedingt sauber zu nennenden Fenster war zu sehen, dass in dem durchaus imposanten Gebäude nichts mehr los ist; das steht wohl seit Jahren ganz hohl am Stadtrand von Landau / Isar rum. Bis wir das glauben konnten, war die Regionalbahn 4069 schon abgefahren. Wo gibt's denn so was? Ein Bahnhof, in dem kein Gebäck verkauft wird?

Wir stiefelten dann vom Bahnhof Richtung Städtchen, fanden auf halbem Weg eine Bäckerei und fragten nach Brezeln. Die Brezeln kamen gerade aus dem Ofen und dufteten noch nach nächtlicher Backofenwärme.

»Können Sie da Butter draufmachen?«, fragte Adrian und die Verkäuferin, so eine ältere gemütliche Frau, die alle Zeit der Welt hatte, nickte und schnitt die Brezeln auf.

»Die müssen noch auskühlen«, sagte sie und während der Abkühlminute schaute die Verkäuferin uns freundlich an, einen nach dem anderen und wieder zurück. Sie lächelte, als ob sie erkennen könnte, wer wir waren und warum solche Zugreisenden morgens um 7:03 Uhr in einer kleinen Bäckerei in Landau / Isar aufgetaucht waren.

Dann fing sie an, die Brezeln für uns mit Butter zu beschmieren. Idealerweise würde sie mit dem Buttermesser nun in einen Buttertopf aus Keramik oder Steingut hineinfahren, die Tupperdose, die tatsächlich vor ihr stand, tat's aber auch. Nach jeder Schicht schaute sie uns fragend an, wir nickten und sie ließ sich nicht lumpen. Johanna war wieder amüsiert, als sie die nette Frau beim Schmieren beobachtete. Solche fülligen älteren Frauen denken ja oft, du wärst unterernährt, wenn du schlank und rank bist, und so bekamen wir ganz dick Butter für den ganz normalen Preis.

Die Brezeln waren dann wirklich unglaublich lecker, als wir sie in der 4069 aßen. Wir saßen dort im letzten Wagen, den Adrian zielstrebig angelaufen war. Johanna packte zum Essen auch eine Thermoskanne und drei Steingutbecher aus und ich befürchtete schon das Schlimmste, war aber nicht. In der Kanne war nicht Johannas Kakao, sondern Kaffee. War nicht mit viel Zucker drin, wie ich es mag, sondern pur und bitter, ganz nach Adrians Geschmack. Aber immerhin Kaffee.

Wenn du in das Herzstück von so einer dick beschmierten Brezel hineinbeißt, dann quillt zwangsläufig seitlich die Butter raus und ich zeigte Adrian, wie man mit dem Malheur die Zwei-b-Stücke von der Brezel noch aufwerten kann: Du brichst das harte innere Gekräusel ab, fährst mit dem Gebäck, die Butter abstreifend, am Herzstück entlang und lässt es dir schmecken. Adrian lernte schnell und sagte, »Tolle Technik, Meyer«, und ich fand es klasse, dass Adrian mal was von mir gelernt hatte.

Nach der ersten Brezel und dem ersten Becher Kaffee stand Adrian auf und lief durch den Waggon. Ich dachte, er muss mal pinkeln, und rief ihm hinterher: »Die Toilette ist in der anderen Richtung.«

Er drehte sich um und ich bekam dieses halb gütige, halb verzweifelte Lächeln ab, das ich mehr als alles andere an Adrian mochte.

»Ich muss was anderes!«, sagte er und lief weiter zum Wagenende, das zugleich das Zugende war.

Im Rückblick bin ich mir sicher, er hat gewusst, dass pünktlich um 8:03 Uhr die Sonne aufgehen wird. Im Rückblick wird mir auch klar, dass er sich das alles so ausgedacht hatte: St. Quentin erst kurz vorm Aussteigen, um große Rührung zu vermeiden, Butterbrezel zum Zugverpassen, letzter Wagen für den Sonnenaufgang. Er wusste auch, dass du in einem Zug, der strikt nach Westen fährt, ganz hinten stehen musst, um im Osten die Sonne aufgehen zu sehen. Dass er auch gewusst hat, dass wir in einer Zugbaureihe sitzen würden, wo du vom Zugende aus überhaupt rausschauen kannst, weil dort ein Fenster ist, glaub ich aber nicht.

Da hat er einfach Glück gehabt.

Und so konnte er die Sonne aufgehen sehen, Punkt 8:03 Uhr und weit im Osten.

Wolken gab es keine, Tau war auf den Bäumen und die Felder lagen tief verschneit und schön gefaltet. Von wilden Tieren gab es Spuren im Schnee und von Menschen sahst du einzelne Höfe und die dort aufflammenden Lichter machten gemeinsame Sache mit der Sonne.

Wir ließen Adrian alleine an seinem Fenster stehen und schauten bei uns aus dem Fenster raus. Die Sonne direkt sahen wir nicht, aber heller wird es auch, wenn du nach Süden guckst. Es ist nicht so, dass die *Es werde Licht!*-Aktion der Sonne mich völlig kaltgelassen hätte, doch wenn so ein Sonnenaufgang nur der erste von den vielen zukünftigen Sonnenaufgängen ist, die du noch sehen wirst, relativiert sich die Begeisterung doch erheblich. Nach einigen Minuten war für mich dann auch genug mit Morgenstimmung. So ein Sonnenaufgang hat außerdem ja auch kein klar definiertes Ende, der hört nicht auf mit Aufgehen und du musst selbst entscheiden, wann damit Schluss sein soll.

Ich checkte also mein Smartphone, das ich bisher aus Pietät noch nicht einmal angeschaut hatte an diesem Morgen, und fand eine Nachricht von André: *Hier ist die Hölle los! Wo seid ihr?* Johanna schaute weiter dem Hellerwerden zu und hatte dabei so etwas Versunkenes, dass ich sie nicht stören wollte. Plötzlich wurde mir klar, dass zu Hause großes Tohuwabohu herrschen würde, weil natürlich alle an den letzten Morgen denken mussten, wo drei Leute nicht zum Frühstück erschienen waren. Ein wenig wärmte mich der Gedanke, dass die Anstaltsleitung ein bisschen schmoren würde, als Strafe für ihre mangelhafte Risikoabschätzung, was Adrians Pläne anging, doch nach zwei, drei Minuten schrieb ich auf eigene Kappe zurück: *Alles gut! Wir sind auf dem Weg nach Großhadern.*

Wieder ein paar Minuten später stand Johanna auf, stupste mich an und bedeutete mir, dass noch was zu erledigen sei. Wir gingen zu Adrian ans Fenster mit Ausblick nach Osten. Wir schauten zuerst noch mal der Sonne zu und holten dann die ausgefallene Verbrüderungs- und Verschwesterungsszene »Apropos St. Quentin« nach. So was lässt meine Johanna sich nicht nehmen und hinterher sind dann immer alle froh, dass sie nicht cool waren. Ich glaube, auch Adrian war froh, trotz der Tränen, die über seine Wange liefen.

Wir gingen dann wieder zu unseren Plätzen und ließen Adrian alleine weiter rausschauen. Als er wieder zu uns trat, hatte er die Tränen abgewischt und sagte: »Geht besser hier noch aufs Klo, in der S-Bahn gibt es keine Toiletten mehr.«

»Warum S-Bahn?«, fragte ich und Adrian antwortete: »Weil wir in Freising in die S-Bahn umsteigen.«

»Aber unser Zug fährt doch direkt durch bis zum Hauptbahnhof München ...«

»Die S-Bahn auch.«

»Warum dann umsteigen? Diese Logik erschließt sich mir nicht«, meinte ich und Johanna sagte: »Adrian wird schon wissen, was er vorhat.« Sie packte Thermoskanne und Steingutbecher ein und begab sich auf den Weg zur Toilette. Adrian und ich gingen dann auch aufs Klo und pünktlich zum Ausstieg war alles erledigt.

In Freising stand die S-Bahn am Bahnsteig gegenüber schon bereit und ich steuerte den letzten Wagen an. Adrian rief: »Stopp, Meyer, hier entlang«, und lief Richtung Ausgang. »Wohin des Weges?«, fragte ich und zur Antwort lief Adrian ihn einfach ab, den Weg. Wir ergeben hinterher. Adrian fand schnell, was er gesucht hatte, war auch nicht sonderlich schwer, solche Zeitungskioske sind ja immer am Eingang von so einem S-Bahnhof.

Adrian sagte zu dem Verkäufer: »Ich hätte gern eine Zeitung«, der Verkäufer fragte: »Welche?«, und Adrian sagte: »Dick und billig, bitte.«

Er bekam dann ein fettes Anzeigenblatt rübergereicht und zahlte einen Euro Schutzgebühr.

Adrian, da hätte ich meine Hand für ins Feuer gelegt, wollte sich keine neue Matratze, kein Schuhregal, kein gebrauchtes Fahrrad kaufen. Was er mit der Zeitung aber wollte, blieb mir ein Rätsel.

Spätestens da wurde mir klar, dass dieser Tag anders verlaufen würde, als ich am Morgen gedacht hatte. Hinderte mich nicht daran, mich auf die nächste Runde Butterbrezeln mit ungesüßtem Kaffee zu freuen, als wir in die S 1 einstiegen und ich einen gemütlichen Platz am Ende des Waggons ansteuerte, wo du relativ ungestört sitzen und genießen kannst.

Doch schon wieder sagte Adrian: »Stopp, Meyer. Andere Richtung. Wir brauchen einen Platz in der Mitte des Wagens.«

Brav wie ein Hündchen folgte ich. Das gehörte offenbar zum Programm dieses Tages.

Wir sind doch alle Gast auf Erden

Als Adrian dann die Zeitung auf den Sitzen ausbreitete, wie es manchmal alte Frauen tun, die ihre Kleider schützen wollen vorm Dreck der anderen, da hatte er schon die Aufmerksamkeit der Sitznachbarn gewonnen. Zum Schuheausziehen trat er aus dem Gang hinaus in den Türbereich, was ihm die Aufmerksamkeit weiterer Fahrgäste sicherte. Die Übrigen kaperte er dann damit, dass er den Sitz bestieg und, strümpfig auf der Zeitung stehend, unvermittelt »Ewig ist ein Scheißwort, das besser nie erfunden worden wäre« in den Wagen hineindonnerte.

Ich schreckte zusammen und dachte, das darf noch nicht wahr sein, jetzt fängt der an zu predigen. Zu meiner Schande muss ich gestehen, dass mir das furchtbar peinlich war und ich so tat, als gehörten wir nicht zusammen. Sogar Johanna schämte sich und wurde kleiner und auch sie wusste gar nicht, wohin sie gucken sollte.

Adrians nun folgende Predigt erspare ich Euch – was er zu sagen hatte, kennt Ihr mittlerweile ja alles. Und anlässlich Nataschas Beerdigung hatte ich Euch ja auch schon was erzählt übers, ich sag mal, unharmonische Verhältnis von Wahrheit und Entertainment. Ist einfach so. Wenn du zehnmal hintereinander sagst, es sei nicht nur ein ungeheurer Skandal, sondern eine der Wurzeln allen Übels, dass ein paar Dutzend Männeken mehr Vermögen haben als die halbe Menschheit zusammen, dann kommt garantiert so ein Naseweis, der sagt: *Und? Weißt du auch was Neues?*

Die Wahrheit mag vieles sein, aber langeweileresistent ist sie nicht. Da hat sie ihren Schwachpunkt, an dem die Gleichgültigkeit gnadenlos anzusetzen pflegt.

Die Fahrgäste in der S 1 von Freising nach München / Hbf., die von einem hageren und blassen jungen Mann zum ersten Mal von den Fünf Sätzen erfuhren, langweilten sich sicher nicht, vielleicht waren sie sogar eher überfordert. Besonders die, die erst in Pulling dazustiegen und also den Predigtanfang nicht mitbekommen hatten, hatten kaum Chancen, zu begreifen, warum »der Tod neben seiner biologischen auch eine höchst ideologische Seite hat und dass diese Seite der Bearbeitung zugänglich ist«. Die, die in Neufahrn dazustiegen, sahen nur noch einen blassen, hageren jungen Mann, der sorgfältig eine Zeitung zusammenlegte und sich die Schuhe schnürte, um dann, ordnungsgemäß bekleidet, durch den Wagen zu laufen, vor jedem Fahrgast stehen blieb und eine Umarmung »von Mensch zu Mensch, als Vorgeschmack auf künftige Zeiten« anbot.

Die Leute wollten aber nichts Neues schmecken, sie schauten betreten in ihr Smartphone oder schüttelten freundlich den Kopf. Richtig böse wurde keiner, leicht säuerlich reagierten nur die, die doch ihr Bestes geben wollten und gar nicht verstanden, dass Adrian ihr Münzgeld nicht annahm.

Eine Umarmung bekam Adrian nur von einer verlorenen Gestalt geschenkt, die wohl der Wärme wegen in der S-Bahn saß. Der streng riechende Mann hätte wohl jeden genommen, der ihm eine Umarmung anbot, und nahm also auch die von Adrian.

In Schleißheim – ich weiß nicht mehr, ob Ober- oder Unterschleißheim – stiegen wir dann aus und Adrian sagte: »Lief doch ganz gut fürs erste Mal.«

Er sah sehr zufrieden und tatenfreudig aus. Mir dämmerte was und ich fragte: »Du, was für eine Untersuchung wollen die denn machen im Klinikum Großhadern?«

»Ist eine von der Sorte, die sie nur machen, um sagen zu können, sie hätten alles gemacht, was sie machen konnten, obwohl sie wissen, dass sie nichts mehr machen können.«

Ich nickte und nickte, zuerst zum Zeichen, dass ich das verstanden hätte mit der Art der Untersuchung. Dann verstand ich allmählich, dass wir heute nicht mehr in Großhadern ankommen würden, und mein Nicken hatte sich unter der Hand verwandelt in eine Art Einverständniserklärung in den weiteren Verlauf dieses Tages.

Wir fuhren dann zurück Richtung Freising, weil es stadteinwärts immer voller werden würde, was die Missionierungsarbeiten eher behindert hätte. So ging es also hin und her, mal von Freising nach Neufahrn, mal von Lohhof nach Ober- oder Unterschleißheim, aber näher ran ans Münchner Zentrum kamen wir nie.

Adrian sprach von Mal zu Mal feuriger und wir schämten uns immer weniger und schon nach der dritten Predigt war Johanna die Erste, die seine Umarmung von Mensch zu Mensch annahm. Ich weiß nicht, ob ihr das ein inneres Bedürfnis war oder ob sie einfach mit gutem Beispiel vorangehen wollte, um das Eis zu brechen. Ich machte dann auch mit, kam mir dabei anfangs ein wenig krumm vor, weil ich an Hütchenspieler denken musste. Die arbeiten ja immer mit einem Köder zusammen, der angeblich gewinnt, und so fühlte ich mich – wie ein Umarmungsköder. Aber auch diese Scham währte nicht lange.

Das Reden überließen wir weiterhin Adrian, doch später am Tag halfen wir ihm beim Auf- und Absteigen, denn alles an Adrian wurde immer wackliger im Laufe der Zeit, nur seine Stimme nicht. In die legte er alle Kraft und für den Halt in seinen Beinen blieb dann keine mehr übrig. Alle Fahrgäste, die nach 12:03 Uhr in die S 1 einstiegen, sahen daher auch einen Prediger mit zwei Adjutanten, die vor ihm auf dem Boden standen und auf deren Schultern er sich zur Not aufstützen konnte, was anfangs nur in der lang gezogenen Kurve bei Lohhof nötig war, später dann beim kleinsten Geruckel.

Zwischendurch mussten wir einmal die S 1 verlassen, in Neufahrn wollten wir alle einmal aufs Klo. Im Bahnhof gab es keine Toilette, so recht besehen gab es auch gar keinen Bahnhof, nur eine Unterführung und einen Fahrradstellplatz. Adrian war schon sichtlich erschöpft, schonte seine Stimme für zukünftige Auftritte und lief stumm neben mir her. Die Führung hatte Johanna übernommen, sie musste wohl am dringlichsten. Sie war dann auch die Erste, die in diese, ich sag jetzt mal: Kaschemme, eintrat, die mit ihren Glücksspielautomaten und Dartscheiben so gar nichts von bayrischer Wirtshausgemütlichkeit hatte.

Der Wirt oder sein Angestellter wartete auf Gäste, zupfte an seinem Schnurrbart und hatte sonst nichts zu tun, was eine dicke Schicht von Mürrischkeit auf sein Gesicht gelegt hatte. Ich habe sogar Zweifel daran, dass das Süße von meiner Johanna durch das Mürrische hindurchdrang, und tippe eher darauf, dass er überrumpelt wurde von ihrem entschlossenen Gang zur Toilette und sie deshalb kommen und gehen ließ, ohne Schwierigkeiten zu machen. Bei uns war er dann gewarnt und deshalb entstanden gewisse Reibungen. Wir beide traten ein, Adrian murmelte etwas von »Wir müssten bitte einmal unsere Notdurft bei Ihnen verrichten« und ich dachte noch, toller Ausdruck, muss ich mir merken. Hatte aber gleichzeitig so eine stille Hoffnung, dass der mürrische Mann Adrians Murmeln nicht hatte verstehen können.

Konnte er aber wohl doch.

Als wir vom Verrichten unserer Notdurft zurückkamen, stand er auf jeden Fall nahe der Eingangstür und wies mit dem Zeigefinger auf ein Schild, das hinterm Tresen hing: »Kann einer von euch Klugscheißern lesen?«, fragte er und Adrian las vor: »Für Nichtgäste kostet die Toilettenbenutzung fünfzig Cent.«

Ich sagte: »Wir sind doch alle Gast auf Erden«, hielt die Angelegenheit damit für erledigt und strebte am Wirt oder seinem Angestellten vorbei zum Ausgang hin. Doch der Typ gehörte offenbar zu den Leuten, die sich von der Wahrheit provoziert fühlen. Zudem erwies er sich als schneller, als ich ihm zugetraut hätte, und verbaute den Ausgang mit seinem breiten Körper. Für eine Sekunde lag die Möglichkeit von Gerangel, Beschimpfung und wüsten Beleidigungen in der Luft. Ich wappnete mich, aber Adrian blickte ihm direkt in die Augen und sagte: »Sie müssen noch viel lernen, guter Mann.« Dann zückte er seinen Geldbeutel, ohne den Mann aus seinem Blick zu entlassen, und griff hinein in sein Portemonnaie. Auch dabei entließ er den Mann nicht aus seinem Blick und reichte dem Schnurrbart den blind gezogenen Geldschein.

»Die nächsten acht Gäste sind frei, versprochen?«, sagte er dann und das klang zweifellos ganz nach dem alten, arroganten Adrian.

Aber irgendwann musst du auch einmal arrogant sein dürfen, finde ich. Das Verrichten der Notdurft kostenpflichtig zu stellen – sagt mal, geht's noch?

Dann ging es weiter mit S-Bahn-Fahren, Predigen, nicht stattfindenden Umarmungen, Adjutantentum.

Nachdem Adrian beim Schuheschnüren einmal fast kopfüber gefallen wäre, übernahmen seine Gehilfen auch das Schuheschnüren, genauer: Nur die Gehilfin übernahm das, der grobmotorische Gehilfe verfluchte die dünnen, feinen Schnürsenkel von Adrians feinen Lederschuhen nach dem ersten vergeblichen Versuch und lobte sich seine Sneakers mit ihren voll fetten Schnürsenkeln.

Mittlerweile war Adrians Stimme schwächer geworden und er verhaspelte sich immer häufiger. An der Qualität seiner Predigt konnte es also nicht gelegen haben, dass ein Mal, ein einziges Mal, der Umarmungsbann gebrochen wurde, denn die Qualität dieser bannbrechenden Predigt war eher mies gewesen. Es war dann ausgerechnet ein Muskelpaket mit Prolldeutsch, das Adrian mit einem »Klingt echt geil, Alter« an seine breite Brust drückte und mit einem »Weiter so« seinen drei Kumpels rüberreichte. Adrian stand etwas geplättet im Ausgangsbereich, nachdem die vier ihn freigegeben hatten. Als Nächste kam eine etwas füllige ältere Frau, so der Typ Brezelverkäuferin, auf ihn zu und sagte, »Passen Sie auf sich auf, junger Mann!«, als sie ihn umarmte. Damit war der Bann endgültig gebrochen und die Leute standen Schlange.

Johanna und ich hatten die Umarmungsköderei zu diesem Zeitpunkt schon lange aufgegeben, weil es ja mittlerweile offensichtlich war, dass wir zusammengehörten, wegen Schuhebinden und Stehhilfen. Und weil jeder sehen konnte, wie wir auf Adrian einredeten, dass es jetzt genug sei und wir nach Hause fahren sollten. Vom Anzeigenblatt waren nur noch »Kontaktanzeigen« und »Regale« übrig, alle anderen Abteilungen, die »Fahrräder«, »Musikanlagen«, »Instrumente« und so, hatten wir schon entsorgen müssen. Wir hielten gerade in einem der Schleißheims, als Johanna und ich die Zeitung für Adrians letzten Auftritt ausbreiteten, ausnahmsweise am Wagenende, weil die Mittelplätze nicht frei waren. Wir verbrauchten die letzten Vorräte und rechneten damit, dass Adrian sich nun wie immer die Schuhe ausziehen würde.

Machte er aber nicht.

Seinen letzten Auftritt wollte er anscheinend nicht von der Kanzel herab haben, der sollte in Augenhöhe mit der Gemeinde stattfinden.

Denn in Oberschleißheim – es muss Ober- und nicht Unterschleißheim gewesen sein, sonst hätten die kommenden magischen Momente nicht genug Zeit gehabt, sich zu entfalten –, also in Oberschleißheim war eine Gruppe Mädchen eingestiegen, altersmäßig knapp unseresgleichen. Vermutlich kamen sie vom Sport, denn sie hatten alle Adidas-, Puma-, Nike- oder No-Name-Taschen dabei und sahen ganz erhitzt und äußerst quirlig aus. Und plötzlich war eine Art jubelnder Lebensfreude in der S-Bahn, mit all dem Gegackere und Gekichere, das zu so einer Mädchengruppe eben oft dazugehört.

Wie groß unser Herz sein könnte oder »Der, der vom Tod aus rückwärts rechnet«

Mit Adrian muss irgendwas passiert sein, nachdem die Mädchen eingestiegen waren. Er zog seine Schuhe nicht aus und stieg nicht auf die schon bereitliegenden »Kontaktanzeigen« und nicht auf die »Regale«, sondern tippelte in seinen schwarzen Lederschuhen Richtung Zugende, wo die Mädchen saßen. Er starrte sie an, als säßen dort hinten fremde Wesen vom Mars. Mit kleinsten Schritten ging er auf sie zu, wie von einem Magneten angezogen. In Unterschleißheim war er schon so nahe dran an ihnen, dass er ihr tiefes Bayrisch hören konnte, und spätestens da realisierte er, dass sie nicht vom Mars kamen, sondern aus Hallbergmoos, Fahrenzhausen oder Neufahrn. Das machte die Sache zuerst mal nicht besser; ob es Fieberglanz oder Tränen waren, die seine Augen schimmern ließen, kann ich Euch nicht sagen.

Wir folgten ihm, nur für den Fall der Fälle, und waren dann so nah dran, dass Adrian die Rotwangige von der Bleichen unterscheiden konnte, die Robuste von der Biegsamen, die mit den langen Gazellenbeinen von der mit den stabilen Stampfern.

Alle blühten auf ihre Art.

Und keine von ihnen würde er je lieben können und von keiner würde er jemals geliebt werden.

Ich glaube, das war der Moment, wo er seinem eigenen Tod näher kam als bei all seinen Besuchen in der Todeszelle zu St. Quentin. Da verdichteten sich die Hinweise darauf, dass es auch die anderen sind, die in uns sterben, wenn wir sterben, und dass das mehr als nur schön klingende Wörter sind.

Davon sprach er aber nicht, als er endlich von den Mädels erhört wurde, davon würde er auch später nicht mehr sprechen, denn später sprach er, wenn überhaupt, nur noch von der großen schwarzen Katz.

Während er sie alle anschaute, die frechen, braven, flinken Wesen aus Hallbergmoos, Pallhausen und Mintraching, kämpfte er einen inneren Kampf, der die halbe Strecke von Unterschleißheim nach Lohhof währte und den er dann offensichtlich gewonnen hat. Denn noch vor dem nächsten Halt trat er auf sie zu und sagte: »Darf ich euch etwas erzählen?«

Zuerst drangen seine Worte nicht durchs Kichern und Gackern durch. Als er sie wiederholte, da drangen sie wohl durch, aber die Mädchen wollten seine Worte nicht hören, vielleicht wegen »billiger Anmache« oder weil sie sich selbst genug waren. Doch Adrian hatte einen inneren Kampf gewonnen und diesen Sieg ließ er sich nicht nehmen, nicht von der offensichtlichen Schwäche in seinen Beinen und auch nicht davon, dass seine Stimme keine Kraft mehr hatte. Er wiederholte stur sein »Darf ich euch etwas erzählen?« und ließ sich auch nicht entmutigen von der Tonbandstimme, die nun »Nächster Halt Lohhof« verkündete.

»Darf ich euch etwas erzählen?«

»Next stop Lohhof.«

»Darf ich euch etwas erzählen?«

»Bitte rechts aussteigen.«

»Ich *muss* euch etwas erzählen!«

»Please exit the train on the right.«

Dann stand eines der Mädchen auf. Sie wollte nicht rechts aussteigen, sie wollte was sagen: »Madls, 'etz hört moi oan Moment zua und seid stad!«

Es war eine der Robusten und sie hatte wohl einiges zu sagen in dieser Gruppe, denn es wurde plötzlich wirklich still, das heißt »stad« nämlich auf Hochdeutsch, und nun waren acht Augenpaare auf Adrian gerichtet. Adrian bekam also seine Chance und beinahe hätte er sie liegen lassen, so überrascht war er von der plötzlichen Stille und den vielen schönen Augen, die ihn anschauten. Aber er kriegte noch rechtzeitig die Kurve. Er begann seine letzte Predigt nicht mit seinem gut erprobten Standardsatz von der »Ewigkeit, die ein Scheißwort ist«, sondern sagte: »Ihr seid so jung!«

Und weil er wohl selbst verblüfft war von seinem Anfang, wiederholte er das Sätzchen gleich: »Ihr seid so ungeheuer jung.«

Das war nun eine Eröffnung, mit der die Mädels nicht zu beeindrucken waren. Diesen Satz kannten sie von ihren Opas oder anderen alten Männern. Wirklich gern gehört hatten sie ihn wohl noch nie, denn das ist so ein harmlos klingendes Sätzchen, mit dem gerne viel Unterschwelliges mittransportiert wird, Forderungen und Zurechtweisungen. Doch die Robuste mit dem »stad«, die hatte wohl gespürt, dass dieser Typ mit den eingefallenen Wangen, kaum älter als sie selbst, anders tickte als sie alle. Der rechnete nicht von der Geburt an nach vorne, sondern vom Tod aus rückwärts, um zwischen Alt und Jung zu unterscheiden. Sie sorgte mit einer energischen Handbewegung ein zweites Mal für Ruhe.

Adrian wusste offenbar immer noch nicht weiter, denn er wiederholte zum zweiten Mal sein »Ihr seid so jung«, doch dann ging's endlich weiter: »Und ihr gehört zu einem so jungen Geschlecht.«

Damit erzeugte er gleich noch einen kritischen Moment, denn bei dem Wort »Geschlecht« begann sich wieder die Unruhe zu regen und eine mit frechem Pferdeschwanz musste kichern.

Doch Adrian fing das sofort wieder ein. »Die Menschheit ist so eine junge Gattung, das will ich sagen. Das Wort ›Geschlecht‹ bedeutet hier so was wie ›Gattung‹ oder ›Art‹, oder nennt es, wie ihr wollt. Auf jeden Fall seid ihr ungeheuer jung und die Menschheit als Ganzes ist auch ungeheuer jung. Vergleicht unser Alter nur mal mit dem des Marderhundes, den gibt's seit hundert Millionen Jahren, von den Pantoffeltierchen wollen wir hier gar nicht reden.

Und uns Menschen gibt es noch nicht mal eine Million Jahre lang und das ist schon sehr großzügig gerechnet.«

»Dann sann ma ja noch im Kindergarten«, sagte die Robuste und Adrian nickte und freute sich, so gut verstanden worden zu sein.

»Ja, wir sind noch im Kindergarten. Wenn alles mit rechten Dingen zugeht, stehen wir noch ganz am Anfang. Wir leben in der Anfangszeit der Menschheit, nicht in ihrer Endzeit. Wir haben noch so wahnsinnig viel und Unausdenkbares vor uns und irgendwann werden wir sogar den Tod in seiner jetzigen Form abgeschafft haben, aber davon will ich hier gar nicht reden. Wir haben gerade erst angefangen, wir Menschen, und merken ja auch an allen Ecken und Enden, was für Anfänger wir noch sind.«

»Blutige Anfänger, würde ich sagen«, stimmte da die Robuste zu und Adrian nickte wieder und ab da schaute er gar nicht mehr auf die anderen Mädchen, sondern schaute nur noch der Robusten in die Augen. Deshalb konnte er nicht sehen, wie das Wort vom »blutigen Anfänger« die Runde machte. Und welches der Mädchen nun an Kriege und Menschenschlächtereien dachte, welche ans liebe Vieh und seine Leiden, welche an Hunger und Not oder welche an private Dinge, bei denen sie sich als blutige Anfängerin erwiesen hatte, das konnte er auch nicht sehen. Das konnten auch wir nicht sehen, die Adrian mittlerweile wieder stützten und festhielten, denn in der lang gezogenen Kurve bei Lohhof hatte er wieder bedenklich zu schwanken angefangen. Obwohl er diesmal auf festem Boden und nicht auf einer gepolsterten Sitzbank stand.

»Ich weiß ja nicht, wie es euch geht, aber bei mir ist es so: Wenn ich das Wort ›Menschheit‹ in den Mund nehme, dann fühle ich mich wie ein Heuchler. Oder wie ein Angeber, wie ein Lügner und Schönredner, oder ich sage es mit so einem bitteren Unterton, aber so richtig überzeugt und aus voller Brust kann ich das Wort ›Menschheit‹ gar nicht sagen.«

»Weil's die halt nicht gibt. Das Wort gibt's, aber in unseren Herzen gibt's die nicht«, sagte die Robuste.

»In unserem Herzen gibt's die nicht, weil es sie real nicht gibt.«

Jetzt mischte sich die S-Bahn-Ansage ein, mit ihrem »Nächster Halt Eching – next stop Eching« usw., und die zwei schwiegen. Schauten sich aber an, als würde einer den anderen erkennen.

Ich blieb so unauffällig wie möglich, denn die Situation hatte was Intimes und da willst du ja nicht danebenstehen wie ein Gaffer. Weggehen ging auch nicht, denn wenn Adrian umgeflogen wäre, wäre ja auch niemandem geholfen.

»Ein paar Tausend Jahre haben wir gebraucht, um zu lernen, dass wir Menschen biologisch alle gleichwertig sind, ein paar Tausend Jahre hat es gebraucht, um diese Rassensache als Wahn zu erkennen. Und wenn ich ans Soziale denke, dann kommt das Verlogene des Wortes hoch und versaut es mir erst recht. Es ist doch ungeheuerlich, dass wir es zulassen, dass ein paar Dutzend Figuren mehr Vermögen haben als Milliarden von Menschen. Es ist doch ungeheuerlich, dass die einen an Fettleibigkeit, die anderen an Hunger sterben.«

»... so verhungernde Kinder darf man sich gar nicht vorstellen, sonst wirst du deines Lebens nicht mehr froh. Da kannst du gar nicht denken, dass das meinesgleichen sind, da kannst du gar nicht hingucken, wenn du im Fernsehen Bilder von siehst.«

»Eine gute Freundin von mir nannte das den Abschaltmoment«, sagte Adrian, »ist wie 'ne Sicherung, die rausspringt. So viel Leid kann man gar nicht aushalten, da muss man sich taub stellen und das Herz abschließen. Man kann nicht denken, dass die, deren Häuser zerbombt werden, die im Schlamm und Matsch leben, irgendwie zu einem selbst gehören ... Wenn man denken würde, das sind Menschen wie Mama, wie die Freunde und die Leute auf der Straße, würde man ja durchdrehen.«

»... dabei haben alle denselben Hunger, denselben Durst und

alle spüren dasselbe Verlangen nach Liebe«, sagte die Robuste und Adrian nickte zustimmend. »Stell dir mal vor, wie groß unser Herz sein könnte, wenn wir es nicht ständig abschließen müssten.«

»Ja, wie groß unser Herz sein könnte«, sagte das Mädchen.

Und obwohl wir in einer rumpelnden S-Bahn waren und nicht in einer Kathedrale oder 'nem Konzertsaal, schien dieser Satz lange nachzuhallen.

Wie groß unser Herz sein könnte!

Das Mädchen, das von Adrian nun so gebannt angeschaut wurde, als wäre es der erste Mensch, das war keine besondere Schönheit. Ich meine, bei einem Schönheitswettbewerb hätte sie es nicht aufs Treppchen geschafft, bei mehr als fünf Teilnehmerinnen wenigstens. Aber sie war auf so eine andere Art schön, so schön, wie es junge, nachdenkliche Menschen halt sind, besonders, wenn sie sich gerade im Einverständnis mit einem anderen jungen, nachdenklichen Menschen befinden. Also schlichtweg atemberaubend, wenn du nur genau genug hinguckst.

Wie groß unser Herz sein könnte!

»Wir kennen nichts feiner Organisiertes im Universum als uns Menschen, nichts Beziehungsreicheres ...«, sagte Adrian, und »Wir sind wahre Wunderwerke«, meinte die Robuste.

»Und weil wir Wunderwerke so viel können, haben wir eine ungeheuer große Macht und diese Macht bürdet uns große Verantwortung auf. Wir können stolz sein, ein Mensch zu sein. Und wir müssen demütig sein. Seid stolz und seid demütig!«

Ob Adrian wirklich mit dem Wort »demütig« seine Rede beenden wollte, weiß ich nicht. Und genau genommen beendete auch nicht er, sondern der Münchner Verkehrsverbund seine letzte Predigt, die endlich mal keine Predigt mehr war.

Die Robuste, die für Ruhe gesorgt und damit den Beginn ermöglicht hatte, setzte nun auch den Schlusspunkt, ausgerechnet hinters Wort »demütig«. Sie stand auf, weil sie wusste, dass ihre gemeinsame Fahrt in Neufahrn enden würde. Sie kannte die Strecke wie aus dem Effeff, und als sie das Edeka-Logistikcenter zu ihrer Rechten sah, wusste sie, jetzt wird's Zeit zum Abschiednehmen. Und diesmal musste Adrian seine Umarmungen gar nicht anbieten wie saures Bier, er bekam sie quasi gratis und geschenkt und die erste und längste bekam er natürlich von der Robusten selbst. Sie muss wohl Resi geheißen haben, das entnahm ich dem einen oder anderen Scherzwort aus den hinteren Reihen, das sich auf die Intensität und die Dauer dieser Umarmung bezog. Resi machte dann Platz für ihre Freundinnen, für die Biegsame, die Rotwangige und die Bleiche. Sie umarmten Adrian alle, die eine fester, die andere beiläufig, die eine ernst, die andere flink und bei der mit dem Pferdeschwanz war es nur noch so eine eilig-oberflächliche Abschiedsumarmung, kaum mehr als ein Schulterklopfen, denn die S 1 fuhr in Neufahrn ein und die Türen der Bahnen des Münchner Verkehrsverbundes verstehen keinen Spaß.

Dann waren alle draußen, die Mädchen, die er nie würde lieben können.

Adrian schaute ihnen so lange nach, bis sie verschwunden waren auf der Treppe zur Unterführung, wo die Dunkelheit sie alle verschluckte. Die auch Resi verschluckte und nichts von ihr zurückließ außer einem stechenden Schmerz in Adrians Brust und Seele.

Mit Resi und den anderen Mädchen verschwand auch der Adrian, wie wir ihn kannten.

Denn ab da sollte er nichts mehr sagen, nichts von Bedeutung wenigstens, sieht man mal ab von der Sache mit der schwarzen Katz. Sein Schweigen begann schon in der Bahn, die letzten zwei Stationen setzte Adrian sich dann gar nicht mehr zu uns hin, er stand, soweit man sein Gewackel Stehen nennen konnte, die ganze Zeit, mit Tränen im Gesicht, und sagte kein einziges Wort.

Den Sonnenuntergang um 16:39 Uhr, den bekam er auch nicht wirklich mit, aber dunkel wurde es, draußen und auch in ihm.

Wir hatten dann alle Mühe, ihn in den Regionalzug 4045 nach Landau / Isar zu bugsieren, der eng getaktet war mit der S 1, aber glücklicherweise nicht so eng, dass du hättest hetzen müssen. Das hätten wir auch gar nicht geschafft, mit dem stolpernden Adrian zwischen uns eingehakt. Wir schafften es gerade rechtzeitig, denn so Zugtüren sind glücklicherweise nicht so gnadenlos wie die von der S-Bahn. Gesprochen wurde nichts mehr auf der Fahrt. Johanna hielt Adrians Hand und streichelte sie und manchmal legte sie die andere auf seine Wange und du konntest sehen, dass er das mochte, weil er seinen Kopf neigte, um sich eng anzuschmiegen. Er mochte es auch, wenn ich seine andere Hand nahm, und erwiderte meinen leichten Händedruck.

Noch im Zug rief ich zu Hause an und ließ mich zu Schwester Gaby durchstellen, die versprach, sich sofort auf den Weg zu machen. Ich war so froh, dass sie Dienst hatte, und merkte erst jetzt, wie dankbar ich Schwester Gaby war dafür, dass es sie gab. Sie stand dann schon auf dem Bahngleis, als wir ankamen, und nachdem sie Adrians Zustand gesehen hatte, fuhr sie wie der Teufel nach Hause zurück, rotbackiger denn je, und schaffte den Weg in gut fünf Minuten. In der Villa wurden wir schon erwartet. Auch in diesem Falle hatte Gaby offensichtlich nicht schweigen können und hatte ihre Kolleginnen und die Ärzteschaft informiert. Hat sie aber klugerweise erst gemacht, als sie schon in Landau / Isar auf dem Bahnsteig stand und unseren Zug einfahren sah, wegen Krankenwagen und Vermeidung eventueller Risiken.

Adrian wurde ruhiggestellt und hingelegt und ließ alles mit sich machen, als wäre er ein ganz kleines Kind. Johanna und ich wurden noch am Abend zur Anstaltsleitung zitiert, die sich alles erzählen ließ, was den Tag über geschehen war. Danach kündigte sie für den Wiederholungsfall strengste Maßnahmen, sprich,

Rauswurf an. Aber weil alle wussten, dass es keine Wiederholung mehr geben würde, war diese Drohung kaum mehr als eine lustlose Pflichterfüllung seitens der Leitung. Genau besehen war es ein vollständiger Freispruch, denn alle wussten, dass es eine Wiederholung nicht mehr geben würde.

Mit Adrian ging es zu Ende.

Leben ist ’ne große Sache, Sterben nicht

Normalerweise werden wir zum Sterben außer Haus gebracht, in die Klinik oder in ein Hospiz. Die Leitung sieht es gar nicht gerne, wenn bei uns gestorben wird, das gilt als demotivierend und als kontraproduktiv für die Rekonvaleszenz.

Warum sie bei Adrian eine Ausnahme zuließ, kann ich Euch nicht sagen. Vielleicht, weil es schon zu spät war für eine Verlegung, vielleicht hat eine Einsicht aus anderen Quellen die Leitung erleuchtet, vielleicht war es der Druck von Adrians Mama, die sofort angereist kam und sein Zimmer nicht mehr verließ, solange er noch lebte.

So konnten wir Adrian jedenfalls immer wieder besuchen in seinem Zimmer.

Das Morphium hat das kalte Grauen von ihm ferngehalten, was zweifellos gut funktioniert und sicher besser ist als nichts. Aber das kann ja nicht der Weisheit letzter Schluss sein.

Wenn er nicht vor sich hin dämmerte, saß er recht wohlgelaunt in seinem Bett und sprach von der riesigen schwarzen Katz, die sich bei ihm zu Hause eingenistet hatte. Wenn du, um das Gespräch am Laufen zu halten, versucht hast, auf diese Ebene einzusteigen, und ihm riesige Kletterbäume für seine schwarze Katz angeboten hast oder Mäuse in angemessener Größe, dann lächelte er dich nur an und schüttelte gütig und wissend den Kopf über unsere verzweifelten, aber völlig unzureichenden Versuche, uns seine schwarze Katz in ihrer ganzen Pracht und Größe vorzustellen. Adrians Mama meinte, wir kämen halt in die Welt, in der er lebte, nicht mehr rein, und ich widersprach ihr nicht, auch wenn ich das Wort »Welt« für falsch hielt und als Ausdruck dieser

Schönrednerei empfand, die typisch fürs Sprechen übers Sterben ist.

Nein, eine Welt war das nicht, in der er lebte. Vielleicht war es eine stille Stube oder ein kleines Kämmerlein und das ist doch auch was, und warum man dazu Welt sagen muss, erschließt sich mir nicht.

Und dann kamen seine letzten Stunden.

Ich würde Euch ja gerne was erzählen von einem letzten Aufbäumen und einem welterschütternden letzten Satz, den Adrian der Nachwelt überliefert hätte. Kann ich aber nicht.

Am 10. Januar um 16:55 Uhr starb Adrian in seinem Zimmer in unserer Villa aus einem Morphiumdämmerschlaf heraus. Wir waren alle bei ihm, seine Mama, die Specht, Johanna und ich. Seine Mama war uns dankbar, dass wir ihm »rübergeholfen« hatten, und hatte selbst in diesem Moment keinen Anspruch auf Extratrost erhoben und nahm unseren Schmerz so ernst wie ihren eigenen. Tolle Frau eben. Wir hielten uns in den Armen, einer tröstete den anderen. Dass Adrian es auch ganz alleine hinübergeschafft hätte, sagte ich ihr zuliebe nicht. Sagte auch nicht, dass es doch lächerlich sei, wenn man selbst vom Sterben noch so spräche, als sei das eine besonders tolle Leistung, die einer vollbringt.

Das Dritte, was ich nicht sagte: Ich fand die Stunden von Adrians Sterben ein wenig langweilig und ich war froh, als es vorüber war. Wer mich dafür verdammen will, soll es tun.

Leben ist 'ne große Sache, Sterben nicht

Und dann kam er, der schlimmste Moment dieses bösen Tages.

Denn dann waren alle Umarmungen ausgetauscht und alle dürren Beileidsworte ausgesprochen. Dann gab es nichts mehr zu sagen. Dann mussten wir gehen und mussten Adrians Mutter alleine lassen mit ihrem toten Sohn, und als wir die Tür hinter uns schlossen und die liebe Frau so einsperrten im Schmerzenszimmer, da tat mir das Herz so weh. Wir mussten sie schutzlos ihrem Schmerz ausliefern, da führte kein Weg dran vorbei.

Und so, wie sie war, Adrians Mama, würde sie sich dem Schmerz stellen. Sie war nicht der Typ, der sich betäuben würde, mit Tabletten oder hektischen Telefonaten. Sie würde leiden und erst der Schlaf würde sie erlösen, aber auch dann würde das Leid nur kurz zur Seite treten, würde geduldig warten neben der schlafenden Frau und stünde bereit, um sie am nächsten Morgen zu überfallen mit dem ersten Gedanken des neuen Tages. Der kein neuer Tag sein würde, sondern nur die Fortsetzung des Grauens.

Und nichts und niemand hätte ihr helfen können.

Johanna und ich gingen, nachdem wir das Sterbezimmer verlassen hatten, über die kahlen und dunklen Felder. Wir sprachen fast nichts und von dem wenigen ist nur eines erwähnenswert, nämlich, dass wir einen Entschluss fassten.

»Bitte, bitte, lass mich nicht alleine heute Nacht«, sagte ich zu Johanna und Johanna sagte: »Bitte, bitte, lass du mich auch nicht alleine heute Nacht!«

Und also beschlossen wir, auf die Anstaltsregeln, auf »Jungshaus« und »Mädchenhaus« zu pfeifen.

»Wenn sie glauben, uns deshalb rausschmeißen zu müssen, dann müssen sie's halt tun«, sagte ich zu Johanna. Die nickte einmal und damit war die Sache ausdiskutiert.

Erst auf dem Rückweg, als wir schon wieder auf dem Gelände unserer Anstalt waren, begannen Johannas Worte um die Frage zu kreisen, die sie erst später wirklich formulieren konnte. Später, als wir dann beim gänzlich appetitfreien Abendbrot in der schon fast leeren Kantine saßen, bei Graubrot, Leberwurst und Schnittkäse.

Da saßen wir nun zu zweit an unserem Philosophen-Stammtisch, der so schrecklich groß war mit all seinen unbesetzten Plätzen. Auf dem Tisch stand heute eine Kerze. Neben ihr ein Zweig mit roten Beeren. Der Zweig stand in einer leeren Mineralwasserflasche und sah ganz lieb und hilflos aus. Ob die roten Beeren Hagebutten, Vogelbeeren oder die Früchte vom Feuerdorn waren, kann ich Euch nicht genau sagen, aber dass solche Beeren hinten an unserer Verschwörerecke wachsen, das kann ich Euch sagen, und dass André und Julian den Zweig von dort hinten abgeschnitten hatten, halte ich für sehr wahrscheinlich. Die Kerze, eine dicke, fette, tiefviolette, hatten Julian und André sicherlich von einem ausrangierten Adventskranz abgegriffen, denn sie war schon ein Stück weit abgebrannt. Die beiden saßen noch als einzige Gäste in der leeren Kantine und Frau Schwammerl, die heute Dienst hatte, war auch bereits mit den letzten Arbeiten des Tages beschäftigt. Alle anderen waren schon in ihren Zimmern verschwunden und auch Julian und André blieben nicht mehr lange. Sie wollten uns nur einmal auf die Schulter klopfen, wollten uns mit ihren Blicken zeigen, dass sie Mitleid hatten, und wollten uns die Kerze anzünden, denn sonst hätte sie nicht brennen können, weil ich kein Feuer hatte und Johanna auch nicht. Dann gingen sie auf ihr Zimmer.

Ich schaute ihnen nach und war ganz dankbar und gerührt. Vermutlich würden sie noch ein Stündchen oder zwei zocken. Ihr Abend würde wenig anders verlaufen als jeder andere Abend und ich wünschte ihnen gutes Gelingen an Maus und Controller. Ich selbst spielte an der Kerze rum. Das ist ein Muss für den Meyer, da kann der gar nicht anders. Ist wie mit der Alufolie von einer Bierflasche, die muss der Meyer glatt streichen, und 'ne Mandarinenschale muss er in tausend Stücke zerreißen. Ich schaute also in die Flamme, ließ ein Stück Wachs drin schmelzen und sagte zu Johanna:

»Mit so 'nem Kerzenfeuer ist es wie mit dem Tod: Wenn du ganz nah dran bist an der Flamme, verbrennst du dich, aber mit ein wenig Abstand spürst du sie nicht mehr.«

»Vielleicht nimmt man deshalb immer Kerzen, wenn es ums Sterben geht, so als Sinnbild.«

»Und gar nicht wegen ›ein Licht möge ihm leuchten auf ewig‹.«

»Ewig ist eh ein Scheißwort, das besser nie erfunden worden wäre«, sagte dann Johanna und das war der erste Moment des bösen Tages, wo so was wie ein Lächeln über unsere Gesichter zog.

Natürlich ist offenes Licht verboten bei uns, wegen irgendwelcher Risiken, aber Frau Schwammerl, die gerade den letzten Tisch abwischte, nahm den Regelbruch großherzig auf ihre Kappe. Sie stellte nur einen Teller unter die Kerze und sagte: »Obacht gem! Passts hoit auf mit dera Keazn!«

Bevor sie sich in ihren Feierabend aufmachte, löschte sie alle elektrischen Lichter außer der schwachen Nachtnotbeleuchtung und stellte uns noch eine riesige Kanne Pfefferminztee auf den Tisch, die auch gereicht hätte, wenn wir in voller Besetzung hier gesessen hätten. Das war auch gut so, denn wenn du auch kaum was essen kannst an so einem Abend, trinken geht immer.

Dann waren wir ganz alleine; die Stille war so groß, dass du das Sirren der elektrischen Geräte in so einer Kantine hören konntest. In diese Stille hinein fragte Johanna mich dann: »Glaubst du, Adrian hatte eine Ahnung davon, welch Schmerz sein Tod auslösen würde? Ob er sich vorgestellt hat, wie seine Mutter leidet?«

Und weil an so einem Abend Ehrlichkeit ein Muss ist, sagte ich: »Nein, das glaub ich nicht. Ich glaube, das stellt sich keiner vor.«

»Vielleicht«, meinte Johanna, »wäre das eine prima Lektion in Sachen Selbstliebe. Hörst du doch überall, dass du dich selber lieben sollst, auch, wenn's mal nicht rundläuft mit dir und deinem Leben. Stell dir vor, wie deine Mama und deine Freunde leiden, wenn du sterben solltest, weil sie dich so sehr lieben, dann kriegst du vielleicht eine Portion Selbstliebe von einer ganz anderen Art als die handelsübliche.«

Ich probierte das gleich aus und dachte an meine Mama, an

»meine Mama ohne mich«, genauer gesagt, und das war kaum auszuhalten, denn was ich sah, war eine riesige klaffende Wunde direkt auf ihrer Brust. Und Johanna dachte an ihren Papa und in ihrem Gesicht war zu lesen, dass sie ähnlich Schreckliches sehen musste.

Dann schauten wir uns an, direkt in die Augen.

An diesem Abend, hier an unserem Stammtisch in der leeren Kantine, ging von diesem Blick die Aufforderung aus, uns vorzustellen, was Johannas Tod mit mir machen würde. Und was mein Tod mit Johanna machen würde.

Das war dann gar nicht auszuhalten.

Da gewannen wir eine solche Riesenportion Selbstliebe, der Achtzehnjährige eigentlich nicht ausgesetzt sein sollten.

Die Tränen, die du siehst an einem anderen, die verraten ja gar nichts über ihre Herkunft. Deshalb konnte Frau Specht auch nicht sehen, dass wir nicht direkt wegen Adrian weinten, sondern ihn eher über Umwege beweinten. Trotz all ihrer Klugheit musste ihr das verborgen bleiben, als sie plötzlich bei uns stand. Ja, Frau Specht stand plötzlich vor uns und wenige Sekunden später saß sie neben uns. Sie hatte das Kerzenlicht bei ihrem einsamen Spaziergang auf dem schneebedeckten Gelände gesehen, hatte dann uns erkannt, hatte ihren großen Schlüsselbund gegriffen, das Panikschloss aufgesperrt, hatte in der leeren Halle mit dem nadelnden Tannenbaum innegehalten für einen Moment und dann war sie an der ausnahmsweise stillen Kaffeemaschine vorbeigelaufen und zu uns in die Kantine gekommen.

Warum, muss man ja nicht weiter erklären, ist die natürlichste Sache der Welt.

Ich weiß gar nicht mehr, ob wir Anneliese, wie Frau Specht ab dieser Nacht für uns heißen sollte, die genaue Herkunft unserer Tränen erklärt haben, an unserem Stammtisch, in der Kantine mit der Nachtnotbeleuchtung und der einen Kerze. Was ich weiß, ist, dass ich ihr gleich einen Becher geholt habe und dass wir froh waren über die Größe der Kanne mit Pfefferminztee, die Frau Schwammerl spendiert hatte, denn sie musste dann auch noch für Hannah reichen. Die setzte sich nämlich auch zu uns, nachdem die Leiche ihres Sohnes abgeholt worden war.

Dann war unser Tisch gar nicht mehr so furchtbar leer.

Wir gerieten ins Erzählen und solche Sachen wie der schwarze Rollkragenpullover und Adrians vornehme Ausdrucksweise kamen zur Sprache. Hannah erzählte von Adrians Schwierigkeiten mit ihr, seiner »Hippiemama«, wie er sie die letzten Jahre genannt hatte. Manchmal hatte er dieses Wort wohl mit einem freundlichen Lächeln zu ihr gesagt, so wie man halt ein kleines Kind anlächelt, das zwar Unsinn erzählt, das man aber trotzdem ganz doll lieb hat. Oft hat er wohl aber auch die Geister, Energien und Engel, mit denen Hannah eng verkehrte, höhnisch ausgelacht. Und damit auch sie ausgelacht, denn zwischen die Geister und Hannah passte kein Blatt dazwischen. Das tat ihr bis heute weh, konntest du sehen.

In diesem Zusammenhang erklärte sie uns auch, was mit Sirius, dem Mondsee und den kosmischen Kräften schiefgelaufen war, damals im November. Wir nickten verständnisvoll bei ihrer Erzählung. Auf Sirius und die kosmischen Kräfte ließ sie nichts kommen und letztlich war es die mangelhafte Qualität des damals beteiligten Schamanen, die den Fehlschlag verursacht hatte.

Hannah wiederum erfuhr von den Predigten in der S-Bahn und die Sache mit Resi gewann in Johannas Erzählung eine Dimension, von der ich gar nichts erahnt hatte.

Als ich anhob, nach Loretta und der Hurengeschichte zu fragen, trat Johanna mir unterm Tisch so stark gegens Schienbein, das ich fast aufschrie. Dabei lächelte sie mich so freundlich an, als hätte sie mich gerade gestreichelt, und ich dachte: Aha, das kann sie also auch.

Die Geschichte mit den ersten Aushängen wurde noch mal erzählt und wir sprachen übers Video mit Adrian am Sterbebett. Das Facebook-Desaster war neu für Hannah und auch die Szene von Nataschas unbewegter Hand auf Adrians unbewegter Hand kannte sie nicht und Anneliese musste dann auch noch mal weinen im Gedenken an Natascha.

Die Idee, dass Adrian in Ganacker beerdigt werden und nicht nach Hamburg transportiert werden sollte, siebenhundert Kilometer in einem Sarg auf der Autobahn, die entstand auch an diesem Abend und wurde gleich festgeklopft.

Als die Kerze dann ganz heruntergebrannt war, nahm Anneliese die Hannah mit zu sich ins Pförtnerhäuschen. Dort hatte Adrians Mama geschlafen, nicht nur diese eine Nacht, sondern alle Nächte bis zur Beerdigung. Hannahs Leid zog mit ins Pförtnerhäuschen ein und hatte die arme Frau vermutlich morgens als ersten Gedanken des Tages überfallen. Da gab es nichts zu rütteln dran, aber vielleicht wurde das Leid auf zwei Herzen verteilt und so etwas verdünnt. Weiß nicht, ob das nur schöne Worte sind oder ob das wirklich so war.

Wir saßen also bis spät in die Nacht und ich trau mich kaum, es zu sagen, aber der Ehrlichkeit halber sag ich es doch: Es war ein wunderschöner Abend. Weich und warm und voll und reich.

Noch kein großes Finale, auch kein Epilog, eher so eine Art Zwischenspiel

Jetzt machen wir ein kleines Spielchen, um noch mal kurz zu verschnaufen vor dem großen Finale, ein kleines Stell-dir-mal-vor-Spielchen, und das geht so: Stell dir mal vor, du machst einen Spaziergang, im Januar, bei leichtem Frost und strahlend blauem Himmel, einfach, um mal frische Luft zu schnappen oder um zu sehen, wohin deine Gedanken dich führen, wenn du sie mal frei laufen lässt. Der Einfachheit halber lassen wir diesen Spaziergang über offene Felder führen, die leicht gewellt und schön gefaltet vor dir liegen. Also in einer Landschaft, wie man sie zum Beispiel im Niederbayrischen findet, wo auch der Ortsteil Ganacker von dem Städtchen Pilsting liegt.

Du spazierst also hier entlang und dann siehst du, wie dir ein Paar entgegenkommt. Zuerst sind die zwei Menschen weit weg, aber du und das Paar lauft aufeinander zu und dann kommt zwangsläufig der Punkt, wo du was erkennen kannst: Es ist ein Mann und eine Frau, die dir da entgegenkommen. Ein paar Dutzend Schritte weiter siehst du schon mehr, an der Art des Ganges erkennst du, dass das junge Menschen sind, die da auf dich zulaufen. Und wieder ein paar Schritte weiter denkst du: ein Liebespaar. Und was für eins! Die zwei haben dich noch gar nicht gesehen, so versunken sind sie ineinander, und du denkst, na, da haben sich ja zwei gefunden!

Du freust dich natürlich über dieses Bild, ist ja auch was Wunderschönes, so ein versunkenes Liebespaar. Aber trotz deiner Freude zwickt dich was, und wenn du genauer in dich hineinfühlst, was dich da zwickt, spürst du ein kleines Stückchen Neid, das heftig nach Beachtung ruft. Es ist nur ein kleines, krumm gewachsenes Kerlchen, das neben deiner großen Freude ein wenig bejammernswert aussieht, aber es hat doch Kraft genug, um dir was einzuflüstern. Vielleicht ist es genau diese kleine Kraft, die dich, wenn du an den beiden vorbeigehst, sagen lässt: »Servus« oder »Hallo!«.

Auf jeden Fall weißt du, dass dein Gruß die Blase, in der dieses Liebespaar herumläuft, zum Platzen bringen wird, weil die ja jetzt auf dich reagieren müssen. Dein kleines Stückchen Neid ist vielleicht ganz scharf drauf, diese Blase platzen zu sehen. Doch dein Neid hat Pech gehabt, denn die zwei reagieren zwar tatsächlich, das Mädchen, übrigens eine Schönheit, wie du sie nicht oft siehst, sagt »Servus«, weil die wohl aus dem Frankenland kommt, und der blasse Junge mit dem kantigen Gesicht sagt »Tach«, wie man es macht am Niederrhein, doch die beiden lächeln dich dabei so freundlich und liebevoll an, dass du für den Bruchteil einer Sekunde hineingezogen wirst in ihre Blase.

Dein Neid verzieht sich verschämt ins letzte Eckchen deiner Seele und du läufst weiter über die kahlen niederbayrischen Felder und sinnst darüber nach, was du da gerade gesehen hast. Das scheint so 'ne Art Liebe zu sein, die die Welt nicht ausschließt, sondern einschließt, und du fragst dich, ob das vielleicht die einzige Art Liebe ist, die man mit Fug und Recht »große Liebe« nennen darf.

Aber bevor du eine Antwort auf diese Frage finden kannst, siehst du wieder ein Paar auf dich zukommen. Jetzt wiederholt sich das Spielchen, zuerst erkennst du nur zwei Menschen. Dann zwei Frauen, dann zwei erwachsene Frauen, und wegen der Art, wie die miteinander reden, denkst du: Gute, alte Freundinnen.

Damit liegst du wieder richtig, nur das Wörtchen »alt« ist falsch, denn die zwei haben sich erst vor wenigen Tagen kennengelernt, unter traurigsten Umständen sogar, was du aber nicht sehen kannst, wenn du an ihnen vorbeikommst. So versunken wie das Liebespärchen sind die nicht, die haben eher so einen Weitblick und in diesem Weitblick hast auch du einen Platz, die beiden grüßen dich schon, bevor du auch nur den Mund aufmachen kannst.

So, bis jetzt hast du zweimal ins Schwarze getroffen mit deiner Ferndiagnose, du hast das Liebespaar richtig erkannt und die zwei Freundinnen auch.

Jetzt machen wir unser Stell-dir-mal-vor-Spielchen noch einmal: Am nächsten Tag lassen wir dich noch mal spazieren gehen. Der Einfachheit halber nehmen wir wieder dieselbe wellige Landschaft und dieselben kahlen Felder. Und wieder siehst du zwei Leute auf dich zukommen und wieder fragst du dich, was das nun für ein Pärchen sein könnte. Beim Näherkommen siehst du: junger Mann, alte Frau. Also nicht wirklich alt, aber halt alt im Vergleich zum jungen Mann.

Und natürlich denkst du sofort: Mutter und Sohn.

Ist aber falsch. Probier es noch mal.

Du würdest dann kurz überlegen und fragen: »Tante und Neffe?«

Wieder falsch. Jetzt müsstest du schon länger nachdenken, bevor du eine Antwort findest, und sagst dann: »Lehrerin, Schüler? Dozentin, Student?«

Auch daneben. Du bist ratlos und fragst: »Was soll das sonst für eine Art Pärchen sein?«

Und dann würde der neben dir sagen: Das sind der Meyer und die Anneliese, die da auf dich zukommen, oder die Hannah und der Meyer oder – müssen wir ja jetzt nicht noch mal im Detail durchspielen – auch der Meyer gemeinsam mit Anneliese und Hannah oder Anneliese und Johanna oder auch alle vier zusammen.

Keine Verwandten, kein Lehrer-Schüler-Ding, einfach Freunde und Freundinnen stark unterschiedlichen Alters.

Du denkst: Gibt's doch gar nicht. Würdest dann noch mal genau hinschauen, ob du irgendeine Art Vorsicht auf dem Gesicht oder im Gang von diesem Meyer sehen würdest, irgendeine Art von »auf der Hut sein«, die sich in hochgezogenen Schultern ausdrückt oder in einem unsicheren, schweifenden Blick. Oder ob dieser junge Mann vielleicht nicht wüsste, was er mit seinen Händen anfangen sollte. Ob irgendwas Staksiges, was Unrundes in seinem Gang wäre, ob die Stimme klänge, als würde sie jemand anderen zitieren. Und auch Gang, Haltung, Stimme von der Anneliese würdest du prüfen auf kumpelhafte Herablassung oder betont verständnisvolles Dauernicken. Und würdest nichts finden.

Bei keinem der Beteiligten, nicht bei Hannah, nicht beim Meyer, nicht bei der Anneliese und erst recht nicht bei Johanna würdest du so was sehen können.

Da laufen wirklich ein achtzehnjähriger Mann und eine circa vierzigjährige Frau, nicht verwandt und nicht verschwägert, zu zweit nebeneinanderher auf gleicher Augenhöhe.

Du überlegst, ob du so etwas schon mal erlebt hast, wühlst in deinen Erinnerungen und jetzt bin ich es, der einen Tipp abgibt: Du wirst nichts finden. Ist vielleicht ein etwas vorwitziger Tipp, den ich nur abgebe, weil es das vorher in meinem Leben auch noch nie gab: Freundschaft über eine Generation hinweg.

Dass Johanna und ich mit den zwei Frauen in den Vierzigern auf einer Augenhöhe über die Felder spazieren konnten, hing natürlich auch damit zusammen, dass wir immer wieder auf ein gemeinsames Thema zurückkommen konnten, nämlich Adrian bzw. Adrians Beerdigung. Davon sprachen wir tatsächlich am meisten, aber es ging auch um anderes. Wir sprachen von den Menschen und der Welt. Auch Anneliese und Hannah – so erfuhr ich – kannten den Abschaltmoment, wenn Bilder von menschenverursachtem Leid zu schrecklich sind, um sie ertragen zu können, und wir deshalb unsere Herzen verschließen müssen. Wir erfuhren einiges von Annelieses Leben vor Ganacker und sehr vieles vom Verhältnis von Hannah zu den diversen Geistern, die ihr Leben bevölkerten. Was übrigens ein reichlich kompliziertes Verhältnis war, denn von den Geistern gab es gute und böse, ebenso gab es verschiedene Energien und Engel flogen auch noch rum, die jedoch auch wieder in mehreren Klassen vorkamen usw.

Reichlich verrückt in meinen Augen, aber Hannah war trotzdem eine Gute.

Kurzum, die zwei älteren Frauen nahmen uns zwei junge Leute auf eine Art ernst, wie ich es bisher nie erlebt hatte.

Dass es für Hannah, nachdem die Idee einmal geboren war, nicht mehr infrage stand, dass Adrian in Ganacker bestattet werden sollte, wisst Ihr ja schon. Dass es für beide Frauen keine Sekunde lang infrage stand, dass Johanna und ich die Bestattungsfeierlichkeiten gestalten sollten, sag ich Euch jetzt.

Ich habe lange gebraucht, um formulieren zu können, was Hannah und Anneliese so auszeichnete. Jetzt kann ich es und deshalb will ich es Euch sagen: Für meine Mama beispielsweise – nix gegen meine Mama, aber ein bisschen Wahrheit kann einer stabilen Mutterliebe ja nicht schaden – war das Leben ihres Sohnes bisher ein einziges Durchlaufen von Provisorien. So richtig vollwertig war mein bisheriges Leben in ihren Augen noch nie, bis jetzt war alles nur Vorbereitung auf ein eigentliches, das noch kommen würde. Richtig ernst sollte es immer erst auf der nächsten Stufe werden. Schon der Kindergarten war nur eine Vorstufe für die Grundschule, wo der Ernst des Lebens auf mich warten würde. Was sich als leeres Versprechen erwies, denn die Grundschuljahre waren dann doch nicht wirklich ernst, sondern nur Vorstufe fürs Gymnasium. Das begann passenderweise mit Probezeit und Unterstufe, blöderweise wurde ich dort ja rausgeschmissen, bevor es wirklich ernst hätte werden können. Meine Lehrzeit bei der Tischlerei Wehmut sollte auch nur eine Vorbereitung sein fürs Berufsleben, das so richtig erst mit den Gesellenjahren beginnen würde. Dort würde dann endlich der wirkliche Ernst des Lebens auf mich warten, doch da fuhr ja mein Krebs dazwischen, sodass ich nicht sagen kann, welches Hindernis zwischen dem Lebensernst und dem Meyer sich dort wohl aufgebaut hätte. Bin mir aber sicher, dass Mama schon was Passendes gefunden hätte.

Der Krebs scheint in meinem Falle auch nur was Vorübergehendes zu sein und darüber will ich mich nun wirklich nicht beschweren.

Aber ich wette drauf, wenn ich draußen bin – und lange wird das nicht mehr dauern, bis ich draußen bin –, wird Mama mit dem Jetzt-wird's-aber-ernst-Spielchen wieder anfangen. Manchmal habe ich den Verdacht, dass dem Leben meiner Mama selbst die nächsten Stufen ausgegangen sind und sie selbst in so einem Dauerprovisorium gefangen ist. Dass es nie ernst geworden ist in ihrem Leben.

Bei Anneliese und Hannah war das irgendwie anders. Ich glaube, die haben vor einem dreijährigen Kind denselben Respekt wie vor einer jungen Mutter oder einem alten Professor. Für die zwei scheint jeder Lebensabschnitt vollwertig zu sein. Vielleicht nicht gleich gewichtig, aber vollwertig. Ist ein Unterschied, über den ich noch nachdenken muss.

Und weil das so ist, kannst du neben denen über die Felder spazieren, als wären sie deinesgleichen.

Sag ich jetzt mal so.

Eine praktische Folge davon war, dass Hannah die Verantwortung für Adrians Beerdigung voll in unsere Hände legte. Natürlich sprachen wir viel darüber, aber nie ließ Hannah sich unseren Plan vorlegen, auf dass sie ihn hätte absegnen oder verändern können. Null Einmischung, null Kontrolle, volles Vertrauen.

Logischerweise gab es Sachen, um die Hannah sich alleine kümmerte. All die Formalien, für die es eine Unterschrift braucht, die musste Hannah erledigen. Auch bei der Auswahl der Urne waren wir nicht dabei. War auch kein großes Ding für Hannah, das war eine der Stellen, an denen sie ungeheuer unsentimental war. Die hätte auch eine Plastikdose zur Ascheaufbewahrung genommen, hatte der Bestatter allerdings nicht im Angebot.

Nur eine dringende Bitte hatte sie: Sie bestand darauf, dass bei der Trauerfeier irgendwelche bösen Geister mittels Räucherstäbchen vertrieben werden mussten. Das passte Johanna und mir gar nicht in unser Konzept, aber was willst du machen. Wir trösteten uns mit dem Gedanken, dass Geister, die sich von ein bisschen Qualm vertreiben lassen, eine vernachlässigbare Größe seien. Machten uns also keinen Kopf darüber.

Was vielleicht ein Fehler war.

In den Stunden, die wir nicht über die Felder spazierten – zu zweit, zu dritt, zu viert, in allen möglichen Kombinationen –, ging unser normales Anstaltsleben weiter, mit einer gewissen Lockerheit, die sich daraus ergab, dass sich alles anfühlte wie die vorletzte Schulstunde. Johannas und meine Zeit hier war bald abgelaufen. Bald würden wir als geheilt entlassen werden, was beim Krebs allerdings immer so was Vorläufiges hat.

Johanna übte viel, ich zockte manchmal wieder mit André und Julian. Wir killten binnen Minuten hundert Bösewichte verschiedenster Art, und wenn es einen von uns erwischte, drückten wir auf Start und es ging wieder von vorne los. Ist zwar eine sehr billige Art von Unsterblichkeit, die tat mir aber echt gut in diesen Tagen.

Danach ging mir die Korrespondenz, die ich erledigen musste, leichter von der Hand. Der Tischlerei Wehmut kündigte ich meine baldige Rückkehr an, ebenso der Berufsschule. Ich erzählte Ioanna sehr ausführlich von Adrians letzten Tagen, schrieb auch an Benno, allerdings wesentlich kürzer, weil ich ja damit rechnete, dass er sowieso keine E-Mails lesen würde. Von Benno gab es dann auch erwartungsgemäß keine Antwort, aber Ioanna schrieb ganz lieb zurück. Sie bedauerte, dass sie nicht zur Beerdigung werde kommen können und dass sie ihren E-Mail-Verteiler ein letztes Mal benutzt hätte. David Bowie, Ronaldo, Bill Gates und die anderen wüssten nun auch Bescheid über den aktuellen Stand der Dinge bezüglich der Abschaffung des Todes. Ich bedankte mich überschwänglich und schickte viele Grüße in die Walachei.

Mir ging's übrigens komisch dabei, als ich ihre Nachricht las. Diese Prominenten-Sache erschien mir nach all dem, was wir durchgemacht hatten, wie eine Kinderei und war mir tatsächlich ein bisschen peinlich.

Die Hauptarbeit für die Vorbereitung der Beerdigung bestand darin, aus den vielen einzelnen Blättern und Notizen, die Hannah mir aus Adrians Nachlass übergab, eine Rede zu formen. Ich übte das Sprechen, mal vor dem Spiegel, mal vor Johanna und auch André und Julian spielten mal Publikum für mich. Ich wollte frei reden. Aufgeschrieben habe ich nur einige Stichwörter, auf einem Spickzettel, damit ich nichts Wichtiges vergessen würde. Den ging ich mit Johanna durch und sie schrieb **Memo 15** obendrauf.

Das war so ein Moment, wo wir wieder ganz traurig wurden.

Memo 15 wurde nicht mehr verteilt, an wen denn auch? Von uns waren nur noch wir beide übrig und das Publikum hätte nichts mit **Memo 15** anfangen können, denn da standen wie gesagt nur Stichwörter drauf, so Sachen wie

- Tod abschaffen
- großes Menschheitsprojekt
- Jugendlichkeit der Menschheit
- blutige Anfänger
- gerade den Kinderschuhen entwachsen
- Grenzen der Vorstellungskraft, sehen und überwinden

- Stolz und Demut
- gleich gültig versus gleichgültig
- wie groß unsere Herzen sein könnten
- kann doch nicht so schwer sein

Solche Sachen eben.

Adrians Bestattung fand am 15. Januar 2016 statt.

Diese Beerdigung ist wieder so eine Szene, die in einem Film besser aufgehoben wäre als in einer Erzählung, denn im Film kriegst du das Gesagte leichter in den Hintergrund. Die Kamera schwenkt über die Trauergäste und aus dem Off redet der Meyer. Der rückt vielleicht auch mal kurz ins Bild, wäre aber nicht so penetrant anwesend, wie er im abgedruckten Text einer Beerdigungsrede anwesend ist.

Den einen Film gibt es zwar nicht, dafür gibt es ganz viele Filmchen, wir hatten André und Julian gebeten, die Feierlichkeit zu dokumentieren. Haben sie toll gemacht, die zwei. Könnt Ihr Euch ja alle ansehen, auf YouTube und sonst wo.

Best Beerdigung ever

In ihre Trauerhalle haben die Ganacker ganz schön was investiert, da haben die sich nicht lumpen lassen. Sie ist licht und schlicht und irgendwie vornehm und fast größer als der dazugehörige Parkplatz. Das Kreuz über dem, was wie ein Altar aussah, kannst du abnehmen, ohne dass dich jemand schief anschauen würde. Kannst dann andere Symbole aufhängen oder auch bunte Tücher, wie es Hannahs Freunde gemacht hatten. Fragt mich nicht, wofür die gut sein sollten. Genau über dem, was man als Altar nutzen könnte, war ein Dach aus Glas, sodass du, wenn du da vorne standest, in den Himmel sehen konntest. Zwei große alte Linden schwenkten sachte ihr kahles Geäst ins Blickfeld, eine von links, eine von rechts. Dieser Himmelsblick war reserviert für die Offiziellen bei der Beerdigung, das Publikum musste statt in den Himmel auf ein steinernes Gewölbe schauen. Für Herrn und Frau Mustermann muss das genügen in den Augen der braven Leute aus Ganacker, von denen tatsächlich eine Handvoll zur Trauerfeier gekommen war.

Dazu waren gekommen: die Leute aus unserer Anstalt, also nicht gründende Kranke, Ärzte, Anstaltsleitung, der Psychodoc, Frau Schwammerl und natürlich Schwester Gaby. Rotwangig und verweint saß sie allein in einer Reihe, vor ihr eine Gruppe auffällig gekleideter Männer und Frauen. Hannah unterhielt nicht nur zu Engeln, Geistern und diversen Energien enge Beziehungen, sondern auch zu echten Menschen aus Fleisch, Blut und schreiend bunten Kleidern. Ihre beste Freundin hatte auch Adrians kleine Schwester mitgebracht, um die sie sich gekümmert hatte die letzten Tage. Hannahs angereiste Freunde und Freundinnen konntest du leicht unterscheiden von den anderen Trauergästen. Das war ein durchaus buntes Völkchen, wie es die Ganacker nicht jeden Tag zu sehen bekommen.

Nachdem das Publikum Platz genommen hatte, ging Johanna nach vorne mit ihrer Klarinette in der Hand, und schon bevor sie zum Spielen ansetzte, war es mucksmäuschenstill in dem Saal.

Hab ich später auch noch oft erlebt. Wenn du Johanna auf der Straße siehst, würdest du denken, was für ein freundliches und schönes Wesen, doch wenn sie mit ihrem Instrument auf einer Bühne steht und sich sammelt vor dem ersten Ton, geht zusätzlich eine Autorität von ihr aus, die den Leuten den Atem verschlägt.

War auch hier so.

Johanna begann mit so einem Visionston wie damals in der Bibliothek. Der Ton kam aus dem Nichts herangeschlichen und ich kann Euch sagen, die Leute fühlten sich angerufen und wussten nicht, von was. Dann kamen viele Töne, nicht so ein Schwall wie beim Grand Duo damals, eher spärlich und vereinzelt, und wenn die einen Sinn machten, dann einen, den es vorher nicht gab. Johanna nennt so was »Neue Musik« und ist begeistert, ich sag dazu jetzt mal gar nichts. Sie ließ den letzten Ton wieder ins Nichts verschwinden, und gerade nachdem er endgültig verklungen war, öffnete sich die Tür der Trauerhalle.

Zuerst drangen das Sirenengeheul von Rettungswagen und andere Straßengeräusche von draußen herein.

Dann kam Benno.

Bennos Auftritt hatte nicht ganz die Kraft wie der von Tom Sawyer und Huckleberry Finn in dieser Hammerszene von diesem mit Hammerszenen vollen Buch, aber eine gewisse Wirkung ging von seinem Erscheinen schon aus. Als Tom und Huck damals bei ihrer eigenen Beerdigung auftauchten, da hatte ja die ganze Trauergemeinde geglaubt, die zwei seien im Mississippi ertrunken. Dabei hatten sie sich nur eine gründliche Auszeit von allen häuslichen und schulischen Pflichten genommen und eine Woche lang auf einer Insel mitten im Fluss gefischt, gefaulenzt und Piraten gespielt. Die hier Anwesenden dagegen wussten, dass Benno damals gerettet worden war. Sein Auftritt hatte also mehr was von »Rückkehr des verlorenen Sohnes« als von »Auferstehung der Toten«, was aber als Motiv auch ein Klassiker ist.

Was Benno Tom und Huck voraushatte, waren die Blätter, die er verteilte, ganz ruhig und gemessen verteilte, während die Leute immer noch nach dem Verbleib von Johannas letztem Ton suchten und draußen ein Martinshorn dröhnte.

Dort standen die Fünf Sätze gedruckt, ich gebe sie hier aber nicht wieder. Würde nicht so viel Sinn machen, erstens, weil Ihr sie ja mittlerweile kennt, aber hauptsächlich, weil Ihr sie nicht lesen könntet. Die Fünf Sätze standen da in Japanisch, Chinesisch, Arabisch und so was alles. War Bennos Idee gewesen, wusste ich nichts von. Das würde »gut die Größe unserer Aufgabe versinnbildlichen und eine gewisse Demut fördern«.

Johanna, ernst und schön, war vorne stehen geblieben, während Benno durch die Reihen lief und Zettel verteilte. Dann setzte er sich nach ganz vorn neben Anneliese und Hannah und ich stand auf und löste reibungslos Johanna ab.

Lief also alles wie geschmiert am Anfang, und als ich das Mikro ergriff, notierte ich mit Befriedigung, dass dieses Mikro ein kabelloses Mikro war, und lobte innerlich die Ganacker für die moderne Technik in ihrer Trauerhalle.

Dann warf ich mein »Hallo, ihr Menschen alle!« ins Publikum hinein und Hannahs Freundinnen und Freunde antworteten, indem sie heftig mit bunten Tüchern wedelten. Und schon während ich sagte: »Ich werde euch von Adrians Gedanken erzählen, teils in seinen Worten, teils in meinen«, verliert die Kamera den Meyer aus ihrem Auge und schweift übers Publikum und den Meyer hört Ihr nur noch aus dem Off.

Ihr seht also die Leute aus der Anstalt, die Nichtgründer und die

Offiziellen, Hannahs Hippiefreunde und -freundinnen, in einem langsamen Schwenk über alle Bänke hinweg, während Ihr den Meyer sagen hört: »Wir müssen die Sache mit dem Tod endlich der Vernunft unterwerfen. Wir müssen etwas glauben, was jedem Einzelnen das kalte Grauen vertreibt und gleichzeitig gut ist für die Menschheit als Ganzes. Dafür koppeln wir das Weiterleben des Einzelnen an das Überleben der Menschheit als Ganzes!«

Ungefähr an dieser Stelle entdeckte Andrés Smartphonekamera Bill und Melinda im Trauerpublikum. Zuerst streifte die Kamera die beiden nur ganz zufällig, du kannst richtig sehen, wie André dachte: *Hoppla, wen haben wir denn hier? Kann doch nicht sein. Is' nicht wahr!* Aber dann merkte er: Ist doch wahr, und hielt natürlich voll drauf auf die zwei Gates. Und als der Meyer sagte: »Wir sollten Eigennutz und Gemeinnutz aneinander koppeln auch über den Tod hinaus«, seht ihr die beiden sehr einverstanden nicken.

Bei dem Teil meiner Rede, in dem es darum ging, dass es auf die Wahrheit nicht ankäme bei Dingen, die jenseits der Beweisbarkeit lägen, und dass bei allem, was mit dem Tod zusammenhängt, einzig die Sprache die Wahrheit macht und nicht die Sachlage, wie es bei weltlichen Dingen sein sollte, da sah man, wie Bill und Melinda die Köpfe zusammensteckten und tuschelten. Es fehlte nicht viel, dann hätten sie schon mal einen Scheck zur Anschubfinanzierung unserer Sache ausgeschrieben. Machten sie dann aber doch nicht.

Denn dann kam der Venceremos-Teil der Rede – Ihr kennt sie ja schon von Nataschas Beerdigung her, der Faust-reck-Teil. Und als ich sagte, dass der Tod erst dann abgeschafft werden könnte, wenn die Grenzen von Klassen, Klassen, Klassen, Nationen und »Rassen« eingerissen sein würden und dass man vor der sozialen Revolution von »Menschheit« gar nicht reden könne, ohne rot zu werden, da passierten zwei Dinge: Der Meyer dachte, jetzt hab ich wieder nicht nachgeschaut, was dieses Venceremos bedeutet;

und übers Gesicht der zwei Gates huschte so ein Schatten und sie wirkten irgendwie skeptisch.

Die Bilder von den hochgezogenen Augenbrauen und gerunzelten Stirnen der beiden Gates blieben dann auch die letzte Aufnahme von ihnen, denn beim nächsten Teil meiner Rede – ich forderte darin den Gesetzgeber auf, sich endlich der Frage des Todes anzunehmen, vor der er sich bisher immer gedrückt hatte – nahmen Julian und André die bunten Freunde von Hannah ins Bild.

Was genau ihr heftiges Wedeln mit bunten Tüchern bewirken sollte, war nicht erkennbar. Ich hoffe mal, sie wollten böse Geister vertreiben oder gute herbeirufen, denn das war die Stelle, wo der Meyer einen weltweiten Festtag der Menschheit einforderte und einen zweiten, ebenso weltweiten für die Nachgeborenen. Und dass man schon mal Termine buchen sollte im Jahreskalender, Tage, die noch von keiner Religion und keinem Staat belegt worden wären für ihre jeweiligen Feiertage. Das konnte vielleicht nicht jeder hören, weil zwischen den bunten Tüchern, die gewedelt wurden, auch die eine oder andere Ratsche einiges an Lärm verursachte. Das vergrätzte den Meyer ein wenig, was Ihr aber nicht sehen könnt, denn nun nahmen unsere Kameraleute Johanna ins Bild.

Ihr seht dann also das schönste Mädchen der Welt und sonst seht Ihr die nächsten Minuten nichts.

Wie Julian und André diese Großaufnahme von Johannas ernstem Gesicht hingekriegt haben – ich meine, so technisch gesehen –, weiß ich nicht. Ich weiß auch nicht, wie sie es hingekriegt haben, kein bisschen zu wackeln und diese Ruhe rüberzubringen, die von Johanna ausgehen kann.

Auf jeden Fall war Johanna das passende Motiv für den kommenden Teil der Rede, denn der Redner aus dem Off sprach jetzt von den Mamas und Papas dieser Welt. Auf die Mamas und Papas käme es letztlich an, sagte der Meyer am Pult. Die Mamas und Papas sollen ihren Kindern erzählen, dass jedermanns Seele Teil der großen Menschheitsseele sei und dass sie so lange existieren würde, solange es die Menschheit gibt. Das würden sie schon glauben, die zarten, bedürftigen kleinen Wesen, besonders, wenn du sie danach einkuscheln würdest in ihre Decken, ihnen über die Haare streicheln und ihnen im Dunkeln noch ein Lied singen würdest. Und wenn die anderen Mamas und Papas dieser Welt ihren Kindern dasselbe erzählen würden, Abend für Abend, Nacht für Nacht, würde im Lauf der Jahrhunderte so viel außenrum entstehen, dass jeder auch ganz tief innen drin würde glauben können.

Wenn du das Video anguckst, dann siehst du in Johannas Gesicht, dass sie »Ja« sagt zu Meyers Worten. Und als der Meyer sagte, dass es ganz tief innen drin nur geben kann mit ganz viel außenrum, weil genau das den Menschen ausmacht, da sieht sie aus, als würde sie sich schon Gutenachtgeschichten für ihre Kinder ausdenken. Und als würde sie noch mal »Ja« sagen zum Meyer. Der sagt, ein Glaube könne nur dann zur inneren Wahrheit werden, wenn ganz, ganz viele ihn teilen. Dass Religionen nie anders funktioniert hätten. Und wenn der Meyer davon spricht, dass wir doch ein so unfassbar junges Geschlecht seien und das schon noch hinkriegen würden in den nächsten Jahrtausenden, dann seht Ihr so eine Entschlossenheit in Johannas schönem Gesicht, der du alles zutraust.

Wenn sie dann aufsteht und nach vorne läuft, denkst du im ersten Moment, jetzt läuft sie vor, umarmt den Meyer und sagt »Mein Mann« zu ihm. Der eine hat dann vielleicht Tränen der Rührung in den Augen, die andere fragt sich vielleicht, ob sie im falschen Film wäre. Ob das jetzt nicht ein bisschen zu dick aufgetragen wäre.

Doch sie geht gar nicht vor, um zum Meyer »mein Mann« zu sagen, sie geht vor, um ihre Klarinette zu nehmen, die in einem Klarinettenhalteständer neben einem E-Piano steht. Auf dem E-

Piano-Klavierhocker sitzt jetzt der Ganacker Beerdigungsmusiker, der sich so unauffällig nach vorne begeben hatte, als wäre er nichts als Luft.

Johanna und Meyer wechseln also noch mal die Plätze, eine geht vor, einer geht zurück in den Publikumsraum, und wieder klappt dieser Wechsel wie eine gut trainierte Staffelübergabe.

Ihr könnt also nicht sehen, dass genau das der Moment war, wo die Sache kippte.

An unserem Wechsel lag das nicht, der verlief völlig reibungslos. Kein Stolpern oder Sich-im-Mikrokabel-Verheddern oder so was. Nein, Johanna betrat die Bühne und ich lief sehr gemessen und würdevoll Richtung Sitzbänke. Auch wenn das nur wenige Meter waren, blieb dank meines würdevollen Ganges genügend Zeit, um einige Blicke ins Publikum zu werfen.

Zuerst sah ich meine Mutter. Die strahlte wie ein Honigkuchenpferd und der Stolz auf ihren Sohn quoll ihr schier aus den Ohren raus.

Wie gut der Junge das machte! Wie adrett der Junge aussah im schwarzen Anzugskittel!

Wie gut es den Leuten gefiel! Wie nett und flüssig mein Junge reden kann!

Als Zweites sah ich der Anstaltsleitung ins Gesicht.

Die sah auch sehr zufrieden aus und schenkte mir ein freundliches Lächeln. Und dann reckte die Anstaltsleitung den Daumen, den rechten Daumen, ein wenig verstohlen, weil niemand anders als ich diesen gereckten Daumen sehen sollte.

Reckt den Daumen, als wären wir hier bei Facebook und nicht bei einer Beerdigung!

In mir keimte eine Wut.

Ich setzte mich neben Anneliese. Die Wut wuchs sich langsam aus. Der Beerdigungsmusiker begann sein Spiel und nach wenigen Takten setzte Johanna ein. Sie spielten was von Bach, einen Trauerfeierklassiker. Der Beerdigungsmusiker hatte zu diesem Stück geraten. Da bliebe kein Auge trocken, hatte er gesagt. Er hatte recht.

Die Wut wuchs und wuchs und bekam allmählich Gesicht und Namen.

Und dann war mir nach Heulen zumute.

Sicherlich auch wegen des Trauerfeierklassikers, tatsächlich einem echten Tränenzieher. Aber mehr noch, weil ich plötzlich etwas verstanden hatte:

Es war völlig gleichgültig, *was* ich da vorne erzählte. Hätte ich was von ewigem Leben, Auferstehung der Toten oder dem Nirwana erzählt, wäre Mama genauso zufrieden gewesen. Und die Anstaltsleitung hätte zu allem den Daumen gereckt, wenn es nur würdevoll gewesen wäre und nichts schiefging bei der Trauerfeier, deren Gestaltung man leichtsinnigerweise den jungen Leuten anvertraut hatte. Die wohl manchmal auch in Goldglitzerjäckchen auftreten würden.

Die nahmen alle nix ernst von den Fünf Sätzen!

Ich schaute mich um und sah das Publikum weinen wegen Johannas Spiel und Bachs Musik. Wie vorausgesagt vom Beerdigungsmusiker.

Und alle schauten so zufrieden aus.

War 'ne echt tolle Beerdigung!

Und keiner nahm die Fünf Sätze ernst!

Das hier war eine Veranstaltung, die schön ablaufen sollte, schön, würdevoll, tröstlich oder irgendwas Derartiges.

Was ich sagte, war völlig gleichgültig! Nur die Form war wichtig!

Die töteten Adrian ein zweites Mal!

Und ich hatte brav mitgemacht!

Dann begann eine Prozession von Hannahs Freundinnen und Freunden, nach vorne zu Adrian in der Urne. Stellten ihre Räucherstäbchen in mitgebrachten Räucherstäbchenhaltern diversester Formen um die Urne auf und heizten den Geistern mächtig ein.

Wie schön war das jetzt! Und dann auch noch ein bisschen exotisch!

Und dazu diese Musik!

Best Beerdigung ever.

Gleich würden Junge und Mädchen wieder die Plätze tauschen, ganz reibungslos! Dann wird er uns wieder was Schönes erzählen, der Junge mit den lustigen Stoppelhaaren!

Aber dem Jungen war zum Schreien zumute.

Als der Meyer nach dem nächsten Wechsel wieder am Mikro stand, sah das Publikum einen jungen Mann mit Tränen in den Augen da vorne stehen. Das kommt bei den besten Beerdigungen vor. Macht sie vielleicht erst richtig gut.

Was die Leute nicht sehen konnten, war, dass es Zorn, Wut und Ohnmacht waren, die dem Meyer die Tränen in die Augen trieben. Der Meyer da vorne konnte die Leute überhaupt nicht mehr anschauen. Der stand völlig neben sich. Der sprach wie ein Automat. Der starrte auf Adrian in der Urne. Der fragte sich, was er denn hier mache, was für ein Spiel er hier mitspielte. Der fühlte sich so fehl am Platz. Der spürte, er solle nur das Happy End einer traurigen Geschichte sein. Der wurde immer wütender.

Das war der Moment, an dem Julian und André ihre Kamera auf den Meyer draufgehalten haben. Dieses eine Mal also seht ihr dem Meyer beim Sprechen zu.

Trotzdem könnt ihr nicht hören, was er sagt, denn ein irre lautes Tosen und Dröhnen übertönt sein Reden gnadenlos. Es sieht aus, als würde der Meyer schreien, aber verstehen könnt ihr ihn trotzdem nicht.

Ich kann Euch sagen, von was er sprach: Der Meyer da vorne sprach davon, wie großherzig wir Menschen sein könnten, wenn das menschenverursachte Leid uns nicht zwingen würde, unsere Herzen zu verschließen. Aus Notwehr, weil es sonst nicht auszuhalten wäre. Weshalb sie sagen müssen: Damit habe ich nichts zu tun. Weshalb sie sagen müssen: Das sind nicht meinesgleichen, diese verhungernden Kreaturen aus Haut und Knochen. Das sind nicht meinesgleichen, diese Zweibeiner, die im Schlamm und im Matsch leben, die ziellos durch die Landschaft ziehen.

Ihr könnt ihn nicht hören, wie er das sagt, weil ein ohrenbetäubendes Dröhnen noch unbekannter Herkunft durch die Trauerhalle rauscht und seine Worte übertönt. Obwohl er sehr laut zu reden scheint, obwohl es aussieht, als würde der Mensch da vorne nicht reden, sondern schreien.

Die Kamera sucht auch nach der Herkunft dieses Dröhnens und fährt ergebnislos durch den Raum. Der Meyer dagegen glaubte zu wissen, woher das Dröhnen stammte. Er hatte nämlich gerade einen Moment der Erleuchtung: Dieses Dröhnen musste aus seinem Inneren kommen.

Der Meyer dachte in diesem Moment: Okay, jetzt werde ich also verrückt. Jetzt dreh ich durch. Jetzt hat's eben geknallt. Und er war irgendwie einverstanden damit, dass er jetzt durchdrehte, es kam ihm schlichtweg logisch und natürlich vor. War eine angemessene Reaktion.

Und er verstand besser als je: Wegen der Klassen, Klassen, Klassen, »Rassen« und Nationen gab es keine Menschheit, und weil es keine Menschheit gibt, sehen wir uns nicht in ihr weiterleben. Und müssen einfach sterben, wenn wir sterben. Weil es eine Menschheit eben nicht gibt, noch nie gegeben hat.

Er schrie jetzt nur noch das eine Wort »Menschheit«, schrie es gegen das Tosen und Dröhnen, und weil er sich selbst nicht hören konnte, schrie er es immer lauter. Und eine große Klarheit überkam ihn und mit der Klarheit kam die große Verzweiflung. Beim Schreien warf er seinen Kopf in den Nacken und sah also durch das Glasdach hindurch. Und sah das kahle Geäst der zwei Linden. Die Linden schlugen um sich, als wäre ein Orkan in sie hineingefahren.

Da dämmerte es dem Meyer, dass er selbst für dieses Lindentosen nicht verantwortlich sein konnte. Und wie er dann wieder »Menschheit« schrie und die Linden dazu rauschen sah, da dachte er kurz an den Heiligen Geist. Weil der doch gerne tost. Dass der sich jetzt doch noch blicken lasse.

Das machte den Meyer, der ohnehin schon wütend war – wegen den Fähnchen schwingenden Idioten, wegen der daumenreckenden Anstaltsleitung, wegen Adrian in der Urne, wegen seiner Blödheit, eine schöne Beerdigung veranstalten zu wollen –, nur noch wütender. Dass am Ende dieser Geschichte, bei der es immer um Menschen gegangen war, radikal nur um Menschen, sich jetzt noch auf die Schnelle dieser Heilige Geist oder einer seiner Konkurrenten einmischen wollte, das fand er einfach unmöglich und eine große Frechheit. Und er schrie noch lauter.

Schrie aus Leibeskräften ins Publikum hinein, schrie nur noch das eine Wort »Menschheit«. Schrie es mit verzerrtem Gesicht, schrie es immer weiter, schrie und schrie und merkte nicht, wie das Tosen erstarb.

Das Letzte, was ihr seht, ist ein verzweifelt schreiender junger Mann.

Das Letzte, was ihr hört, ist eine große Stille, in der ein Wort drin stehen bleibt.

Ein Epilog

Wer der leer gebliebenen Seite nicht ganz traute und deshalb doch noch einmal umgeblättert hat, weil er Aufklärung über die Herkunft des Tosens vermisst oder weil er dachte, ein Buch, das mit drei … … … begann, kann doch nicht mit einem einfachen Punkt enden, der sieht jetzt: Richtig. Da kommt noch was.

Zuerst zum Tosen, denn das lässt sich schnell erklären: Es endete, nachdem der Rettungshubschrauber des ADAC namens Christoph 14, stationiert in Traunstein, auf dem großen Parkplatz der Aussegnungshalle gelandet war. Die Sanitäter eilten dann zu den Unfallopfern, die an der Kreuzung von der Staatsstraße 2074 und der Landauer Straße Hilfe brauchten.

Ich beruhigte mich wieder, hörte zu schreien auf und brachte die Feier »mit Anstand« zu Ende, sodass es gereckte Daumen en masse gab. Ich bin letztlich ein braver junger Mann, der gar nicht zum Skandalisieren oder Rebellieren taugt, und ich wusste die Würde des Hauses, die Würde von Hannah, die Würde von Adrian in der Urne zu wahren. Vielleicht war ich auch nur feige und Würde ist in so einem Fall nur ein anderes Wort für Feigheit. Da denke ich bis heute drüber nach.

Ein paar Tage nach der Beerdigung wurden Johanna und ich als vorläufig geheilt und mit guter Prognose entlassen. Ich sag mal so: Vermutlich haben selten Leute eine Krebs-Reha mit gemischteren Gefühlen verlassen als wir beide.

Johanna bereitete sich in Wunsiedel auf ihren Jugend-musiziert-Bundeswettbewerb vor, den sie im Juni dann auch gewann. Oder mitgewann, bei den Musikern gibt es wohl mehrere erste Preise. Die Aufnahmeprüfung an der Musikhochschule Würzburg hatte sie da schon bestanden. Die Schule ließ sie sausen. Sie wusste, was sie wollte und was sie dafür brauchte, Abitur gehörte nicht dazu.

Ich ging zurück nach Düren, wohnte bei meiner Mutter, Dreizimmerwohnung, Düren-Zentrum, Balkon Südseite, und machte im Spätsommer 2017 meine Gesellenprüfung. Bestand mit Bravour. Veranstaltete eine große Sause und machte danach zuerst mal weiter bei Dieter Wehmut. Johanna sah ich nur am Wochenende, mal hier, lieber dort, denn in Würzburg hatte Johanna ein eigenes kleines Zimmer. Wir führten das, was man Fernbeziehung nennt. Hat Höhen, hat Tiefen, aber es sieht so aus, als kämen wir durch. Unter der Woche führte ich mein altes Leben, mit Fußball nach der Arbeit, mit Zocken, mit Bier trinken mit meinen Kumpels, meist an der Tanke. War also ganz nett, mein Leben.

An einem Montag im Herbst 2017 fehlte mir was und es war nicht nur Johanna, die wieder abgereist war am Morgen.

Ich fing dann an, unsere Geschichte aufzuschreiben, und merkte, dass mir das guttat. Und fing dann noch mal an, unsere Geschichte aufzuschreiben. Und begann noch mal. Und noch mal. Dann machte ich weiter und die nächsten Jahre begann das Weitermachen ganz oft. Und als ich dann tatsächlich einen Verlag gefunden hatte, mischte auch noch meine Lektorin mit und das Beginnen begann noch mal. Und deshalb ist diese Geschichte nicht mehr taufrisch, habe ich ja schon am Anfang erzählt.

Jetzt wollt Ihr sicherlich noch wissen, wie es mit meinem Glauben steht.

Meyer, fragt Ihr vielleicht, *Meyer, glaubst du an eure neue Religion? Oder an die »Neue Erzählung von der Menschheit«?*

Dazu muss ich sagen: Kann ich Euch so nicht sagen. Das ist eine falsch gestellte Frage. Die Frage nach dem Glauben ist keine, die du mit Ja oder Nein beantworten kannst, wie du es mit Fragen à la »Ist Lindenholz ein Weichholz?« getrost machen kannst.

Also: Ich glaube an unsere Sache nicht so tief, dass ich auch an schlechten Tagen dran glauben könnte. Wenn mich die Langeweile überfällt, wenn's mir zu eng wird bei Mama in der Dreizimmerwohnung, Düren-Zentrum, wenn ich merke, dass ich die Zeit totschlage – dann glaube ich gar nicht dran. Denk ich in solchen Situationen an den Tod, dem ich einmal von der Schippe gesprungen bin, dann überfällt mich das kalte Grauen.

Aber wenn es mir so richtig gut geht und ich so ein Glück im Überfluss spüre, dann langt's. In den richtig guten Momenten ist mein Glaube stark genug. In Momenten wie damals beim letzten Kurs vor Weihnachten bei und mit der Frau Specht – vielleicht habt Ihr Euch die Stelle ja gemerkt, einfach im Kopf oder mit 'nem Marker –, in den richtig guten Momenten ist mein Glaube stark genug.

Oder in so einem: Neulich saß ich mit Johanna im Stadtpark Düren, wir haben da ja zwei weit berühmte Mammutbäume, und in deren Schatten lagen wir auf dem Rasen. Um uns rum rasten zwei Kinder rum, sechs bis acht Jahre, ein Junge, ein Mädchen, eher Freunde als Geschwister, tippe ich. Sie hatten Stöcke in der Hand, fast so groß wie sie selbst, und es konnte durchaus passieren, dass diese Stöcke beim Rennen mit ihren Beinen kollidierten und sie voll auf die Fresse flogen. Was die zwei nicht weiter berührte, denn sie waren dabei, ein Loch zum Mittelpunkt der Erde zu bohren, und waren damit schon weit gekommen. Viel fehlte nicht mehr und in so einem Fall kannst du auch mal auf die Schnauze fliegen, ohne dass gleich ein Drama draus entsteht. Rumrennen mussten sie übrigens deshalb, weil sie Stöcke suchten, die ein wenig größer als sie selbst waren, um den Rest der Aufgabe zu erledigen. Fanden sie auch und weiter ging's zum Mittelpunkt der Erde. Ich sah den kleinen Bub an, der mich nicht ansah, weil Eifer bekanntermaßen blind macht. Und in ihm sah ich mich selbst als achtjähriges Kerlchen rumrasen, damals, in meinem ersten Leben als Gerd, bevor der blöde Opa dazwischenfunkte. Johanna schaute die beiden auch an und sagte zu mir: »Sie heißt Anneliese, da bin ich mir sicher, und er? Heißt der vielleicht Adrian?« Wir ließen diese schwierige Frage unbeantwortet, denn ich hatte Johanna dann so wahnsinnig lieb, da war kein Platz mehr für diese Frage.

Wenn in diesem Moment der Tod gekommen wäre, hätte ich ihn angelächelt und hätte ihm gesagt: »Hab nix für dich. Geht alles weiter, solange es uns gibt.« Und der Tod hätte gesagt: »Endlich versteht mich mal einer, ich will euch doch nichts wegnehmen, muss nur Platz schaffen für Neues.« Und dann hätte er mich ausgeknipst. Hätte mich nicht mit wohin genommen, nach drüben oder so, nee, vergesst das Gerede. Hier oder nirgends spielt die Musik und in einer richtig guten Welt sind alle Teil der Kapelle. Oder der Band, oder vom Orchester. In einer nicht so richtig guten Welt braucht es schon besondere Momente für so ein Gefühl der Mitgliedschaft im großen Orchester, das vermutlich noch ein paar Millionen Jahre lang spielen wird. Wenn wir uns nicht zu blöde anstellen.

Nach dieser Seite könnt Ihr das Buch getrost zuschlagen, jetzt kommt keine weitere mehr. Wenn Ihr weiterlesen wollt, lest die Geschichte, die Euer Leben schreibt; merkt Euch schon mal: Die Geschichte steckt im Geschehen drin und dort müsst Ihr sie rausschnitzen aus dem ganzen Geschehenswust, sonst findet Ihr sie nicht.

Vielleicht probiert Ihr aus, zwischen Stolz und Demut hin- und herzuschalten, möglichst oft und möglichst schnell; scheint mir ein gutes Rezept zu sein, für vieles, auch dafür, die Größe von unseren Herzen zu weiten.

Das war's, was ich zu sagen habe.

Jetzt seid Ihr dran.

Nachwort und Danksagung

September 2007, Berlin.

Ich breche auf der Straße zusammen, ein Passant ruft den Rettungswagen. Höllische Schmerzen drohen das Leben aus mir rauszupressen. Ich liege auf der Trage und höre draußen Vögel singen, Autos fahren, Kinder plappern. Ich denke: Das geht alles weiter, ob ich mitmache oder nicht.

Wenn es den einen Moment gibt, der meine Geschichte auslöste, dann wäre es dieser.

2012 schrieb ich eine Erzählung, in der Figuren und Thema meines Romans angelegt sind, 2017 beginne ich, diese Erzählung auszubauen, Ende 2017 war ich damit fertig.

Ende 2018 auch. Ebenso 19, 20 und 21.

2022 erscheint der Roman im Arctis Verlag. Jetzt ist er offensichtlich fertig.

Euch allen, die Ihr in verschiedensten Stadien des Schreibprozesses den Roman oder Teile daraus gelesen habt, gilt mein herzlichster Dank. Ohne Eure Ermutigung hätte ich vielleicht nicht die Energie aufgebracht, immer weiterzumachen, ohne Eure Kritik hätte ich vermutlich nicht gewusst, wo anfangen mit Verbessern.

Danke insbesondere Peter, Sarah, Angela, Johannes, Martin, Volker und Alo.

Über den Autor

Matthias Kohm, geboren 1959, studierte nach seiner Ausbildung zum Großhandelskaufmann Musik in Berlin und entdeckte dabei seine wahre Leidenschaft. Seitdem arbeitet er als Klavierlehrer mit rund dreißig Schüler*innen, meist Kinder und Jugendliche. Er liebt vielerlei Arten Musik, mag viele Arten Menschen und hält Neugierde für seine größte Tugend – über die Laster hier natürlich kein Wort. Der Autor lebt mit seiner Frau in Berlin-Schöneberg und hat derzeit fünf Enkelkinder, denen er seinen ersten Roman widmet.

Wenn du deinem Kopf nicht trauen kannst, vertraue deinem Herzen

Julia Walton
Wörter an den Wänden
Gebunden, 304 Seiten
€ (D) 18,- / € (A) 18,50
978-3-03880-039-2

Eigentlich sollte es einfach sein, Einbildung und Wirklichkeit zu trennen. Doch für Adam, der auf eine Highschool in den USA geht, ist dies eine schier unlösbare Aufgabe. Er leidet unter Schizophrenie und sieht Menschen und Dinge, die nicht existieren. Aber ein neues experimentelles Medikament gibt ihm Hoffnung. Jetzt scheint alles möglich – sogar die Liebe zur ungestümen, gnadenlos intelligenten Maya. Für sie will er der großartige Mensch sein, den sie in ihm sieht. Dann verliert das Wundermedikament seine Wirkung, und Adam unternimmt alles, um sein Geheimnis vor Maya zu bewahren ...

Die Romanvorlage zum Film